W0410016

MIKKEL ROBRAHN

SIGNS

OF MAGIC

DIE JAGD AUF DEN JADEFUCHS

FISCHER Taschenbuch

Aus Verantwortung für die Umwelt hat sich der Fischer Kinder- und Jugendbuch Verlag zu einer nachhaltigen Buchproduktion verpflichtet. Der bewusste Umgang mit unseren Ressourcen, der Schutz unseres Klimas und der Natur gehören zu unseren obersten Unternehmenszielen.

Gemeinsam mit unseren Partnern und Lieferanten setzen wir uns für eine klimaneutrale Buchproduktion ein, die den Erwerb von Klimazertifikaten zur Kompensation des CO_2-Ausstoßes einschließt.

Weitere Informationen finden Sie unter: www.klimaneutralerverlag.de

MIX
Papier aus verantwortungsvollen Quellen
FSC® C014496

Originalausgabe

Erschienen bei FISCHER New Media
Frankfurt am Main, März 2022

Dieses Werk wurde vermittelt durch die AVA international GmbH
Autoren- und Verlagsagentur, München.

© 2022 Fischer Kinder- und Jugendbuch Verlag GmbH,
Hedderichstr. 114, D-60596 Frankfurt am Main

Lektorat: Kerstin Fricke
Satz: Dörlemann Satz, Lemförde
Druck und Bindung: GGP Media GmbH, Pößneck
Printed in Germany
ISBN 978-3-7335-5024-0

Für Lasse und Rasmus

Kapitel 1

Albert Tubbs

Albert Tubbs war Magier. Nein, nicht die Art, die Feuerbälle warf oder auf Besen durch die dunkle Nacht ritt. Er gehörte der Gattung an, die weiße Handschuhe, einen nach Mottenkugeln riechenden Frack und einen schwarzen Zylinder trugen, in dem sich eigentlich ein weißes Kaninchen versteckte. In seinem Fall war es aber nur Butterscotch, der übergewichtige Familienhamster. Er nahm auch nicht an geheimen Zirkeltreffen oder Dämonenbeschwörungen teil, sondern trat auf Kindergeburtstagen auf.

Und zu genau so einem war er unterwegs.

Timothy Relish junior hatte Geburtstag. Es war sein achter, und sein Vater, Timothy Relish senior, war Alberts Boss. Zugegeben, eigentlich arbeiten Zauberer ohne Vorgesetzte. Aber das Handwerk der Illusionen war nicht Alberts einziger Job. Um über die Runden zu kommen, fuhr er für Timothy Relish senior Pizzen in London aus. Freunde drängten ihn, endlich *etwas Vernünftiges* zu machen, aber Albert weigerte sich. Er liebte seine Berufe, und sie hatten etwas gemeinsam: Als Magier vollführte er Zaubertricks und brachte die Kinder so zum Staunen und Lachen, als Pizzabote zauberte er seinen Kunden zumindest ein Lächeln ins Gesicht, wenn er sich an der Gegensprechanlage mit »Relish Pizza, frisch wie aus Nizza« meldete. Albert fand das hochpeinlich, aber Timothy Relish senior bestand darauf. Er nannte das *Markenbildung*. Für Albert war das in Ordnung, solange das Trinkgeld stimmte.

Er warf einen Blick auf die Uhr und trat noch heftiger in die Pedale. Sein großer Auftritt vor einer Horde Kleinkinder sollte in fünf Minuten beginnen, und Albert hasste es, zu spät zu kommen. Leider passierte es ihm immer wieder.

Mit quietschenden Reifen brachte er den Drahtesel vor dem Anwesen zum Stehen. Er öffnete den Verschluss des Fahrradhelms und tauschte ihn gegen den Zylinder aus. Unter dem doppelten Boden drückte der Hamster auf Alberts Kopfhaut. Das Tier schien zu ahnen, dass ein großer Auftritt kurz bevorstand. Albert hatte den Verdacht, dass der dicke Nager das Rampenlicht ein kleines bisschen mehr genoss als er selbst. Er nahm den Zauberkoffer vom Gepäckträger, richtete den Umhang und kontrollierte den Anzug. Perfekt, er sah wie ein richtiger Zauberer aus.

Albert schloss das Fahrrad an einem Laternenpfahl fest und wandte sich wieder dem Haus zu. Er staunte. Natürlich hatte er mit vielem gerechnet, denn er befand sich in einer der teuersten Gegenden von London, aber dass sich mit ein bisschen Pizza so ein Vermögen anhäufen ließ, hatte er nicht erwartet. Timothy Relish senior war Besitzer eines Gartens. In einer Stadt, in der jedes bisschen Natur zubetoniert und bebaut wurde, war ein eigener Garten die höchste Form von Dekadenz. Mr Relish könnte ihn ohne Probleme zu einem Parkplatz umbauen lassen und die Stellplätze für mehrere hundert Pfund im Monat vermieten. Aber hinter dem gusseisernen Zaun verbarg sich ein Kleinod aus Zierpflanzen, Rosen und Tulpen. »Unglaublich«, murmelte Albert. »Das alles mit ein paar Pizzen.« Ein erneuter Blick auf die Uhr erinnerte ihn an seine magischen Pflichten. Er öffnete die Pforte und folgte dem gepflasterten Marmorweg zur Tür. Eine Klingel gab es nicht, nur einen altmodischen Türbeschlag. Es war ein Löwe mit einem Ring im Maul, der ihn finster anstarrte. Albert nahm das Eisen in die Hand und ließ es gegen die Tür sausen. Von drinnen hörte er lautes Kindergeschrei und Musik.

Durch das Milchglas in der Tür sah er, wie jemand durch den Flur gelaufen kam, und einen Bruchteil später schwang die Tür auf.

»Albert, schön, dass du es geschafft hast!«

»Selbst der Londoner Stadtverkehr kann mich nicht aufhalten, Mr Relish«, antwortete Albert und grinste.

Mr Relish trug einen auf den asketischen Körper geschneiderten Anzug. Die Glatze spiegelte das warme Licht im Flur wider, und über dem Mund prangte ein dicker Schnauzbart. Er sah nicht aus wie jemand, der sein Geld mit Pizza verdiente, und erst recht nicht wie einer, der Pizza aß. Timothy Relish senior hatte die Erscheinung eines Mannes, der sehr viel Knete im Silicon Valley erwirtschaftet und sich dann zurückgezogen hatte, um sich komplett seinem Zen-Garten, Yogastunden und einer frutarischen Ernährung zu widmen.

»Sehr gut, sehr gut«, sagte er hastig. »Die Geburtstagsgesellschaft ist gerade im Wohnzimmer und isst Torte. Musst du noch etwas vorbereiten?«

Albert nickte. »Nur ein paar Kleinigkeiten.«

»Alles klar, komm.« Sein Chef winkte ihn rein und lief den Flur entlang. Albert folgte ihm. Die Wände waren behängt mit modernen Gemälden, die bunt strahlten und dem Betrachter schrecklich wenig verrieten. Abstrakte Formen, wilde Striche, verirrte Farbsprenkel. Albert zog altmodische

Kunst vor, auf der Maler etwas festgehalten hatten, was wirklich existierte. Schlachten, Menschen, Obst. Da musste man nicht so lange drüber nachdenken, was es bedeutete und aussagen sollte oder wollte.

Das Stimmengewirr der Kinder wurde immer lauter und erreichte seinen Höhepunkt, als sie an einer angelehnten Tür vorbeikamen. Albert erhaschte einen kurzen Blick auf eine dreistöckige Schokotorte. Butterscotch wurde unruhig, und Albert hielt den Zylinder fest. Der Hamster hatte Zucker gerochen.

»Hier rein, bitte«, sagte Timothy und lotste ihn in ein großes Zimmer, an dessen Wänden dicht an dicht Bücherregale standen, die wiederum mit dicken Wälzern bis unter die Decke gefüllt waren. Vor einem Kamin, in dem eine kleine Flamme züngelte, befand sich ein grüner Sessel und durch ein Fenster drang Tageslicht herein. Vor dem Tisch hatte jemand Stuhlreihen aufgebaut, die Platz für zwanzig Gäste boten.

»Wie lange brauchst du, Albert?«

Albert, der aus dem Staunen nicht mehr rauskam und mit offenem Mund dastand, reagierte nicht sofort. Erst der Garten, nun ein Kaminzimmer. Er kam langsam zu der Überzeugung, dass Pizza zu den wertvollsten Ressourcen im Jahre 2021 gehörte. »Ich … ähm … zehn Minuten, bitte.«

Timothy Relish senior grinste. »Das Meiste hab ich geerbt, die Pizzeria ist nur ein Hobby gegen die Langeweile«, verteidigte er sich. »Dann bis gleich.« Der dürre Mann verschwand aus dem Raum und schloss die Tür hinter sich. Ehrfürchtig durchschritt Albert das Zimmer. Es roch nach brennendem Holz, und die Wärme des Kamins war perfekt, um den kalten Herbsttag, durch den er geradelt war, vergessen zu lassen. Langsam glitten seine Fingerspitzen über die Bücherrücken. Es waren Folianten, Almanache, Lexika.

Kindergeschrei erinnerte Albert an den Grund seiner Anwesenheit.

Vor den Stühlen stand ein Holztisch. Albert legte den Koffer darauf ab, öffnete die Scharniere und sog den Duft jahrzehntealter Magie ein. Der Koffer war ein Erbstück und die Zauberei altes Familienhandwerk. Sein eigener Vater konnte den Familienstammbaum bis in das 16. Jahrhundert zurückverfolgen. Eine äußerst düstere Zeit für jeden, der gerne Tricks vorführte und sie mit Magie begründete. Ein Großteil von Alberts Vorfahren landete auf dem Scheiterhaufen. Nur Agnes Tubbs gelang die Flucht. Sie war Entfesselungskünstlerin und befreite sich eigentlich unter Wasser aus den kompliziertesten Knoten. Für die Show bezahlten viele gerne und bereitwillig Geld, bis jemand *Hexe* rief und alles seinen für die damalige Zeit typischen Gang nahm. Sie wurde festgenommen, gefoltert, bis sie geständig war, und auf einem Scheiterhaufen festgebunden. In dem Augenblick erkannte sie aber, dass ihr Talent nicht nur funktionierte, wenn sie sich kopfüber unter Wasser befand, sondern auch, wenn sie das geplante Opfer einer Hinrichtung war. Der Knoten war nicht kompliziert, und die Augen der Zuschauer waren auf den Geistlichen gerichtet, der etwas von der gerechten Strafe Gottes fabulierte. Sie entkam, und die Blutlinie der Tubbs war gerettet.

Albert hatte keine Ahnung, ob die Geschichte stimmte, aber sein Vater wurde nie müde, sie zu erzählen.

Er holte ein großes schwarzes Tuch aus dem Koffer und breitete es auf dem Tisch aus. Es war mit goldenen Ornamenten bestickt und lang genug, um auf den Seiten bis auf den Boden zu hängen. Er strich es glatt, so dass auch die letzte Falte verschwunden war.

Zielsicher griff seine Hand nach den Spielkarten, die er vor sich in einem Fächer auslegte. Es folgten zwei Münzen, ein Tuch, diverse Plastikrosen, ein Würfel und sein Zauberstab. Er war schwarz mit einer weißen Spitze. Kein Eichenholz, keine Phönixfeder. Nur Plastik. Aber es funktionierte, und das schon seit vielen Jahren.

Albert holte einen kleinen Schminkspiegel heraus und warf einen strengen Blick herein. Er richtete den Zylinder, der sicher auf seinen schwarzen, krausen Haaren saß, wenn Butterscotch keine Party veranstaltete. Die spitzen Wangenknochen und das markante Kinn traten klar hervor. Albert sah auch nicht wie jemand aus, der einen wesentlichen Teil seines Unterhalts mit Pizza verdiente. Dafür kam er einem Zauberer schon nahe, wenn man keinen Merlin in blauer Robe und mit schlohweißem Bart erwartete.

Er packte den Spiegel zurück und griff nach dem Bluetooth-Lautsprecher. Eines der wenigen Dinge in dem Koffer, die er nicht geerbt hatte. Aber auch ein Zauberer musste mit der Zeit gehen und die Show immer weiterentwickeln. Albert schaltete das Gerät ein, legte es auf dem Tisch ab und verknüpfte es mit seinem Handy.

Alles lag bereit.

Er schloss den Koffer und stellte ihn unter den Tisch. Wie auf Kommando öffnete sich die Tür, und sein Chef schaute herein. »Bist du so weit, Albert?«, fragte er. »Die Kids sind kurz davor, in meine Ritterrüstungen im ersten Stock zu steigen und sich mit den Schwertern zu duellieren. Das würde ich gerne verhindern.« Timothy Relish senior fummelte an dem Einstecktuch seines Sakkos herum.

»Schicken Sie sie rein«, antwortete er, und der Pizza-Magnat verschwand wieder.

Showtime!

Er bückte sich und kauerte sich unter dem Tisch zusammen. Seine Gäste würden, wenn sie hereinkamen, keinen Zauberer vorfinden, und das war bereits Teil der Show.

Albert hielt die Luft an, als er hörte, wie die Tür geöffnet wurde. Sofort breitete sich eine Unruhe in dem Raum aus. Hohe Kinderstimmen redeten durcheinander, Stühle wurden gerückt, und das Rascheln von Popcorn war zu vernehmen.

»Wo ist er denn hin?«, hörte er Timothy Relish senior fragen. Albert ließ sein Publikum nicht lange zappeln. Er drückte »Play« auf dem Handy, und augenblicklich war eine laute, raumeinnehmende Stimme zu hören. Es war seine eigene, aufgenommen und mit Effekten und Filtern verändert.

»Ladys und Gentlemen, bitte nehmen Sie Platz und stellen Sie die Gespräche ein.« Es wurde schlagartig ruhig im Raum. Das funktionierte jedes Mal. Die Kinder waren still und versuchten, die Quelle der Stimme ausfindig zu machen. Albert spielte die nächste Audiodatei auf seinem Handy ab. »Bitte begrüßen Sie mit einem kräftigen Applaus … geht das nicht noch ein bisschen lauter? Ah, vielen Dank! Also begrüßen Sie bitte: ABRAHAM KADABRAHAM!« Albert entzündete eine Konfettikanone und sprang im Regen aus glitzernden Papierstücken unter dem Tisch hervor. Er reckte beide Arme in die Luft und begrüßte die Kinder mit einem Lächeln. »Mein Name ist Abraham Kadabraham, und ich werde euch heute in die Kunst der Magie einführen«, sagte er geheimnisumwoben, und die Knirpse klebten an seinen Lippen. Ein Auftritt mit einfachen Mitteln, der aber auf allen Kindergeburtstagen funktionierte. Was Albert nur unbewusst bemerkte: Mit Beginn der Show veränderte sich auch jedes Mal seine Körpersprache. Aus dem schüchternen, schlaksigen Mann wurde ein selbstbewusster Zauberer mit aufrechtem Gang und dem Lächeln eines Popstars.

»Wo haben wir denn das Geburtstagskind?«, fragte Albert, und Timothy Relish senior zeigte auf einen Jungen, der mit schokoladenverschmiertem Mund und gelockten roten Haaren in der ersten Reihe saß. Albert runzelte die Stirn. Der kam mal so überhaupt nicht nach seinem Vater.

Timothy Relish junior hob zögerlich den Arm. »Hier, Sir.«

»Ah, freut mich«, sagte er und schritt auf ihn zu. »Ich bin Abraham Kadabraham, Zauberer und zu deinen Diensten.« Er hielt ihm die Hand zur Begrüßung hin, und in dem Moment, als der kleine Junge zugreifen wollte, ploppte eine Rose in Alberts Fingern auf. »Hier, die ist für dich.«

»Danke, Sir«, sagte Timothy junior irritiert, merklich überfordert, was er mit einer Blume anfangen sollte. Albert machte eine gedankliche Notiz, dass er die Plastikrosen dringend gegen etwas Cooleres austauschen musste. Plastikpistolen oder Plastikhandgranaten kamen bestimmt besser an, zumindest bei den Kindern, nicht aber bei den Eltern.

»Also, wer möchte einen Zaubertrick sehen?« Sofort schrien alle Geburtstagsgäste begeistert auf. Albert liebte es, wenn das passierte. Trotz Smartphones, Tablets und Konsolen ließen sich die Kids immer von ein paar simplen Täuschungen beeindrucken.

»Okay, seht ihr alle diese Münze?« Er hielt eine Münze zwischen Daumen und Zeigefinger seiner rechten Hand. Sie glänzte im matten Kaminschein. Die Kinder nickten eifrig. »Prägt sie euch gut ein, denn gleich«, er schnippte mit der anderen Hand, »ist sie weg.« Und tatsächlich, die Münze lag nicht mehr zwischen seinen Fingern. »Und wenn ich noch mal schnippe, habe ich plötzlich in beiden Handflächen eine Münze. Das muss ich nur ein paar Millionen Mal wiederholen, und ich habe ausgesorgt.« Kinderlachen belohnte seine Tricks.

Das ging eine halbe Stunde so weiter. Er zog eine scheinbar nie endende Luftschlange aus dem Ärmel, ließ ein Kind eine Karte vorgeben und nahm sie zielgenau aus dem vorher gemischten Stapel, erzeugte eine Flamme in seiner Handfläche und ließ einen Ring schweben. Auf jeden Trick folgten Ahhs und Ohhs.

»Kommen wir zum großen Finale«, sagte Albert. »Ihr habt sicherlich schon meinen Zylinder bemerkt. Zugegeben, er ist nicht sonderlich modisch, aber dafür hat er andere, gewisse«, eine Kunstpause, »Vorzüge!« Er nahm den Zylinder ab und hielt ihn wie einen Pokal in die Höhe. Die glänzenden Kinderaugen starrten darauf, als wäre er aus Schokolade gemacht und mit Sahne überzogen.

»Schaut ihn euch an, er ist komplett leer.« Albert drehte den Hut so, dass die Kinder das Innere sahen. »Nichts drin.« Zum Beweis streckte er eine Hand herein. »Wenn ich ihn aber auf den Tisch lege und meinen Zauberspruch aufsage, öffne ich das Tor zur Anderswelt. Wir müssen vorsichtig sein, hin und wieder schafft es eines ihrer Geschöpfe in die unsere. Seid ihr bereit?«

Sie nickten.

»Okay. Ich brauche komplette Stille.«

Albert legte den Hut auf den Tisch, so dass die Öffnung nach oben zeigte. Dreimal tippte er mit der weißen Spitze auf die Krempe. »Ab-ra-ham Ka-da-bra-ham, Ab-ra-ham

Ka-da-bra-ham, Ab-ra-ham Ka-da-bra-ham, ICH BEFEHLE DIR, ERSCHEINE!« Aus dem Hut kam ein rotes Leuchten, erzeugt von ein paar LEDs, die er mit einem im Filz versteckten Knopf aktivierte. »Es hat geklappt«, rief er, und die Kinder jubelten. »Aber was ist das?« Vorsichtig hob er Butterscotch aus dem Hut, der sich im Raum zwischen dem doppelten Boden versteckt hatte. Er ließ den karamellfarbenen Hamster auf den Tisch purzeln, der sich gleich im Zimmer umsah. Seine Stupsnase zuckte nervös umher. Er roch die Süßigkeiten.

»Ein Hamster, Mister«, sagte ein Mädchen in der zweiten Reihe. »Und ein sehr dicker Hamster, wenn ich das sagen darf.« Sie hatte schulterlange Haare und trug eine Brille.

»Äh ja, das ist ein Hamster«, stammelte Albert.

»Sieht nicht sehr gefährlich aus«, murmelte Timothy junior enttäuscht.

»Nun, manchmal kommen auch die weniger gefährlichen Geschöpfe aus der Anderswelt zu uns. Aber ich habe zu Hause einen dicken Wälzer über all die Wesen der anderen Welten und kann euch eins versichern: Das ist kein gewöhnlicher Hamster.« Die Augen des neunmalklugen Mädchens verengten sich zu Schlitzen. »Er ernährt sich ausschließlich von Zucker. Ich hoffe, ihr habt eure Süßigkeiten gut versteckt!«

Nun wirkten die Kleinen doch ein bisschen nervös. Ein Süßigkeiten fressender Hamster war nichts, das genug Stoff für Albträume bot, aber auch nichts, was man unbedingt im Haus haben wollte. Schon gar nicht während eines Kindergeburtstags.

»Schon gut, schon gut. Ihr habt Glück, denn ich, Abraham Kadabraham, kenne mich bestens mit diesen Wesen aus.

Ich werde ihn zurück in seine Welt bringen.« Albert tippte zweimal auf die Hutkrempe. »Na los«, flüsterte er. Aber Butterscotch sah ihn auffordernd an. Die schwarzen Knopfaugen zwischen dem buschigen Fell drückten genau aus, was er verlangte – und er war bereit, Albert die Show zu vermiesen. »Na gut«, murmelte er und schüttelte sich ein paar Sonnenblumenkerne aus dem Ärmel, die er, für seine Zuschauer nicht sichtbar, im Hut verschwinden ließen. Mit der Bereitschaft eines Turmspringers machte der Hamster einen Satz in den Zylinder und war wie vom Erdboden verschluckt.

Die Kinder applaudierten, nur das Mädchen schien nicht überzeugt. »Andere Zauber ziehen immer ein weißes Kaninchen aus ihrem Hut«, grummelte sie und rieb sich am Kinn, als hätte sie einen komplizierten Mordfall gelöst.

»Tja, ich bin eben nicht wie jeder andere Zauber«, erwiderte Albert. »Ich bin …«, er hob auffordernd die Arme, und die Kinder schrien im Chor: »Abraham Kadabraham.«

»Vielen Dank, ihr wart ein tolles Publikum«, rief er, zündete eine Konfettikanone und ließ sich, während die Kinderaugen den Papierschnitzelregen beobachteten, fallen und kroch wieder unter den Tisch.

Tosender Applaus, aber Albert war nicht zufrieden. Das Mädchen hatte er nicht täuschen können. Sie hatte bemerkt, dass er nur eine Show gespielt hatte und kein echter Zauber stattfand. So ungern er es zugeben wollte, nagte es doch an seinem Zaubererstolz. Nach und nach verließen die Kinder das Zimmer. Wieder war das Schieben von Stühlen und Stimmengewirr zu hören.

»Sie sind jetzt alle raus«, hörte er die Stimme von Timothy senior sagen. Albert kroch aus dem Versteck hervor und richtete seinen Zylinder. »Das war eine wundervolle Show, Albert. Ich wusste gar nicht, dass so ein Talent in dir schlummert.«

Albert errötete. »Ach, vielen Dank. Ich muss Butterscotch wohl noch weiß anmalen und ihm Häschenohren aufsetzen.«

»Lass deinen Hamster genau so, wie er ist, denn er ist perfekt. Ein aufgewecktes kleines Kerlchen hast du da in deiner Hutspitze. Er bricht mit dem Erwartbaren und den Traditionen, ein tolles Finale!«

Albert kratzte sich verlegen am Kopf. »Wenn man es so betrachtet«, nuschelte er.

Timothy überreichte ihm einen Umschlag. »Bitte schön, und nimm dir morgen frei. Bezahlt natürlich. Das hast du dir verdient.«

»Danke, Sir«, antwortete Albert und warf einen Blick in den Umschlag. »Oh, Sie haben sich getäuscht. Fünfzig Pfund beträgt meine Gage für einen Auftritt, das ist zu viel.«

»Das ist genau richtig«, erklärte Relish senior und erhob beschwichtigend die Hand. »Kein Pfund zu wenig, glaub mir.«

Albert überlegte einen kurzen Augenblick, ob er mit seinem Chef darüber diskutieren sollte, dachte dann aber an den Kamin, den Garten und die Ritterrüstungen im ersten Stock. Es würde Timothy Relish junior nicht die Ausbildung an der Privatuniversität kosten, wenn Albert das Geld annahm. »Danke schön, vielen Dank, wirklich«, stammelte er.

»Wir sehen uns dann Montag auf der Arbeit. Du findest den Weg hinaus? Tut mir leid, aber es ist verdächtig ruhig, und das ist ein ziemlich sicheres Zeichen, dass sie gerade etwas tun, was sie nicht dürfen.«

»Ich finde den Weg«, sagte Albert, und sein Chef verschwand mit einer entschuldigenden Geste durch die Tür.

Zweihundert Pfund für einen Auftritt. Das war unglaublich. Wenn jeder seiner Kunden so großzügig wäre, könnte er sogar fast davon leben. Dann müsste er keine Pizza mehr ausfahren. Aber, und das wusste er, so etwas würde nicht passieren. Es waren harte Zeiten für Trickzauberer wie ihn. Er konkurrierte mit Mottopartys, Eisprinzessinnen und Lasertag. Manchmal fühlte er sich wie aus dem Rahmen gefallen. Wie jemand, um es weniger blumig zu umschreiben, der die letzten dreißig Jahre im Knast verbracht hatte und nun bei der ganzen neuen Technik nicht mehr mitkam. Eines Tages würde keiner mehr einen Zauberer buchen wollen. Stattdessen würden die Knirpse Virtual-Reality-Brillen aufsetzen und durch digitale Welten wandern. Bis es so weit war, würde er aber noch weiterzaubern.

Albert warf seine Utensilien in den Koffer und verließ das Haus. Draußen hatte es zu nieseln angefangen, und Albert zog den Zylinder tiefer ins Gesicht. Dunkle Wolken waren aufgezogen, die verkündeten, dass es nicht bei leichtem Regen bleiben würde.

Etwas vibrierte in seiner Brust. Butterscotch war es nicht, der saß ja im Zylinder. Albert tastete danach und hielt sein Smartphone in der Hand. Er las den Namen seiner Verlobten auf dem Display und nahm den Anruf entgegen.

»Hallo, Patty, was gibt es?«

»Albert, wo steckst du? In einer halben Stunde müssen wir zu meinen Eltern.«

»Zu deinen ...«

»Sag bitte nicht, dass du es vergessen hast. Das Abendessen?!«

»Nein, natürlich nicht. Ich bin gleich …«

»Du hast es vergessen, verdammt. Beeil dich!«

»Ja, ich bin gleich …«, aber sie hatte schon aufgelegt.

So ein Mist, Albert hatte das Essen bei seinen zukünftigen Schwiegereltern völlig vergessen. Ein flüchtiger Blick auf die Uhr verriet ihm, dass er mit Windschatten und ohne Rücksicht durch den dichten Verkehr von London radeln musste, wenn er es rechtzeitig schaffen wollte.

Er schaffte es. Es war eine Punktlandung, möglich gemacht durch das Ignorieren zahlreicher roter Ampeln, missachtete Vorfahrten und eine Portion Glück, dass er nicht angefahren wurde. Mehr als einmal kamen Autos quietschend zum Stehen und Fäuste wurden wütend in die Luft gereckt. Aber das war es wert.

Albert klingelte bei seiner Freundin. Sie hatte ihm noch immer keinen Schlüssel für das Loft in Sichtnähe zur Themse gegeben, in dem sie nun schon seit einem Jahr wohnte. Der Türsummer röhrte, Albert stieß die Tür auf und fuhr mit dem Fahrstuhl in die sechste Etage. An der Wohnungstür stand Patty. Sie hatte ein rotes Abendkleid an, ihre langen braunen Haare zu einem Zopf geflochten und Make-up aufgetragen. Aber kein Make-up der Welt hätte genügt, um den strafenden Gesichtsausdruck verschwinden zu lassen.

»Tut mir leid«, nuschelte Albert und eilte an ihr vorbei ins Bad. Er tauschte sein Zaubererkostüm gegen eine schlichte Cordhose und ein Hemd. Glücklicherweise hatte er über den Zeitraum ihrer zweijährigen Beziehung ein paar Kleidungsstücke bei ihr deponiert. Er sah sich im Spiegel an und war zufrieden mit seinen schwarzen, krausen Haaren. Sie lagen perfekt.

Einen Augenblick später saßen sie schon im Sportwagen

von Patty, und nach einem zähen Kampf durch den Londoner Verkehr standen sie vor dem Anwesen der Raymons. Sie hatten auf der Fahrt nicht viel geredet. Albert hatte lieber den Mund gehalten, denn alles, was er sagen konnte, würde sie zu seinem Nachteil auslegen. Schließlich war sie Anwältin. Frisch von der Uni hatte sie in der Kanzlei eines Freundes ihres Vaters angefangen, und seitdem hatte sich Albert schon mehr als einmal wie der Angeklagte in einem Strafverfahren gefühlt, wenn es Streit gab. Also machte er von seinem Recht zu schweigen Gebrauch.

Patty blinkte, und sie fuhren die lange Auffahrt zur Villa der Raymons hinauf. Albert würde sich nie daran gewöhnen. Ein mehrstöckiges Landhaus mit großen Fenstern, einer Veranda und einer Steintreppe zum Eingang. Die asphaltierte Auffahrt durch den Park der Raymons war von Laternen erleuchtet, die lange Schatten warfen. Ein Luxus, der nur außerhalb von London bezahlbar war. Selbst für eine so gut situierte Familie.

Patty stellte den Motor ab und zog die Handbremse an. Sie atmete durch. »Okay, alles vergessen und verziehen. Wir haben es noch gerade so pünktlich geschafft.«

»Eigentlich sind wir fünf Minuten zu spät«, erklärte Albert und verfluchte sich im selben Augenblick dafür, dass er sich nicht an seinen Plan gehalten und geschwiegen hatte.

»Jetzt reite dich doch nicht noch selbst in die Scheiße, verdammt«, fluchte Patty und atmete betont aus. »Okay, gib mir einen Kuss.«

Er küsste sie auf den Mund. Der rote Lippenstift schmeckte nach künstlicher Erdbeere.

»Wollen wir es ihnen heute sagen?«

Sie sah ihn irritiert an. Ihre schwarzen Wimpern klimperten. »Ich weiß nicht, ob das eine gute Idee ist. Du weißt, was sie von deinem …«, sie überlegte kurz, »… Job halten.«

»Du meinst die Zauberei?«

»Ja, deine Auftritte.«

Albert nickte langsam. »Aber irgendwann müssen wir es ihnen sagen, außer du willst sie nicht bei der Hochzeit dabeihaben.«

»Werden wir, versprochen.« Patty gab ihm einen Kuss auf die Wange. »Komm, sie warten bestimmt schon.«

Sie liefen die Treppen zur Tür hoch und betätigten die Klingel. Als hätte sie dahinter Wache gehalten, öffnete Elizabeth und fiel ihrer Tochter in die Arme. Pattys Mutter war eine kugelrunde, fröhliche Frau mit braunen Locken und einem einnehmenden Lächeln. Es gab links und rechts einen dicken Kuss auf die Wange, und dann war Albert an der Reihe. Die Begrüßung fiel nicht weniger herzlich aus.

»Ich habe Ihnen etwas mitgebracht«, sagte Albert. Wie von Zauberhand hatte er von einer Sekunde auf die nächste eine Plastikrose in der Hand.

»Oh, vielen Dank, Albert. Die bekommt einen Ehrenplatz«, sagte sie freudestrahlend und bat sie hinein. »Dein Dad wartet schon am Esstisch. Es gibt Ente à l'Orange.«

Seymour war das komplette Gegenteil seiner Frau. Ein schlanker Mann, kurz vor der Rente und im teuren Anzug. Seine Miene war starr, die Begrüßung ein kaum vernehmliches Nicken, und mit einer Handbewegung bat er seine Tochter und ihren Freund, sich zu setzen. In seinem vorherigen Leben war er bestimmt ein Eisklotz gewesen, nun arbeitete er im Management einer Bank, was vermutlich ähnlich viel Empathie und Menschennähe erforderte.

Patty und Albert nahmen an der gedeckten Tafel Platz. Sie

war vollgestellt mit Tellern, Gläsern, Karaffen und Schüsseln, aus denen es köstlich duftete. Über dem Tisch baumelte ein Kronleuchter mit echten Kerzen, die alle angezündet waren.

»Wie war die Fahrt?«, erkundigte sich Seymour und sah seine Tochter an.

»Gut, danke«, antwortete sie knapp. »Wie laufen die Geschäfte?«

»Bestens, danke«, erwiderte ihr Vater, und ein unangenehmes Schweigen breitete sich aus. Kurz bevor die Stille Albert zerriss, kam Elizabeth mit der Ente ins Zimmer.

»Es kann losgehen«, flötete sie und stellte den braungebrannten Vogel auf den Tisch. Seymour zertrennte mit einer Geflügelschere das Tier und tat jedem eine Portion auf. Elizabeth kümmerte sich um die Beilagen. Während des Essens wurde nicht geredet. Das war, so hatte Patty ihm vor dem ersten Treffen mit ihren Eltern erklärt, Tradition im Hause Raymon, und Albert hatte sich schnell daran gewöhnt. So kam er nicht in die Verlegenheit, vom Familienoberhaupt verhört zu werden. Als sie aufgegessen hatten, fing Elizabeth an, den Tisch abzudecken.

»Schatz, hilfst du mir mal kurz?« Natürlich war damit ihre Tochter und nicht ihr Ehemann gemeint. Albert sah seine Freundin panisch an, die sich mit einem Schulterzucken entschuldigte. Als die beiden Frauen aus dem Raum waren, wanderte Alberts Blick langsam zu Seymour. Die buschigen Augenbrauen hatte er eng zusammengezogen. »Wie läuft es bei der Arbeit?«

Alberts Hände wanderten unwillkürlich zu den zweihundert Pfund in seiner Hosentasche. »Hervorragend«, antwortete er ehrlich.

»Albert, folgen Sie mir doch bitte mal ins Herrenzimmer.«

In Albert verkrampfte sich alles. Das Herrenzimmer war der heilige Rückzugsort von Pattys Vater. Irgendwas war im Busch. Noch nie hatte Seymour so viele Worte mit ihm gewechselt, und nun lud er ihn auch noch in seinen Salon ein.

»Ja, natürlich«, stammelte Albert und folgte ihm, obwohl sein ganzer Körper in die entgegengesetzte Richtung drängte. Sie kamen in einen Raum mit zwei großen Fenstern. An den Wänden hingen Jagdtrophäen. Antilopen, Gazellen, sogar ein Löwe. Albert schluckte. Er sah seinen Kopf schon zwischen den armen Geschöpfen thronen.

»Setzen Sie sich«, sagte Seymour, und es klang wie ein Befehl. Die einzige Sitzgelegenheit war ein brauner Lederohrensessel, vor dem einem Bärenfell lag. Albert nahm Platz und fühlte sich wie auf einem elektrischen Stuhl.

Seymour ging hinüber zu einem Sekretär und schenkte zwei Gläser schottischen Whisky ein. Eines davon gab er Albert.

»Was machen Sie noch mal beruflich?«, fragte Seymour Raymon.

»Ich fahre Pizza aus und trete auf Geburtstagen als Zauberer auf«, sagte Albert ohne jede Scham.

»Und was studieren Sie? BWL? Jura? Medizin?«

»Gar nichts.«

Für einen kurzen Moment entgleisten Seymours Gesichtszüge. »Wie meinen Sie das?«

»Ich studiere nicht. Die Gebühren kann sich meine Familie nicht leisten, und die Zauberei macht mir sehr viel Spaß.« Albert ahnte, in welche Richtung das Gespräch verlaufen würde, und eine Hinrichtung erschien ihm verlockender.

»Albert, das sind schreckliche Neuigkeiten. Wie lange sind Sie nun mit Patty zusammen?«

»Zwei Jahre.«

»Zwei Jahre«, murmelte Seymour. »Also ist es wirklich ernst.«

Albert nickte. Zwar stritten Patty und er hin und wieder, aber abgesehen davon war es schön mit ihr. Sie war so anders als er und hatte sein Leben bereichert.

»Ist Geld bei euch in der Beziehung manchmal ein Thema?«

»Nein«, log er. Es war ständig ein Thema. Während Patty in einem Loft lebte, wohnte Albert in dem kleinen Haus seiner Eltern. Er hatte nie Geld zum Ausgehen, für Restaurants oder teure Geschenke. Für Patty war all das kein Problem. Sie hatte einen gutbezahlten Job und geerbt. Mehr, als Albert in seinem ganzen Leben als Zauberer verdienen würde.

»Nun, Albert, sollte es Ihnen wirklich ernst mit meiner Tochter sein, und das ist es, wenn ich den Worten von Elizabeth Glauben schenken kann, möchte ich Ihnen ein Angebot machen: Sie können bei mir in der Bank anfangen, in meiner Abteilung.«

Albert wusste, dass das kein großzügiges Angebot war. Seymours einzige Sorge war es, einen Zauberer in der Familie zu haben. Die Raymons waren Juristen, Banker, Manager – nichts, was die Welt auch nur ein Stück besser machte. Magier hatten in diesem Stammbaum nichts zu suchen, und wie ein penibler Gärtner achtete Seymour genau auf die Auswüchse, die seine Wurzeln schlugen.

»Das ist sehr freundlich, danke.« Albert nahm einen Schluck vom Whisky. Das verschaffte ihm Zeit zum Nachdenken, um die richtigen Worte zu suchen. »Aber ich habe ja gar nicht die richtige Ausbildung dafür.«

Seymour machte eine Handbewegung, als würde er einen Stapel Papiere vom Tisch wischen. »Das ist egal. Wir finden schon eine Aufgabe, die Ihnen zusagt. Glauben Sie mir, niemand wird Fragen stellen.«

Albert schluckte. Würde Pattys Vater erfahren, dass die beiden bereits ihre Hochzeit planten, würde aus dem Angebot ein Ultimatum werden. Entweder würde er Patty oder die Zauberei aufgeben müssen. »Das klingt wirklich interessant«, log er. Nichts ängstigte ihn mehr als die Vorstellung, den ganzen Tag in einem Büro eingesperrt zu sein. Statt mit Bällen würde er mit Zahlen jonglieren und kleinen Anlegern das Geld aus den Taschen zaubern. Die Parallelen waren durchaus vorhanden. Viele verstanden gar nicht, was für Kreditverträge oder Anlagemöglichkeiten ihnen da vorgelegt wurden. Sie lasen weder das Kleingedruckte, noch zogen sie einen Experten zu Rate. Sie vertrauten den Worten ihres Beraters, und wenn das Geld dann weg war oder die Zinsen sie plötzlich erdrückten, dann konnte das niemand erklären. Mit einem Fingerschnippen war alles von den Konten der Anleger verschwunden und in den Tresoren der Bank, wie von Zauberhand. Nie im Leben würde er so einen Job annehmen. »Danke, ich spreche mit Patty darüber.«

Seymour nippte an seinem Glas. »Wie habt ihr euch eigentlich kennengelernt?«

Albert verdrehte innerlich die Augen. Er war zweimal dabei gewesen, als Patty ihrem Vater die Geschichte erzählt hatte.

»In einem Restaurant.« Eigentlich war es kein Restaurant gewesen, sondern eine Fastfood-Kette, aber Albert hatte den Eindruck, dass sich die Wahrheit durchaus so weit dehnen ließ. »Wir waren beide feiern gewesen. Sie war mit Freunden da und ich …«, hier begann der heikle Teil der Geschichte. Albert war nicht feiern gewesen, vielmehr hatte es sich um ein Lokal von Relish Pizza gehandelt, bei dem er eine neue Bestellung abholen wollte, um sie auszuliefern. »Patty saß am Tisch hinter mir und hatte ein Stück Salami auf dem Kleid. Sie hatten keine Servietten am Tisch, und so fand ich eine hinter ihrem Ohr.«

Seymour sah drein, als hätte Albert ihm erzählt, dass Elefanten fliegen und Katzen reden können. »Hinter dem Ohr?«

»Sie wissen schon«, sagte Albert, schnippte mit den Fingern und hielt plötzlich eine Münze in der Hand. »Ein bisschen Zauberei.« Er schnippte noch mal, und in seiner anderen Hand erschien eine weitere Münze.

»Ah«, erwiderte Seymour, klang aber mehr enttäuscht als überrascht oder beeindruckt. »Das ist wirklich …«, er verstummte mitten im Satz.

»Ja, eine tolle Geschichte. Viele in meinem Alter lernen sich ja nur noch über das Internet …«

Da platzte Patty herein. »Ah, hierhin hat er dich entführt. Ich hoffe, du hast dem Verhör standgehalten?«

Albert fühlte sich wie eine holde Maid, die gerade vor dem bösen Drachen gerettet wurde. *Danke,* wollte er sagen, brachte aber nicht mehr als ein kleines Lachen hervor und winkte ab.

»Kommt, Mum hat Nachtisch gemacht.«

Es gab eine große Portion Tiramisu für jeden. Am Tisch hatte sich wieder schnell das von der Familienetikette vorgeschriebene Schweigen ausgebreitet, und Albert war dankbar, dass er keine weiteren Worte mit irgendjemanden wechseln musste. Ein Job in der Bank. Sicherlich gut bezahlt, wesentlich besser als sein jetziger. Aber eben in einer Bank. Dem langweiligsten Ort auf der Welt, den er sich vorstellen konnte, direkt nach dem Herrenzimmer von Seymour Raymon.

Die Verabschiedung fiel im Fall von Elizabeth herzlich und im Fall von Seymour sehr kalt aus. »Denk drüber nach«, flüsterte ihm das Familienoberhaupt zu.

Wenige Augenblicke später saßen sie wieder in Pattys rotem Sportwagen.

»Was wollte er?«

»Ich … was?«, fragte Albert überrascht, der gerade dabei war, am Smartphone seine E-Mails auf neue Zauberaufträge zu checken. Er hatte Patty natürlich sehr gut verstanden.

»Mein Vater. Warum zum Teufel durftest du in sein Herrenzimmer? Du weißt, wer da eigentlich reindarf.«

»Männliche Familienangehörige«, sagte er matt.

»Also, was war so wichtig?«

Albert überlegte, ob er ihr alles erzählen sollte, aber er wusste genau, wozu ihm Patty raten würde: den Job in der Abteilung ihres Vaters anzunehmen. Er hatte wenig Lust auf die Diskussion, also erzählte er ihr nur einen Teil. »Dein Vater hat sich nach meinem beruflichen Werdegang erkundigt. Was ich mache, was ich studiere.«

»Und was hast du ihm gesagt?«

»Die Wahrheit natürlich«, erwiderte Albert.

»Das wird ihm bestimmt nicht gefallen haben«, sagte Patty nachdenklich.

»Es kann ihm vor allem egal sein.«

Sie nickte, wirkte aber nicht überzeugt.

Den Rest des Abends verbrachten sie bei einer Flasche Rotwein vor dem Fernseher. Es liefen die alten *Mr-Bean-*

Filme, und Albert wusste nicht, ob ihm der Kerl leidtun oder ob er einfach drüber lachen sollte.

In der Nacht wurde er von Seymour Raymon heimgesucht, der ihn mit einem Arbeitsvertrag jagte. Albert versteckte sich, entkam dem Monster aber nicht. Er wälzte sich unruhig hin und her, schob es am nächsten Morgen aber auf das Tiramisu, das ihm schwer im Magen gelegen hatte.

»Ich muss gleich noch mal schnell in die Kanzlei, ein paar Akten holen«, sagte Patty am Frühstückstisch. Es roch nach aufgebackenen Brötchen und frischgepresstem Orangensaft. Ein paar verirrte Sonnenstrahlen fielen durch das Fenster ihrer Küche.

»Ist gut«, meinte Albert. »Ich spiele irgendwas auf der Konsole.«

Patty machte einen Gesichtsausdruck, als müsste sie einem Welpen sein Spielzeug wegnehmen. »Ich muss mich dummerweise auf die Gerichtsverhandlung morgen vorbereiten. Würde es dir etwas ausmachen, nach Hause zu fahren?«

»Nein, natürlich nicht«, antwortete Albert und log mal wieder. Irgendwie passierte ihm das in Anwesenheit der Raymons häufig. »Gar kein Problem, ich hab ja auch noch sehr viel zu erledigen.« Es gab nichts, was daheim auf ihn wartete, abgesehen von seinen Eltern, die sich immer freuten, ihn zu sehen.

»Sehr gut. Ich lade dich dafür das nächste Mal zum Essen ein.«

»Passt schon«, sagte er knapp und schob sich sein mit Käse belegtes Brötchen in den Mund. Er warf einen flüchtigen Blick auf sein Handy: Noch immer kein neuer Auftrag. Für die nächsten Wochen sah es mager aus, sein Zaubererhandwerk war nicht gefragt. »Kann ich kurz deinen Drucker benutzen?«

Patty, vom Display ihres Smartphones in den Bann gezogen, nickte.

Albert marschierte barfuß zum Schreibtisch und loggte sich in sein E-Mail-Postfach ein. Dort hatte er eine E-Mail mit dem Anhang abrahamkadabraham-plakat.pdf. Er warf einen verstohlenen Blick auf das Papierfach des hochmodernen Druckers. Er war, wie alles andere in dieser Wohnung, teuer und auf dem aktuellsten Stand der Technik. »Hundert Stück sollten reichen«, murmelte Albert und gab den Befehl an den Computer.

Eine Stunde später schob er sein Rad durch die kalten Straßen von London und brachte an Laternen und Zäunen seine Plakate an. Es waren einfache, in Word gestaltete Seiten. Er hatte überlegt, mal einen richtigen Grafiker damit zu beauftragen, aber die kosteten Geld, das er nicht besaß. Darauf prangte ein Foto von ihm in seinem Zaubereroutfit mit der Aufforderung, ihn für Kindergeburtstage, Firmenfeiern und Weihnachtsfeste zu buchen. Er war erst einmal in einem Seniorenheim aufgetreten, und da eine gebrechliche Dame bei der Konfettikanone fast einen Herzinfarkt erlitten hatte, würde er das garantiert nie wieder tun. Am Ende stand seine E-Mail-Adresse: bookingabrahamkadabraham@gmail.com. Leider teilte sich sein Postfach mit seinem Bankkonto eine Eigenschaft: Es war vor allem leer.

Albert kramte einen neuen Stapel Papiere aus dem Rucksack, war aber in Gedanken bei dem Gespräch mit Seymour. Deswegen bemerkte er nicht, wie sich am Ende der Straße ein unscheinbarer Luftstoß zu einer mächtigen Windböe zusammenbraute. Sie schoss die Straße hinab, direkt auf Albert zu und riss ihm die Papiere aus der Hand. Er versuchte, ein paar aus der Luft zu fischen, hatte jedoch keine Chance. Sie wurden davongetragen. »Verdammt«, fluchte er. Damit schwand der Kreis potenzieller Kunden weiter.

Kapitel 2

Matilda Godwins

Matilda Godwins hasste ihren Vater. Dafür gab es viele gute Gründe: seine Trunkenheit, sein aufbrausendes Temperament, die fehlende Hygiene, die Spielsucht, die sie schon bald Haus und Hof kosten könnte, oder seine Rechthaberei. In diesem Augenblick waren es aber die fehlenden Tischmanieren, die ihr auf die Nerven gingen. Sie saß ihm an der langen Tafel gegenüber und sah dabei zu, wie er wie ein Schwein fraß. Er hatte den Kopf tief über den Teller gebeugt und schaufelte das Kotelett und die Kartoffeln wie ein Verhungernder in sich hinein. Die Bratensauce lief sein Kinn herunter, und die Kaugeräusche hallten von den kalten Wänden wider. Womit hatte sie das nur verdient?

»Kein Wunder, dass Mutter dich verlassen hat«, sagte sie und spießte eine dampfende Kartoffel auf. »Es wundert mich eher, dass sie es so lange mit dir aushalten konnte.«

»Es steht dir jederzeit frei, es ihr nachzutun«, erwiderte Williams Godwins, ohne von seinem Teller aufzublicken.

»Damit du dich in Ruhe zu Tode saufen kannst?« So sehr sie ihn hasste, dazu war sie nicht bereit. »Es würde keine drei Tage dauern und du würdest unser Anwesen für eine Flasche Rum und eine Nacht im Stripclub verkaufen.«

»*Unser Anwesen?*«, wiederholte Williams spöttisch. »Wenn ich mich richtig erinnere, steht immer noch mein Name im

Grundbuch, junge Dame.« Ein großes Stück Kotelett verschwand im Mund des ungepflegten Mannes. Das aufgedunsene Gesicht mit der roten Nase und den buschigen Augenbrauen war unrasiert. Das lange graue Haar hing ihm in fettigen Strähnen ins Gesicht. Wenn er sich nicht selbst bald umbrachte, würde es der Alkohol tun.

»Und ich will sichergehen, dass es auch so bleibt, damit es noch etwas zu erben gibt, wenn du den Löffel abgibst«, sagte Matilda kühl.

»Mach dir keinen Stress, die Bruchbude will eh keiner mehr haben.« Was ihr Vater als Bruchbude bezeichnete, war ein gigantisches Schloss zwischen Sheffield und Manchester. Ein abgelegener Ort, den schon lange keine Sterbensseele besucht hatte. Es verfügte über zwanzig Schlafzimmer, genauso viele Bäder, eine Empfangshalle, drei Küchen, Bedienstetenzimmer, zahlreiche Kaminzimmer, einen Keller, der mehr einem Labyrinth glich, eine Bibliothek und den Speisesaal, in dem sie sich aufhielten. Das Gebäude war aber wie sein Besitzer nur noch ein Schatten seiner selbst. Eine fingerdicke Staubschicht hatte sich über einen Großteil des Inventars gelegt, und vieles war unter weißen Tüchern vor dem Zahn der Zeit versteckt. Die Bedienstetenzimmer hatten schon lange niemanden beherbergt. Die Ära, in denen Köche und Gärtner im Dienst der Godwins standen, war zahlreiche Jahre her. Matilda hatte ein paar Erinnerungen an diesen Abschnitt ihres Lebens, kaum mehr als Bruchstücke, in dem ihr Vater und ihre Mutter glücklich gewesen waren. Sie hatte den Duft des Porridges von Mrs Evans, ihrer Köchin, immer noch in der Nase. Eine Note Zimt und dazu ein dicker Klecks Orangenmarmelade. Nun roch es hier nur noch nach Schweiß und billigem Fusel.

»Dein Vater würde sich schämen, wenn er dich so sehen könnte.«

Williams gluckste und griff zum Glas Rum. »Der alte Zausel hatte gut reden. Hat hervorragend von dem ganzen Geld gelebt, was sein Vater und dessen Vater erwirtschaftet haben. Hätten mir mal ein paar Pfund übrig lassen können.«

Matilda seufzte. Zu oft hatte sie dieses Gespräch schon geführt. Ihre Großeltern hatten ihren Nachkommen ein reiches Erbe hinterlassen. »Wie tief stehen wir in der Kreide?«

»Keine Ahnung. Wir werden es wohl erfahren, wenn die Bank anklopft.«

»Ich habe noch ein bisschen auf dem Konto«, sagte sie. Viel war von ihrem Anteil des Erbes auch nicht mehr übrig. Zu oft hatte ihr Vater sie angepumpt und sie ihn aus der Misere retten müssen.

»Wird nicht reichen.«

»Was machen deine Investitionen?«

Er zuckte mit den Schultern. »Dieses Rockchain-Start-up ist pleite.«

»Blockchain«, korrigierte ihn Matilda.

»Was auch immer. Auf jeden Fall war es das. Mein Konto steht tief im Minus, und vielleicht stellen sie uns bald auch noch den Strom ab. Dann kann ich zumindest in Ruhe erfrieren, außer du hältst mich wieder davon ab.« Die fahrige Hand griff zum Rumglas.

Sie sah in die rotunterlaufenen Augen ihres Vaters. »Wenn ich das Geld beschaffe und dich auszahle, überschreibst du mir dann das Anwesen?« Die wenigen guten Erinnerungen, die sie hatte, waren mit diesem Gebäude verknüpft – und dann war da noch die Sache mit ihrer Mutter, der sie nachgehen wollte.

Williams Godwins prustete los, als hätte ihm ein Arzt unterbreitet, dass er kerngesund sei und noch ein langes Leben vor sich hatte. »Du? Selbst wenn du eine Bank überfallen würdest, würde es nicht reichen.«

Das war nicht ihr Plan, auch wenn ein Geldinstitut im Spiel war. »In einem Monat findet die Fuchsjagd statt. Ich werde daran teilnehmen und gewinnen. Mit dem Preisgeld kann ich deine Schulden bei der Bank abzahlen und das Godwins-Anwesen wieder in Schuss bringen. Und wenn du dich benimmst, darfst du hier in einem der Bedienstetenzimmer kostenfrei wohnen bleiben.«

Ihr Vater sah sie eindringlich mit seinen matten, kalten Augen an. Sie spürte den prüfenden Blick, mit dem er vor Jahren Bilanzen, Einkaufslisten und Abrechnungen gelesen hatte. Damals, als er dem Dämon Alkohol noch nicht verfallen war. »Du willst die Fuchsjagd gewinnen? Habe ich das richtig verstanden?«

Matilda nickte. Sie hatte sich das Ganze gründlich überlegt. Es gab noch ein paar Sachen zu klären, aber sie sah keinen anderen Ausweg, hatte keinen Plan B. Sie musste alles auf eine Karte setzen.

»Kann es sein, dass sich in diesem Speisesaal zwei Betrunkene befinden?«, fragte ihr Vater ernst. »Soll ich Botzki anrufen, damit er ein Auge auf uns beide hat? Jetzt, wo du dich auch nicht mehr um mich kümmern kannst.«

»Spar dir deine Scherze«, zischte Matilda. »Du weißt, wie ernst die Lage ist. Wenn du einen besseren Plan hast, immer her damit. Ich werde aber nicht zusehen, wie du aufgibst, was viele Generationen von Godwins vor uns aufgebaut haben – und vor allem werde ich Mutter nicht aufgeben.«

»Entschuldige, mein Engel!« Williams hob die Hände

theatralisch in die Höhe. »Hätte mein Vater mir keine gefälschten Bilanzbücher hinterlassen, würde der Laden noch laufen wie geschmiert.«

Matilda hatte keine Möglichkeiten, das zu überprüfen. Die Godwins waren mit In- und Export reich geworden. Zu Beginn hatten sie teure Gewürze aus Indien und China nach England eingeführt. In kurzer Zeit hatten sie mit allem Geld verdient, was sich irgendwie auf ein Schiff verladen ließ. Als das Zepter von ihrem Großvater an ihren Vater übergeben wurde, ging es langsam, aber stetig bergab.

»Du hast mir noch immer nicht auf meine Frage geantwortet«, sagte sie trotzig. »Wenn ich das Geld aufbringe, ganz egal wie, würdest du mir das Haus und die Ländereien verkaufen?«

»Mal angenommen, du bringst die Startsumme für eine Teilnahme an der Fuchsjagd auf: Wie willst du einen Fallensteller finden?«

»Botzki«, antwortete sie wie aus der Pistole geschossen. Zumindest der Teil ihres Plans war klar.

»Botzki?«

»Was meinst du, wie er über die Runden kommt, seitdem du ihm keinen Lohn mehr zahlen kannst? Er fängt sich Ratten, Hasen und andere Kleintiere.«

Ein kurzer Anflug von Mitleid war auf Williams Miene zu erkennen, wurde aber von einem großen Schluck Rum davongewaschen. »Wusste nicht, dass sich ein Hausmeister mit dem Bauen von Fallen auskennt.«

»Er ist studierter Maschinenbauer, also kann er auch eine Falle bauen.« Botzki war polnischer Einwanderer und aufgrund von Schicksalsschlägen und Lebensentscheidungen als Hausmeister auf dem Anwesen der Godwins gestrandet.

Statt Maschinen zu konstruieren, kümmerte er sich lange um quietschende Türangeln, defekte Heizungen und tropfende Wasserhähne.

»Wohnt er noch in diesem Schuppen?«

»Hat es nicht weit geschafft, nachdem du ihn vor die Tür gesetzt hast.«

»War schon immer ein treuer Köter«, sagte ihr Vater und hob das Glas. »Auf Botzki!« Er kippte den Rum runter und griff gleich zur Flasche, um nachzufüllen.

»Deine Fürsorge ist wirklich rührend, aber wenn er dir wichtig wäre, hättest du ihn in eines der Zimmer ziehen lassen.«

»Er konnte keine Miete zahlen. Jedes weitere Zimmer kostet Strom und Gas. Ich bin ja auch nicht Mutter Teresa.«

»Keine Angst, der Gedanke wäre mir nie gekommen.«

»Angenommen, Botzki ist dabei, und angenommen, du zauberst irgendeinen Magier hervor: Wie willst du die Startgebühr bezahlen?« Damit traf ihr Vater den wunden Punkt ihres Plans. »Früher hätte ich dir die fünfzigtausend Pfund bar auf die Hand mitgegeben, aber wir beide wissen, dass das nicht mehr möglich ist. Und was ist mit Auslagen, die ihr haben werdet, wenn ihr den Fuchs quer durchs Land verfolgt?«

Matilda zuckte mit den Schultern. »Wie ich das hinbekomme, braucht dich doch nicht zu kümmern. Schau einfach, dass das Haus bis dahin nicht an die Bank überschrieben wird. Das ist alles, was ich von dir verlange.«

»Du bist genauso bekloppt wie deine Mutter«, spie ihr Vater aus, und Matildas Griff wanderte langsam zum Messer neben ihrem Teller. »Wenn du so viel Geld hast, dann geh lieber ins nächste Casino. Da stehen die Chancen deutlich besser. Aber soll mir doch egal sein, wie du deine Zukunft verbaust. Wenn du unbedingt an der Fuchsjagd teilnehmen willst, nur zu. Wenn du mir diesen Fluch hier«, er zeigte mit fahriger Hand im Raum herum, »abkaufen kannst, noch viel besser.«

»Danke schön«, erwiderte Matilda, erhob sich und verließ ohne ein weiteres Wort das Zimmer. Sie würde keine Sekunde länger als nötig mit ihrem Vater verbringen, und sie hatte, was sie wollte: eine Abmachung. Sorgen, dass Williams es sich anders überlegte, machte sie sich nicht. Zwar war er ein Säufer und schlechter Mensch, aber auch ein Kaufmann vom alten Schlag, wo ein einmal gegebenes Wort galt.

Sie warf sich ihren grauen Ledermantel über, schlüpfte in ihre Stiefel und setzte sich eine Mütze auf die braunen, lockigen Haare. Wenn der Wind im Herbst auffrischte, dann kroch er schnell unter die Kleidung. Gut gerüstet marschierte sie durch das opulente Eingangsportal hinaus in den dunklen Abend.

Botzki wohnte eine halbe Stunde entfernt. Wenn man so klein wie Matilda war, dauerte es durchaus ein paar Minuten länger. Sie marschierte über Feldwege und stemmte sich gegen den aggressiven Wind, der vom Meer kam. Am helllichten Tage sah man nur Äcker und Felder, allerdings war es dunkel, und hier draußen fühlte sich keine Kommune dafür zuständig, Straßenlaternen aufzustellen. Also wies ihr eine Taschenlampe den Weg. Wie aus dem Nichts tauchte ein Schuppen vor ihr auf. Im Lichtkegel der Lampe wirkte er wie ein Fremdkörper auf dem Acker. Matilda vermutete, dass hier früher ein Bauer seine Gerätschaften untergestellt hatte, um sie schnell zur Hand zu haben, wenn auf dem

Feld etwas anstand. Aber die letzte Aussaat war viele Jahre her, und der Schuppen fristete lange ein einsames Dasein. Sie konnte sehen, wie Rauch aus einem Rohr in den pechschwarzen Himmel aufstieg. Botzki war zu Hause. Die Baracke bestand aus vier Wellblechwänden, die krumm und schief vom Wind waren. Die Hütte war kaum größer als ein Container, und Fenster gab es nicht. Matilda schaltete die Taschenlampe aus und klopfte an die Tür.

Sie hörte ein Rumpeln, dann herrschte Stille.

»Ich bin bewaffnet«, rief jemand.

»Matilda Godwins hier, kein Grund, mich über den Haufen zu schießen!«

»Matilda?«, hörte sie den Mann fragen. Seine Stimme war rau und kräftig.

»Mach schon auf, die Kälte hier draußen erinnert mich an meinen Vater.«

Sie hörte, wie Metall auf Metall kratzte und ein Riegel zurückgeschoben wurde. Die Tür glitt quietschend auf, und im Rahmen stand ein großgebauter, kräftiger Mann, der den Großteil seines Lebens hinter sich hatte. Er war zwei Köpfe größer als Matilda, Falten zogen sich über sein Gesicht, und ein grauer, gepflegter Dreitagebart umspielte das markante Kinn. Seine Hände sahen aus, als wären sie das Zupacken gewohnt. Botzki war der komplette Gegenentwurf zu ihrem Vater: gutaussehend, trotz des hohen Alters athletisch, gepflegt.

Sie umarmte ihn, und er erwiderte die Umarmung zögerlich. »Schön, dich zu sehen«, sagte sie.

»Freut mich auch, aber ich habe nicht mit Besuch gerechnet. Komm rein.«

Im Inneren des Schuppens roch es nach Kohle. Botzki

hatte einen Heizkessel, der über ein improvisiertes Rohr den Rauch nach draußen pustete, in der Mitte der kleinen Unterkunft eingebaut. Der Boden war mit Pappe ausgelegt, und neben einer Matratze und einer Lampe, die Licht spendete, gab es hier nicht viel.

»Setz dich.« Er zeigte auf das Bett. »Tee?«

»Gerne.« Matilda war trotz ihres dicken Ledermantels bis auf die Knochen durchgefroren.

Botzki nahm eine Teekanne und füllte Wasser aus einem Plastikkanister ab. Die Kanne stellte er dann auf den Heizkessel. »Dauert einen Moment, bis es kocht.«

Matilda war beeindruckt. Trotz der widrigen Lebensumstände war Botzki gepflegter als ihr Vater. »Gut siehst du aus«, sagte sie ehrlich.

»Danke. Wer sich aufgibt, hat schon verloren – hat meine Mutter immer gesagt. Ich halte mich an ihren Rat.«

»Wie kommst du über die Runden?«

Botzki zuckt mit den Schultern. »Helfe den umliegenden Bauern, wenn mal ein Trecker den Geist aufgibt oder sie jemanden bei der Ernte brauchen. Reicht für das Allernötigste. Lebt der Haustyrann noch?«

»Ja, aber ich denke, er wird es nicht mehr lange machen.«

»Das tut mir leid«, sagte Botzki, und sie hatte keinen Zweifel, dass er es ehrlich meinte. Zwar stand ihr Vater auch bei ihm in der Kreide, aber der Hausmeister war nie ein Mann gewesen, der einen Groll hegte. Er hatte sein Schicksal akzeptiert, seine paar Sachen in einen Koffer gepackt und war hier raus in den Schuppen gezogen.

»Braucht es nicht«, erklärte Matilda knapp. »Aber ich bin nicht hier, um mit dir über meinen Vater zu sprechen.«

Das Wasser in der Teekanne kochte. »Moment«, erwiderte

Botzki und goss ihnen kochendes Wasser in zwei Becher. »Waldbeere oder Zimt?«

»Zimt.«

Einen Augenblick später hielt Matilda einen heißen Becher in den Händen, der nach Weihnachten roch. Zimt erinnerte sie immer an die Abende in der Adventszeit, an denen sie mit ihrer Mutter Zimtsterne in der Küche gebacken hatte.

»Also, was verschafft mir die Ehre?«

»Ich möchte an der Fuchsjagd teilnehmen.«

Botzki verschluckte sich an seinem Tee und rang nach Luft. »Heilige Mutter Maria, du meinst *die* Fuchsjagd?«

»Natürlich meine ich *die* Fuchsjagd. Glaubst du, ich will mich auf ein Pferd setzen und Hunden dabei zuschauen, wie sie irgendein armes Tier durch den Wald hetzen?«

»Warum beim Allmächtigen?«

»Wegen des Preisgelds. Ich habe es durchgerechnet. Wenn ich ehrlich bin, war dafür gar nicht viel Mathe notwendig. Es ist mehr als genug Geld, um die Schulden bei der Bank zu begleichen, meinem Vater das Anwesen abzukaufen und ein sorgenfreies Leben zu führen.«

»Aber Matilda, warum zum Teufel nimmst du nicht einfach das Geld und ziehst irgendwo hin, wo du all das hinter dir lassen kannst? Ein schönes Penthouse in London, ein Haus in Krakau, eine Villa in Hollywood. Es gibt so viele schöne Orte auf der Welt.«

»Botzki, du weißt genau, warum ich das alles nicht hinter mir lassen kann.«

»Deine Mutter«, meinte er knapp, und Matilda nickte.

»Ich bin mir sicher, dass die Antwort irgendwo im Haus versteckt ist. Dass ich nur dort rausfinden kann, warum sie verschwunden ist.«

Der große Mann legte ihr einen Arm um die Schulter. »Du hast auch eine Ahnung, wo du suchen musst, oder?«

Matilda nickte, und gleichzeitig sagten sie: »Im Keller.«

Sie musste daran denken, wie sie als Kind im Keller gewesen war. Er hatte schon immer diese unheimliche Ausstrahlung gehabt. Die vielen dunklen Ecken, der Geruch nach feuchter Erde. Schatten an den Wänden, Spinnen, die sich in Ritzen flüchteten, sobald das Licht unter der Decke flackerte. Man stellte Dinge ab, die im Anwesen keinen Platz mehr hatten, und vergaß sie.

Aus den Augen, aus dem Sinn.

Leider hatte der Godwins-Keller aber die Angewohnheit, dass manches sehr viel schneller aus den Augen geriet. Gegenstände, die man dort eingelagert hatte, waren am nächsten Tag abhandengekommen. Matilda zog es irgendwann vor, nicht mehr in den Keller zu gehen. Sie wollte nicht auch verschwinden. Nachdem eine Küchenmagd nicht wiederkam, die nur ein paar Zwiebeln und Kartoffeln holen wollte, ließ ihr Vater den Keller versiegeln.

»Ich bin mir sicher, dass sie etwas über diesen Keller wusste. Weshalb sie uns verlassen hat oder …«, sie brachte den Satz nicht zu Ende.

»… sich dort unten verirrte«, ergänzte Botzki nachdenklich. »Ich selbst habe die Theorie schon mehr als einmal in Betracht gezogen. Jennifer war eine liebevolle Mutter und dein Vater noch nicht so verbittert. Es gab keinen Grund für sie, sich davonzumachen.«

»Und wenn das Haus an die Bank geht, werde ich keine Chance mehr haben, dem nachzugehen.«

»Ich verstehe. Du hoffst, deine Mutter dort unten zu finden.«

»Oder zumindest eine Antwort auf meine Fragen.« Jennifer war nur wenige Tage vor dem Vorfall mit der Küchenmagd verschwunden. Ihre Geldbörse und ihr Ausweis sowie ein Koffer und einige Kleidungsstücke fehlten, weshalb jeder davon ausging, dass sie mit einem anderen Mann durchgebrannt war. Aber Matilda wusste, dass ihre Mutter sie nie zurückgelassen hätte. Wenn sie herausfinden wollte, was mit ihrer Mutter passiert war, musste sie den Keller erforschen, und das erforderte Zeit.

»Wie hoch stehen die Chancen, dass du die Fuchsjagd gewinnst?«

»Mein Vater meinte, ich soll die fünfzigtausend Pfund Startgebühr lieber nehmen und ins Casino gehen. Wahrscheinlich würden meine Chancen da wirklich besser stehen, aber ich will mich nicht auf mein Glück verlassen müssen. Das meinte es in der Vergangenheit nicht gerade gut mit mir.«

»Ich bin dabei«, sagte Botzki.

»Aber ich habe dich doch ...«, setzte Matilda an, wurde aber vom Hausmeister unterbrochen.

»Du wolltest mich fragen, ob ich als Fallensteller dabei bin. Deswegen bist du hier. Du wirst mich ja wohl kaum um die Startgebühr anpumpen, oder?«

»Nein«, gestand Matilda und sah sich im Schuppen um. »Wenn wir gewinnen, teilen wir die Summe durch drei.«

»Klingt fair. Wer ist unser Zauberer?«

»Darüber habe ich mir den Kopf zerbrochen. Die Kirche war bei den Hexenverbrennungen leider sehr gründlich.«

»Wie wäre es mit dem Kerl, der euren Keller versiegelt hat? Dein Vater hatte doch extra einen Schamanen einfliegen lassen.«

»Zu teuer, befürchte ich.« Matilda erinnerte sich noch gut an den Mann aus Südamerika. »Er hat Kräuter und Räucherstäbchen entzündet und eine Stunde meditierend vor der zubetonierten Kellertür gesessen. Danach sollte kein böser Geist mehr durchkommen können, sagte er. Aber ich weiß nicht, wie uns das bei unserem Problem helfen soll.«

»Ich habe deinen Vater einmal zum Dinner am Vorabend der Jagd begleitet. Ich war dabei, um über seine Witze zu lachen und ihn zu bestätigen«, berichtete der Hausmeister nachdenklich. »Die Zauberer waren alle aus Übersee. Jedes der fünf Teams hatte einen, aber keiner stammte aus England.«

»Haben wir eine Chance?«, fragte Matilda. Sie wusste, dass ihre Karten schlecht waren, aber sie wollte es von Botzki hören.

»Wenn es darum geht, dieses Anwesen und womöglich deine Mutter zu retten, müssen wir jede Chance nutzen, die sich uns bietet.« Er schenkte ihr sein warmes Lächeln.

Matilda seufzte. »Das klingt nicht sehr aufbauend, aber danke.« Sie hatte schon viel über die berüchtigte Jagd gehört. Die dort versammelten Geschäftsmänner und -frauen verfügten über mehr Kapital als das Bruttoinlandsprodukt von Großbritannien, und trotzdem brachten sie sich Speichellecker und Bedienstete mit, die sie bestätigten und ihnen Sicherheit gaben. »Ich werde jemanden finden. Du machst dir Gedanken über die Falle.«

»Das lass auf jeden Fall meine Sorge sein. Der Fehler vieler Fallensteller ist, dass sie mit der Angst des Fuchses arbeiten. Sie wollen ihn die Falle hetzen. Ich werde einen anderen Ansatz ausprobieren. Aber der Zauberer ist nicht unser einziges Problem: Wie willst du das Geld für die Startgebühr auftreiben?«

»Auch dafür werde ich eine Lösung finden.«

»Also gut, wann geht es los? Kann es kaum abwarten, aus diesem Loch hier herauszukommen.«

»In einer Woche findet das Dinner statt, und in acht Tagen beginnt die Jagd.«

Botzki stieß einen überraschten Pfiff aus. »Das ist nicht sehr viel Zeit.«

»Deswegen kann ich leider auch nicht länger bleiben. Komm in fünf Tagen zur Villa, mein Vater wird gar nicht bemerken, dass du da bist. Von da aus geht es dann zur Jagd.«

»So machen wir es. Ich bin froh, dass du damit zu mir gekommen bist. Lass dir das von deinem alten Herren nicht ausreden, verstanden?«

»Verstanden«, versprach Matilda und umarmte Botzki.

»Ich werde die Zeit nutzen und eine Falle vorbereiten«, sagte Botzki zum Abschied. »Dann müssen wir nicht improvisieren.«

Der eiskalte Wind zerrte an ihr, aber der Tee hatte Wirkung gezeigt. Seit Wochen spürte Matilda zum ersten Mal einen Funken Zuversicht in sich aufkeimen. Vielleicht war doch nicht alles so aussichtslos, wie sie die ganze Zeit gedacht hatte? Wenn sie ganz ehrlich zu sich war, machte sie sich etwas vor. Was sie hatte, war ein Fallensteller und sich selbst, die Jägerin. Sie hatte aber weder die Startgebühr noch einen Magier. Das waren die Dinge, die ihr Kopfschmerzen bereiteten. Zumindest die Sache mit dem Geld würde sie direkt am nächsten Morgen angehen.

Daheim angekommen, kam sie am Zugang zum Keller vorbei. Mittlerweile war davon nicht mehr viel zu sehen, es war nur eine graue, hässliche Betonwand. Der Gestank der Räucherstäbchen war schon längst verflogen.

»Ich finde dich, wenn du da noch irgendwo bist«, flüsterte Matilda in die Dunkelheit. Dann schleppte sie sich die Treppe hoch und ging direkt ins Bett. Als nächster Punkt stand das Startgeld auf ihrer Liste, und auch dafür hatte sie schon einen Plan.

Am Morgen fuhr sie mit den Land Rover nach London. Es war ein schrecklich altes Modell. Der Rost fraß sich durch die Karosserie wie eine hungrige Raupe durch einen Salatkopf und der Auspuff hustete wie ein Kettenraucher. Das Teil war genauso hinüber wie ihr Vater, erfüllte jedoch seinen Nutzen und brachte sie sicher in die Hauptstadt.

Sie hatte die halbe Nacht wachgelegen und darüber nachgedacht, wie sie an das Geld kommen sollte. Nach Berücksichtigung aller Möglichkeiten und Optionen kam sie immer wieder zu dem einen Entschluss: Sie musste zur Bittstellerin werden.

Matilda parkte das Gefährt und marschierte ohne Umwege zu ihrem Ziel. Um an das Geld zu gelangen, hatte sie sogar etwas getan, was sie viel Überwindung kostete: Sie hatte ein elegantes Kleid und hochhackige Schuhe angezogen und Make-up aufgetragen. Dort, wo sie hinwollte, gehörte das zu den Spielregeln. Sie lief am Tower of London vorbei in Richtung London Bridge. Kurz vor der King Williams Street bog sie in eine kleine, unauffällige Gasse ein und kam vor einem noch unscheinbareren Haus zum Stehen. Nichts deutete darauf hin, dass hier die reichste Bank Englands residierte, und das war beabsichtigt. Wer viel Geld hatte, tat gut daran, es nicht an die große Glocke zu hängen.

Nur ein kleines Schild mit der Aufschrift *Watts & White Bank* ließ erkennen, was sich hinter den Mauern befand.

Sie rüttelte an der Tür, die aber verschlossen war, also betätigte sie die Klingel. Nach einem kurzen Moment hörte sie ein »Watts & White, haben Sie einen Termin?« aus der Gegensprechanlage. Matilda sah direkt in das Auge der kugelförmigen Kamera. Sie wusste, dass sie beobachtet wurde.

»Matilda Godwins, ich müsste mit der Direktorin sprechen. Es geht um die Fuchsjagd.«

»Haben Sie einen Termin?«, wiederholte der Mann am anderen Ende seine Frage.

»Nein, habe ich nicht. Aber ich glaube, dass es für Mrs Lynbrook trotzdem wichtig sein wird.«

»Wie war Ihr Name?«

»Godwins, Matilda Godwins, Tochter von Williams Godwins.« Sie wusste, dass der Name Godwins für Aufmerksamkeit bei Mrs Lynbrook sorgen würde. Hoffentlich reichte es aus.

»Einen Moment bitte.«

Matilda wartete einen quälend langen Augenblick auf der Steintreppe vor dem Gebäude. Sie zog den knielangen Mantel enger zu. In ihren Gedanken wollte sie das Gespräch, das ihr bevorstand, noch mal durchgehen, da hörte sie das Summen des Türöffners. Schnell stemmte sie sich gegen die schwere Holztür und stand in einem Empfangsflur. Es gab keinen Tresen und auch keine Bankautomaten. Watts & White war keine gewöhnliche Bank. Kein Institut, bei dem der Friseur von nebenan einen Kredit beantragte oder das im Internet aufzufinden war. Vielmehr stand Watts & White einer Gesellschaftsschicht zur Verfügung, die zu den Reichsten der Reichen gehörte. So wie die Godwins vor langer Zeit. Wenn man hierher kam, ging es nicht um Altersvorsorge oder Lebensversicherungen. Man wollte Beträge in sicheren Händen wissen, die das Bruttoinlandsprodukt mancher Staaten überstiegen, oder Geschäfte tätigen, die so pikant waren, dass es keine Papierspuren geben durfte.

Es roch nach altem Teppich, und die Wände waren behangen mit kunstvollen Gemälden. Porträts von Königinnen, Schlachten und Krönungen. Daneben waren Schwerter und Seekarten angebracht. In einer Ecke wurde eine Samurairüstung ausgestellt. Matilda fühlte sich wie in einem Museum statt wie in einer Bank.

In der Mitte des Flurs stand ein Tisch mit einem Monitor darauf und einem jungen Mann dahinter. Er war vielleicht fünfundzwanzig, also in Matildas Alter, und hatte einen Kurzhaarschnitt. Er trug einen modischen blauen Anzug und eine rechteckige Brille. Sie musste kein Wort mit ihm wechseln und wusste dennoch alles über ihn: Klassenbester, irgendwas mit Wirtschaft an der Universität von Oxford oder Cambridge studiert, natürlich Jahrgangsbester und nun Speichellecker bei Mrs Lynbrook.

Matilda ging auf den Tisch zu. Ihre Schritte hallten unangenehm von der hohen Decke zurück.

»Nehmen Sie bitte Platz, Miss Godwins. Mrs Lynbrook wird Sie gleich empfangen.« Er zeigte auf die Stuhlreihe zu seiner Linken.

»Danke schön«, erwiderte sie und setzte sich. Der Stuhl knarrte unter ihrem Gewicht, wofür es eigentlich keinen Anlass gab. Aber wahrscheinlich war der Stuhl genauso antik wie der Rest in diesem Raum. Sie sah sich in Ruhe um und versuchte, sich abzulenken. Die nächsten Minuten würden darüber entscheiden, ob sie die Chance erhielt, das Verschwinden ihrer Mutter aufzuklären.

»Kaffee?«, fragte der Sekretär und riss sie aus ihren Gedanken.

»Danke, nein.«

»Tee?«

»Auch nicht, vielen Dank. Ich habe keinen Durst.« Matilda lächelte entschuldigend. Der junge Mann sah sie an, als hätte sie gerade ein wirklich gutes Geschäft ausgeschlagen. Wahrscheinlich hatte sie das in seinen Augen auch: Ein kostenfreies Getränk war schließlich nicht zu verachten. Ein paar Pfund, die man gespart hatte.

»Wie Sie meinen«, murmelte er kurz angebunden und widmete sich wieder seinem Monitor.

Mrs Lynbrook ließ sie warten. Matilda warf einen Blick auf die Uhr. Sie saß jetzt schon seit einer halben Stunde in dem stickigen Empfangszimmer und wartete auf ihre Audienz. Aber es war ein kleines Wunder, dass sie überhaupt vorgelassen wurde. Sie hatte Mrs Lynbrook nur ein Mal beim Dinner vor der Fuchsjagd gesehen, aber nie mit ihr gesprochen. Williams Godwins hingegen war hier lange ein und aus gegangen, und wenn ihr Vater vor einer Person Respekt hatte, dann war es Mrs Lynbrook. Das mochte auch damit zusammenhängen, dass er bei ihr tief in der Kreide stand, und nach allem, was sie von der Bankdirektorin wusste, war sie niemand, mit der man es sich verübeln wollte.

»Sie empfängt Sie jetzt«, sagte der Sekretär, und Matilda rutschte das Herz in die Hose. »Gehen Sie einfach die Treppe hoch.« Er zeigte auf den Durchgang hinter ihm am Ende des Flures.

Matilda erhob sich und marschierte durch die Tür. Es war

eine schmale Wendeltreppe aus Stein, wie man sie in einer Burg und nicht in einer Bank erwartet hätte. Sie begann den Aufstieg, und schon nach kurzer Zeit wurde ihr schwindelig. Stufe auf Stufe folgte, aber es schien kein Ende nehmen zu wollen. Immer weiter lief sie die Treppe hinauf, schon viel zu lange für so ein kleines Gebäude. Sie musste sich bereits im fünften oder sechsten Stock befinden, dabei hätte sie von draußen geschätzt, dass es nicht mehr als drei gab. Matilda war völlig aus der Puste, als sie plötzlich vor einer alten Holztür stand. Diese war verstärkt mit Eisenstreben, die von oben nach unten verliefen. Langsam atmete sie ein und wieder aus. Ohne klaren Verstand brauchte sie gar nicht eintreten. Als sie spürte, wie sich ihr Puls beruhigte, klopfte sie an.

Es ertönte kein *Herein* oder *Bitteschön*, die Tür glitt einfach auf. Matilda trat ein und stand in einem großen Zimmer. Ein Kronleuchter hing von der Decke. Die Wände waren vollgehangen mit Artefakten von fremden Kontinenten: Masken, Waffen, Rüstungen, Instrumente. Aber auch die Köpfe exotischer Tiere reihten sich dazwischen ein. Mrs Lynbrook saß an einem Tisch, der größer als Botzkis Schuppen war. Auf dem Tisch stand ein Globus, und überall lagen Zettel und Bücher herum. Ein Chaos, wie sie es nur von ihrem Vater kannte. Hinter dem Tisch befanden sich zwei deckenhohe Fenster, und Matilda genoss einen unverstellten Blick auf die Skyline von London. »Wie ist das …«, stammelte sie. Das Gebäude war zu niedrig für eine so makellose Aussicht über die Stadt.

»Du bist doch eine Godwins, Schätzchen. Da solltest du doch wissen, wie das ist: Mit dem nötigen Kleingeld kann man sich alles kaufen. Auch die Dinge, die eigentlich gar nicht möglich sind«, sagte die alte Dame hinter dem Schreibtisch. Mrs Lynbrook war klein und für jemanden wie Matilda auch alt. Sie hatte das graue, glatte Haar schulterlang schneiden lassen und versteckte ihre gierigen Augen hinter einer unmodischen Hornbrille. Ihre hängenden Wangen verliehen ihr etwas Krötenhaftes. Wie ein Reptil saß sie da und starrte auf Matilda, als wäre sie eine Fliege oder eine Made, die man mit einem Happs verspeisen konnte.

»Wir haben nicht viel Zeit, also setz dich«, verlangte sie und zeigte auf den Stuhl vor ihrem Schreibtisch.

Matilda kam dem Befehl – nichts anderes war es – nach und nahm Platz. Das Möbelstück war ungemütlicher als jede Bierzeltgarnitur, und sie verzog die Miene.

»Meine Gäste sollen es nicht zu bequem haben, sonst kommen sie zu schnell wieder«, bemerkte Mrs Lynbrook trocken. »Also, was führt dich zu mir? Ist dein Vater mittlerweile gestorben?«

»Noch nicht, nein, darum geht es nicht«, erwiderte Matilda überrumpelt.

»Nun, dann fass dich bitte kurz.«

»Es geht um die Fuchsjagd, die Ihr Haus ausrichtet«, fing Matilda an und sah für einen kurzen Augenblick die Gleichgültigkeit aus dem Gesicht der Bankdirektorin verschwinden. »Ich würde gerne daran teilnehmen.«

»An der Fuchsjagd? So ein junges Ding wie du? Du weißt doch, wie rau es da zugeht.«

»Das ist kein Problem.«

»Nun, es steht jedem Kunden von Watts & White frei, ein Team aufzustellen. Ich wüsste nicht, wozu du meine Erlaubnis benötigst«, erklärte Mrs Lynbrook betont gelangweilt.

»Es geht um das Startgeld. Ich habe keine fünfzigtausend Pfund«, gab Matilda unumwunden zu. Sie brauchte nicht mit verdeckten Karten spielen. Die Frau ihr gegenüber wusste wahrscheinlich noch besser über die Finanzen der Godwins Bescheid als sie selbst.

»Hätte mich auch gewundert. Dein Vater kann ja nicht mal seine Raten bezahlen«, sagte die alte Kröte und warf ein Pfefferminzplätzchen ein. Ohne zu kauen, verschwand es in ihrem gierigen Schlund. »Schade, aber da kann man wohl nichts machen.«

»Wenn Sie mir die Startgebühr erlassen würden und ich gewinne, könnten Sie viel mehr Gewinn machen.«

»Mädchen, sehe ich aus, als wenn ich Gewinn machen müsste?«

Nein, so sah Mrs Lynbrook nicht aus. Sie sah wie eine dicke, fette, glückliche Made im Speck aus, die es richtig gemütlich hatte. Ihr ging es gut, aber Wesen wie sie konnten das Maul nie voll genug bekommen. Es war eine Sucht nach immer mehr, egal, wie irrational es sein mochte. Hauptsache, am Ende der Jahresbilanz stand wieder ein Plus unter dem Strich. »Sie sehen wie jemand aus, dem fünfzigtausend Pfund nicht weh tun, der sich aber sehr über das Vierfache davon freuen würde.«

Die Augen hinter der Hornbrille wurden groß. »Zweihunderttausend Pfund für den unwahrscheinlichen Fall, dass du gewinnst? Das klingt aber nicht sehr großzügig.«

Matilda wischte ihre feuchten Handflächen am Mantel ab. »Zweihunderttausend Pfund und außerdem werde ich alle Schulden meines Vaters plus Zinseszins auf einen Schlag abbezahlen. Sie werden auf nichts sitzenbleiben, und wir beide wissen, dass mein Vater nicht in der Lage ist, seine Schulden zurückbezahlen.«

»Ja, dein Vater sah wirklich grauenhaft aus, als er das letzte Mal hier war«, erwiderte sie gleichgültig. Ihre dicken Finger suchten nach einem neuen Pfefferminzplätzchen, das sie sich zwischen die trockenen Lippen schob. »Aber ich stehe ja nicht ohne Sicherheit da: Wenn dein Vater nicht innerhalb der nächsten acht Wochen zahlen kann, geht euer Grundstück an mich.«

Die Info war Matilda neu. Sie hatte keine Ahnung gehabt, dass sie so kurz davor standen, aus ihrem Zuhause zu fliegen. »Die Villa ist verfallen und schlecht angebunden. Es gibt nicht mal eine asphaltierte Straße. Sind Sie sicher, dass Sie sich das ans Bein binden wollen?«

Mrs Lynbrook zuckte mit den Schultern und lehnte sich zurück. »Nein, das klingt wirklich nicht verlockend. Aber die Großstadt fängt langsam an, mir auf die Nerven zu gehen, meine Liebe. Der Lärm, die Menschen …« Sie zeigte hinter sich aus dem Fenster. »So ein Wochenendhäuschen wäre schön. Einfach mal rauskommen aus der Stadt, dem ganzen Trubel entfliehen. Die Sorgen des Alltags hinter sich lassen. Vielleicht werde ich Gemüse anbauen. Die Erde dort soll sich dafür gut eignen.«

Nun wusste Matilda, dass die alte Kröte nur mit ihr spielte und noch einen bestmöglichen Deal rausschlagen wollte. »Ich richte Ihnen gerne eine kleine Ferienwohnung bei uns ein. Sehen Sie: Für Sie gibt es nichts zu verlieren. Entweder bekommen Sie all Ihr Geld und noch viel mehr zurück, oder Sie kriegen die Bruchbude, auf die Sie sich so sehr freuen.«

Nun verengten sich die Augen der Bankdirektorin zu engen Schlitzen, und sie richtete sich wie ein Löwe kurz vor dem Erlegen der Beute in ihrem Sessel auf. »Dann erzähl mir doch mal, warum du dein Leben riskieren und an der Fuchsjagd teilnehmen willst, um diese – wie sagtest du? – Bruchbude zu retten?«

Offensichtlich hatte Matilda die Frau unterschätzt. Sie schluckte schwer, in ihrem Kopf rasten die Gedanken. »Nur aus Sentimentalität, mehr nicht. Ich bin dort aufgewachsen und habe nichts anderes, was mich an meine Mutter erinnert. Wenn ich dort wegmuss, habe ich gar nichts mehr von ihr.«

»Gefühle waren noch nie ein guter Geschäftsberater, meine Liebe. Lass mich dir das sagen. Aber du hast recht: Mir ist es verdammt egal, ob ich dieses Haus bekomme oder nicht. Bruchbude war wahrscheinlich noch eine schmeichelhafte Umschreibung. Ich erwarte von dir, dass du dich an dein Wort hältst, hast du verstanden? Ich erlasse dir die Startgebühr. Du wirst wahrscheinlich eh schon daran scheitern, einen Fallensteller geschweige denn einen Zauberer zu finden. Du kannst weder den einen noch den anderen bezahlen.«

Matilda hörte ihr schon gar nicht mehr zu. Hatte sie das richtig verstanden? »Danke«, stammelte sie. »Sie werden es nicht bereuen.«

»Wieso sollte ich auch? Die Bank gewinnt immer, Liebes. Und nun verschwinde, ich erwarte Kundschaft. Also richtige Kundschaft, die nicht kommt, um mich anzubetteln.«

Matilda sprang auf, machte einen kurzen Knicks und verließ das Büro der Bankdirektorin.

Nachdem die junge Frau ihr Büro verlassen hatte, lehnte sich Lynbrook auf ihrem Stuhl zurück und fischte nach einem weiteren Pfefferminzplätzchen. Eine wirklich interessante

Entwicklung war das. Sie hatte nicht vor, dem Mädchen die fünfzigtausend Pfund zu erlassen. Der Vater hatte sie schon zu lange hingehalten, da war es nur angebracht, die Familie vor aller Augen mal vorzuführen. Sie sollten spüren, wo ihr Platz in der Gesellschaft war. Außerdem wusste sie um den wahren Wert der vermeintlichen Bruchbude. Sie wusste, was sich unter dem jahrhundertealten Schloss befand. Von der magischen Macht, die dieser Ort besaß, und seinem Reichtum, den er für jene bereithielt, die wussten, wie man durch das Labyrinth navigieren musste, das so manche Küchenmagd und auch die Mutter des armen Mädchens verschlungen hatte. Nein, darauf würde sie sicherlich nicht verzichten. Ein kurzes Lächeln huschte über ihr breites Gesicht. Alles fügte sich, die Godwins waren bereit für ihre Hinrichtung.

Matilda hatte es tatsächlich geschafft. Sie durfte bei der Fuchsjagd antreten. Ihre immense Freude wurde von der plötzlichen Erkenntnis gedämpft, dass ihr noch immer ein Zauberer fehlte. Und hier war sie am Ende ihres Lateins. Sie kannte keinen Agenten, der Magier vermittelte. Kontakte, ein gutes Netzwerk und ein fürstliches Honorar waren das Einzige, was einem half.

Sie lehnte sich seufzend an die Wand der Bank. Gedanklich ging sie alle Möglichkeiten durch. Vielleicht kannte ihr Vater noch jemanden? Sie hatte wenig Lust, mit ihm über dieses Thema zu reden. Er würde sie auslachen. Ein heftiger Wind zog auf. Ihr Mantel flatterte, und ihre langen, lockigen Haaren wirbelten wie wild durcheinander. Nach wenigen Sekunden war der Spuk wieder vorbei, und noch als Matilda sich wunderte, was das eben gewesen war, sah sie etwas vor sich zu Boden gleiten. Es war ein Blatt Papier.

Sie bückte sich, griff danach und drehte es um. Ihre Miene hellte sich auf, und ein breites Grinsen breitete sich auf ihrem Gesicht aus, als sie die ersten Zeilen las: »Abraham Kadabraham – Ich stelle meine Zauberei in Ihren Dienst.« Offensichtlich hatte das Glück wieder zu ihr zurückgefunden. Nein, das war nicht nur Glück, sondern die Magie eines sehr begabten Zauberers, der seine Flugblätter genau dahin brachte, wo sie gerade gebraucht wurden, da war sie sich ganz sicher.

Kapitel 3

Albert Tubbs

»Gib mir doch bitte mal eine Scheibe Salami, Junge«, bat George Tubbs seinen Sohn.

»Sie ist direkt hier – warte – hinter deinem Ohr.« Schon zauberte Albert eine Salamischeibe hervor.

Elani Tubbs seufzte. »Ganz der Vater«, murmelte sie. Man hörte ihre südafrikanischen Wurzeln immer noch raus, obwohl sie seit vielen Jahren in England lebte.

»Jemand muss die Familientradition ja fortführen«, verteidigte George seinen Spross. »Du bist doch nur enttäuscht, dass er nicht dieselbe Leidenschaft für Frisuren zeigt.«

Albert liebte diese Momente mit seinen Eltern, wenn sie gemeinsam am Frühstückstisch saßen und sich Sprüche an den Kopf warfen. Er redete sich ein, dass er deswegen nicht von zu Hause auszog. In Wahrheit konnte er das nicht finanzieren, aber umso schöner war der Umstand, dass der Haussegen bei Familie Tubbs nicht schiefhing.

»Hättest du ihn nicht schon im Säuglingsalter mit deinen Taschenspielertricks angesteckt, würde er jetzt vielleicht auch als Friseur arbeiten«, erwiderte Elani gespielt brüskiert. »Übrigens Friseur: Wann darf ich mal wieder an deine Haare, Albi?«

»Danke, Mum, aber ich lasse sie noch etwas wachsen.« Albert fuhr sich unbewusst durch seine krausen Haare.

»Noch ein Stück länger und man kann einen Zauberspruch reinflechten«, murmelte George. »Orangensaft bitte, und nein, der ist nicht hinter meinen Ohren!«

»Wie auch immer, ich muss los zur Arbeit«, sagte Elani und verabschiedete sich.

»Wann geht es bei dir heute los?«, fragte George.

»Um sechzehn Uhr beginnt meine Schicht, also habe ich noch viel Zeit.«

»Kein Zauberauftritt heute?«

Albert gab vor, einen kurzen Blick in den Terminkalender seines Handys zu werfen. Das war überflüssig, denn einen Auftritt vergaß er nicht. Für die nächsten Wochen hatte er keine Buchungen. »Nein, heute steht nichts drin«, murmelte er beschäftigt.

»Ich finde es gut, dass du das machst! Schön, dass noch jemand die Familientradition hochhält. Hab es immer geliebt, den Kleinen ein Staunen ins Gesicht zu zaubern.« George Tubbs hatte selbst lange als Magier gearbeitet, so wie schon sein Vater und dessen Vater.

»Warum hast du damit aufgehört?« Albert kannte die Antwort, wurde aber nicht müde, danach zu fragen.

»Ach, war einfach an der Zeit, den Koffer weiterzugeben.« Mit dem Koffer war der Zauberkoffer gemeint, der alle Utensilien beinhaltete.

»Die Arbeit in der Fabrik hat dich aber nicht glücklich, sondern nur kaputtgemacht.«

George klopfte auf sein Knie. »Immerhin hat sie mir die Frührente ermöglicht«, sagte er mit einem Grinsen.

Nach dem Frühstück ging Albert nach oben und holte Butterscotch aus dem Zylinder, der im Schrank verstaut war. Er setzte den Hamster auf dem Schreibtisch ab und gab ihm eine Handvoll Sonnenblumenkerne, über die er sich laut schmatzend hermachte. Albert widmete sich dem Monitor. Patty war auf der Arbeit, und er hatte noch viel Zeit, die gut genutzt werden wollte, bevor er Pizza ausfuhr. Wie man Zeit gut nutzte, davon hatte Albert seine ganz eigene Definition. Er startete Reign of War, ein Online-Rollenspiel, in dem die Spieler in die Rolle von Helden schlüpften und gegen Monster kämpften. Albert hatte sich natürlich für die Klasse des Magiers entschieden. Die Zauberer in Reign of War unterschieden sich geringfügig von Abraham Kadabraham: Sie schleuderten Kettenblitze, konnten ihre Gegner in Schafe verwandeln oder in Flammen aufgehen lassen. Albert hatte viel Spaß und vergaß schnell, dass es noch eine Welt außerhalb der digitalen gab. So bekam er auch die E-Mail nicht sofort mit, die in seinem Postfach eintrudelte. Es war die eine E-Mail, auf die er sein ganzes Leben wartete. Aber Albert tötete lieber Orks und Trolle im Schattengebirge, um noch ein Level vor der Arbeit zu schaffen. Wenn er weitere drei Level aufstieg, konnte er einen Infernosturm erzeugen, und dann würde die ganze Plackerei wesentlich einfacher werden und die Elitetrolle wären kein Problem mehr.

Um halb vier schielte er zur Uhr hinüber und ihn traf der Schlag. Schnell loggte er sich aus, warf die Arbeitskleidung über und eilte aus der Wohnung.

»Viel Spaß«, hörte er seinen Vater rufen.

Albert sprang auf das Fahrrad und raste durch Londons Straßen zur Filiale von Relish Pizza. Ein Blick auf sein Handy, und er hätte sich den ganzen Stress gar nicht machen müssen. Mit hochrotem Kopf und nach Atem ringend kam er in die Küche gelaufen.

»Bist du auf der Flucht?«, fragte ihn Chantalle, die als Bäckerin bei Relish Pizza arbeitete. Sie war eine kleingewachsene Frau, Anfang zwanzig und verdiente sich neben dem Studium ein bisschen Geld dazu.

»So ähnlich«, antwortete Albert schnaufend. »Schon irgendwelche Aufträge?«

»Eine Pizza Hawaii und eine Pizza Salami müssen in fünfzehn Minuten raus. Ich versteh wirklich nicht, was im Leben schieflaufen muss, damit man Pizza Hawaii mag«, sagte sie und hatte einen Blick drauf, als wäre sie Ärztin und müsste einem Patienten eine Krebsdiagnose überbringen. »Ananas auf einer Pizza ist doch einfach krank.«

Albert zuckte mit den Schultern und schnaufte erleichtert aus. Er hatte es rechtzeitig geschafft. Seine Hand tastete nach dem Smartphone in der Hosentasche und gerade, als er es rausziehen und nachschauen wollte, ob es etwas Neues gab, hörte er Chantalle wieder reden.

»Kam gerade rein.« Sie hielt ihm zwei Eisbecher und ein Sixpack Bier entgegen. Verdutzt starrte er sie an. »Willst du das jetzt ausliefern oder mich weiter anstarren, als würde ich dir gerade eine Tüte Koks anbieten?«

»Ich … ja.« Albert nahm die Sachen an sich. Neben Pizza verkaufte Relish Pizza auch andere Artikel wie Getränke, Chips oder Eis. Es kam aber selten vor, dass die Produkte nicht als Nachtisch bestellt wurden, dafür waren sie zu teuer. Aber dieses seltene Ereignis war schuld, dass Albert erst ein Sixer Bier, zwei Eisbecher, drei Pizzen Hawaii, vier Salami, acht Margheritas, zwei Quadro Formaggi, fünf Tuna und eine Diabolo ausfuhr, bevor er auf sein Handy sah.

Zwei neue Nachrichten und eine E-Mail.

In der Regel bekam er nur Newsletter, für die er sich nie angemeldet hatte.

Patty hatte vor zwei Stunden geschrieben, ob sie zusammen ins Kino wollten, und fünf Minuten danach noch mal, wann sie mit einer Antwort rechnen könne. Er schrieb ihr, dass er es heute nicht schaffen würde, weil er arbeiten musste. Danach wollte er sein Handy schon wieder wegstecken und sich für die nächste Fahrt vorbereiten, da fiel sein Blick auf das Brief-Icon am oberen Rand des Displays.

Eine E-Mail.

Gelangweilt öffnete er sein Postfach und rechnete damit, entweder Viagra oder eine Million Pfund von einem ominösen Anwalt aus dem Ausland angeboten zu bekommen. Er überflog die ersten Zeilen, bekam dann große Augen, und in seinem Kopf drehte sich auf einmal alles. Das konnte nicht stimmen. Irgendjemand nahm ihn auf den Arm. Seine Knie wurden weich, und er setzte sich auf eine der verschlissenen Lederbänke. In der Ferne hörte er Chantalle fragen: »Alles in Ordnung, Albert? Du bist ja ganz blass.«

Er nickte stumm, während sein Blick über die Zeilen raste. Ein dummer Streich. Ganz bestimmt. Irgendjemand hatte seine Flyer gesehen und es für lustig gefunden, ihm Hoffnung auf einen richtigen Job zu machen.

»Hier«, sagte Chantalle. »Trink das.«

Geistesabwesend nahm er das Glas Wasser und kippte es in einem Zug runter. »Danke«, murmelte er, ohne aufzublicken, und las weiter. Als er fertig war, hatte er das Gefühl, nur einen Bruchteil der E-Mail aufgenommen zu haben, und begann von vorn:

Sehr geehrter Herr Kadabraham,

mit Freude habe ich davon Kenntnis genommen, dass Sie Ihre Dienste feilbieten. Gegebenenfalls können wir ins Geschäft kommen.

Aber gestatten Sie zuerst, dass ich mich vorstelle: Matilda Godwins ist mein Name. Ich bin die Erbin der Godwins-Dynastie und zurzeit auf der Suche nach einem Zauberer.

In Alberts Ohren klangen die Wörter feilbieten und Dynastie wie Relikte aus einer anderen Zeit.

In einer Woche findet ein großes Event statt, bei dem ich Ihre Fähigkeiten benötige. Sollten Sie also wirklich im Umgang mit der Magie geübt sein, so nehmen Sie bitte schnellstmöglich Kontakt mit mir auf.

Albert war ein echter Vollblutzauberer. Er konnte alle 101 Tricks für Fortgeschrittene aus dem Zauberbuch für besonders aufgeweckte Köpfe. Er lebte für die Magie!

Ich muss wohl nicht erwähnen, dass in dieser Angelegenheit absolute Diskretion gefragt ist.

Na klar, er war der Überraschungsstar. Die Gäste sollten von der Anwesenheit eines Zauberers vorher nichts ahnen, umso größer war dann der Effekt, wenn er Butterscotch aus seinem Zylinder springen ließ.

Bei einem erfolgreichen Abschluss Ihres Auftrages erwartet Sie eine fürstliche Entlohnung.

Viele Grüße

Matilda Godwins

Darunter stand eine Telefonnummer. Fürstliche Entlohnung. Jemand wollte ihn endlich mal fair und anständig für seine Künste bezahlen. Er war schon dabei, die Nummer mit zitternden Fingern einzutippen, entschied sich dann aber dagegen. Die Nachricht hatte ihn in ein nervliches Wrack verwandelt. Seine Gefühle feierten eine richtige Party und ihm war kalt und warm zugleich. Die Hände schwitzten, und die Füße waren taub wie nach einem Eisbad. Zum Glück saß er bereits.

»Genug jetzt, du gehst heim«, hörte er Chantalle durch die Nebelwand, die seinen Verstand umgab. Er bekam davon nicht viel mit.

Er hatte es endlich geschafft.

Ein ernstzunehmendes Arrangement. Seymour Raymon würde ihn nicht mehr wie einen Versager behandeln, wenn Albert erst mal durch all die großen Städte tourte. Sein Antlitz auf Plakaten. Ausverkaufte Hallen, Millionen Fans in den sozialen Medien.

Dann holten ihn die Selbstzweifel ein.

»Abwarten, ist alles nur ein Streich«, murmelte er.

»Ist mir egal, du machst Feierabend. Du überlebst im Verkehr keine fünf Minuten auf dem Rad, so wie du aussiehst«, mahnte Chantalle.

Albert sah vom Handy auf. Ja, Feierabend klang gut. Er musste einen freien Kopf bekommen, bevor er die Nummer anrief.

Er nuschelte etwas Unverständliches, packte seine Sachen und verabschiedet sich nach draußen. Die kalte Herbstluft blies die Nebelwand davon und sein Bewusstsein für das Hier und Jetzt kehrte zurück. Albert warf erneut einen Blick auf die E-Mail. Sie war da, er hatte es sich nicht nur eingebildet. Mit zitternden Fingern tippte er die Ziffern in das Display des Telefons. Es war klug, die Sache erst mal zu ergründen, bevor er jemandem davon erzählte. Nachher entpuppte es sich als böser Streich, und dann stand er dumm da.

Es klingelte, und Albert fühlte sich in seine Schulzeit

zurückversetzt, kurz bevor er eine Klassenarbeit zurückbekam. Dieser Moment des Ungewissen, in dem plötzlich alles möglich war, zerriss ihn. Gerade als er auflegen wollte, schließlich war es ja schon spät und viele schliefen längst, hörte er eine Stimme. Sie sagte nicht viel. »Ja?« Nur zwei Buchstaben, aber Albert hatte keinen Zweifel, dass es sich um eine junge Frau handelte.

Völlig überrumpelt stammelte Albert: »Hier ich, äh, Albert Tubbs.« Seine Finger wurden taub, als würden sie sich auflösen.

»Falsch verbunden«, sagte die junge Frau klar und deutlich.

»Ist da nicht Matilda Godwins?«

»Kann schon sein, aber sie kennt keinen Albert Tubbs, und überhaupt: Ist Ihnen klar, wie spät es ist?«

Albert schluckte laut hörbar. »Das weiß ich. Aber Sie haben mir eine E-Mail geschickt. Es klang, als sollte ich mich lieber gleich melden.«

Stille am anderen Ende. Dann ein zögerliches »Abraham Kadabraham?«. Sie sprach es mit so einer Ehrfurcht aus, dass Alberts Selbstbewusstsein ein kleines Stück größer wurde.

»Genau der bin ich, zu Ihren Diensten«, flötete er.

»Warum melden Sie sich denn nicht gleich so?«

»Ich, äh …«

»Egal, vielen Dank, dass Sie anrufen. Hören Sie, ich fasse mich kurz: Ich kann Ihnen leider kein Garantiehonorar zahlen, aber umso größer fällt die Gewinnbeteiligung bei erfolgreichem Abschluss aus. Haben Sie nächste Woche Zeit?«

»Einen Augenblick, lassen Sie mich nachschauen«, erwiderte Albert und beobachtete ein Eichhörnchen dabei, wie es einen Baum hochkletterte. »Ja, sieht gut aus. Zwei Termine, aber die lassen sich ohne Probleme verschieben.« Das war gelogen, aber so klang er wichtiger.

»Sehr gut. Die Summe werden wir durch drei teilen. Aber wie gesagt: Wenn das in die Hose geht, gehen Sie leider leer aus.«

»Klingt fair«, sagte Albert, weil ihm das in diesem Moment wie die einzig richtige Antwort erschien. Er hatte keine Ahnung, ob das fair war oder nicht, aber er wusste von Musikern, dass sie anteilig an den Ticketverkäufen ihrer Konzerte verdienten. Der Kuchen wurde geteilt, und wenn es keinen Kuchen gab, ging man hungrig ins Bett. Warum sollte das bei Zauberern anders sein?

»Gut, was für ein Zufall. Ich hätte nicht gedacht, dass es in England noch Zauberer gibt«, gab die junge Frau zu, und Albert dachte wieder an Lasertag und Eisprinzessinnenpartys. Die Zeiten für seine Zunft waren nicht einfach. »Ich gebe Ihnen eine Adresse durch, haben Sie etwas zu schreiben?«

Albert bejahte und hoffte darauf, dass er es sich merken konnte. Zum Glück war die Anschrift nicht kompliziert. Es handelte sich um einen kleinen Bahnhof bei Sheffield.

»Haben Sie noch Fragen?«, wollte die junge Frau wissen, und jetzt war der Moment gekommen, bei dem sich Albert nach dem Kern dieses Arrangements hätte erkundigen müssen. Aber auch wenn er es sich nicht eingestehen wollte, hatte er Angst, dass das alles kaputtmachen würde. Die Illusion würde zusammenbrechen wie bei einem schlechten Zauber. Er würde herausfinden, dass es sich nur wieder um einen Kindergeburtstag handelte. Vielleicht gab es in Sheffield großen Zauberernotstand und der Neffe von Miss Godwins wünschte sich nichts Sehnlicheres als ein paar Plastikrosen und ein weißes Kaninchen, das seine langen, flauschigen Ohren aus einem Zylinder steckte. Keine große Tour, wieder nur ein Kindergeburtstag.

Es machte für ihn keinen Unterschied, also fragte er nicht nach. Lieber lebte er bis nächste Woche in dem Glauben, dass seine Karriere endlich Fahrt aufnahm, als das Traumschloss mit einer Rückfrage gleich wieder einzureißen.

»Keine weiteren Fragen, nur, Moment: Irgendwelche speziellen Zauber, die Sie wünschen? Dann kann ich schon mal etwas vorbereiten.« Das war eine grandiose Frage, und er klopfte sich gedanklich auf die Schulter. Er klang wie ein richtiger Magier, der einen Wälzer, dicker als ein Lexikon, mit sich trug und für jede Angelegenheit den entsprechenden Trick kannte.

»Aufspürzauber und Bindungszauber wären hilfreich. Planen Sie außerdem ungefähr zwei bis vier Wochen ein. Alles weitere dann nächste Woche.«

»Ist gut«, erwiderte Albert verdattert und hörte schon das Aufgelegt-Zeichen. *Aufspürzauber und Bindungszauber? Zwei bis vier Wochen?* Was hatte die Frau da gesagt? Er beschloss, auf dem direkten Weg nach Hause zu fahren, sich an seinen Computer zu setzen und das ganze Internet zu durchforsten. Es gab viele Tutorials und sogar eine ganze Datenbank für Zaubertricks. Irgendwo würde er schon eine Antwort finden und dann so lange üben, bis er alles draufhatte. Wenn er sich nicht dumm anstellte, war das seine große Chance, endlich echtes Geld mit seinem Talent und seiner Leidenschaft zu verdienen. Keine Jobs in einer Bank, sondern eine Show in Las Vegas!

Kapitel 4

Matilda Godwins

Ihre Glückssträhne entwickelte sich zu einem Glückszopf. Nicht nur hatte sie einen Zauberer gefunden, er verlangte auch gar keine Garantiezahlung oder Ähnliches. Magier waren seltener als Einhörner, aber wesentlich einfacher aufzuspüren, wenn man wusste, wo man suchen musste.

Sie hatte die Startgebühr, sie hatte einen Fallensteller und einen Magier. Matilda ließ sich auf ihr Bett fallen. Es lief eindeutig zu gut. Irgendwo musste es doch einen Haken geben. Aber nein, sie erlaubte sich, Glück zu haben. Nach dem Telefonat ging Matilda nicht davon aus, dass es sich um einen besonders erfahrenen oder belesenen Zauberer handelte. Immerhin musste er mit Flugblättern für seine Dienste werben. Er war keiner von denen mit langen Bärten und einem Raben auf der Schulter. Er klang recht jung, das war gut, denn die Tage, die vor ihnen lagen, würden entbehrlich werden. Sie würden Tag und Nacht auf der Suche nach einem Fuchs durch Englands Wildnis streifen, und im Nacken hätten sie ihre Konkurrenz, die durchaus grob miteinander umging. Vieles hing davon ab, wie sie ihre Rolle beherrschte. Als Jägerin musste sie die Spur des Fuchses finden. Ohne Fuchs würden Botzki und Abraham Kadabraham gar nicht erst zum Zug kommen. Ihr Magen verkrampfte sich. War sie zu naiv an die ganze Sache rangegangen? Es gab wenig, was Matilda als Jägerin befähigte. Sie kannte die Kerle, die sonst als Jäger bei der Fuchsjagd dabei waren. Haudegen, die Jahrzehnte im Busch gelebt hatten und jedes verdammte Tier auf diesem Planeten aufspürten, wenn das Kopfgeld stimmte. Typen, die ihren Finger in die Luft hielten und daran erkannten, ob im näheren Radius ein Eichhörnchen einen Furz losgelassen hatte. Matilda seufzte. Sie war immer äußerst gut im Versteckspielen gewesen. Früher, als die Kinder der Bediensteten noch ihre Freunde gewesen waren, hatten sie das im ganzen Schloss gespielt. Matilda kannte jeden Fleck und hatte so etwas wie einen sechsten Sinn, welchen Weg sie einschlagen musste. Sie hatte sich immer auf ihre Intuition verlassen. Ein innerer Kompass, der sie an ihr Ziel brachte und dafür sorgte, dass die anderen Kinder schnell keine Lust mehr hatten, mit ihr zu spielen. Es stand zu viel auf dem Spiel. Sie kramte ihr Handy hervor und tippte »Fährtenhund« in die Suche ein. Das Regelwerk verbot so etwas nicht; es war erlaubt, was funktionierte. Aber sie musste feststellen, dass so ein Tier außerhalb ihres Budgets lag. Wie alles andere auch. Unruhig wälzte sie sich hin und her. Sie war einen großen Schritt vorangekommen, hatte schon mehr erreicht, als sie für möglich gehalten hätte. Gleichzeitig erschien ihr die ganze Situation aber immer noch so verdammt aussichtslos. Sie hatten einen jungen Zauberer, einen Hausmeister als Fallensteller und eine … ja, was war sie eigentlich? Matilda versuchte, die Frage beiseitezuschieben. In der Regel klappte das mit der Verdrängung sehr gut. Heute aber nicht. Sie hatte das Internat nur mit einem mittelprächtigen Zeugnis beendet, aber immerhin bestanden. Mehr, als ihr Miss Thorndike, ihre alte Mathelehrerin, zugetraut hatte, aber sie hatte auch das pädagogische

Einfühlungsvermögen einer Bratpfanne. Eigentlich sollte sie danach an einer Universität studieren. Zumindest war das der Wunsch ihres Vaters gewesen. Wäre es nach Matilda gegangen, hätte sie eine Tischlerlehre angefangen. Aber weder das eine noch das andere war passiert. Ihr Vater hatte die finanziellen Probleme lange vor ihr geheim gehalten. Das war einfach, solange sie das Internat besuchte. Natürlich waren Matilda bei jedem Besuch Veränderungen aufgefallen. Die Bediensteten wurden weniger, und das Schloss verfiel langsam. Aber erst als ihr Vater den Studienkredit nicht bediente und man ihr das Studium verweigerte, brach das Kartenhaus zusammen. Matilda zog wieder daheim ein, und der Putz bröckelte vom Lügenkonstrukt. Seitdem hatte sie vor allem ein Auge auf ihren Vater. Ihre eigenen Ziele und Träume mussten warten.

Sie fühlte sich nutzlos.

Andere in ihrem Alter hatten schon ihren Bachelor in der Tasche und einen Job, verdienten Geld und fuhren ein modernes Auto. Andere hatten aber auch keine Mutter, die einfach verschwunden war – erst recht nicht im heimischen Keller. Manchmal verfluchte sie ihren ganzen Stammbaum. Der Name Godwins war wie eine schwere Kugel, die man Häftlingen im Gefängnis um den Knöchel band. Privilegien hatten sich in Verpflichtungen verwandelt. Manchmal wünschte sie sich das Leben einer stinknormalen Arbeiterfamilie. Der Vater im Bergbau, die Mutter am Fließband. Nicht genug Geld für einen Urlaub, aber auch keine Erwartungen, die an den eigenen Nachnamen geknüpft waren. Man war eine Kelly, eine Scott oder eine Craig, wohnte in einem Reihenhaus, und wenn am Ende des Monats das Konto noch nicht im Minus war, ging man in den Pub. Keine Etikette am

Tisch, nur ein paar zotige Sprüche. Kein Familienerbe, was es zu erhalten galt, denn man hatte ja eh nichts.

Es klang wie Musik in Matildas Ohren.

Sie war kurz davor, im Sumpf aus Selbstmitleid unterzugehen, da klingelte ihr Handy. Sie sah auf das Display, las *Wiktor Botzki* und seufzte. Hoffentlich hatte er es sich nicht anders überlegt. Wenn, dann war es aber gut, es sofort herauszufinden, also nahm sie den Anruf entgegen. »Ja?«

»Wiktor hier, ich habe eine Falle gebaut.«

»Dann haben wir ja schon so gut wie gewonnen«, erwiderte sie trocken und fühlte sich sofort schlecht. Botzki hatte das nicht verdient.

»Möchtest du sie sehen?«

»Jetzt noch?« Es war nach zehn Uhr, draußen war es stockdunkel und kalt.

»Keine Angst, ich komme vorbei. Habe ein Fahrrad hier. In zehn Minuten bin ich da.« Er legte auf.

»Immerhin einer ist guter Dinge«, murmelte sie und raffte sich auf.

Zehn Minuten später standen sie auf der Terrasse des Godwins-Anwesens.

»Das ist sie«, sagte Botzki und zeigte auf einen Kasten, der auf dem Boden stand. Es war eine Holzkiste mit Nietenverschlägen und einem kleinen Loch. Er strahlte über das ganze Gesicht.

»Das ist die Falle? Oder steckt die noch in der Kiste?«

»Nein, nein, das ist die Falle. Ich habe nach deinem Besuch lange darüber nachgedacht. Wir jagen einen Fuchs, keinen gewöhnlichen Fuchs, wie du weißt, sondern einen besonderen. Einen Fuchs, der in unseren Gefilden nicht heimisch ist«, führte Botzki mit seinem polnischen Akzent aus.

Die Kappe auf dem Kopf und der dicke blaue Wollmantel gegen die Kälte ließen ihn noch größer wirken, als er ohnehin schon war.

»Ein gewöhnlicher Rotfuchs wäre auch ein bisschen langweilig«, gab sie zu.

»Genau!« Botzki hob einen Zeigefinger in die Luft. »Unser Fuchs möchte was?«

Matilda zuckte mit den Schultern. »Ein Dach über dem Kopf?«, fragte sie beim Anblick der hölzernen Box.

»Hundert Punkte«, erklärte er stolz. »Unser Fuchs möchte eine Heimat haben.«

Langsam verstand Matilda, worauf der ehemalige Hausmeister hinauswollte.

»Wir brauchen keine Falle im klassischen Sinne. Keine Schlinge, keine Gewalt. Nur ein gemütliches Plätzchen, das nach Heimat riecht«, fuhr er fort. »Habe ewig diese Box angestarrt und überlegt, welchen Köder ich hineinpacke. Hase? Wiesel? Ziege? Aber der Fuchs ist klug, er wird sich auf der Flucht den Magen vollschlagen. Englands Wälder sind voll mit nahrhaftem Kleinvieh. Glaub mir, ich weiß das.«

Matilda wusste, dass das kein Scherz war. »Hast du ihm da einen verdammten Kamin reingebaut oder was?«

»Siehst du einen Rauchabzug?«, fragte Botzki. »Nein, keinen Kamin. Ich habe mich schlaugemacht, welche Gerüche der Fuchs aus seiner Heimat kennt. Gewürze, Pflanzen, solche Sachen. Und dann bin ich in den nächsten Ort gefahren und habe den Asia-Markt geplündert. Also nicht im wörtlichen Sinne, du verstehst?«

Matilda nickte. Sie verstand. »Botzki, das ist ja genial«, murmelte sie. »Du hast dem Fuchs da drin eine kleine Heimat gebaut?«

»Er wird da drin alles finden, was er von zu Hause kennt. Ich hoffe nur, dass er sich daran noch gut erinnert. Schließlich ist es ja schon lange her, dass er durch die heimischen Gefilde gewandert ist.«

»Wir müssen ihn gar nicht mit Gewalt und gemeinen Tricks reinlocken«, schlussfolgerte Matilda. Ihre ganzen Sorgen von vorhin waren wie weggefegt. »Wenn er erst mal Witterung aufgenommen hat, wird er freiwillig reinspazieren.«

Botzki nickte. »Wird garantiert funktionieren.«

Matilda fiel ihm in die Arme. »Danke, jetzt fällt mir ein Stein vom Herzen.«

»Hast du schon einen Plan, wie wir ihn finden werden? Du machst doch die Jägerin, oder?«

Sie spürte, wie ihre Miene sich in kantigen Stein verwandelte. »Wenn ich ehrlich bin: nein, kein Plan. Ich weiß auch, dass mich nicht allzu viel für den Job der Jägerin qualifiziert, aber wir können uns niemand anderen leisten. Wenn am Ende noch genug Geld übrig sein soll, um das Haus freizukaufen, können wir keine vierte Person beteiligen.« Sie zog ihren Mantel enger zu. Bei dem Gedanken, bald da draußen in der Wildnis zu übernachten, fröstelte es sie.

Botzki kratzte sich am Kinn. »Wie viele Teams treten an?«

»Fünf, glaube ich. Zumindest waren es in der Vergangenheit immer so viele.« Sie steckte die Hände in die Manteltaschen.

»Dann sind mindestens vier erfahrene Jäger dabei, die ihren Job verstehen. Im Durchschnitt dauert die Jagd wie lange?«

»Keine Ahnung, du bist der Ingenieur«, erwiderte Matilda überrumpelt.

»Ich würde so achtzehn Tage schätzen. Außerdem habe ich eine Karte erstellt mit den Orten, an denen der Fuchs bei den letzten zehn Jagden gefunden wurde.« Er kramte einen zusammengefalteten Zettel aus seinem Mantel. Sie zeigte England und hatte rote Kreuze, die die Fundorte markierten. »Fällt dir was auf?«

Matilda studierte das Stück Papier. Erst sah es wie eine sinnlose Aneinanderreihung von Krakeleien aus. »Es zieht den Fuchs an die Küste«, flüsterte sie.

»Genau!«

»Botzki, es ist keine vierundzwanzig Stunden her, dass ich dich besucht habe, und du hast nicht nur eine Falle, sondern auch gleich die ganze Jagd analysiert. Woher hast du die Infos? Die stehen ja nicht einfach so im Internet.«

Es war im matten Licht der Lampen vor dem Haus schwer zu erkennen, aber der Mann schien zu erröten. »Hab viel Zeit, das weißt du ja, und wenn man weiß, wen man fragen muss, kommt man an alle Infos. Also, das Tier zieht es immer an die Küste, und nach zwei Wochen sollten wir auf der Hut sein. Dann steigt die Wahrscheinlichkeit, dass es gefunden wird. Wir brauchen den Großteil der Arbeit aber gar nicht machen. Wir heften uns einfach an die Fersen der anderen. Das dürfte nicht so schwer werden. Und wenn die Zeit gekommen ist, bin ich mir sicher, dass wir den Fuchs nicht erst bitten müssen, in unsere Falle zu tappen. Er wird sich sogar noch bedanken und freiwillig hineinspazieren. Dann muss nur noch –«, er stockte.

»Abraham Kadabraham nennt er sich.«

»Abradingsbums seinen Zauberspruch aufsagen, und wir sind alle Geldsorgen los. Und nicht nur wir, sondern auch unsere Kinder und Kindeskinder.«

»Wenn ich das alles so durchgehe, gibt es eigentlich keinen Grund, warum wir verlieren sollten«, witzelte Matilda. »Scheint gar nicht so schwer zu sein, die Fuchsjagd zu gewinnen. Vielleicht hätten wir schon viel früher daran teilnehmen sollen.«

Der großgewachsene Mann schmunzelte. »Ich befürchte, das Problem wird nicht die Jagd sein, sondern die anderen Teams. Du kennst die Geschichten? Man wird uns selbst Fallen stellen, und damit meine ich nicht so eine, wie ich sie gebastelt habe. Sie werden uns aufhalten, wo sie nur können, vielleicht werden wir sogar selbst zu Gejagten.«

Matilda kannte diese Geschichten. Es sollte schon Jagden gegeben haben, von denen nicht alle Teams zurückgekehrt waren. Manche hatten *Unfälle* in der Wildnis. Sie musste an den Satz ihres Vaters denken, und langsam erschien ihr das Casino wie eine vernünftige Alternative. Aber sie konnte und wollte jetzt nicht mehr umkehren. Sie war bereits zu weit gekommen. Viel weiter, als sie erwartet hätte. »Wird schon klappen«, sagte sie, zweifelte jedoch sofort an ihren Worten.

»Ich werde die restlichen Tage nutzen und mir noch ein paar Werkzeuge ausdenken. Es wird nicht viel sein, ich habe kaum Geld für Material, aber wir sollten für das Nötigste ausgestattet sein. Du kümmerst dich um eine Camping-Ausrüstung?«

»Mach ich«, versprach Matilda. Nur noch ein paar Tage, dann würde es losgehen. Hoffentlich hatte der Zauberer wirklich etwas drauf. Dann hatten sie zumindest den Hauch einer Chance.

Kapitel 5

Albert Tubbs

»Das sind ja bombastische Neuigkeiten«, platzte es aus George heraus. »Mein Junge, einer von den ganz Großen!«

Elani war nicht ganz so euphorisch, konnte ihre Freude aber nicht verbergen. »Und was genau sollst du machen?«

»Zaubern«, antwortete Albert knapp und nahm sich das dritte Brötchen. Morgen früh würde er auf dem Weg nach Sheffield sein, und er hatte keine Ahnung, was Aufspür- und Bindezauber waren. Unter Bindezauber fand er nur die Werbung eines Anbieters für weibliche Hygieneprodukte. Nicht ganz, was er gesucht hatte. Aber das war egal, vor Ort würden sie ihm sicherlich sagen, was man von ihm erwartete, und er würde spontan etwas aus dem Hut zaubern. Also nicht im wörtlichen Sinne, denn Butterscotch fiel ganz bestimmt nicht unter Aufspür- und Bindezauber, wobei der kleine Nager Experte im Aufspüren von Zucker war.

»Einen ganzen Monat bist du weg?«, fragte seine Mutter noch mal. »Und das macht keine Probleme auf der Arbeit?«

»Na hör mal, die Zauberei ist jetzt seine Arbeit«, warf sein Vater ein und schlürfte laut hörbar für alle den heißen Kaffee, der seinen Duft im ganzen Raum verteilte.

»Mr Relish senior hat mich für die Zeit freigestellt und mir viel Erfolg gewünscht.« Albert hatte ihm mitgeteilt, dass er für eine Tournee als Zauberer gebucht worden war.

»Und Patty?« Elani dachte wirklich an alles und jeden.

»Die weiß noch nichts davon«, gab Albert unumwunden zu.

»Albert, ich habe keinen Sohn erzogen, der so mit seiner Freundin umgeht! Du wirst einen Monat weg sein. Meinst du nicht, dass sie das wissen sollte? Und gib mir bitte den Käse.« Albert reichte ihr eine Scheibe, die sich, wie von Zauberhand, verdoppelte. Er wurde nie müde, solche Tricks einzustreuen.

»Schatz, sie wird sich bestimmt für ihn freuen«, verteidigte ihn sein Vater.

Da war sich Albert nicht so sicher. Patty war nie sonderlich begeistert von seinen magischen Ambitionen gewesen, und nun würde er gleich einen ganzen Monat fort sein. Andererseits war das seine Chance – und die einzige vermutlich. Er musste sie nutzen. »Wir treffen uns nachher. Natürlich werde ich es ihr erzählen.«

»Das will ich sehr hoffen. Dein Vater und ich waren nie länger als«, sie machte eine kurze Pause und sah dann ihren Mann an. »Wie lange warst du wegen deines Herzinfarkts im Krankenhaus, Schatz?«

George verdrehte die Augen. »Keine zwei Wochen.«

»Wir waren nie länger als zwei Wochen getrennt«, fuhr sie fort. »Und jetzt verschwindest du gleich einen ganzen Monat. Meinst du nicht, dass sie es verdient hätte, als Erste davon zu erfahren?«

Albert nickte, sagte aber nichts. Seine Mutter hatte recht, mal wieder.

»Jetzt sei nicht so hart mit ihm, Schatz. Das ist eine große Sache. Hätte ich damals nur so eine Möglichkeit –«

»Du hattest deine Chancen, und wir beide wissen, warum du mit dem Zaubern aufhören musstest«, fiel sie ihm schnippisch ins Wort.

Albert wurde aufmerksam. Es war das erste Mal, dass sie über Dads Zaubererzeiten redeten. »Was meint ihr damit?«

Aber George winkte ab. »Nicht so wichtig, hab wohl ein bisschen über die Stränge geschlagen.«

»Ein bisschen ist gut«, kommentierte Elani und lehnte sich auf ihrem Stuhl zurück.

Albert konnte sich nicht vorstellen, wie man beim Zaubern über die Stränge schlug. Zu viele Pyro-Effekte? Hatte er eine Vogelspinne im Hut versteckt? Eigentlich verlief so ein Auftritt immer nach einer klaren Struktur, wie ein Drehbuch. »Bist du betrunken aufgetreten?«

Sein Vater riss vor Empörung den Mund auf, und Elani lachte laut los. »Lass es, wirklich. Vielleicht erzählen wir es dir eines Tages«, sagte sie und kicherte. »Geh erst mal auf deine Tour, das soll dich jetzt nicht ablenken.«

Sie beendeten ihr Frühstück, und Albert überlegte, was er für den Trip brauchte. Er holte einen olivgrünen Reisesack unter seinem Bett hervor und fing an, wahllos Klamotten hineinzuwerfen. Boxershorts, Socken, T-Shirts, Pullover. Das ging so lange, bis er außer ein paar durchlöcherte Strümpfe nichts mehr im Kleiderschrank hatte. Das Ladekabel für sein Smartphone und ein Tablet flogen hinterher, außerdem zwei Bücher. Er würde lange weg sein und sich bestimmt irgendwann langweilen. Sein Zauberkoffer lag daneben, Frack, Hemd, Hose und Hut hingen ordentlich über einer Kleiderstange. Geplant war, dass er die Nacht bei Patty verbrachte und am nächsten Morgen von dort mit dem Zug nach Sheffield fuhr, also musste er heute schon alles einpacken.

Eine halbe Stunde später hatte Albert alles zusammen und verbrachte den Rest des Tages mit Reign of War. Gegen Nachmittag fuhr er in die Innenstadt und holte seine Freundin von der Arbeit ab.

»Ich spring noch schnell unter die Dusche«, sagte sie, als sie in ihrem Wohnungsflur standen, und war auch schon im Badezimmer verschwunden. Also tat er das einzig Sinnvolle: Er bereitete das Abendessen vor. Es gab einen frischen Salat mit Schafskäse, Pinienkernen und Avocado vorweg und zum Hauptgang Pasta mit einem selbstgemachten Petersilienpesto. Dazu stellte er eine Flasche Weißwein auf den Tisch.

»Verdammt.« Albert seufzte, als er den gedeckten Tisch mit Kerzen und Weingläsern betrachtete. Es sah aus, als hätte er etwas verbockt und würde es wieder gutmachen wollen.

Ein Klacken verriet, dass Patty aus dem Badezimmer kam. »Das riecht aber gut«, rief sie durch die Wohnung. Einen Augenblick später stand sie in der Küche. Sie hatte ihren unbequemen Rock, die Stöckelschuhe und den Blazer gegen eine lockere Jogginghose und einen zu großen Pullover eingetauscht.

»Du hast dich ja richtig ins Zeug gelegt«, hauchte sie.

Er nickte. »Hatte Lust drauf.« Das war nicht gelogen, denn er kochte gerne. Aber gerade hatte er keinen Appetit, und sein Magen verkrampfte sich bei dem Gedanken an das bevorstehende Gespräch. Er wusste nicht, wie er es angehen sollte, aber sie kam ihm zuvor.

»Warum bist du eigentlich mit dem ganzen Gepäck hier aufgetaucht. Bist du zu Hause rausgeflogen?«

»Ich, was, nein?!«, stammelte Albert.

»Und warum steht das da in meinem Flur?«, fragte sie und zeigte pikiert auf Alberts Sachen, als würde es sich um eine tote Ratte handeln, die eine Katze als Geschenk abgelegt hatte. Sie gab sich sichtlich Mühe, seine Gefühle nicht zu verletzen, war aber irritiert. »Machen wir Urlaub?«

Albert atmete einmal tief ein und wieder aus. Gut, vielleicht war es besser, wenn er den Elefanten im Raum gleich ansprach. »Ich wurde für eine große Tour gebucht.«

Pattys Stirn kräuselte sich. »Du spielst in einer Band? Warum hast du das nie erzählt?«

»Als Zauberer«, gab er ungeduldig zurück.

»Ah.« Patty sah ihn immer noch mit demselben verwirrten Blick an. »Zauberer gehen also auch auf Tour?«, fragte sie misstrauisch.

»Komm, lass uns dabei etwas essen, und ich erzähle dir alles.«

Bei gutem Wein und einer hervorragenden Pasta rückte Albert mit der ganzen Geschichte raus. Er erzählte von der E-Mail und dem Telefonat. Bei den entscheidenden Punkten blieb er möglichst unkonkret. Er wusste ja selbst nicht so richtig, was man von ihm wollte. Aber er blieb bei der Geschichte, dass man ihn als Zauberer für eine Tour gebucht hatte. Eine Tour, die keinen Zwischenstopp in London machte. Sonst hätten ihn seine Eltern oder Patty noch besuchen wollen.

»Und wer oder was organisiert die Tour?«, fragte Patty und schob sich eine Gabel Nudeln in den Mund.

»Godwins heißen sie.«

»Godwins? Nie gehört.«

Das wunderte Albert nicht, denn ihm wäre es neu, dass Patty sich im Tourgeschäft auskannte. »Wird schon passen«, nuschelte er und bemerkte sofort seinen Fehler, denn sie war Juristin und *schon passen* gab es unter Juristen nicht.

Sie setzte einen Blick wie eine Lehrerin auf, die einen ihrer Schüler beim Abschreiben erwischt hatte. »Schon passen? Darauf würde ich mich nicht verlassen. Wie sieht denn der Vertrag aus?«

»Vertrag?«

»Albert Tubbs, bitte sag mir, dass du jetzt nicht wegen einer E-Mail für einen Monat durch England fährst. Irgendwo müsst ihr doch schriftlich festgehalten haben, wie deine Einnahmebeteiligung aussieht, ob du am Gewinn oder Umsatz beteiligt wirst. Was passiert, wenn du krankheitsbedingt ausfällst? Wer bezahlt anfallende Kosten? Das sind doch alles Dinge, die man schriftlich vereinbaren muss. Nicht dass die dich übers Ohr hauen.«

»Wie wäre es, wenn du dich einfach für mich freust?«, platzte es aus Albert heraus. »Natürlich kannst du das nicht. Anstatt dass du sagst: *Hey, schön Albert, dass das bei dir beruflich auch vorangeht*, machst du so einen verdammten Aufriss. Nicht jeder da draußen will einen verarschen. Ich weiß, das fällt dir als Anwältin schwer zu glauben, aber es gibt auch noch ehrliche Menschen.« Trotzig griff er nach seinem Weinglas und kippte den Inhalt mit einem Zug hinunter.

»Ich verstehe«, sagte Patty knapp.

»Was verstehst du?«

»Diese Diskussion hier gerade. Es geht dir nicht darum, dass ich mich ärgere, weil du keinen Vertrag abgeschlossen hast – mal wieder, wie bei jedem anderen Auftritt von dir –«

»Und ich hatte noch nie Probleme deswegen«, fiel er ihr ins Wort.

»Das ist aber kein scheiß Kindergeburtstag, Albert. Du redest von einer Tour quer durch das Königreich. Meinst du nicht, da wäre ein Stück Papier, auf dem man zumindest das Nötigste festhält, angebracht?«

Wenn er ehrlich war, hatte sie recht, aber das konnte er jetzt nicht zugeben. Er ärgerte sich, dass er nicht mehr Rückfragen gestellt hatte, nicht ein bisschen kritischer gewesen war. Aber im Freudentaumel hatte er einfach blind zugesagt und darauf vertraut, dass alles schon seine Richtigkeit haben würde. »Freu dich doch einfach mal für mich«, zischte er. »Tut mir leid, dass ich nicht wie dein Vater bin und in irgendeiner Bank sitze.«

»Ich wusste doch, dass es darum geht. Albert, es ist mir verdammt egal, womit du dein Geld verdienst. Hauptsache, du verdienst welches und sitzt nicht nutzlos zu Hause rum und spielst dein doofes Computerspiel. Wenn dir jemand viel Geld in die Hand drückt, damit du in irgendwelchen Theatern eine Zaubershow aufführst? Sehr gerne. Wenn du morgen beschließen solltest, eine Karriere in der Bank anzufangen: Sehr gerne. Vielleicht können wir es uns dann auch mal leisten, gemeinsam in den Urlaub zu fliegen.«

Treffer, versenkt. Albert sagte jetzt gar nichts mehr.

»Ich würde mich ja für dich freuen, wenn ich wüsste, dass du nicht verarscht wirst. Aber gerade im Showgeschäft wimmelt es doch von Haien. Agenten, Manager, die sich dämlich an so naiven Leuten wie dir verdienen. Kennst du die Geschichte von Elton John und seinem Manager?«

Albert atmete genervt aus. »Nein.«

»Der hat sich mit Elton Johns Geld ein schönes Leben gemacht. Hat Millionen verprasst, die ihm nicht gehörten. Als das rauskam, musste Elton erst vor Gericht ziehen, um ein bisschen was zurückzubekommen. Und jetzt erzähl du mir noch mal, dass ein Vertrag nicht nötig ist.«

Sie hatte recht. Kein Zweifel, ganz nüchtern betrachtet, hatte Patty vollkommen recht. »Und was soll ich deiner Meinung nach jetzt machen?«

Patty lehnte sich zurück, als hätte sie ihn des Abschreibens bei einer Klassenarbeit überführt. »Erst mal löschst du die E-Mail nicht. Alles Schriftliche kann dir helfen. Dann, wenn du da morgen hinfährst, wirst du einen Vertrag von ihnen verlangen. Das könnt ihr gerne handschriftlich machen. Wichtig ist, dass ihr die groben Sachen festhaltet: Vergütung, deine Pflichten, deren Pflichten, wer trägt das Risiko. Wenn du das Ding hast, unterschreibst du es nicht, verstanden?«

Albert nickte.

»Du machst ein Foto davon und schickst es mir zu. Wenn du mein Go hast, kannst du unterschreiben.«

Na super, Albert würde sich gleich Freunde machen, wenn er aus dem Zug stieg und als Erstes einen Vertrag verlangte. »Verstanden«, sagte er und hoffte, endlich Ruhe zu haben.

»Und wenn du den Eindruck hast, dass die ganze Sache einen Haken hat oder dass etwas nicht stimmt, dann kommst du zurück, okay? Irgendwie kommt mir das alles komisch vor.«

Albert spürte die Wut wieder in sich aufkochen, aber er schluckte sie hinunter. Es war klar gewesen, dass Patty erst das Haar in der Suppe suchte, statt sich zu freuen. Sie konnte den Tag kaum abwarten, an dem er seinen Zylinder an den Nagel hängte und endlich etwas *Richtiges* machte. Etwas, das sich mit einem Satz beschrieben ließ, wenn man

Bekanntschaften auf Partys erzählte, was der Freund beruflich machte, und nicht immer zur Folge hatte, dass das Gegenüber fragte: *Davon kann man leben?* Als wäre das alles, was in dieser Gesellschaft zählte. Niemand fragte ihn, ob er Spaß hatte oder was ihn daran begeisterte, immer ging es nur darum, was am Ende des Monats unter dem Strich übrig blieb. Und nun hatte er die einmalige Chance, in Zukunft mit einem knappen »Klar kann man davon leben« zu antworten. Ein fehlender Vertrag würde ihn davon nicht abhalten.

»Mousse au Chocolat?«, fragte Patty. »Ich müsste noch einen Rest im Kühlschrank haben.« Es war ein Friedensangebot und die klare Botschaft, dass das Thema damit abgeschlossen war.

»Gerne«, erwiderte Albert dankbar.

Den Rest des Abends verbrachten sie engumschlungen auf der Couch und schauten eine Schnulze. Am nächsten Morgen verabschiedete sich Patty mit einem Kuss auf Alberts Stirn, der noch im Bett lag. Sein Zug fuhr erst zur Mittagszeit.

»Denk an den Vertrag«, befahl sie und schob hinterher: »Viel Spaß!«

»Wie könnte ich das vergessen«, murmelte Albert und schlief wieder ein. Sein Wecker klingelte um zehn Uhr, und er schreckte hoch. Noch zwei Stunden, dann würde er im Zug nach Sheffield sitzen. In seinem Magen breitete sich ein Grummeln aus. In der Regel war das ein Anzeichen für Hunger, aber er hatte gestern Abend gut gegessen. Es lag an der Aufregung. Bevor er sich weiter Sorgen über ungelegte Eier machte, denn dafür würde er auf der Zugfahrt noch genug Zeit haben, sprang er unter die Dusche und rasierte sich. Er trug Deo und das einzige Parfum auf, das er besaß. Laut Etikett roch es nach Männlichkeit. Er hatte keine Ahnung, was das bedeutete, vertraute aber den Werbetextern. Als er vor dem Reisesack und seinem Koffer stand, zögerte er. Eigentlich wollte er möglichst bequem reisen, das bedeutete Jogginghose und Hoodie. Aber man hatte einen Zauberer gebucht und keinen pubertierenden Jugendlichen. Außerdem war der Ersteindruck wichtig. Also entschied er sich für sein Zaubererkostüm: Hemd, Hose, Lackschuhe, Frack und weiße Handschuhe. Als er seinen Zylinder aufsetzte, spürte er Butterscotch, der aufgeregt hin und her lief.

»Wir haben mal wieder einen Auftrag, kleiner Freund«, sagte Albert zufrieden und betrachtete sich im Spiegel. Er sah aus wie ein richtiger Zauberer.

Kapitel 6

Matilda Godwins

Botzki und Matilda warteten auf ihren Zauberer. Angelehnt an den alten Land Rover starrten sie auf den Bahnhof, der nicht mehr als ein Gleis und ein kleines Wartehäuschen war. Nur alle zwei Stunden hielt hier ein Zug, und noch seltener stieg jemand ein oder aus.

»Wie sieht er denn aus?«, fragte Botzki.

»Wir werden ihn schon erkennen.« Matilda seufzte. »Er wird der einzige Fahrgast sein, der den Zug verlässt.«

Mit viel Lärm kündigte sich die Lokomotive an. Es war ein alter Zug, der hier eingesetzt wurde. Unter lautem Getöse und Gequietsche, das in den Ohren schmerzte, kam der Zug zum Stehen, und eine Tür öffnete sich.

»Das ist der Zauberer«, sagte Botzki mit einem Grinsen im Gesicht. »Kein Zweifel.«

Selbst unter Hunderten hätte Matilda ihn erkannt. Abraham Kadabraham ließ keinen Zweifel daran, welcher Profession er nachging. Er sah wie ein Zauberer aus einem Kinderbuch aus. Hoher Zylinder, Frack und weiße Handschuhe. »Stimmt«, meinte sie und beobachte den jungen Mann dabei, wie er einen schwarzen Koffer und einen olivgrünen Reisesack aus dem Zug wuchtete.

»Er ist nicht wie die Magier, die man von der Jagd kennt«, stellte Botzki fest. »Die anderen sind … mysteriöser.«

Matilda nickte. »Nicht ganz so plakativ.«

»Ja, das trifft es.«

Sie beobachteten den Zauberer, wie er über den Parkplatz zu ihnen hinüberlief. Er hatte sich die Reisetasche über die Schulter gehängt, und der Koffer baumelte in seiner Hand. Ein junger Magier, kein Zweifel, das erklärte auch die einfachen Verhandlungen. Egal, er sollte ja auch nur einen einfachen Zauberspruch aufsagen.

»Miss Godwins?«, fragte der junge Mann, und plötzlich hielt er eine Plastikrose in der Hand, die er ihr hinhielt.

»Mr Kadabraham, freut mich. Sagen Sie doch bitte Matilda und lassen Sie uns gleich zum Du übergehen. Das hier ist Botzki, unser Fallensteller.« Mit einem Lächeln, aber nicht ohne Überraschung, nahm sie die Blume entgegen. »Vielen Dank.«

»Dann nennen Sie mich bitte Albert«, erwiderte der Zauberer und sah den großen, athletischen Mann überrascht an. »Fallensteller?«

»Aye«, bestätigte Wiktor. »Das wird meine Aufgabe sein.«

»Okay«, nuschelte Albert. »Was genau werden wir eigentlich machen? Eine Tour?!«

»So ähnlich«, deutete Matilda an und spürte Botzkis prüfenden Blick. Sie hatte ihm nicht verraten, dass sie bei der Auftragsbeschreibung möglichst vage geblieben war. »Übermorgen beginnt eine Fuchsjagd, an der wir als Team teilnehmen werden. Wenn wir den Fuchs fangen, bekommen wir ein immenses Preisgeld.«

»Das … oh … Was?« Man sah im Gesicht des Zauberers, wie es dahinter arbeitete. »Einen Fuchs?«

Botzki und Matilda nickten.

»Aber wofür braucht ihr dann einen Zauberer?«

»Aufspür- und Bindezauber, habe ich doch gesagt«, erwiderte Matilda. »Komm, wir fahren erst mal los. Den Rest erklären wir dir auch noch. Kaum vorzustellen, dass du als Vertreter deiner Künste noch nicht davon gehört hast. Dabei bringt doch das Turnier jedes Mal große neue Namen hervor: Bruce Jones, der Magier mit den zwei Gesichtern, oder Julie Wishart, die Hexe des Nebels.« Albert hatte diese Namen noch nie gehört und wurde ein Stückchen kleiner.

Matilda setzte sich hinter das Steuer, und Wiktor nahm auf dem Beifahrersitz Platz. Albert warf sein Gepäck auf die Rückbank und gesellte sich dazu. Beim Zurücksetzen stotterte der Motor, aber Matilda hatte das bockige Gefährt unter Kontrolle, und sie verließen den Parkplatz. »Wir fahren zu mir nach Hause. Dort werden wir alles durchgehen.«

»Und ich habe Bigos gekocht«, fügte Botzki hinzu. »Den musst du unbedingt probieren.«

»Bigos?«, fragte der junge Zauberer von der Rückbank zögerlich.

»Ein Eintopf«, erklärte Matilda.

»Ah.«

***

Albert fühlte sich wie im falschen Film. Wo war er da hineingeraten? Klar war, dass man ihn nicht für eine Tour gebucht hatte. Stattdessen sollte er einen Fuchs fangen. Hatte er das richtig verstanden? Warum zum Teufel buchte man ihn für eine Fuchsjagd? Er kannte Füchse höchstens aus dem Fernsehen, aber in London hatte er noch keinen gesehen. Langsam wanderte sein Blick zur Verriegelung. Die Tür war nicht abgeschlossen, also wurde er immerhin nicht entführt. Das war wohl ein Pluspunkt.

Ein Vertrag. Er brauchte einen Vertrag, fiel es ihm wieder ein. Aber was sollte da jetzt drinstehen? *Albert Tubbs verpflichtet sich, innerhalb von 30 Tagen einen Fuchs zu fangen*. Das konnte er Patty unmöglich schicken. Sie würde ihn in die Klapse einweisen lassen. Wäre Albert vernünftig gewesen, wäre er auf der Stelle umgekehrt. In zwei Stunden fuhr der nächste Zug nach Sheffield, und von da aus kam er ohne Probleme nach London.

Aber Albert war nicht so vernünftig. Er wollte an seinem Traum festhalten und blieb bei dem alten Mann und der jungen Frau. Sie waren ein komisches Duo und auf jeden Fall keine Tourveranstalter. Er hatte einen starken Akzent und sah aus wie ein Männermodel jenseits der fünfzig. Sie war eine kleine, kompakte Frau mit braunen Locken. Albert hatte keinen Zweifel, dass sie ihn sofort beim Armdrücken durch den Tisch rammen würde. Mit ihr legte er sich besser nicht an – und auch nicht mit dem Mann. Also würde er vorerst mitspielen, beschloss er. Was war schon an so einer Fuchsjagd dran? Wahrscheinlich suchte die Jagdgesellschaft nur nach ein bisschen Unterhaltung, und dafür war so ein Zauberer wie er gar nicht verkehrt. Während die Hunde im Wald die Arbeit machten und den kleinen Rotpelz in die Enge trieben, würde er Butterscotch aus dem Zylinder holen oder seinen klassischen Kartentrick zeigen. Die Sache mit dem Bindezauber ignorierte er in dem Augenblick bewusst, denn das passte nicht in die Vorstellung von dem, was man von ihm erwartete.

Sie bogen von der Landstraße auf einen Feldweg ein. Niemand sagte ein Wort, und die Stille zerriss Albert innerlich. Er war in irgendeine Sache reingeraten und konnte noch nicht ganz beurteilen, was es war. Der Weg führte an scheinbar nicht enden wollenden Feldern vorbei, bis sie plötzlich vor einem riesigen Haus standen. Das Haus, wie Albert auf dem zweiten Blick feststellte, war eigentlich ein kleines Schloss mit Parkanlage und Auffahrt. Das Anwesen der Raymons sah dagegen wie ein Schrebergarten aus. Auf dem dritten Blick fielen ihm aber auch die dreckigen Fenster, die ungepflegten Blumenbeete und der verwilderte Rasen auf. Ein großer, knorriger Baum stand am Wegesrand. Wahrscheinlich schon vor langer Zeit abgestorben, und nun wartete man, bis er beim nächsten Sturm umfiel. Egal, hier wohnte jemand, der Geld besaß, keine Frage.

»Da wären wir«, sagte Matilda und parkte den Wagen direkt vor der Steintreppe, die zur Tür führte. Sie stiegen aus und betraten das Schloss. »Hier bleiben wir, bis es morgen zum Dinner geht.«

Albert staunte. Er stand in einer großen Empfangshalle mit Kronleuchter, einem gigantischen roten Teppich, einem Spiegel groß genug für einen Elefanten und Gemälden. Zwar war er Reichtum gewöhnt und kannte es von Pattys Familie und Mr Relish, das hier waren allerdings andere Dimensionen. Protz und Verschwendung. Ihm klappte die Kinnlade runter.

»Wenn wir nicht gewinnen, müssen wir leider verkaufen«, sagte Matilda, die Alberts Blick offenbar richtig interpretiert hatte. »Also strengen wir uns lieber an!«

»Ich wärme schon mal den Bigos auf«, rief Botzki und verschwand im Flur. Dann verharrte er. »Dein alter Herr, wird er uns Ärger machen?«

Matilda winkte ab. »Der kommt tagelang nicht aus seinem Zimmer raus, nur wenn der Alkohol alle ist.« Dann wandte sie sich Albert zu. »Komm, ich zeige dir dein Zimmer.« Sie ging die Treppe hoch, die zur Galerie führte. Albert folgte ihr. Mit jeder Stufe entdeckte er ein neues Gemälde, ein neues Kunstwerk, neuen Reichtum. »Wie kommt man an so was?«, fragte er.

»Man muss nur in die richtige Familie geboren werden«, resümierte Matilda und bog in einen Flur ab. »Wir befinden uns hier im Westflügel. Früher haben hier Gäste und Geschäftspartner meines Vaters übernachtet.« Sie öffnete eine Tür. »Darf ich bitten?«

Albert trat ein. Mattes Licht fiel durch die verstaubten Fenster. Die Möbelstücke versteckten sich unter weißen Laken, die wie Geister aussahen. »Oh«, sagte Albert überrascht.

»Wir hatten schon lange keinen Besuch mehr«, verteidigte sich Matilda und riss die Laken herab. Staub wirbelte auf und funkelte wie Goldstaub im Licht. »Für eine Nacht sollte es in Ordnung sein, oder?«

Albert nickte hastig. »Sag mal, was machen wir da eigentlich? Was für ein Dinner ist das und was für eine Fuchsjagd?«

Matilda sah ihn prüfend an. »Du bist doch ein Zauberer, oder?«

Albert, bei der Ehre gepackt, warf sich in die Brust. »Natürlich bin ich Zauberer. Ich praktiziere schon, seit ich denken kann. Mein Vater hat mir das Handwerk beigebracht.« Er setzte seinen Zylinder ab und holte Butterscotch heraus. »Siehst du? Einfach aus meinem Hut gezaubert.« Der karamellfarbene Hamster streckte sich auf Alberts Handteller.

»Hallo, du kleine Nudel«, piepste Matilda und kraulte

dem Nager den Kopf. Butterscotch genoss die Aufmerksamkeit und hätte angefangen zu schnurren, wäre er eine Katze gewesen. »Den hast du wirklich in deinem Zylinder gehabt?«

»Wie ein echter Zauberer«, sagte Albert und nickte. »Nun zurück mit dir.« Der Hamster begab sich widerwillig in sein Versteck.

»Nicht schlecht. Du hast also doch was drauf. Ich muss zugeben, als du vorhin aus dem Zug gestiegen bist, dachte ich, du machst uns nur etwas vor«, gestand Matilda so beiläufig, als würde sie die Packungsbeilage eines Medikaments vorlesen.

»Wie gesagt: Ich hatte viel Zeit zu üben. Also, was ist das jetzt für eine Fuchsjagd?«

»Alle zehn Jahre richtet die Bank Watts & White die große Fuchsjagd aus. Ihre Kunden, die allesamt aus den sehr, sehr reichen Kreisen kommen, können dafür Teams aufstellen. Das Team, das gewinnt, erhält fünfhundert Millionen Pfund.«

»Fünfhundert … Millionen … Pfund?«, stammelte Albert.

Matilda nickte. »Und nach Abzug diverser Kosten erhältst du ein Drittel.«

»Fünfhundert … Millionen … Pfund?«, wiederholte Albert wie in Trance. Die Nachricht hatte ihn völlig unvorbereitet getroffen. Er hatte mit zehn- oder zwanzigtausend Pfund gerechnet, was viel Geld für einen Monat Arbeit gewesen wäre. Ihm wurde kalt und heiß zugleich. »Ich muss mich setzen«, murmelte er, und Matilda schob ihm einen Stuhl hin. Mit wackelpuddingweichen Knien ließ er sich fallen. Er begriff, dass die Sache viel zu groß für ihn war. »Wozu braucht ihr mich?«

»Du sollst den Fuchs an Ort und Stelle binden, damit er

uns nicht wieder entwischt, nachdem er in die Falle gegangen ist. Der kommt sonst durch jede Ritze.«

»Klingt nach viel Verantwortung«, stammelte Albert. Er spürte, wie jede Farbe aus seinem Gesicht wich.

»Komm bloß nicht auf die Idee, mir abzusagen. Bis morgen finde ich keinen neuen Zauberer.«

Das war also die Aufgabe – und er verstand kein Wort davon. Eine Bank, die eine Jagd veranstaltete. Teams, die dem armen Tier hinterherjagten. »Braucht ihr nicht eher einen Hund statt einen Zauberer?«, fragte er verwirrt.

»Es ist natürlich kein normaler Fuchs, das wäre ja langweilig.«

»Sondern?«

»Die Überraschung möchte ich dir nicht nehmen.«

Überraschungen hatte Albert in den letzten Minuten schon genug erlebt, davon hatte er erst mal die Nase voll. »Ich brauche einen Vertrag«, erklärte er. »Wir sollten einen Vertrag abschließen.« Wenn es um so viel Geld ging, war das wichtig. Um das zu wissen, brauchte er nicht erst Pattys Ermahnung.

Matilda hielt ihm die Hand hin. »Du hast mein Wort. Botzki und ich ziehen dich nicht über den Tisch. Wenn ich ehrlich bin, stehen unsere Chancen eh nicht besonders gut. Die anderen Familien werden sich Experten aus Übersee einkaufen, die ihr ganzes Leben nichts anderes gemacht haben, als irgendwelche exotischen und seltenen Spezies in Urwäldern zu finden und zu fangen. Wenn wir es schaffen, gemeinsam als Team, wirst du zu gleichen Teilen beteiligt.«

Er schlug ein. Albert wusste, dass das nichts wert war. Vor Gericht würde ihm ein feuchter Händedruck nichts nützen. Aber so hatte auch die junge Frau kein Stück Papier, das sie gegen ihn einsetzen konnte. Ohne Vertrag gab es keine Vertragsstrafen, falls ihm diese Jagd zu verrückt wurde und er das Weite suchte. In der Hinsicht war es also auch zu seinem Vorteil, redete er sich ein und versuchte dabei zu ignorieren, um wie viel Geld es bei der Sache ging. Sollten sie Erfolg haben, könnte er in Zukunft als Vollzeitzauberer arbeiten und sein Honorar brauchte nur aus Applaus zu bestehen. Sollten sie versagen, würde er einfach wieder nach Hause fahren und Pizzen ausliefern. So gesehen gab es für ihn wenig zu verlieren. Außer natürlich, sie hauten ihn übers Ohr. Aber die ganze Geschichte war so abstrus und komisch, dass es garantiert noch einen Haken gab. Albert beschloss, nach dem Dinner zu entscheiden, ob er das Spiel weiter mitspielte. Eine Fuchsjagd, für die es fünfhundert Millionen Pfund gab, klang wie eine Märchengeschichte, die man Kindern zum Einschlafen erzählte. Keine sonderlich gute Geschichte, denn Kinder wussten noch gar nicht, wie viel Geld das wirklich war. Genug, um Seymour Raymons Villa zu kaufen und ihn im Schuppen leben zu lassen. Der Gedanke war irgendwie reizvoll.

»Du siehst sehr blass aus«, stellte Matilda fest.

»Mir wird selten ein Honorar in der Höhe angeboten. Also, eigentlich noch nie.«

Matilda lachte auf. »Noch ist das Geld nicht verdient. Komm, wir gehen zu Botzki und essen etwas, das wird deinen Kreislauf wieder ankurbeln.«

Albert folgte ihr durch die zahlreichen Flure und Hallen. Das Schloss glich einem Labyrinth. Er versuchte, sich den Weg zu merken, aber alles sah so gleich aus, bis auf eine Stelle. »Baustelle?«, fragte er, als sie an einem zubetonierten Türrahmen vorbeikamen.

Matilda blieb kurz stehen, und ein Schatten legte sich über ihr Gesicht. »Kann man so sagen.«

Albert verstand und hakte nicht weiter nach. Wenige Augenblicke später standen sie in der Küche. Der Mann mit dem gepflegten Dreitagebart hatte sich eine Kochschürze umgebunden und rührte mit einem Holzlöffel in einem Topf, in dem eine rote Suppe blubberte. Es roch nach Paprika und Kohl. Die beiden nahmen Platz, und schon landete eine große Kelle auf den Tellern vor ihnen. Das Gericht hatte die Konsistenz von Matsch, sah aber wie Tomatensuppe aus.

»Sauerkraut, Weißkohl, Schweinefleisch und viele Gewürze«, erklärte Botzki. »Nicht so gut wie von meiner Mutter. Hier, dippt das da ein.« Er reichte ihnen ein Baguette. Albert riss sich etwas ab und probierte einen Löffel des Eintopfs, der würzig war und ihn an Gulasch erinnerte.

»Also, Abraham, erzähl uns, wie du zur Magie gekommen bist«, bat der Mann und schob sich einen Löffel Bigos in den Mund.

Albert erzählte ihnen davon, dass das Zauberkunstwerk sich wie ein roter Faden durch seinen Familienstammbaum zog. Dass der Koffer das wichtigste Erbstück war, das die Familie Tubbs besaß. Bis spät in die Nacht saßen sie gemeinsam am Tisch, lernten sich kennen und tranken polnisches Bier, von dem Albert nicht wusste, wie man es aussprach. Erst als er im Bett lag, draußen war es stockduster und im Schloss gespenstisch ruhig, sah er die vielen verpassten Anrufe und Nachrichten von Patty auf seinem Handy.

»Hat alles geklappt mit dem Vertrag? Lieb Dich, Patty.«

Eine Stunde später. »Hey Albert, klingel doch bitte kurz durch, dann weiß ich, dass alles in Ordnung ist.«

Drei verpasste Anrufe folgten in einem Abstand von zehn Minuten.

»Für ein kurzes Lebenszeichen wäre ich sehr dankbar.« Das war vor zwei Stunden. Albert warf einen Blick auf die Uhr. Es war kurz vor drei Uhr nachts. Jetzt war es auf jeden Fall zu spät, sie anzurufen, und er hatte auch wenig Lust auf das Gespräch, das ihm bevorstehen würde.

Rasch tippte er eine Nachricht. »Hey, alles bestens, mach dir keine Sorgen, alles in Ordnung. Haben alles geregelt, nette Menschen.«

Er hoffte, dass sie sich damit zufriedengab, ahnte aber, dass dem nicht so war. Sie war Juristin, und sie wäre eine schlechte, wenn sie sich mit so einer Wischiwaschiantwort abfand. Albert lag noch lange wach. Seine Bettwäsche roch muffig, als hätte sie über viele Monate in einem alten Holzschrank gelegen. Aber das störte ihn nicht, denn das erste Mal, seitdem er am Bahnhof ausgestiegen und den beiden gegenübergetreten war, hatte er das Gefühl, die richtige Entscheidung getroffen zu haben. Matilda und Botzki schienen das Herz am rechten Fleck zu haben und führten nichts Böses im Schilde. Diese ominösen Andeutungen ließen ihm aber keine Ruhe. Wahrscheinlich war es einfach ein sehr smarter Fuchs. Das war bestimmt wie bei Hunden: Manche konnten nicht viel mehr als Fressen und Furzen, während andere einen Kühlschrank öffnen und dir ein Bier bringen. Und bei dieser Jagd musste es sich um einen Fuchs handeln, der Sudokus löste.

Sein Entschluss stand fest: Er würde an der Fuchsjagd teilnehmen.

***

Matilda konnte nicht einschlafen. Das lag einerseits am Bigos, von dem sie mindestens zwei Teller zu viel gegessen hatte, aber auch an Albert. Irgendwas stimmte nicht mit ihm, er war nicht das, was er vorgab zu sein. Der Zylinder, der Frack – es war wie eine Maskerade. Sie zweifelte nicht an seinen Fähigkeiten als Zauberer. Die Plastikrosen, die er aus dem Nichts herbeizauberte, konnten ein billiger Trick sein. Aber ein Hamster, der in einem Zylinder lebte? Das ging nur mit echter Magie. Trotzdem war er anders als die Zauberer, die sie kannte, und sie hoffte, dass sie nicht auf das falsche Pferd gesetzt hatte. Albert versuchte, allen Klischees eines Zauberers zu entsprechen. Als wollte er es den Leuten unter die Nase reiben. Außerdem hatte er es nötig, mit Flugblättern auf seine Dienste aufmerksam zu machen.

Was hatte sie also erwartet?

Er war jung und unerfahren, musste sich erst einen Namen erarbeiten. Für ihn war die Fuchsjagd das perfekte Sprungbrett, egal ob sie gewannen oder nicht. Zauberer waren in den reichen Kreisen immer gefragt. Die Frage war, ob Abraham Kadabraham im entscheidenden Moment abliefern würde. Das bereitete ihr die größten Sorgen. Plastikrosen waren schön und gut, aber einen Jadefuchs an Ort und Stelle zu binden, war etwas ganz anderes. Sie wälzte sich von einer Seite auf die andere und hörte ihren Vater auf der anderen Seite des Flurs schnarchen, der mal wieder einen Rausch ausschlief. Immerhin hatte er sie nicht weiter behelligt. Irgendwann wurden ihre Sorgen von der Müdigkeit übermannt, und sie dämmerte weg.

Kapitel 7

Albert Tubbs

Die ersten Sonnenstrahlen stahlen sich an den Gardinen vorbei und weckten Albert unsanft. Die Nacht war viel zu kurz gewesen, und er drehte sich um. Aber keinen Augenblick später schwang die Tür auf.

»Aufstehen, wir müssen bald los«, rief Matilda. »Heute ist der große Tag, und wir sollten nicht zu spät kommen.«

Albert gab ein Grunzen von sich, was mit viel Wohlwollen als Einverständnis gewertet werden konnte. Er rappelte sich auf und warf einen Blick auf sein Handy. Eine neue Nachricht von Patty.

»Ok.« Nur zwei Buchstaben, die aber dennoch viel mehr aussagten, als es manche dicken Bücher vermochten. Patty war sauer, weil er sich nicht an ihre Abmachung gehalten und sich um einen Vertrag gekümmert hatte. Und nun hatte sie ihn fallengelassen und würde ihn in sein Elend laufen lassen, auf das er – in ihren Augen – zweifelsfrei zusteuerte. Ihm fiel keine kluge Antwort ein. Vielleicht, überlegte er, waren ein paar Tage Funkstille besser.

Albert suchte lange, bis er endlich das Badezimmer fand. Vorher stolperte er in eine Garderobe, zwei weitere Gästezimmer und eine Bibliothek. Zum Glück waren die Zimmer leer, und es kam zu keiner unangenehmen Begegnung. Nach einer heißen Dusche fand er Matilda und Botzki in der

Küche. Statt Bigos erwartete ihn nun ein Brot, und es roch, als wäre es frisch gebacken. Ein Tonkrug mit Butter stand auf dem Tisch, daneben ein Teller mit Wurst und Käse.

»Kaffee?«, fragte Botzki, der wieder die Kochschürze umhatte. »Wichtiger Tag, du solltest einen wachen Geist haben.«

»Danke«, sagte Albert und ließ sich eine Tasse einschenken.

»In einer Stunde ist Abfahrt«, verkündete Matilda mit vollem Mund. Sie hatte gerade von ihrem Brot abgebissen, das mit einer dicken Scheibe Käse belegt war.

»Wo geht es denn hin?«, erkundigte sich Albert. Vorsichtig nippte er am Kaffee, der noch brühend heiß war.

Matilda zuckte mit den Schultern. »Der Veranstaltungsort wird schrittweise bekanntgegeben. Vor zehn Jahren hat man erst eine Nachricht bekommen, dass man in die Highlands fahren sollte. Ein paar Stunden später folgte eine Nachricht mit der Ortschaft, und erst eine Stunde vor Beginn der Veranstaltung gab es die Info über den genauen Ort.«

»Klingt kompliziert«, meinte Albert und kratzte sich am Kopf.

»Reine Sicherheitsvorkehrungen. Heute Abend kommen die Reichsten der Reichen zusammen. Du möchtest nicht, dass die Presse davon erfährt oder irgendwelche Chaoten«, erklärte Botzki und schmierte eine fingerdicke Schicht Butter auf seine Brotscheibe.

»Also Bill Gates und so?«

»Nein, den habe ich da noch nicht gesehen, und die wenigsten wirst du aus dem Fernsehen oder von Covern kennen. Wir reden über Leute, die auf ihre Privatsphäre viel Wert legen«, erklärte der großgewachsene Mann und biss ab.

»Warum?«, hakte Albert nach.

»Es reicht ihnen, wenn sie selbst wissen, dass sie viel Geld haben. Sie wollen diese Information nicht mit der ganzen Welt teilen. Das mindert das Risiko von Entführungen und Lösegeldforderungen«, erklärte Matilda.

»Und von Steuerprüfungen und aufgedeckten Scheinfirmen in Panama«, warf Botzki ein.

»Sind wir so etwas wie Gladiatoren für eine gutbetuchte Gesellschaft?«, fragte Albert.

»Das trifft es sehr gut«, antwortete Botzki. »Oder, Matilda?«

»Hätte es nicht besser auf den Punkt bringen können. Allerdings wird am Ende niemand über Leben und Tod entscheiden. Das überlassen sie uns schon ganz alleine.«

Albert redete sich ein, dass er den letzten Satz falsch verstanden hatte.

Eine Stunde später standen sie vor dem abgewrackten Land Rover.

»Pack deine Sachen in den Kofferraum.« Matilda verschwand mit dem Kopf wieder im Motorinneren. »Ich checke noch schnell den Ölstand, dann können wir los.«

Albert packte seinen Koffer und die Reisetasche in den Kofferraum. Dabei fiel ihm eine hölzerne Kiste auf, die dort stand. Sie hatte die Maße einer Bierkiste. Eisenstreben hielten die Konstruktion zusammen, und ein handtellergroßes Stück war ausgeschnitten.

»Abfahrt«, rief Matilda, und einen Augenblick später fuhren sie los. Sie wurden auf dem Feldweg ordentlich durchgeschüttelt, und schnell breitete sich ein Geruch wie in einem Teeladen im Wagen aus. Verschiedene Gewürze, die er nicht zuordnen konnte, hingen so schwer in der Luft, dass er sich schon einbildete, sie auf der Zunge zu schmecken. Erst versuchte er, es zu ignorieren, irgendwann wurde der Duft aber zu penetrant. »Haben wir Tee für dreißig Tage im Auto oder was ist das?«

»Sternanis, Koriander, Ingwer, Kardamom und Kurkuma«, zählte Botzki auf. »Kommt alles aus Asien.«

»Okay, aber was haben wir damit vor? Möchtest du uns unterwegs ein Curry kochen?«

Botzki erzählte von seinem Plan mit der Kiste und was ihr Zweck war. Albert war sich nicht sicher, ob sie ihn auf den Arm nahmen. Einen Fuchs mit ein paar Gewürzen zu fangen, erschien ihm nicht besonders erfolgversprechend zu sein. Soweit er wusste, fraßen sie Karnickel, Mäuse und Ratten, aber keine getrockneten und gemahlenen Blätter. Er entschied sich, es nicht auf eine Diskussion ankommen zu lassen.

»Wirf mal bitte einen Blick auf meine Handy«, sagte Matilda, die am Steuer saß, zu Botzki. »Mittlerweile sollten wir eine Info haben, wo es hingeht.«

Wiktor nahm das Handy, warf einen Blick drauf und riss dann überrascht die Augen auf. »Schau an«, meinte er knapp.

»Was denn?«, fragten Matilda und Albert im Chor.

»Wales.«

Das war gut, denn Wales lag keine drei Autostunden entfernt. Hätten sie bis hoch in die Highlands fahren müssen, wäre die alte Kiste unter ihnen zusammengebrochen.

Sie bogen zweimal ab und waren dann auf dem Motorway in Richtung Wales. Es wurde wenig geredet, und es lag eine unangenehme Anspannung in der Luft. Wie vor einem Gewitter, das sich jeden Moment entladen konnte. Albert lenkte sich mit seinem Smartphone ab und sah sich Videos von Zauberkünstlern an. Er hatte noch lange nicht ausgelernt, und vielleicht gab es den einen oder anderen Trick, den er unterwegs gebrauchen konnte. Botzki las Zeitung, die er auf seinem Beifahrerplatz ausgebreitet und damit einen Teil der Scheibe verdeckt hatte. Matilda starrte angestrengt auf die Straße. Es war wenig Verkehr, nur ein paar Laster und Ausflügler waren unterwegs.

Nach zwei Stunden, sie waren bereits am Rand von Wales, machten sie Pause an einer Tankstelle. Matilda nutzte die Gelegenheit, um den Tank aufzufüllen, und danach setzten sie sich in das kleine Restaurant. Es gab für jeden eine große Portion Waffeln mit Sirup, der über den Rand triefte, und einer Kugel Vanilleeis, die bereits schmolz. Matilda packte ihr Handy bei keinem Happen beiseite.

»Noch nichts Neues?«, fragte Botzki.

»Ich hätte die Info schon mit euch geteilt.«

Albert sah auf sein Handy. Von Patty hatte er nach der letzten Nachricht nichts mehr gehört, was auch besser war. Er hatte sich entschlossen, ihr zu schreiben, sobald er wusste, was von ihm erwartet wurde. Wenn er ihr mitteilte, dass er einen Fuchs fangen sollte, würde sie wahrscheinlich gleich Schluss machen. Er hatte sein letztes Stück Waffel auf der Gabel, als Matilda aufschrie.

»Eine neue Nachricht.«

Botzki, der mittlerweile wieder in seine Zeitung vertieft war, legte sie beiseite und blickte erwartungsvoll auf. Auch Albert war gespannt. Es war wie eine kleine Schnitzeljagd.

»Gwydir Forest Park«, sagte sie nachdenklich. »Ist einer von euch schon mal da gewesen?«

Beide schüttelten den Kopf. »Wird wohl ein Park sein«, schlussfolgerte Albert.

»Wahrscheinlich ein Wald«, legte Botzki trocken nach.

»Na, da hab ich mir ja zwei richtige Leuchten ins Team geholt«, scherzte Matilda.

Ihr Roadtrip ging weiter, und wenig später fuhren sie durch den Gwydir Forest Park, der tatsächlich zu großen Teilen aus Wäldern und Seen bestand. Die goldenen und roten Blätter, die die Baumkronen dominierten, würden bald abfallen. Der Straßenrand war gesäumt von Hinweisschildern für touristische Attraktionen: Höhlen, Seen, Gasthäuser, Bergwerke.

»Verdammt«, fluchte Botzki. »Das hier ist ein Paradies für jedes Tier, das sich verstecken muss.«

»Stimmt«, sagte Albert. »Im roten Laub wird es für einen Fuchs kein Problem sein, sich zu verstecken. Er trägt quasi Tarn.«

»Unser Fuchs hat keinen roten Pelz«, erwiderte Botzki.

Albert wollte nachhaken, doch da drückte Matilda auf die Hupe und trat unvermittelt auf die Bremse. Mit quietschenden Reifen kamen sie zum Stehen.

»Du Arschloch«, brüllte die junge Frau aus dem Fenster.

Albert sah auf und bekam noch mit, wie das Heck einer schwarzen Luxuslimousine um eine Ecke bog.

»Sind sicherlich auch auf dem Weg zum Dinner«, sagte Botzki.

»Kein Grund, mich so von der Straße zu drängen!« Matilda schnaubte wie ein Stier.

»Werden die Straßen nicht bald verstopft sein mit solchen Luxusschlitten?«, fragte Albert.

Matilda schüttelte den Kopf. »Die wenigsten reisen mit dem Auto an. Die meisten lassen sich mit dem Helikopter herchauffieren. Spart Zeit, und man muss im schlimmsten Fall nicht quer durch das Land fahren.«

»Ist eine Statusfrage, ob man mit dem Hubschrauber anreist oder nicht«, erklärte Botzki.

»Verstehe«, murmelte Albert.

Matildas Handy vibrierte erneut. Wie ein Hunderudel, das eine Katze auf der anderen Straßenseite bemerkte, fixierten sie alle das Display. Der ehemalige Hausmeister nahm das Gerät in die Hand. »Fron Maen Road«, las er vor und tippte es sofort in das Navigationsgerät ein. »Route wird berechnet«, murmelte er ungeduldig. »Komm, mach schon.« Dann wurde die Ankunftszeit aktualisiert. Sie waren noch genau achtundzwanzig Minuten von ihrem Ziel entfernt.

»Gleich haben wir es geschafft«, sagte Botzki.

»Falsch, dann geht es erst richtig los«, erwiderte Matilda und trat aufs Gaspedal. Der alte Land Rover röhrte.

Sie fuhren durch Dörfer mit den immer gleichen Häusern, die aus großen grauen Steinen zusammengesetzt waren. Kleine Fenster und Dachgiebel, die an Zinnen erinnerten, verliehen ihnen das Äußere von Miniaturburgen. Albert war nie in diesem Teil von England gewesen und bereute es nun, denn es gefiel ihm hier. Ein schönes Ausflugsziel, an dem man bestimmt gut der Großstadt entfliehen konnte. Aber dafür war er heute nicht hier.

Das Auto bog auf eine Schotterpiste ab und durchquerte einen dichten Wald. Albert wollte irgendwas sagen, die Stille durchbrechen, die sich ausgebreitet hatte. Doch er traute sich nicht. Botzki und Matilda starrten angestrengt durch die Frontscheibe, als rechneten sie jeden Moment damit, dass ihnen etwas vor die Motorhaube sprang. Als Albert aber selbst genauer hinsah, merkte er, was sie so besorgte. Eine dichte Nebelwand hing wabernd vor ihnen in der Luft, und sie fuhren direkt darauf zu. Wie ein Band zog sich das Gebilde durch den Wald.

»Sollten wir vielleicht lieber umdrehen?«, murmelte Albert. Ihm war die Sache nicht geheuer.

»Wieso umdrehen? Wir sind doch gleich da«, sagte Botzki.

»Das ist eine reine Vorsichtsmaßnahme der Veranstalter«, erklärte Matilda. »Soll vor neugierigen Blicken schützen.«

Albert schluckte hörbar, als wenige Sekunden später der Land Rover im Schritttempo durch die Nebelwand rollte. Die graue Suppe verschlang die Bäume und die Straße wie dickflüssige Milch. Draußen hätte gerade der dritte Weltkrieg oder eine Zombieapokalypse ausbrechen können und sie hätten es im Auto nicht mitbekommen. Aber so schnell, wie der Spuk begonnen hatte, war er auch wieder vorbei. Matilda steuerte den Wagen aus der Nebelschwade, und vor ihnen breitete sich ein Tal aus, in dessen Mitte eine mittelalterliche Burg stand. Sie hatte vier Türme und einen Graben. Einen Zugang gab es nur über die Zugbrücke. Das aber war es nicht, was Albert den Atem verschlug. Auf der Wiese vor der Burg landeten im Sekundentakt Helikopter, und Menschen sprangen heraus. Koffer und Kisten wurden ins Innere der Burg getragen. Autos reihten sich auf einem improvisierten Parkplatz ein, Menschen wuselten hin und her. Das alles wirkte minutiös geplant, die Helikopter erhoben sich in die Lüfte, und sofort landeten neue, nirgendwo war Hektik oder Stress zu erkennen. Es erinnerte ihn an einen Ameisenbau.

»Willkommen bei der großen Fuchsjagd«, verkündete Matilda und legte den zweiten Gang ein. Sie fuhren runter ins Tal, kamen aber nicht weit. An einer improvisierten Schranke wies ein glatzköpfiger Mann sie an, stehen zu bleiben. Sie folgten seiner Aufforderung, denn er trug eine schwarze Sonnenbrille, einen Anzug und hätte in dem Aufzug auch den amerikanischen Präsidenten bewachen können. Das alleine wirkte schon einschüchternd, wirklich ausschlaggebend war aber die Maschinenpistole, die an einem Gurt über seiner Schulter hing.

Matilda brachte das Auto zum Stehen und kurbelte das Fenster hinunter.

»Namen bitte«, verlangte der Glatzkopf mit amerikanischem Akzent. Verdiente sich hier jemand vom Secret Service ein paar Euro dazu?

»Matilda Godwins, Wiktor Botzki und«, sie zögerte kurz, »Abraham Kadabraham.«

Albert wollte etwas sagen, aber sie wischte seinen Einwand mit einer Geste beiseite. Der Mann, der die Augen auf einem Klemmbrett hatte, bekam davon nichts mit. Einen quälend langen Moment suchte die Wache, bis er alle Namen abgehakt hatte. »Alles klar, herzlich willkommen. Bitte parken Sie auf P3. Dort wird man sich um Sie kümmern.«

»Danke schön«, erwiderte Matilda, kurbelte das Fenster hoch und fuhr wieder los.

»Abraham Kadabraham ist aber nicht mein richtiger Name«, warf Albert ein. »Meinst du nicht, dass das Probleme geben könnte?«

»Ab jetzt heißt du eben Abraham Kadabraham, verdammt«, fluchte Matilda. »Ich hab bis zur Anmeldung nur deinen Künstlernamen gekannt. Glaub mir, es würde mehr Probleme machen, wenn du deinen richtigen Namen nennst. Die werden dich auf der Liste nicht finden, und dann landest du schneller mit auf dem Rücken gefesselten Händen im Burgkerker, als du Hokuspokus sagen kannst.«

Albert wollte protestieren, ließ es dann aber doch. Matilda war diejenige, die sich mit diesem Event auskannte, und die Vorstellung, dass so jemand wie der Glatzkopf auf die Idee kam, Albert könnte hier gar nicht hingehören, missfiel ihm. Also gut, dann war er von jetzt an eben Abraham Kadabraham. Sie folgten den Schildern zu P3. Die Einfahrt dazu befand sich in der Nähe der Zugbrücke. Unvermittelt hielt Matilda das Gefährt an. »Aussteigen«, sagte sie.

»Aber du hast noch gar nicht eingeparkt«, erwiderte Albert, sah dann aber, dass das gar nicht nötig war. Ein Butler, zumindest sah er so aus, stand bereit. Matilda drückte ihm ihren Schlüsselbund in die Hand.

»Das Gepäck bitte auf die Zimmer, die unter Godwins laufen«, wies sie den Mann an, der in ihrem Alter war.

»Wie Sie wünschen, Miss«, sagte er und verbeugte sich knapp. »Noch irgendwelche Wünsche?«

»Danke, nein. Kommt ihr?« Matilda ging vorweg, und die anderen beiden folgten ihr. Die Burg, die mittlerweile ein Hotel war, wie sich herausstellte, hatte einen ausladenden Hof, auf dem sich allerlei Gestalten tummelten. Auf der Burgmauer patrouillierten weitere Männer in Schwarz mit Maschinenpistolen, und auf den Türmen erblickte Albert sogar Scharfschützen. Er fühlte sich zunehmend unwohl. Diese Menschen mit ihren teuren Anzügen, Gelfrisuren und dem falschen Lachen erinnerten ihn an seinen zukünftigen Schwiegervater. Butler wuselten wie Bienen durch das Gewirr und verteilten Sektgläser und Häppchen. Albert erwischte etwas, das wie die Miniaturausgabe eines Avocado-Lachs-Bagels aussah, und verspeiste es am Stück. Eigentlich hatte er keinen Hunger, die Waffeln lagen ihm noch schwer im Magen, aber solange er sich mit dem

Essen beschäftigte, musste er niemandem die Hand schütteln.

Matilda warf einen Blick auf die Uhr. »In einer halben Stunde sollte die Rezeption öffnen, dann bekommen wir die Zimmerschlüssel. Hier ist der Ablaufplan: Wir gehen gleich als Erstes auf unsere Zimmer, machen uns frisch und bereit für das Dinner. Danach werden wir uns für die Fuchsjagd akkreditieren, okay?« Sie wirkte nervös, und ihre harte Schale fing an zu bröckeln.

Albert nickte.

»Du hast da noch ein Stück Avocado«, murmelte sie und zeigte auf seinen linken Mundwinkel.

»Schau an, schau an, hätte nicht gedacht, noch mal eine Godwins bei so einer Veranstaltung zu sehen«, störte eine kräftige Stimme die unangenehme Situation. Albert leckte das Stück Avocado weg und sah einen jungen, muskulös gebauten Mann auf sie zukommen. Er sah wie jemand aus, den man für eine Teenie-Serie als Highschool-Footballstar casten würde. Sein Anzug war blau und auf den Leib geschnitten, und er hatte die blonden Haare nach hinten gegelt.

»Archibald Conteville, hätte ich gewusst, dass du hier bist, hätte ich tatsächlich auf die Teilnahme verzichtet«, spottete Matilda mit einem falschen Lächeln im Gesicht. Albert spürte, wie sich die Stimmung deutlich abkühlte.

»Ich hätte eher erwartet, dich am Bahnhof bei den anderen Bettlern anzutreffen als hier bei der Jagd. Die Gerüchteküche irrt sich doch sonst nie«, gab er eisig zurück. »Und das sind?«

»Mein Zauberer und mein Fallensteller«, erwiderte Matilda.

»Nun, immerhin in der Hinsicht haben es die Vögel korrekt von den Dächern gezwitschert: Du willst tatsächlich an der Jagd teilnehmen und bist nicht nur für das Dinner hier?«

»Wurde mir irgendwie zu langweilig, ich brauchte mal ein bisschen Nervenkitzel.«

»Ach, Quatsch, meine Liebe, du versuchst irgendwie, wieder Geld in eure leeren Kassen zu spülen«, sagte Archibald geradeaus, und Matilda wurde kreidebleich. »Verzweifelt, aber mutig, das muss ich dir lassen.«

»Zu gütig, Archibald«, zischte sie. »Sonst noch etwas oder möchtest du uns einfach nur in der Sonne stehen?«

»Ach, ich wollte nur mal schauen, wie meine Konkurrenz aussieht«, flötete er und verschwand gleich wieder in der Menge.

»Konkurrenz?«, murmelte Matilda. »Der Idiot wird doch nicht selbst teilnehmen.«

»Wer war das, wenn ich fragen darf?«, warf Botzki ein. Er hielt ein Martiniglas mit einer aufgespießten Olive in der Hand und nippte dran.

»Archibald Conteville ist der jüngste Sprössling des Conteville-Clans – und wie ihr vielleicht gemerkt habt, sind wir keine Freunde. Mein Großvater hat seinem Großvater vor vielen Jahren mal einen Großauftrag weggeschnappt, und seitdem lassen sie keine Gelegenheit aus, ihre Abscheu offen kundzutun«, erklärte Matilda.

»Da ist aber jemand wirklich nachtragend.« Botzki nickte anerkennend. »Sicher, dass es nur ein Großauftrag war und nichts anderes?«

Matilda zuckte mit den Schultern. »So hat es mir mein Vater zumindest erklärt. Würde mich nicht wundern, wenn mehr dahintersteckt.«

Ein Klingeln war zu hören, danach ein Räuspern und dann eine piepsige Stimme, die rief: »Sehr geehrte Lords, sehr geehrte Ladys, werte Damen und Herren, die Rezeption ist jetzt eröffnet, und Sie können Ihre Zimmer beziehen.« Sofort bildete sich eine große Traube um den kleinen Tisch, an dem die Zimmerschlüssel ausgegeben wurden.

»Das ist ja wie beim Boarding«, murmelte Botzki und erklärte Albert, der noch nie geflogen war: »Wenn sie am Flughafen sagen, dass man jetzt einsteigen kann, rennen auch sofort alle los, als würde das Flugzeug ohne sie abheben. Dabei haben sie doch einen reservierten Sitzplatz.«

Die drei warteten bei Häppchen und Sekt, bis der Andrang abgeflaut war, und holten sich dann ihre Schlüssel ab. Zur Überraschung der beiden Herren teilten sie sich ein Zimmer.

»Mehr war nicht drin, sorry«, gestand Matilda und verschwand in ihrem Raum.

Albert seufzte. Er wäre gerne mal wieder für einen Moment alleine gewesen. Die ständige Anwesenheit von Menschen zerrte an seinen Nerven.

»Schnarchst du?«, fragte Botzki.

»Nicht dass ich wüsste.«

»Sehr gut.«

Sie fanden ihre Koffer und Taschen auf ihren Zimmern. Die Garderobe war in die Schränke eingeräumt. Albert ließ seinen Blick schweifen: ein großes Doppelbett, ein Flachbildfernseher, ein Schreibtisch und zwei Sessel. Der Platz war äußerst eng bemessen, und er war sich sicher, dass ihr Zimmer zur günstigsten Kategorie des Hotels gehörte. Dafür roch es angenehm nach Rosenwasser. Ein kleiner Pluspunkt.

»Ich geh mich frischmachen«, hörte er seinen neuen Mitbewohner noch sagen, und Sekunden später war das Rauschen der Dusche zu hören.

Albert ließ sich erschöpft auf das Bett fallen. Wo war er da nur hineingeraten? Die ganze Sache wurde mit jeder Stunde absurder, und niemand würde ihm glauben, was er hier erlebte. Eine Dinnerparty für die richtig Reichen, eine Burg im Nirgendwo, die für einen Abend zum Festsaal umfunktioniert wurde. Das alles wegen eines Fuchses. Es wollte nicht in Alberts Kopf. Er fischte sein Handy aus der Hosentasche und sandte seinen Eltern eine Nachricht, dass es ihm gut ging und sie sich keine Sorgen machen sollten. Also genau das, was ein Entführer verlangen würde, ihnen zu schreiben. Umgehend schickte Elani ein Lach-Emoji zurück. Das war ihre Antwort auf so fast alles. Sein Vater verschickte ein Daumen-hoch-Emoji. Gut, zumindest die beiden ahnten nichts. Für Patty musste er sich ein bisschen mehr Mühe geben. Albert nahm eine kleine Videobotschaft auf. »Hey, Schatz, wir sind jetzt im Hotel unseres ersten Stopps angekommen. Alles ist in bester Ordnung, heute Abend geht es dann los!« Er beendete die Aufnahme, schickte sie ab und sendete noch ein paar Bilder des Zimmers hinterher. Wenn sie sich von der luxuriösen Einrichtung nicht überzeugen ließ, dann wusste er auch nicht, was er noch tun sollte.

Kapitel 8

Matilda Godwins

Nach der Dusche hatte Matilda Make-up aufgetragen – oder es zumindest versucht – und ein weinrotes Abendkleid angezogen. Sie zwängte ihre Füße in Pumps. Der Absatz war nicht sehr hoch, denn das hasste sie. Kein Mensch konnte darin vernünftig laufen, wenn er nicht für den Catwalk ausgebildet war. Leider erwartete die Etikette aber genau solche Schuhe von den Damen, und noch konnte sie es sich nicht leisten, zu sehr aus der Reihe zu tanzen. Wenn sie erst mal die Fuchsjagd gewonnen hatte, würde es anders aussehen. Matilda war angespannt und wünschte sich nichts mehr als eine Massage. Der Stress der letzten Tage und Wochen machte sich bemerkbar, ihr Rücken war steif wie ein Holzbrett, und die Schuhe taten ihr Übriges. Sie wusste, dass alle Augen und Ohren der Dinnergesellschaft heute Abend auf sie gerichtet sein würden. Die anderen Familien labten sich am Unglück der Godwins. Hin und wieder war es gut, jemanden scheitern zu sehen, dann fühlte man sich selbst nicht ganz so schlecht. Und wenn offiziell bekanntgegeben würde, dass die Godwins nicht nur ein eigenes Team, sondern sogar die Tochter auf die Jagd schickten, würde die Gerüchteküche überkochen. Das war mehr, als diese betuchte Gesellschaft vertrug.

Matilda legte den Kopf auf eines der zahlreichen Kissen

im Himmelbett. Sie wollte nicht hier sein, und wenig hielt sie davon ab, ihren Namen und ihre Familie einfach hinter sich zu lassen. Sie hatte noch ein Sparkonto mit ein paar tausend Pfund, das sie vor ihrem Vater geheim hielt. Ein Teil davon war schon für das Hotel und den Sprit draufgegangen, aber es war immer noch genug, um ein One-Way-Ticket nach Neuseeland zu buchen.

Aber sie brachte es nicht übers Herz.

Solange die Chance bestand, dass sie ihre Mutter wiederfand, musste sie es durchziehen. Sie hörte das Treiben und Gerede der Gesellschaft auf den Fluren, die Party war bereits im vollen Gange. Nur die wenigsten waren hier, um an der tatsächlichen Jagd teilzunehmen. Für viele ging es eher ums Sehen und Gesehen-Werden. Wer es auf die Gästeliste schaffte, tat gut daran, die Einladung nicht auszuschlagen. Hier tummelten sich die wichtigsten Wirtschaftsgrößen der ganzen Welt. Zwar stellten nur englische Familien Teams auf, so verlangte es die Tradition, aber das Publikum war international. Ein Großteil war nicht daran interessiert, wer den Fuchs am Ende fing, wichtiger waren die Visitenkarten und Kontakte, die man einheimste.

Es klopfte an der Tür. Matilda richtete sich auf. »Herein.«

Botzki steckte den Kopf durch die Tür. »Wir wären bereit.«

Matilda verließ das Bett und schloss sich den beiden an. Botzki trug einen Anzug mit roter Krawatte, die nun ordentlich um seinen Hals gebunden war. Auch das Hemd steckte zum Glück in der Hose, die von blauen Trägern gehalten wurde. Albert hatte sich für sein Zaubereroutfit entschieden, sogar der Zylinder saß auf dem Kopf.

Der Zauberkünstler, der Matildas kritischen Blick bemerkt haben musste, fragte: »Alles in Ordnung? Ich hab leider nichts Schickeres dabei.«

»Das kann ich durchgehen lassen«, antwortete Matilda und konnte sich ein Grinsen nicht verkneifen, denn für einen Zauberer war Albert absolut konservativ angezogen. »Dann lasst uns mal zur Akkreditierung gehen.«

Sie liefen den Flur entlang. Die Fackeln an den Steinwänden warfen flackernde Schatten. Es brauchte nicht viel Phantasie, um sich vorzustellen, wie es einst in dieser Burg gewesen war, als sie noch echten Belagerungen und nicht nur dem Ansturm von ein paar Schnöseln und Superreichen standhalten musste. Alle paar Meter hing ein Schild, ein Schwert oder eine Axt. Im Falle eines Angriffs war das Hotelpersonal also immer noch bis an die Zähne bewaffnet, und Matilda hatte keinen Zweifel, dass es genug Vorräte im Haus gab, um hier zu überwintern. Sie liefen eine enge Wendeltreppe hinab. Hin und wieder kamen ihnen Gäste entgegen – die Frauen in glitzernden Kleidern, die Männer in modernen Anzügen. Die Stimmung war ausgelassen, der Sektausschank beim Empfang entfaltete seine Wirkung. Ein kleines Aufstellschild mit der Aufschrift *Akkreditierung Jagdteams* wies ihnen den Weg. Matilda folgte schnurstracks der Ausschilderung und rempelte dabei ein paar Leute an, die sich empört umdrehten. Sie hatte keine Zeit und wollte den Kram endlich hinter sich bringen. Als sie vor der Tür des Akkreditierungsbüros standen, ging diese gerade auf und Archibald Conteville trat heraus. Er war in Begleitung eines Mannes mit Cowboyhut und einer Frau. Der Cowboy hatte ein wettergegerbtes Gesicht, tiefe Falten, kurze graue Haare und einen Dreitagebart, als wäre er die letzten zwei Wochen durch die Prärie geritten. Die Frau mit der hellen Haut und den schmalen Augen trug ein weites rotes Kleid. Ihre langen schwarzen Haare waren zu einem ordentlichen Zopf geflochten. Matilda wusste, was diese Gesellschaft darstellte: ein Jagdteam. Der Cowboy war der Jäger, die Frau Magierin, und Archibald hatte sich vermutlich für viel Geld irgendwo eine Falle gekauft. Matilda versuchte, ihre Überraschung zu verbergen. »Schau an, brauchen die Contevilles etwa auch Geld?«

»Mach dir darum keine Sorgen. Als mein Vater gehört hat, dass die Godwins teilnehmen, hielt er es für eine gute Gelegenheit, euch eins auszuwischen«, erwiderte der junge Mann mit schelmischem Grinsen und schob sich an dem Trio vorbei. Die anderen beiden folgten ihm. »Da marschieren die Schafe zur Schlachtbank«, hörten sie ihn noch sagen.

»Richtig sympathischer Typ«, stellte Albert trocken fest.

»Geht so«, erwiderte Matilda und betrat das Zimmer. Es war ein schlichter Raum, der wahrscheinlich als Büro genutzt wurde, wenn nicht so ein Megaevent wie die Fuchsjagd anstand. Es fehlten der typische Luxus, die Ritterrüstungen und Schwerter, nur ein einfacher Bürotisch mit einem Monitor stand in der Mitte. Hinter dem Schreibtisch erkannte sie ein vertrautes Gesicht: Es war die Schmalzlocke vom Empfang bei Watts & White.

»Name, bitte«, verlangte der junge Mann und sah sie durch die Gläser seiner Brille an. Er trug wieder einen modischen Anzug und sah so aus, als würde er gleich noch an einem Sektempfang für Manager unter dreißig teilnehmen.

Matilda wollte ihm an den Kopf werfen, dass er genau wusste, wer vor ihm stand. Schließlich war sie vor Kurzem erst bei ihnen in der Bank vorstellig geworden. Stattdessen sagte sie: »Matilda Godwins.«

Schmalzlocke starrte auf seinen Bildschirm. »Und die anderen beiden?«

»Wiktor Botzki.«

»Und Alb… Abraham Kadabraham«, fügte Albert hastig hinzu, der sich fast versprochen hätte.

Der Sekretär suchte wieder einen Augenblick, dann klickte er mit seiner Maus, und der Drucker neben ihm fing an zu rattern. Eine Sekunde später hatten sie drei Verträge vor sich liegen. »Bitte unterschreiben Sie das. Im Grunde geht es nur darum, dass Sie Watts & White im Falle von Unfällen – auch mit Todesfolge – nicht verklagen werden. Außerdem hinterlassen Sie bitte gleich Ihre Kontodaten für das Preisgeld. Wie soll es im Falle eines Gewinns aufgeteilt werden?«

»Fair durch drei«, erwiderte sie. Schmalzlocke nickte und machte sich eine Notiz.

Alle drei unterzeichneten den Vertrag. Matilda hatte ihn kurz überflogen, aber die vielen Rechtsbegriffe verstopften ihr Hirn nur.

»Vielen Dank«, sagte der Sekretär. »Damit hätten wir die Formalitäten erledigt. Sie sitzen an Tisch vier. Die Jagd wird morgen um 11.00 Uhr beginnen, bitte finden Sie sich um Punkt 10.30 Uhr im Hof ein. Sie sind mit den Regeln vertraut, Miss Godwins, nehme ich an?«

Matilda nickte.

»Sehr gut, dann hätten wir alles.«

Albert, Botzki und Matilda drehten sich um und wollten den Raum schon wieder verlassen. Die beiden Männer waren aus der Tür, da rief der Sekretär Matilda zurück.

»Miss Godwins, ich habe gerade gesehen, dass es noch keine Einzahlung für Ihre Startgebühr gab. Das muss unbedingt bis morgen früh erfolgen, sonst können Sie nicht antreten.«

Sie spürte die Farbe aus ihrem Gesicht weichen, daran konnte all das Make-up nichts ändern. »Aber Ihre Chefin hatte versprochen, dass sie sich drum kümmert«, stammelte sie.

Der Sekretär klickte mit der Maus und gab etwas auf seiner Tastatur ein. »Darüber kann ich hier nichts finden, und Mrs Lynbrook ist bei solchen Sachen sehr gründlich. Haben Sie vielleicht ein Dokument, das das bestätigen könnte?«

Nein, natürlich hatte sie das nicht. Sie hatte sich auf die Abmachung mit der Bankdirektorin verlassen. Wie benommen schüttelte sie den Kopf.

»Tut mir leid, aber hier ist wirklich kein diesbezüglicher Eintrag«, murmelte die Schmalzlocke, und Matilda wusste ganz genau, dass es ihm nicht leidtat.

»Rufen Sie sie an«, forderte Matilda. Sie versuchte, die aufsteigende Wut in sich niederzukämpfen.

»Das kann ich nicht, Miss Godwins. Mrs Lynbrook möchte heute nicht gestört werden, damit sie ihren Gästen die volle Aufmerksamkeit widmen kann.«

»Bullshit«, presste Matilda hervor. »Das ist doch ein abgekartetes Spiel, um uns zu demütigen.«

»Bitte, Miss Godwins, ich kann auch nichts dafür. Außerdem haben Sie doch noch bis morgen Zeit. Es sind ja lediglich fünfzigtausend Pfund – für eine Familie wie die Ihre sicherlich nur Peanuts«, erwiderte der Sekretär mit einem falschen Lächeln. Kein Zweifel, dass er genau um ihre Situation wusste.

»Mrs Lynbrook hat aber gesagt, dass –«

»Wenn Sie nichts Schriftliches haben, kann ich das leider

nicht überprüfen«, wurde sie unterbrochen. »Bitte klären Sie die Angelegenheit bis morgen früh, ich würde mich jetzt gern wieder anderen Aufgaben widmen.«

Matilda ballte die Hände zu Fäusten und schlug auf den Schreibtisch. Es war so laut, dass Botzki den Kopf reinsteckte und fragte: »Alles okay?«

Matilda presste die Lippen zusammen, um nicht laut loszuschreien. Ihre Glückssträhne war offiziell gerissen. »Ja«, zischte sie. »Nur ein kleines Missverständnis.«

»Einen schönen Tag noch, Miss Godwins.«

Matilda verstand den Rausschmiss und verließ das Büro. Fünfzigtausend Pfund bis zum nächsten Morgen. Wo sollte sie die jetzt hernehmen?

»Alles okay?«, wiederholte Botzki. Er hatte eine Augenbraue leicht angehoben und musterte sie prüfend.

»Alles bestens.« Matilda rang sich ein Lächeln ab. »Kommt, wir mischen uns unter die Leute.«

Albert war kein Menschenfreund. Zumindest, wenn sie genauso reich wie unsympathisch waren. Er versuchte, nicht aufzufallen, was mit einem schwarzen Zylinder und einem Frack alles andere als einfach war. Die Leute starrten ihn an, als könnte er jeden Moment einen Feuerball beschwören oder den Kronleuchter in ein Schwein verwandeln. Sie schienen mit irgendwas Verrücktem zu rechnen. Es war das erste Mal in seinem Leben, dass er sich wünschte, kein Zauberer zu sein. Sonst hatte er jeden einzelnen Auftritt genossen und nie genug bekommen. Aber heute war es anders.

Er hatte Botzki und Matilda schnell im Gedränge verloren und befand sich nun im großen Ballsaal. Ein klassisches Orchester spielte Livemusik. Nichts, was Albert in seiner

Freizeit und wahrscheinlich auch nicht gegen Bezahlung hören würde. Solange kein Schlagzeug gespielt wurde, war es für ihn keine Musik. Er klammerte sich an ein Sektglas und etwas, das ihm der Kellner als Birnen-Schinken-Canapé vorgestellt hatte. Es wurde direkt auf einem Löffel, natürlich aus Silber, serviert, und Albert hielt ihn so krampfhaft in der Hand, als wäre es Weihwasser und er von Vampiren umgeben. Er nippte an seinem Sekt und entdeckte in der Menschenmenge Matilda, die sich mit zwei älteren Herren unterhielt. Trotz ihres Lächelns wirkte sie verändert, seit sie aus dem Büro raus waren. Irgendwie schien sie mit dem Kopf woanders zu sein.

»Was für ein Zauberer sind Sie?«, fragte ihn eine helle Stimme. Albert drehte sich um und stand einer alten Dame gegenüber, die ihn erwartungsvoll ansah. Sie hatte sich ein silberglänzendes Kleid angezogen und ihre roten Haare toupiert. Eine Duftwolke aus Vanille umgab sie wie eine Schutzschicht. Das Make-up war so üppig im Gesicht aufgetragen, dass nur wenig Mimik zu erkennen war.

Albert verstand die Frage nicht. »Ich bin ein Zauberer.«

»Aber was für einer?«, fragte die Frau ungeduldig, aber mit einem freundlichen Lächeln. »Betreten Sie andere Dimensionen? Können Sie in die Zukunft sehen oder sogar Gedanken lesen?«

Sogar Gedanken lesen? Als wäre das die Steigerung von in die Zukunft sehen. Wenn Albert die Wahl hätte, würde er auf jeden Fall in die Zukunft blicken, dann hätte er solch unangenehmen Gesprächen wie diesem aus dem Weg gehen können. »Nein, ich bin ein … Zauberer.« Eine bessere Umschreibung fiel ihm einfach nicht ein. »Bitte schön«, sagte er und hielt ihr wie zum Beweis eine Plastikrose hin.

»Oh … äh … danke«, erwiderte die Frau überrascht. »Und für welches Team werden Sie antreten?«

»Godwins hat mich verpflichtet«, erklärte er hochtrabend und suchte in der Menschenmenge erneut nach Matilda. Aber sie war verschwunden.

»Godwins?« Sie klang enttäuscht. »Ich habe gehört, sie kämpfen ums Überleben. Wortwörtlich.« Die Frau fuhr sich mit einer Hand durch ihre rot gefärbten Haare.

»Oh, wir kämpfen nicht ums Überleben, sondern um den Sieg.« Er fühlte sich wie ein Wichtigtuer und war es wahrscheinlich auch.

»Aber stimmt es, was man sich erzählt?«, wollte die Dame wissen und drückte sich eine Hand auf die Brust. »Dass sie wirklich pleite sind?«

Albert zuckte mit den Schultern. »Hat auf jeden Fall gereicht, um mich anzuheuern.«

Das schien die Frau zum Nachdenken anzuregen. »Stimmt es etwa, was man sich über euch Zauberer erzählt?«

Albert sah sie fragend an.

»Na, dass ihr mehr verdient als die bestbezahlten Fußballstars.«

»Oh, äh …« Scheinbar hatte er sich unter Wert verkauft. »Für den einen oder anderen unseres Standes trifft das sicherlich zu.«

»Und Sie? Was kosten Sie für eine«, sie machte eine kurze Pause und sah verlegen auf ihr Glas, »Nacht?«

In Albert zog sich alles zusammen. Ihm missfiel die Richtung, die das Gespräch nahm. »Tut mir leid, ich stehe voll und ganz im Dienste der Godwins.«

»Ist ja auch eine hübsche Frau, bloß bettelarm. Sagen Sie Bescheid, wenn Sie eine neue Mäzenin brauchen, Mister …?«

»Kadabraham.«

Die Frau verabschiedete sich mit einem vielsagenden Blick.

»Da bist du ja«, hörte er Botzki sagen.

»Hättest du nicht zwei Minuten früher auftauchen können, verdammt?«, fluchte Albert.

»Tut mir leid, ich musste mich noch durch das Buffet futtern«, gab Botzki zu und wischte sich mit einer Serviette über den Mund. »Hast du Matilda gesehen?« Er wirkte besorgt.

»Eben stand sie noch da drüben«, erwiderte Albert und zeigte auf die Stelle, wo er sie gesehen hatte. »Aber nun ist sie nicht mehr da«, murmelte er und sprach das Offensichtliche aus.

»Das Dinner geht bald los, wir sollten schon mal unsere Plätze einnehmen.«

Gemeinsam suchten sie Tisch vier und fanden ihn in der Nähe des Orchesters. Es war ein großer, runder Tisch mit einer weißen Tischdecke und einem Kerzenständer in der Mitte. Es war für acht Personen eingedeckt. An jedem Platz befand sich Besteck in allen Ausführungen und Formen. Albert betrachtete ein Messer, das wie ein Kuchenheber aussah. Er beschloss, nichts zu essen, was so was benötigte, und einfach bei den Sachen zu bleiben, die er kannte. Neben zwei Weingläsern, eines für Rot- und eines für Weißwein, standen auch noch ein Whisky- und ein Wasserglas. Die beiden setzten sich und warteten darauf, dass etwas passierte. Und tatsächlich, ein Gong ertönte, und langsam suchten sich die vielen Gäste einen Platz. Zu ihnen gesellten sich Personen, die augenscheinlich von allen Kontinenten stammten. Man nickte sich höflich zu, beließ es aber dabei.

Albert und Botzki sahen sich ungeduldig um. Wo war ihre Teamchefin? Bevor das Dinner begann, würden sich die Teams vorstellen, und das wollten sie nur ungern ohne Matilda machen. Sie war die Einzige, die den Umgang mit diesen Menschen gewohnt war.

Ein zweiter Gong ertönte, und nun hatte auch der Letzte die Aufforderung verstanden.

Albert ließ den Blick durch den großen Saal schweifen. Auf Galerien und Balkonen befanden sich weitere Tische, vermutlich für diejenigen, die das Geld nicht ganz so locker sitzen hatten. Etwa zwanzig Tische für acht Personen standen um sie herum. Albert schluckte bei der Vorstellung, auch nur ein Wort an diese Leute richten zu müssen, als er plötzlich spürte, wie der Stuhl neben ihm zurückgezogen wurde.

»Der ist schon be-«, setzte er an, sah dann aber, dass Matilda Platz nahm. Ihm fiel ein Stein vom Herzen. »Wo bist du gewesen?«

»Ich habe Gespräche geführt«, zischte sie kurzangebunden. Albert wollte nachhaken, aber der Gong ertönte erneut, gleich drei Mal.

»Es freut mich, Agatha Lynbrook, Sie im Namen von Watts & White nach zehn Jahren wieder begrüßen zu dürfen.« Albert sah sich nach der Quelle der quäkigen Stimme um und entdeckte eine krötenhafte, alte Frau. Sie trug einen silbernen Hosenanzug und eine dicke Hornbrille. »Wie Sie wissen, ist die große Fuchsjagd die wichtigste englische Tradition. Eine Tradition, die wir als Bank sehr ernst nehmen, und so ist es uns eine große Ehre, aber auch eine Pflicht, diese Jagd zu organisieren. In diesem Jahr werden fünf Teams um das Preisgeld von fünfhundert Millionen Pfund streiten.«

Albert hatte erwartet, dass ein Raunen durch das Publikum gehen würde. Aber die Leute sahen aus, als würden sie gerade der Rede einer Politikerin lauschen, die von wichtigen Investitionen ins Straßennetz palaverte. Mrs Lynbrook schien das nicht zu stören, denn sie fuhr einfach fort. »Wir haben als ältestes Bankinstitut des British Empires natürlich eine besondere Verpflichtung, die Bräuche und Sitten unserer Vorfahren zu erhalten – besonders in Zeiten, in denen immer mehr Fremde zu uns kommen und in der Politik von Multikulti gesprochen wird.«

Albert sah im Augenwinkel, wie Botzkis Hände sich zu Fäusten ballten.

»Als Nation haben wir unser Wissen und unsere Technologien mit der ganzen Welt geteilt. Wir sind nach Asien gesegelt und haben Amerika besiedelt. Wir sind die Geburtsstätte der zivilisierten Welt.« Sie erhob ihr Glas, und das Publikum machte es ihr nach. Albert wollte nicht negativ auffallen, aber er bemerkte, dass Botzki und Matilda darauf verzichteten, deswegen senkte er sein Glas wieder.

»Und nun möchte ich Sie nicht länger langweilen.« Ein schmales Lächeln huschte über ihre Lippen. »Lassen Sie uns ein Blick auf die diesjährigen Teams werfen.«

Im ganzen Saal ging das Licht aus, und einen Moment später wurden fünf Spots angeworfen. Sie erhellten fünf Tische vor dem Orchester. An einem Tisch zu Alberts Linken erhob sich ein Mann. Er trug einen schottischen Kilt und eine blaue Weste sowie eine Mütze auf dem feuerroten Haar. »Sehr geehrte Damen und Herren, als Ältester der Familie McKnilan ist es mir eine besondere Ehre, unser Team vorzustellen.« Sein buschiger Bart und die wilden Augenbrauen bebten beim Sprechen. Er hatte eine tiefe, raue Stimme.

»Haben ihr Geld mit schottischem Whisky gemacht«, raunte Matilda Albert zu, bevor der Mann fortfuhr.

»Als Jäger konnten wir Neil McAllister verpflichten.« Er zeigte nach links, und ein älterer Herr erhob sich. Zwischen den rissigen Lippen steckte eine Pfeife, an der er demonstrativ zog und Rauch in die Luft pustete. Das wenige graue Haar, das er noch auf dem Kopf hatte, hing ungekämmt herunter. Was sofort auffiel, war das fehlende Auge – denn der alte Mann trug eine Augenklappe.

»Er sieht aus wie ein –«, flüsterte Albert, konnte den Satz aber nicht beenden.

»Als Fischer hat er alle Weltmeere besegelt und jeden Fisch gefangen, den es da unten gibt. Dafür braucht er aber kein Sonar und keine Fischernetze. Er schmeckt seine Beute wie das Salz in der Luft auf hoher See.« McAllister nickte zustimmend. »So hat er sogar einen Seebären gefangen!« Ein Raunen ging durch die Menge, und Albert war sich nicht sicher, was ein Seebär sein sollte. »Daneben haben wir Mrs Penelope.« Eine junge Frau erhob sich. Sie hatte blondes, langes Haar, das ihr glatt über die Schultern fiel. Ein weißes Kleid mit Blumenmustern und Schleifen perfektionierte das kindliche Aussehen. »Sie machte mit gerade einmal fünfzehn Jahren ihren Master in –«, er stockte.

»Mechanical Engineering«, half sie aus.

»Genau, vielen Dank! Technologiefirmen aus aller Welt haben sich um sie bemüht, aber das Haus McKnilan hat sie bekommen. Kommen wir nun zu unserem Zauberer.« Albert spürte, wie die Aufmerksamkeit im Raum anstieg. »Direkt aus Italien: der bezaubernde Riconelli!« Ein Mann, vielleicht Mitte dreißig, erhob sich. Er hatte einen Schnauzbart, der an den Enden zusammengezwirbelt war. Ansonsten war er Albert gar nicht unähnlich, auch er trug einen Zylinder, weiße Handschuhe und einen Frack. Ein Zauberer der alten Schule, das erkannte Albert sofort.

»Meine Damen und Herren, erlauben Sie, dass ich mich kurz vorstelle«, sagte er mit starkem italienischem Akzent. »Ich bin der bezaubernde Riconelli. Meine Hände sind ein Geschenk Gottes, das er mir gegeben hat, um Ihr Leben zu verschönern.« Er klatschte in die Hände, und fünf Tauben flogen empor.

»Wie hat er das gemacht?«, stammelte Albert. »Fünf Tauben?« Er hatte gerade mal einen verdammten Hamster. Das Publikum applaudierte höflich.

»Danke.« Riconelli verbeugte sich.

An Tisch zwei erhob sich ein Mann. Er war blond, trug einen grünen Cordanzug und eine Schiebermütze. »Erlauben Sie, dass ich mich ebenfalls kurz vorstelle: Brian Byrne, und wenn Sie einen Blick auf die Whisky-Flasche auf Ihrem Tisch werfen, werden Sie wissen, wo Sie meinen Namen schon mal gehört haben.«

Albert sah sich das Etikett der Flasche genauer an, und da stand es: Byrne Destillery.

»Haben ihr Geld ebenfalls mit Whisky verdient und stehen seit Ewigkeiten in einem Konkurrenzkampf mit den McKnilans. Früher hat man sich mit Autobomben und Attentaten das Leben schwergemacht, heute versucht man, den anderen bei der Fuchsjagd auszustechen«, flüsterte Matilda.

»Das, was die Schotten da gezeigt haben, war ja schon ganz nett. Aber wir alle wissen, dass sich der Fuchs nicht von einem altersschwachen Fischer fangen lassen wird.« Vom Tisch der McKnilans waren Flüche und Schimpfwörter zu hören. Brian Byrne quittierte das mit einem Lachen. »Ich darf Ihnen die Dellinger-Drillinge präsentieren!« Ein junger Mann und zwei junge Frauen erhoben sich. Sie trugen schlichte, aber dem Anlass entsprechende Kleidung und verbeugten sich knapp. »Aufgewachsen in der Natur Kanadas und Nachfahren irischer Auswanderer mit starken Wurzeln, wurden sie für diesen einen Zweck ausgebildet: den Fuchs zu fangen.« Das Publikum klatschte, als hätte man ihm gerade ein Steuerschlupfloch präsentiert. »Lea Dellinger wurde von kanadischen Ureinwohnern in der Jagd unterrichtet. Liath Dellinger lernte bei denselben Ureinwohnern das Fallenbauen und Fallenstellen. Nennt ihr ein Tier, und sie weiß, wie sie es fangen muss. Zuletzt präsentiere ich Ihnen den ganzen Stolz der irischen Nation: Lugh Dellinger. Seine magische Begabung wurde im Säuglingsalter von einem Schamanen bemerkt. Er ist im ständigen Austausch mit den Naturgeistern unserer Mutter Erde. Das ist zugegebenermaßen weniger spektakulär als ein paar Tauben«, ein schelmisches Grinsen huschte über sein Gesicht, »aber wir wollen ja auch keinen Vogel fangen – oder noch besser: einen Fisch.« Die Proteste der McKnilans verebbten im aufbrandenden Applaus für das Byrnes-Team.

»Die werden schwer zu schlagen sein«, raunte Botzki. »Gutes Team. Hat Hand und Fuß, wie aus einem Holz geschnitzt. Die Drillinge werden sich verstehen, ohne ein Wort zu sagen.«

Matilda nickte.

An Tisch drei sahen sie ein bekanntes Gesicht: Archibald Conteville. Er setzte sein schmieriges Schwiegersohnlächeln auf, erhob die Arme und ergriff das Wort. »Erst einmal möchte ich hervorheben, was für eine große Freude und

Ehre es ist, heute Abend zu Ihnen sprechen zu dürfen. Wie Sie wissen, gehört das Haus Conteville zu den ältesten und traditionsreichsten Familien von ganz Großbritannien. Was meine Ahnen für dieses Land geleistet haben, ist beispiellos.« Matilda schnaubte verächtlich. »Dieses Jahr möchten wir der Fuchsjagd den nötigen Respekt zollen und werden ein eigenes Familienmitglied ins Rennen schicken. Sich Söldner aus Übersee einzukaufen wäre kein Problem«, er prostete den Byrnes zu und erntete Lacher und Applaus der McKnilans, »aber das hat die Fuchsjagd nicht verdient! Es sollen endlich wieder Briten daran teilnehmen und gewinnen. Deswegen werde ich selbst als Fallensteller fungieren«, er hob die ausgestreckten Arme noch höher und erntete verhaltenen Applaus. »Mir zur Seite steht John van de Heydt, Cowboy und Trapper aus Texas.« Der Mann mit dem Cowboyhut, den Albert schon bei der Akkreditierung gesehen hatte, tippte sich kurz an den Hut, machte sich aber keine Mühe, aufzustehen oder andere Höflichkeitsfloskeln von sich zu geben. »Aus China, der Heimat unseres Fuchses, haben wir Shi Chen einfliegen lassen.« Die junge Frau mit langem schwarzem Zopf erhob sich. Sie trug eine rote Robe mit goldenen Stickereien und fiel dadurch sofort auf. An ihrem Gewand hingen viele bunte Beutel, und ihre grazilen Finger verschwanden in einem, um ein gelbes Pulver hervorzuholen. Sie warf es in die Luft, sagte etwas, was Albert nicht verstand, und pustete dann hinein. Aus dem Staub, der wie eine Wolke vor ihr schwebte, formte sich plötzlich ein durchsichtiger Drache, der zwischen den Tischen hindurchschoss und glitzerndes Feuer spie. Erst schrien die Gäste geschockt auf, als sie aber merkten, dass von dem Pulverdrachen keine Gefahr ausging, applaudierten sie laut.

»Wie?«, stammelte Albert. »Wie bekommt man so was hin?«

»Zauberei«, antwortete Matilda, und Albert dämmerte langsam, dass sie es genau so meinte, wie sie es sagte.

»Das ist also deine Interpretation von Tradition und britischer Teilnahme: ein amerikanischer Cowboy und eine asiatische Zauberin«, dröhnte Brian Byrnes Stimme durch die Halle.

Archibald Conteville wischte seinen Einwand mit einer Handbewegung beiseite und nahm wieder Platz.

Als Albert bemerkte, dass sich nun die ganze Aufmerksamkeit ihrem Tisch widmete, Matilda ihren Stuhl zurückschob und sich hinstellte, hatte er plötzlich einen Kloß im Hals. Die ganze Zeit hatte er verfolgt, wie sich die anderen Teams vorstellten, aber dabei war ihm nicht einmal der Gedanke gekommen, dass er selbst gleich im Rampenlicht stehen würde. Der Kloß verwandelte sich in einen dicken, schweren Stein, der ihn wie festgekettet an Ort und Stelle hielt. Hätte er wirklich zaubern können, hätte er ein Loch im Boden erschaffen und wäre dadurch verschwunden.

Matilda räusperte sich. »Sehr geehrte Damen, liebe Herren, als jüngstes Mitglied der Familie Godwins möchte auch ich Sie zu Englands traditionsreichsten Turnier begrüßen. Seit der ersten Ausgabe haben wir durchgängig ein Team gestellt und sind damit die Einzigen, die von Anfang an dabei sind.«

»Leider wird es das letzte Mal sein«, hörte man Archibald Conteville rufen, aber Matilda ignorierte die Störung.

»Wie auch unsere Freunde, die Familie Conteville, wird die Familie Godwins dieses Jahr mit ihrem eigenen Blut am Turnier teilnehmen. Ich werde die Jägerin sein. Aber ich bin nicht alleine. Unser guter Familienfreund und studierter Ingenieur Wiktor Botzki wird mich als Fallensteller unterstützen.« Botzki stand auf und verneigte sich kurz.

»Wenn er das gleiche Geld bekommt wie damals als Hausmeister, könnt ihr ihn euch vielleicht tatsächlich leisten.« Wieder war es das lose Mundwerk von Archibald. Botzki ballte die Fäuste und wollte etwas erwidern, aber Matilda hielt ihn mit einer Handbewegung zurück.

»Lass ihn, er wird noch sein Fett wegbekommen«, flüsterte sie und fuhr dann laut und wieder an das Publikum gerichtet fort. »Als Zauberer konnten wir ein noch junges, unbeschriebenes Blatt verpflichten, aber das schmälert seine Fähigkeiten nicht. Begrüßen Sie bitte Abraham Kadabraham aus London.« Mit großer Geste zeigte sie auf Albert.

Obwohl alles in ihm sich dagegen wehrte, stand er auf und verbeugte sich kurz. »Guten Abend, es … freut mich, hier … ähm … vor Ihnen zu stehen«, stammelte er.

»Mach irgendwas, was Zauberer machen«, murmelte Botzki.

Nervös kramte Albert in seiner Fracktasche und fand dort noch seine Münzen. Er nahm sie zwischen die Finger und hielt sie hoch ins Scheinwerferlicht, so dass jeder sie klar und deutlich sah. Die Leute folgten dem Schauspiel mit einer Mischung aus Neugier und Unglaube.

»Eine einfache Münze«, sagte er und versuchte, nicht zu sehr zu zittern. »Aber wenn ich mit dem Finger schnippe«, rief er und schnippte, »sind es plötzlich zwei.« Verhaltener Applaus war zu hören.

Albert nahm seinen Zylinder vom Kopf. »Ein einfacher Zylinder, wie Sie sehen«, rief er und hielt dem Publikum die Öffnung hin. »Aber wenn ich dreimal mit meinem Finger dagegen klopfe«, sagte er verschwörerisch, »wohnt plötzlich ein Hamster dort drin.« Im Handteller hielt er den dicken Butterscotch, der sich überrascht umsah. Seine kleine Stupsnase fing sofort an, die verschiedenen Gerüche zu identifizieren. Nun blieb der Applaus aus. »Bei den Kindern kommt das irgendwie immer besser an«, murmelte er.

»Mach dir nichts draus«, flüsterte Matilda.

Albert überlegte, was er präsentieren könnte. Aber alles, was er noch hatte, war ein Ass im Ärmel, und er hatte nicht das Gefühl, diese Gesellschaft mit einer Spielkarte überraschen zu können. Also setzte er sich wieder und starrte auf seinen leeren Teller. Zum Glück war das Porzellan so matt, dass sich sein Antlitz nicht darin spiegelte. Er hätte den Anblick in diesem Moment nicht ertragen.

»Ganz spannend, wirklich spannend«, hörte er die krötenhafte Stimme von Mrs Lynbrook. »Vielen Dank, Miss Godwins. Sie hätten Ihren Vater wirklich stolz gemacht, wenn er heute Abend hier wäre. Aber wir alle wissen ja, warum er nicht zugegen ist.« Ihr Ton verfinsterte sich plötzlich. »Ich wurde vorhin darüber unterrichtet, dass Sie die Startgebühr noch immer nicht gezahlt haben? Ich gehe natürlich davon aus, dass es sich um ein Versäumnis handelt, aber unter den Bedingungen können Sie leider nicht starten«, sagte sie und grinste hämisch.

Albert starrte Matilda an, die jetzt kreidebleich auf ihrem Stuhl hockte. »Aber«, stammelte sie, »wir hatten einen Deal.«

»Bitte? Ich kann Sie nicht hören, Sie müssen schon lauter reden, Miss Godwins.«

»Sie wollten uns die Startgebühr erlassen«, sagte Matilda jetzt lauter, wusste aber offensichtlich genau, was für ein

Schauspiel hier gerade stattfand. Auch Albert verstand: Sie sollte vor allen gedemütigt werden.

»Aber Miss Godwins, Sie werden ja wohl noch fünfzigtausend Pfund haben.«

Matilda schüttelte langsam den Kopf. »Wir hatten eine Abmachung«, zischte sie.

»Unter den Umständen muss ich Sie leider vom Turnier aus- «, aber weiter kam Mrs Lynbrook nicht. Jemand unterbrach sie, und sie schien darüber alles andere als glücklich.

»Fünfzigtausend Pfund? Betrachten Sie die Summe als bezahlt«, rief eine Stimme von den oberen Balkonen. Sie erschien Albert eigenartig vertraut, aber er konnte sie nicht gleich zuordnen. Erst als er den Schnurrbart und den Glatzkopf sah, fiel es ihm wieder ein. »Mr Relish«, stammelte er.

Mrs Lynbrook wollte protestieren, aber Alberts Chef legte nach. »Ich werde Ihnen sofort einen Scheck ausstellen.« Nun ging ein lautes Raunen durch die Menge. »Das gab es noch bei keiner Fuchsjagd«, hörte Albert jemanden murmeln, und es würde genug Gesprächsstoff für einen ganzen Abend liefern. Mittlerweile war wieder Farbe in Matildas Gesicht zurückgekehrt.

»Das ist mein Chef«, erklärte Albert, aber Botzki und Matilda sahen ihn nur irritiert an. »Später«, murmelte er.

»Jetzt, wo dieser Quatsch geklärt ist, möchte ich endlich das Wort ergreifen«, verkündete eine Frau an ihrem Nachbartisch. Sie war alt genug, um schon mehrere Kinder auf die Welt gebracht zu haben, und hatte lockige braune Haare. »Joanne Firley. Ich glaube, ich muss meine Familie nicht vorstellen.«

Albert sah Matilda fragend an. »Tabak und Zuckerrohr, damit sind sie reich geworden«, erklärte sie.

»Als Jäger wird dieses Mal Sir Grinberry für uns agieren«, fuhr sie fort. Sir Grinberry war ein älterer Herr, der wie ein freundlicher Butler aussah. »Er hält den Rekord an abgeschossenen Füchsen und kann die kleinen Tiere über einen ganzen Acker hinweg zwischen die Augen treffen. Haben sie das Biest gestellt, wird es in die Falle von Timberly Bornstrung laufen.« Bornstrung sah wie ein verrückter Wissenschaftler aus. Er trug eine dicke Brille, und in der Tasche seines Jacketts steckten verschiedene Kugelschreiber. Er machte sich gerade ein paar Notizen auf der Serviette, als sein Name fiel. Überrascht hob er die Hand und schrieb dann weiter. »Als Magierin konnten wir Bella Clémentine verpflichten.« Eine junge Frau erhob sich kurz und lüftete ihren Schleier. Sofort wurde es totenstill im Raum, selbst die Kellner hielten inne. Die Dame sah sie mit ihren kalten Augen an, ließ den Blick schweifen, und Albert hatte die absolute Gewissheit, dass sie tief in seine Seele blickte und all die Geheimnisse darin ergründete. Es war wie das Kitzeln des Zwerchfells, ein Jucken hinter dem Brustkorb. Diese Frau musste keine Tauben herbeitricksen, um das Publikum von ihren Fähigkeiten zu überzeugen.

»Nun, damit wäre der Programmpunkt abgehakt«, grummelte Mrs Lynbrook, deren gute Laune wie weggeblasen war. »Dann können wir jetzt ja zum Essen übergehen.« Als hätten sie nur auf ihr Stichwort gewartet, schwärmte eine Schar Butler aus und servierte eine nicht enden wollende Anzahl an Speisen. Das Orchester begleitete das Essen mit seichten Tönen und Melodien. Albert hatte kaum seinen Teller geleert, da wurde ihm schon der nächste Gang vor die Nase gestellt. Nach dem siebten oder achten, er hatte nicht mitgezählt, warf er, vollgestopft wie eine Weihnachtsgans, das Handtuch. Ein Stück Straußenbrust, das mit Birnenhimbeerkompott und Trüffelkroketten serviert wurde, passte nicht mehr rein. Noch einen Happen und die Knöpfe seiner Weste würden abplatzen und unkontrolliert durch den Saal schießen. Nicht auszudenken, zu welcher Reaktion das bei den Herren mit den Maschinenpistolen führen könnte.

»Isst du das noch?«, fragte Botzki und war mit seinen Händen bereits auf dem Weg zu Alberts Teller.

»Nein, bedien dich.«

»Dein Chef?«, hakte Matilda nach und spießte eine Krokette auf ihrer Gabel auf.

»Ja, ich arbeite noch in einer Pizzeria, und er ist mein Chef. Ein netter Typ mit viel Geld, ich war letztens bei ihm zu Hause. Sein Sohn hatte Geburtstag, und ich bin aufgetreten«, berichtete Albert und hielt einen Butler davon ab, ihm einen neuen Teller hinzustellen. Botzki nutzte die Chance und ließ sich Alberts Portion geben.

Matilda sah ihn an, als hätte er ihr gerade erzählt, dass die Erde eigentlich flach war und die Menschen von Echsen regiert wurden. »Du bist Zauberer, du solltest keinen Nebenjob haben müssen!«

»Ich … äh«, nach allem, was er die letzte Stunde gesehen hatte, fragte Albert sich langsam, ob er die Art von Zauberer war, die Matilda brauchte. »Bin noch nicht so lange im Geschäft.«

»Wenn das hier vorbei ist, suchen wir dir einen vernünftigen Agenten. Zauberer sollten nicht auf Kindergeburtstagen auftreten.«

»Sondern?«, konterte Albert gekränkt.

»Du solltest für irgendeinen dieser Typen hier arbeiten«, erwiderte sie und zeigte auf die anderen Gäste an ihrem

Tisch, die in Gespräche verwickelt waren. »Geschäftsführer zahlen viel Geld für einen Zauberer, der ihnen hin und wieder einen Gefallen tut, Gespräche zu ihren Gunsten lenkt und so weiter.«

Albert hatte keine Ahnung, wie er das machen sollte. »Ich glaube, du hast falsche Vorstellungen von der Zauberei.«

Matilda zuckte mit den Schultern. »Mein Vater hatte in besseren Zeiten selber einen angestellt. Hat jeden Monat mehr gekostet als ein Luxuswagen, aber war jeden Penny wert – wobei, wenn das stimmte, wären wir sicherlich alle heute nicht hier.«

»Warum ist er pleite gegangen?«, erkundigte sich Albert, bereute die Frage jedoch sofort.

Matilda griff zum Weinglas und leerte es in einem Zug. »Deswegen, Alkohol.« Sie wandte sich ab und sah sich im Ballsaal um. Das Gespräch war damit beendet.

Nach einer schier unendlichen Anzahl an weiteren Gängen schien der Küche langsam der Nachschub auszugehen, und der Abend ging in den gemütlichen Teil über. Die Tische wurden abgedeckt und aus dem Raum getragen, um Platz für eine Tanzfläche zu schaffen. Keinem der drei war nach Tanzen zumute. Botzki machte sich über das Buffet her, das aufgetischt wurde, und füllte seinen Teller mit mindestens zwölf verschiedenen Käsesorten. Matilda erklärte einem alten Herren zum dritten Mal, warum ihr Vater nicht vor Ort war. Das lag nicht etwa daran, dass Matilda schlecht im Erklären war, sondern am fortgeschrittenen Alter des Mannes und seinem miserablen Gehör. Gerade, als er mit dem Gedanken spielte, sich auf sein Zimmer zu stehlen, tippte ihm jemand auf die Schulter. Albert drehte sich um und stand seinem Chef gegenüber.

»Hätte nicht gedacht, dich hier anzutreffen, Albert. Ich wusste ja, dass du zauberst, aber ich hatte keine Ahnung, dass du auch diese Art von Magie beherrschst.« Sein Schnäuzer wackelte beim Reden auf und ab.

»Oh, ich mag jede Art von Zauberei«, sagte Albert ausweichend. »Aber ich hab auch nicht erwartet, Sie hier zu treffen.«

»Mein Bruder hatte eine Einladung und hat mich mitgenommen. Ist eigentlich nicht meine Art von Event, wenn ich ehrlich bin. Neunzig Prozent der Menschen hier reden schlecht über dich, sobald du ihnen den Rücken zudrehst, und den restlichen zehn Prozent bist du schlicht egal.«

»Ihr Bruder verkauft auch Pizza?«

»Nein«, antwortete Mr Relish senior. »Mein Bruder ist Investor. Hat frühzeitig in ein … wie sagt man? Social Media?!«

»Social Network.«

»Genau, danke. Also, er hat frühzeitig in so ein Social Network investiert und damit mehr Geld verdient, als ein Mensch je ausgeben kann. Nun investiert er jede Woche in ein neues Start-up. Kannst du dir das vorstellen?«

Albert schüttelte den Kopf. Das konnte er wirklich nicht.

»Ich auch nicht. Stell dir mal den Stress vor. Vier neue Firmen jeden Monat, das sind zweiundfünfzig im Jahr. Mir ist das ja schon immer zu anstrengend, wenn wir eine neue Pizzasorte einführen.«

»Dafür investieren Sie aber in Teams«, warf Matilda ein, die sich unbemerkt dem Gespräch angeschlossen hatte.

»Oh, Miss …«

»Godwins, freut mich«, sagte sie lächelnd und hielt ihm die Hand hin, die er freudestrahlend schüttelte. »Vielen

Dank für vorhin, die alte Funzel wollte uns eiskalt auflaufen lassen.«

Mr Relish senior winkte ab. »Ach, lassen Sie nur. Die war mir schon bei ihrem ersten Atemzug unsympathisch, und wenn es mich nur fünfzigtausend Pfund kostet, ihr den Abend zu vermiesen, ist es mir das mehr als wert.«

»Wie möchten Sie bei einem Gewinn beteiligt werden? Besser wir regeln das, bevor es so weit kommt.« Sie klang nun nicht mehr so vergnüglich und freundlich.

»Sie gefallen mir, gute Frau«, erwiderte Mr Relish senior. »Wenn ich ehrlich bin, ist mir das Preisgeld scheißegal. Ich betrachte das hier als ein Hobby und nicht als Investition. Sollten Sie gewinnen, freue ich mich, meine fünfzigtausend Pfund zurückzubekommen.«

Matilda sah ihn wie einen Gebrauchtwagenhändler an, der ihr gerade ein verdammt gutes Angebot gemacht hatte, was darauf schließen ließ, dass die Karre unter dem Lack komplett verrostet war. »Sind Sie ein Samariter oder so was?«

»Vor allem bin ich gelangweilt«, gestand Mr Relish. »Und so was hier versüßt mir den Alltag. Also, haben wir einen Deal?« Er hielt ihr die Hand ein. Matilda zögerte, Albert sah es hinter ihrer Stirn arbeiten, aber dann schlug sie ein.

»Vielen Dank, wirklich.«

»Ist mir eine Freude«, wiederholte Mr Relish. »Dann geh ich mal den Scheck ausstellen.« Er verabschiedete sich und verschwand im Getümmel.

»So viel Glück in so wenigen Tagen«, murmelte Matilda. »Fast unheimlich.«

»Darauf sollten wir anstoßen«, fand Albert, der gerade zwei Weingläser vom Tablett eines Kellners gefischt hatte. Den Rest des Abends verbrachte das Trio bei klassischer

Musik, Essen und schlechten Gesprächen. Als Teilnehmer der Jagd waren sie so etwas wie Promis, und jeder wollte ein paar Worte mit ihnen wechseln. Albert wurde mehr als einmal gebeten, doch irgendwas Verrücktes zu machen. Der Hamster in seinem Zylinder war aber das mit Abstand Wildeste, was er im Repertoire hatte. Schließlich hatte jeder schon mal ein paar Spielkarten oder Würfel gesehen, und Staub, der sich in einen Drachen verwandelte, hatte er nicht im Angebot. Immerhin die Damen lächelten verzückt, als er ihnen plötzlich eine Plastikrose unter die Nase hielt.

Es war kurz vor elf Uhr, als Matilda ihnen nahelegte, endlich zu Bett zu gehen. »Wir können jede Stunde Schlaf gebrauchen«, sagte sie. »Ab morgen wird es ungemütlich. Also erholt euch noch ein bisschen.« Albert war darüber dankbar und kam der Bitte sofort nach. Botzki stapelte sich den Teller noch mit kleinen Leckereien voll und folgte dann seinem Mitbewohner.

»Was denkt dieser Kerl eigentlich, wer er ist?«, schrie Mrs Lynbrook und warf eine Tasse gegen die Wand. Sie zerbrach in viele kleine Einzelteile.

»Mr Relish«, antwortete ihr Assistent ruhig.

»Über wen kam er hier rein?«

Der junge Mann warf einen Blick auf seine Liste. »Über seinen Bruder, Mrs Lynbrook.«

»Relish … Relish … Irgendwas mit Internet, oder?«

»Investiert laut meinen Unterlagen in Start-ups und neue Technologien.«

»Wir hätten so ein Gesindel gar nicht erst einladen dürfen und hätten unter uns bleiben sollen – die guten alten Kaufmannsfamilien, die noch etwas Anstand haben«, schäumte sie. »Wie kann er es nur wagen?« Die nächste Tasse flog hinterher.

»Möchten Sie, dass ich mich um das Problem kümmere? Wir könnten den Scheck verschwinden lassen.«

»Nein, zu viele Zeugen«, brummte sie resigniert und schüttelte den Kopf. »Das wäre schlechter Stil. Es gibt einen Papierbeleg, und Sie haben den Erhalt quittiert, richtig?«

Der Assistent nickte.

»Sehen Sie, eine ganz dumme Idee. Aber ich bezahle Sie ja auch nicht für Problemlösungen. Das übersteigt Ihren Horizont.« Sie ließ sich in den großen grünen Sessel ihres temporären Büros fallen. Der Hotelbesitzer hatte seines extra geräumt, um Mrs Lynbrook einen Arbeitsplatz zur Verfügung zu stellen. »Bringen Sie mir den Conteville. Den jungen …«

»Archibald«, sagte ihr Sekretär wie aus der Pistole geschossen.

»Genau. Ich möchte mit ihm sprechen.«

Der Mann deutete eine Verbeugung an und verschwand dann aus dem Zimmer. Mrs Lynbrook starrte auf die Scherben am Boden. »Wie die Familie Godwins, nicht mehr als ein Scherbenhaufen«, murmelte sie. Aber dabei wollte sie es nicht belassen. Wenn es nötig war, würde sie den Haufen selbst zusammenkehren und vor die Tür befördern. Die Chancen der jungen Godwins standen immer noch äußerst schlecht. Bei den Buchmachern lagen sie auf dem letzten Platz, und die Dellinger-Drillinge hatten sich schon kurz nach der Vorstellung als klarer Favorit herauskristallisiert. Aber Mrs Lynbrook hatte sich nie auf Quoten verlassen. Quoten waren ein schlechter Geschäftspartner. Zu unzuverlässig, zu viele Launen. Nein, sie würde die Dinge wie immer selbst in die Hand nehmen.

Es klopfte. »Herein.«

Archibald Conteville trat ein. Von seinem sonst so selbstverliebten Auftreten war nichts zu sehen. Er kratzte sich hinter dem Ohr. »Sie wollten mich sprechen.«

»Archi, mein Lieber, schön, dass du es einrichten konntest. Du konntest dir bestimmt noch gar keine Ruhe gönnen. Die Buchmacher sagen, ihr habt die besten Chancen?«

»Ach, wirklich? Das freut mich!«

»Komm, setz dich«, sagte sie und schenkte ihm Whisky ein. Er hatte ihre kleine Lüge einfach geschluckt. »Was denkst du über deine Gegner?«

Die Frage überraschte ihn sichtlich. »Nun, manche sind eine Wundertüte. Diese Bella Clémentine hat etwas Unheimliches an sich. Aber die Dellinger-Drillinge sind wirklich beeindruckend. Wie aus einem Guss.« Er sah sie erwartungsvoll an wie ein Grundschüler seine Lehrerin nach einer mündlichen Prüfung.

Mrs Lynbrook nickte. »Sehr gut analysiert, Archi. Und das Godwins-Team? Was denkst du über die?«

»Matilda ist eine aufgeweckte, junge Frau. Sie ist ehrgeizig und klug. Aber ein Hausmeister als Fallensteller? Und ihr Zauberer wirkt auf mich eher wie eine schlechte Imitation eines Trickkünstlers. Was er gezeigt hat, war nicht sehr beeindruckend.«

Wieder nickte die Bankdirektorin. Sie schob ihre Brille ein Stück nach vorn und sah ihn über die Ränder hinweg an. »Ja, das bringt es wohl auf den Punkt. Was ich dir jetzt sage, ist absolut wichtig: Matilda Godwins darf das Turnier nicht gewinnen. Besser noch: Sie sollte es nicht überleben. Verstanden?«

Archibald Conteville nickte, aber Mrs Lynbrook erkannte

in seinem Gesicht, dass er nichts begriffen hatte. Leider machten Männer das immer wieder, statt einfach ihre Ahnungslosigkeit zuzugeben. »Hör zu, Schätzchen, ich will ehrlich zu dir sein. Du hinderst Matilda Godwins daran, dieses Turnier erfolgreich abzuschließen. Lass es meinetwegen wie einen Unfall aussehen. Oder auch nicht. Wenn wir wollen, wird sich die Polizei nicht dafür interessieren. Wenn du mir diesen Gefallen tust, werde ich das hier verschwinden lassen.« Lynbrook hielt einen braunen Umschlag in die Höhe und holte drei Fotos heraus. Was darauf zu sehen war, ließ Archibald Conteville so kreidebleich werden, als hätte er einen Geist gesehen.

»Woher …«, stammelte er.

»Ist doch egal, mein Lieber. Wichtig ist nur, dass sie nicht an die Presse geraten oder, noch schlimmer, deinem Vater in die Hände gespielt werden.«

Archibald nickte langsam, als könnte eine schnelle Bewegung die alte Kröte provozieren, über ihn herzufallen.

Agatha Lynbrook warf noch einen Blick auf die Fotos, bevor sie sie wieder im Umschlag verschwinden ließ. »Ein hübsches Ding hast du dir da ausgesucht. Keine Angst, die Fotos werden sicher im Tresor bei Watts & White verwahrt.«

Jetzt hatte Archi verstanden, was die alte Lynbrook von ihm wollte. »Warum?«

»Das spielt keine Rolle, okay?«

»Klar. Ein Unfall, kein Problem«, nuschelte er.

»Dann kannst du jetzt wieder gehen. Feier ein bisschen, amüsier dich. Ab morgen weht ein anderer Wind.«

Archibald verabschiedete sich mit einer tiefen Verbeugung und hätte beim Rausgehen noch fast einen kleinen Beistelltisch umgerissen.

Mrs Lynbrook legte die Füße auf den Tisch und zündete sich eine Zigarre an. Sie hasste es, auf Speichellecker und Idioten angewiesen zu sein. Aber am Ende würde alles so ausgehen, wie sie es geplant hatte. So lief es nämlich immer.

Kapitel 9

Matilda Godwins

Matilda hatte kaum ein Auge zugemacht. Sie hatte zu viel Angst. Angst zu scheitern, Angst zu verschlafen. Letztendlich war doch alles gutgegangen, und sie hatte mehr als einmal unverschämtes Glück gehabt. Dass Alberts Chef anwesend war und sie aus der Nummer rausgeboxt hatte, war die Fügung irgendwelcher höheren Mächte gewesen. Kein Zweifel. Das ganze Dinner über hatte sie sich den Kopf zerbrochen und nach einer Lösung für ihr Problem gesucht. Hätte sie geahnt, dass die Lösung zwei Etagen über ihnen am Tisch saß, hätte sie den Großteil des Abends vielleicht sogar genossen. Aber warum hatte Mrs Lynbrook sie so auflaufen lassen? Sie war eine Schabracke, keine Frage, aber bisher eine zuverlässige Geschäftsfrau gewesen. Ihr Vater hatte immer nur in den höchsten Tönen von ihr gesprochen. Eine vom alten Schlag, die lange verhandelte, bei der das gesprochene Wort noch etwas wert war. Und nun hatte sie die Abmachung nicht nur einfach platzen lassen, sondern Matilda vor der versammelten Gesellschaft vorgeführt. Was hatte ihr Vater getan, um sie so zu verärgern? Natürlich gab es den offenen Kredit mit dem Haus als Sicherheit. Aber noch hatten sie Zeit, die Schulden zu begleichen. Matilda hatte die ganze Nacht wachgelegen und war mit den ersten Sonnenstrahlen zu einer Erkenntnis gelangt: Mrs Lynbrook wollte nicht, dass die Schulden getilgt wurden.

Eine kalte Dusche wusch zwar nicht ihren Sorgen davon, aber zumindest die kurze Nacht. Sie war wieder hellwach und bereit für das, was vor ihnen lag. Bis zu dreißig Tage in der Wildnis, einem Jadefuchs auf den Fersen. Beim Frühstück traf sie Albert und Botzki. Der Hausmeister begrüßte sie mit einem kurzen Nicken und hatte nur einen Orangensaft vor sich auf dem Tisch stehen.

»Wer soll nach so einem Abend schon wieder etwas essen können?«, jammerte er.

Albert hatte sich einen großen Teller mit gebratenem Speck, Rührei, Tomaten und Bohnen in Tomatensauce gemacht und spachtelte das Zeug in seinen Mund, als hätte er die letzten Wochen nur trocken Brot gegessen.

»Iss lieber was«, sagte Matilda zu Botzki. »Wer weiß, wann wir wieder so etwas vor die Nase bekommen.« Ihrer eigenen Empfehlung folgend, packte sie sich einen Teller mit Räucherlachs, Aal und Nordseekrabben voll. Dazu gab es zwei Scheiben Toast und eine kleine Packung Butter.

»Unsere Ausrüstung?«, fragte Matilda in die Runde und erntete einen irritierten Blick von Albert.

»Noch im Auto. Hole ich gleich«, sagte Wiktor und kippte seinen Orangensaft runter.

»Ausrüstung?«, hakte Albert nach.

»Ein großes Zelt, Schlafsäcke, Isomatten, Campingkocher – habe ich etwas vergessen?«, zählte Matilda auf und wandte sich dann fragend an Botzki.

»Unsere Falle«, sagte er. »Ansonsten haben wir genug Trockenfleisch und Suppenpulver, um das nächste Jahr in der Wildnis zu verbringen.«

Matilda warf einen Blick auf die Uhr. »In anderthalb Stunden geht es los. Also seid bitte in einer Stunde auf dem Hof. Wir sollten nicht zu spät kommen.«

Eine Stunde später stand das Trio auf dem Hof. Sie waren die Ersten, wenn man von der Security absah, die mit ihren Maschinenpistolen auf den Mauern Wache hielt. Botzki hatte einen großen Rucksack auf dem Rücken, an dem allerhand Campingutensilien baumelten. Den Anzug vom vergangenen Abend hatte er gegen hohe Lederstiefel, eine Jeans mit Hosenträgern, ein rotes Baumwollhemd und eine Lederjacke eingetauscht. Albert hatte seinen Reisesack umpacken müssen und einen Rucksack geschultert. Er steckte wieder im typischen Zaubereroutfit, und in der Hand baumelte locker der Koffer mit allerhand Utensilien. Er war für den Anlass völlig falsch gekleidet, fühlte sich so aber am wohlsten. Matilda trug dicke Stiefel, Lederhose und einen festen grauen Mantel, der sie gegen den Wind schützte. Auf dem Kopf saß eine Wollmütze. Die drei sahen wahrlich nicht wie ein Team aus.

In der Mitte des Platzes stand etwas, das unter einem roten, mit goldenen Stickereien am Rand verzierten Tuch verdeckt war.

»Was ist das?«, fragte Albert.

»Der Fuchs«, antwortete Matilda knapp. Sie war nicht in Plauderlaune.

Botzki, der Alberts irritierten Gesichtsausdruck gesehen haben musste, wurde ein bisschen ausführlicher. »Genau genommen befindet sich darunter der Käfig, in dem der Fuchs steckt. In ein paar Minuten wird sich der Platz füllen, und dann werden sie das Tier präsentieren. Viele kommen garantiert nur für den Moment hierher.«

»Um einen Fuchs zu sehen?« Albert staunte. »Können sie dafür nicht den Fernseher einschalten?«

»Auch du solltest mittlerweile mitbekommen haben, dass es sich nicht um einen normalen Fuchs handelt«, fuhr ihn Matilda ungewollt schroff an.

»Vielleicht mag mir mal jemand konkret erklären, was für eine Art Fuchs wir jagen?«, gab Albert genauso barsch zurück.

»Einen Jadefuchs«, antwortete Botzki. »Ist schwer zu erklären, besser, du schaust ihn dir gleich an.«

Der Hof füllte sich langsam mit den Teilnehmern aus der vergangenen Nacht, die zerknittert wie alte Sofakissen aussahen. Den rot unterlaufenen Augen und zerzausten Frisuren nach zu urteilen, hatten viele von ihnen bis in die Morgenstunden gefeiert.

Die Dellinger-Drillinge betraten als Nächstes den Hof. Sie trugen graue, lange Mäntel. Matilda versuchte, in ihren Gesichtern etwas abzulesen, aber sie waren völlig emotionslos. Wie Roboter standen sie dort, nur ein paar Meter von ihnen entfernt, die Arme hinter dem Rücken verschränkt.

Archibald Conteville war das komplette Gegenteil.

Er schlurfte auf den Hof. Seine blonde Haartolle, gestern noch glatt gegelt, stand wie eine Antenne gen Himmel. Das Hemd steckte nur halb in der Hose.

»Was guckst du so?«, blaffte er Matilda an.

»Man kann sich eine lange Nacht vor so einem wichtigen Tag erlauben, wenn man andere die Drecksarbeit machen lässt«, entgegnete sie seelenruhig und musterte den Trapper und die Zauberin neben ihm. »Ist das echt so ein Ego-Ding, dass du hier teilnimmst?« Aber Archibald würdigte sie keines weiteren Blickes und versuchte stattdessen, sein Hemd und seine Haare zu richten. Ein hoffnungsloses Unterfangen. Nachdem auch die anderen Teams eingetroffen waren, trat Mrs Lynbrook auf den Platz. Sie trug abermals einen Hosenanzug.

Matilda warf einen Blick auf die Uhr. Noch fünf Minuten.

»Viel Glück«, flüsterte Mr Relish senior, der unbemerkt an sie herangetreten war. »Wenn Sie etwas brauchen, sagen Sie Bescheid.«

»Sie wissen bestimmt, dass wir keine Hilfe annehmen dürfen. Wir dürfen ja nicht mal ein Navigationsgerät benutzen«, erklärte Matilda. »Die Regel galt schon vor hundert Jahren. Wir sind da draußen auf uns gestellt und auf alles, was wir bei uns haben.«

»Handys?«, fragte Albert.

»Keine Handys«, murmelte Botzki. »Wird alles von der Turnierleitung verwahrt.«

Albert fummelte sein Handy aus der Jackentasche und fing hastig an, eine Sprachnachricht aufzunehmen. »Hey, Schatz, ich werde mich für ein paar Tage abmelden. Wir … also ich … haben beschlossen, uns mal auszustöpseln. Du weißt, auf die Show fokussieren. Digital detoxing.« Mit jedem Wort wurde sein Gefasel undeutlicher. »Also, mach dir bitte keine Sorgen, wenn du eine Zeitlang nichts von mir hörst. Hier ist alles in bester Ordnung. Ich liebe dich!«

»Sie wird denken, dass ich dir dabei eine Pistole an den Kopf gehalten habe und du entführt wurdest«, kommentierte Botzki trocken. »Zum Glück bist du Zauberer und kein Schauspieler.«

Albert wurde knallrot.

»Ruhe jetzt«, herrschte Matilda sie an. Das Gefasel lenkte sie nur von ihrem Ziel ab. »Deine Freundin weiß Bescheid, und sie wird ein paar Tage ohne dich auskommen.« Sie wandte sich wieder Mr Relish zu. »Vielen Dank noch mal, aber von hier an müssen wir alleine klarkommen.«

Der Pizza-Magnat nickte freundlich. »Ich drück die Daumen«, sagte er und demonstrierte es gleich mal beidhändig.

»Ladys und Gentlemen, wir möchten jetzt beginnen.« Die ölige Stimme gehörte einem älteren Herren. Matilda hatte ihn noch nie gesehen. Er war alt genug, um ihr Großvater zu sein, und ein grauer Haarkranz zierte seinen Kopf. Die Brille war nur ein Drahtgestell mit kleinen Gläsern, dafür wirkte die Kleidung aber umso eindrucksvoller. Lange weiße Socken, eine Kniehose, eine braune Weste und eine rote Robe ließen ihn aussehen, als wäre er ein Aristokrat aus dem 18. Jahrhundert. Selbst einen Gehstock hielt er in den Händen. »Ruhe«, rief er und schlug dreimal mit der stumpfen Seite seines Stockes auf den Boden. Das Stimmengewirr verebbte, und die anwesenden Personen schenkten ihm ihre volle Aufmerksamkeit. »Nun, vielen Dank, dass Sie meiner Aufforderung nachgekommen sind. Mein Name ist Sir Duncan Osbern, und ich werde die Fuchsjagd als Notar überwachen. Die Regeln, damit niemand behaupten kann, er hätte sie nicht gekannt: Sie werden keine Hilfe von nicht beteiligten Personen annehmen, technische Geräte wie Smartwatches oder Smartphones sind verboten, und gewonnen hat das Team, das den Fuchs bändigen kann und zurück in seinen Käfig bringt. Die Jagd ist erst abgeschlossen, wenn sich der Fuchs wieder an diesem Ort befindet! Teilnehmern der Jagd ist es gestattet, während des Turniers das Team zu wechseln.« Er räusperte sich. »Bitte geben Sie Ihre Geräte jetzt ab.« Ein Butler ging mit einer Schatulle an den Gruppen vorbei, und Smartphones wanderten in den Kasten.

»Machen Sie sich keine Sorgen, die Geräte werden im Safe meiner Kanzlei aufbewahrt.« Er sah sie durch die kleinen Gläser seiner Brille an. »Irgendwelche Fragen?« Niemand sagte etwas. »Wunderbar, dann kommen wir nun zum spannendsten Teil. Ich darf Ihnen präsentieren, beheimatet im fernen China und seit Jahrhunderten bei uns zu Gast: der Jadefuchs!« Mit einer großen, übertriebenen Geste, als würde er ein Auto abdecken, zog Sir Duncan Osbern das Tuch vom Käfig.

Albert japste laut, und auch Matilda konnte ihre Überraschung nicht verbergen. Sie hatte den Jadefuchs bereits vor zehn Jahren gesehen, trotzdem war diese Erscheinung etwas so Unfassbares, dass man sich nie dran gewöhnen würde. Grün schimmerte es zwischen den goldenen Gitterstäben hervor. Feine Glitzerpartikel umgaben den Jadefuchs. Eigentlich war er einem normalen Fuchs gar nicht so unähnlich und doch völlig anders. Statur und Körperproportionen waren mit jenen eines gewöhnlichen Fuchses identisch. Eine lange Schnauze, ein buschiger Schwanz und spitze Ohren. So weit, so bekannt. Aber statt des weichen roten Fells bestand der Jadefuchs aus einer giftgrünen Substanz. Es ließ sich schwer sagen, was er wirklich war, aber Fleisch und Knochen waren es sicherlich nicht. Er glich einem flirrenden Licht, das sich in Form eines Fuchses manifestiert hatte. Kein Glühwurm, sondern ein Glühfuchs.

»Was …«, stammelte Albert, »zum Henker?«

»Deswegen brauchen wir einen Zauberer«, sagte Botzki. »Sonst hätten wir uns ein Jagdgewehr gekauft. Wäre günstiger geworden.«

Der Jadefuchs saß mit eingeklemmtem Schwanz in der Ecke seines Gefängnisses und starrte die vielen gaffenden

Menschen mit weit aufgerissenen schwarzen Knopfaugen an.

»Wie ist das möglich?«, murmelte Albert. »Das kann nicht sein.«

Matilda seufzte. Sie hatten den unerfahrensten Zauberer von allen erwischt. Dabei war sie davon ausgegangen, dass jemand, der die Kunst der Magie beherrschte, sich von so einem Fabelwesen nicht aus der Fassung bringen lassen würde. Hauptsache, er würde im entscheidenden Moment die richtigen Worte aufsagen und das Tier binden, damit sie es zur Burg zurücktransportieren konnten. Matilda bemerkte, dass nicht alle den Jadefuchs anstarrten. Die asiatische Zauberin aus Archibalds Team hatte den Blick abgewandt und schaute zu Boden. Ihr blieb jedoch nicht genug Zeit, sich darüber Gedanken zu machen, denn nachdem jeder einen Blick erhascht hatte, übernahm Sir Duncan Osbern wieder das Wort. »Ich frage nun die Teams, ob sie immer noch an der Jagd teilnehmen wollen.« Nach und nach bestätigten ihm die Team-Captains, dass sich nichts an ihrer Entscheidung geändert hatte. Der Notar warf einen Blick auf die Uhr. »Alles klar, wir sind bereits in Verzug und sollten fortfahren.« Seine Hand wanderte zum Käfig, und er betätigte einen Mechanismus. Es ratterte und röhrte, und plötzlich lösten sich die goldenen Gitterstäbe in feinen Glitter auf. Nur vier Eckbalken waren geblieben, damit die Oberseite nicht herunterfiel. Aufgeschreckt drückte sich der Jadefuchs auf den Boden. Er schien zu überlegen, ob das nur eine weitere Falle war. Seine Ohren zuckten hin und her, nahmen jedes Geräusch auf. Die Augen blieben nie an einem Punkt, fixierten nichts. Die Nase wackelte auf und ab, saugte alle Gerüche aus der Luft auf.

»Das kann einen –«, setzte der Notar an, und in dem Moment schoss der Jadefuchs davon. Es war mit dem menschlichen Auge kaum zu verfolgen. Matilda versuchte, seiner Spur zu beobachten, aber es war nur ein grüner Schweif zu sehen, und nach wenigen Sekundenbruchteilen hatte er den Hof verlassen. Ein glitzernder Blitz donnerte über die Zugbrücke und verschwand sogleich im Wald. Als wäre er nie dagewesen und nur eine kollektive Einbildung einer Gruppe, die in der vergangenen Nacht die falschen Substanzen eingeworfen hatte. Das Gemurmel auf dem Hof wurde wieder lauter. In den Highlands, hatte Matilda mal gehört, sollte es ein Kaufhaus geben, das Fabelwesen in einer eigenen Abteilung verkaufte: Minotauren, Hippogreifen, Nixen, Leprechauns, Wolpertinger, sogar einen Drachen. Aber es war wie mit den wirklich exklusiven Clubs: Nur wenige bekamen Zutritt. »Geben wir ihm noch ein paar Minuten Vorsprung«, sagte Sir Duncan und lächelte freundlich. Matilda wollte protestieren, denn in dem Tempo könnte das Tier bereits am anderen Ende von England sein, aber sie hielt sich zurück. In ihr wuchsen eine Ungeduld und ein Tatendrang, die sie nur schwer bändigen konnte. Je schneller sie den Jadefuchs hatten, umso früher könnte sie die Suche nach ihrer Mutter aufnehmen. Minuten verstrichen, die ihr wie eine halbe Ewigkeit vorkamen, und mit jeder weiteren Sekunde brachte der grüne Blitz viele wichtige Meter zwischen sich und die Verfolger. Wie ein Pferd scharrte sie mit den Hufen – oder Füßen.

Wieder warf der Notar einen Blick auf seine Armbanduhr. »Mrs Lynbrook, wenn Sie uns die Ehre erweisen würden?«

Die Bankdirektorin nahm ein Horn, das ihr auf einem samtroten Kissen gereicht wurde, und legte die kleine Öffnung an die schmalen, trockenen Lippen. Auf dem zweiten Blick erkannte Matilda, dass es sich um ein Jagdhorn handelte. Da war sie wieder, die Tradition. Mrs Lynbrook atmete tief ein und blies ins Horn. Ihr Kopf lief rot an und ein Tröten erklang, das so schief war, dass im Umkreis von vielen Kilometern jeder Hirsch, jeder Hase und jedes Eichhörnchen wach und in absoluter Alarmbereitschaft sein musste. Es hatte nichts Melodisches oder Schönes. Nur ein Ton, der wie das Kratzen von Fingernägeln auf einer Tafel klang. Einige Gäste steckten sich geschockt die Finger in die Ohren, und Matilda, sonst nie kopfschmerzgeplagt, bekam einen ersten Eindruck davon, was eine Migräne war.

»Nun … ähm … vielen Dank«, stammelte der Notar. »Damit ist die Jagd um«, er warf wieder einen Blick auf die Uhr, »elf Uhr sechs gestartet.« Er machte sich eine kurze Notiz auf einem Zettel. »Ich wünsche allen Teilnehmern viel Erfolg; Glück sollte nicht über den Sieg entscheiden!«

Die Dellinger-Drillinge trabten sofort im Gleichschritt los. Sie wollten keine Zeit vertrödeln. Archibald Conteville rief einen Kellner herbei. »Bringen Sie mir noch einen Sekt«, hörte ihn Matilda sagen. Die anderen Teams schulterten ihre Rucksäcke und machten sich auf den Weg.

»Wollen wir?«, fragte Botzki, und Matilda nickte.

»Kein Zurück, was?«, fragte Albert.

»Kein Zurück«, bestätigte Botzki. »Wir brauchen dich und deine Fähigkeiten!«

Albert nickte und rang sich ein Lächeln ab, aber Matilda entging nicht, dass er kreidebleich aussah.

Kapitel 10

Albert Tubbs

Eine Stunde waren sie jetzt unterwegs. Matilda lief vorweg, Botzki folgte ihr, und Albert bildete das Schlusslicht. Sie hatten seit dem Beginn der Fuchsjagd nur wenige Worte gewechselt. Die Team-Kapitänin war vermutlich damit beschäftigt, der Spur zu folgen – wenn es eine gab, denn er sah nichts. Botzki hatte mit dem Rucksack, dem Campingequipment und seiner Falle gut zu schleppen. Aber der Mann war gut in Form. Und Albert? Er stieß ein langes Seufzen aus. Ihm ging es hundeelend. Hätte er doch nur mal auf Pattys Rat gehört. Ja, die Sache stank von Anfang an zum Himmel wie ein Hundefurz. Matildas Arbeitsbeschreibung war durchweg vage gewesen, und Albert hatte es verpasst, in den richtigen Momenten nachzuhaken. Es gab genug Situationen, die ihn nachdenklich gemacht hatten, aber er hatte sich wie ein ungeübter Trickdieb in die eigene Tasche gelogen. Sein großer Traum von einer Zaubererkarriere war gestorben, und das war am schlimmsten. Keine Tour, keine Plakate mit seinem Antlitz. Albert wusste zwar noch nicht, was für ein Spiel hier gespielt wurde, aber ihm war vollkommen klar, dass er dafür in der falschen Liga spielte. Der Fuchs war kein gewöhnlicher, das hatten Matilda und Wiktor schon angedeutet. Er hatte mit vielem gerechnet. Einer Kreuzung mit einem Wolf, einem sehr kleinen Fuchs oder einem besonders intelligenten. Die Art von Fuchs, die in jeden Hühnerstall einbrechen und dem Bauern ein Huhn klauen konnte. Einem Fuchs, der den Wachhund mit ein paar Worten in eine tiefe Sinnkrise stürzte. *Füllt dich der Job hier wirklich aus? Wolltest du nicht viel mehr erreichen, als ein paar Hennen zu bewachen? Du wolltest doch immer zur Suchstaffel und Menschenleben retten oder Drogenkuriere aus dem Verkehr ziehen.* Vieles war für Albert vorstellbar. Dicke Füchse. Dünne Füchse. Albino-Füchse. Sogar Füchse mit Rollschuhen, verdammt! Aber ein Fuchs, der grün schimmerte und mehr wie eine Geistererscheinung aussah als aus Fleisch und Blut? Nein, das war weit außerhalb jeder Vorstellungskraft. Matilda und Botzki hatten viele Andeutungen gemacht, dass die Fuchsjagd alles andere als normal war. Das hier übertraf jedoch bei weitem seine Erwartungen.

Sie stapften einen moosbewachsenen Pfad durch den Wald entlang. Die Blätter waren zu großen Teilen heruntergefallen und damit beschäftigt, sich in trockenes Laub zu verwandeln. Von den anderen Teams war nichts zu sehen, und so hatte Albert genügend Zeit zu grübeln. Wenn sie durch ein Dorf mit einem Bahnhof kamen, könnte er verschwinden. Andererseits hatte der alte Kauz mit dem Haarkranz sein Handy, das nun in irgendeinem Safe lag. Darauf wollte er ungern verzichten. Außerdem hatte er Matilda versichert, dass er ein echter Zauberer war, und jetzt einen Rückzieher zu machen, würde bedeuten, dass das nicht stimmte. Damit konnte und wollte er nicht leben.

»Zeit für eine Pause«, entschied Matilda, und Botzki warf wie auf ein Stichwort seine Sachen ab.

»Hab schon geglaubt, du bleibst nie stehen«, keuchte er und ließ sich aufs Moos fallen.

Albert legte den Rucksack und den Koffer auf den Boden und setzte sich zu den anderen beiden.

»Auch?«, fragte Matilda und hielt ihm eine Stange Trockenfleisch hin. »Ist Rind.«

Albert nahm sich ein Stück. Er hatte keinen Hunger, wollte jedoch bei Kräften bleiben, und wer wusste schon, wann ihre Chefin die nächste Pause anordnete. »Welcher Spur folgen wir eigentlich?«, fragte er und biss ab. Es war unerwartet salzig und schmeckte, als würde man einer Kuh über den Rücken lecken. Zumindest stellte er es sich so vor.

»Gib her«, verlangte Botzki, der gesehen haben musste, wie Albert das Gesicht verzog. Dem ehemaligen Hausmeister schien es weitaus besser zu munden.

»Momentan haben wir noch gar keine Spur«, erklärte Matilda. »Eine Mischung aus Wahrscheinlichkeit und Intuition, mehr ist es nicht. Der Jadefuchs läuft in der Regel in Richtung Küste, und auf dem direkten Weg befinden wir uns auch.«

»Was will er da?« Albert hatte noch nie von Füchsen gehört, die es ans Meer zog. Er selbst mochte den Anblick der wogenden Wellen, der Möwen am Himmel und der Gischt in der Brandung, konnte sich aber kaum vorstellen, dass ein Fuchs dafür etwas übrig hatte.

»Nach Hause«, murmelte Botzki mit dem Mund voll Trockenfleisch.

Albert sah ihn mit gekrauster Stirn an. »Wo kommt er denn her?«

»Aus China«, antwortete Matilda.

»Und was macht er hier?«

»Keinen Urlaub, so viel steht fest«, sagte Botzki und lachte so laut, dass im Umkreis von mehreren hundert Metern jeder Fuchs, egal ob grün oder rot, ganz sicher die Flucht ergriff.

»Der Jadefuchs ist nicht freiwillig in England«, versuchte Matilda zu erklären. Sie schien nach den richtigen Worten zu suchen. »Du kennst die Ostindien-Kompanie?«

Albert nickte, das hatten sie im Geschichtsunterricht kurz thematisiert. Die Ostindien-Kompanie war eine Handelsgesellschaft, die Güter wie Tee und Gewürze aus fernen Ländern importierte. Nicht immer unter Wahrung der Menschenrechte, in der Regel sogar unter deren völliger Missachtung. Das war zur Hochzeit der Kolonialisierung passiert, und die Ostindien-Kompanie verfügte über eine eigene Armee, um Kriege wie eine richtige Nation zu führen.

»Okay, du hast ja sicherlich mitbekommen, dass es nicht bei ein bisschen Ingwer und Sternanis geblieben ist, was die nach England verschifft haben. Kunstschätze, Opium, Menschen, nichts war vor ihnen sicher. Auch keine Naturgeister, Tiergötter oder Fabelwesen. Keine Ahnung, wie sie ihn in die Finger bekommen haben, aber irgendwie hat der Jadefuchs seinen Weg in die Laderäume eines englischen Handelsschiffs gefunden und seine große Reise nach Großbritannien angetreten. Seitdem wird er als so etwas wie eine Art Maskottchen von Watts & White gehalten, die ihn alle zehn Jahre freisetzen und wieder einfangen lassen. Tradition seit ein paar hundert Jahren, wie Mrs Lynbrook sagen würde.«

»Klingt ganz schön …«, nuschelte Albert.

»Verrückt«, vervollständigte Botzki den Satz.

Nein, das war es nicht, was er sagen wollte. Eher irgendwas zwischen *grausam* und *unglaubwürdig*. »Das arme Tier versucht also einfach, wieder nach Hause zu kommen?« *Seit ein paar hundert Jahren*, wollte er hinzufügen. Es klang aber so absurd, dass er sich nicht traute, es auszusprechen.

Matilda ließ sich ins Gras fallen und streckte die Beine und Arme von sich. »Ja, klingt fies, ich weiß. Aber so sind die Spielregeln.« Sie gähnte laut. »Kommt, gehen wir weiter, bevor ich hier gleich noch einschlafe. Meine Nacht war leider viel zu kurz.«

»Meine auch, Albert zaubert beim Schlafen ein besonders imposantes Schnarchen hervor«, sagte Botzki und klopfte ihm auf die Schulter, als er protestieren wollte. »Alles gut, hab geschlafen wie ein Bärenbaby am Bauch seiner Mutter.«

Sie schulterten ihre Rucksäcke und das weitere Gepäck auf und folgten dem Pfad, der sie durch den Wald führte. Hin und wieder kamen sie an einem kleinen Teich oder einer Felswand vorbei. Andere Menschen trafen sie nicht, und die Fauna war verdächtig still. Nur selten hörte man in der Ferne einen Vogel, fast so, als hätte sich im ganzen Forst die Kunde herumgesprochen, dass Jäger unterwegs waren. Alberts Kopf rotierte immer noch. Das Gespräch in der Pause hatte daran leider nichts geändert. Im Gegenteil. Ein Naturgeist oder ein Tiergott sollte der Jadefuchs sein, der zurück in die Heimat wollte. Als Nächstes erzählte ihm noch jemand, dass es den Yeti gab und dass Nessie im Loch Ness gutgelaunt ihre Runden schwamm. Zwar hatte sein Auge selbst gesehen, dass es alles andere als ein normaler Fuchs war, aber sein Verstand weigerte sich, nur ein Wort zu akzeptieren. Wenn es stimmte, was Matilda erzählte, wäre das Tier ja bereits einige Jahrhunderte alt. Nein, ausgeschlossen. Eine tolle Geschichte, zugegeben, vor allem der Teil mit der Ostindien-Kompanie. Sollte er je ein Buch schreiben, würde er das darin unterbringen. Es war aber nichts, was im echten Leben passierte.

Sie marschierten bis in den späten Nachmittag hinein. Die Sonne stand bereits tief am Himmel, und die Schatten der Bäume wurden immer länger. Albert war durchgeschwitzt. Wie sich herausstellte, war die Zaubererkluft nicht als Wanderausrüstung geeignet. Alles, was er sich wünschte, war ein Sprung in einen kalten Bach. Seine Haare klebten in der Stirn, und er roch sich selbst. Matilda sah auch aus, als könnte sie eine Dusche gebrauchen. Ihr Kopf war rot vor Anstrengung, und ihr Brustkorb hob sich merklich. Nur Botzki war immer noch guter Laune, obwohl er das meiste zu schleppen hatte.

»Wenn ich in deinem Alter noch so fit bin«, keuchte Albert, »bin ich zufrieden.«

»Das klingt, als wäre ich dein Opa«, erwiderte Botzki. »Dabei habe ich noch zehn Jahre bis zur Rente!«

»Du wirst genauso wenig eine Rente bekommen wie ich ein Erbe, wenn wir das hier nicht gewinnen«, erinnerte ihn Matilda.

»Ist auch der einzige Grund, warum ich mich auf diesen Wahnsinn eingelassen habe«, bekannte Botzki resigniert. »Männer in meinem Alter sollten keinem Fuchs hinterherjagen. Sie sollten daheim in ihrem Sessel sitzen, Pfeife rauchen und Zeitung lesen oder zumindest Bier trinken und Fußball schauen.«

»Das klingt ja fast, als würdest du dich beschweren!«

»Nein, Miss Godwins, so was würde mir doch nie in den Sinn kommen. Stets zu Ihren Diensten, M'Lady!« Botzki deutete im Laufen eine Verbeugung an.

Sie schlugen ihr Nachtlager am Ufer eines kleinen Sees auf. Die herbstliche Abendsonne spiegelte sich auf dem Wasser und glitzerte fast wie der Jadefuchs. Botzki begann damit, das ausladende Zelt aufzubauen. Es war groß genug, um Platz für sie und ihr Gepäck zu bieten, bot allerdings das komplette Gegenteil von Luxus. Ihre Betten bestanden aus einer dünnen Isomatte, durch die man jeden Kieselstein spürte, und einem Schlafsack. Albert war froh, dass er kein Smartphone mehr besaß, denn so konnte Patty ihn nicht bitten, ihr Bilder von seinem aktuellen Hotelzimmer zu schicken. Ein Zelt im Wald hätte auf jeden Fall neue Fragen aufgeworfen. Matilda suchte trockenes Holz für ein Lagerfeuer zusammen, und Albert räumte Taschen und Rucksäcke hin und her, um sich nicht komplett nutzlos zu fühlen.

»Kannst du keinen Zauber, der das hier übernimmt?«, fragte Botzki, der mit einer Zeltstange kämpfte.

»Würde dir ein Hamster helfen?«, erwiderte Albert und beantwortete damit die Frage. Er kam ihm aber zu Hilfe, und gemeinsam schafften sie es, die Stangen durchzubiegen und in die Haltevorrichtungen zu stecken. Ein paar Minuten später stand das dunkelgrüne Kuppelzelt und war hoch genug, um mit eingezogenem Kopf im Inneren zu stehen.

»Gar nicht schlecht.« Botzki betrachtete zufrieden sein Werk. Er klopfte sich den Dreck von den Händen. »Wo ist Matilda? Sie ist schon ziemlich lange Holz suchen, oder?«

»Stimmt.« Albert drehte sich zu der Lichtung um, auf der es nun schon deutlich dunkler war. Die Abendsonne hatte Probleme, sich durch die dichten Baumkronen zu kämpfen.

»Matilda?«, rief Wiktor mit rauer Stimme. »Wo steckst du?« Sie horchten in den Wald, warteten auf eine Antwort oder ein Zeichen, doch es kam nichts.

»Schon am ersten Abend? Hätte gedacht, dass die anderen Teams uns länger in Ruhe lassen«, meinte Botzki und marschierte zu seinem Rucksack. Er holte etwas hervor, dass auf den ersten Blick wie eine Machete aussah und auf den zweiten den Eindruck bestätigte. »Bleib du hier und pass auf, dass sie nichts mit unserem Zelt anstellen. Ich gehe nachschauen, wo die Dame steckt.« Albert nickte und schaute dem großgebauten Mann hinterher, wie er im Schatten der Bäume verschwand.

Matilda bückte sich nach einem trockenen Birkenzweig, als sie ein Knacken hinter sich hörte. Nichts Ungewöhnliches in einem Wald. Irgendein dickes Eichhörnchen, das auf einen Ast getreten war. Sie hielt ein Bündel Zweige und Äste in den Armen, genug, um ein kleines Feuer zu entfachen.

Knack, knack.

Sie wirbelte herum, und vor ihr stand Archibald Conteville. Er trug eine enge weiße Hose und ein braunes Hemd mit Weste. Seine Füße steckten in schwarzen Lederstiefeln.

»Hab ich nicht mal hier meine Ruhe vor dir?« Matilda wusste, dass diese Begegnung kein Zufall war. Mit der rechten Hand umklammerte sie einen festen Ast in ihrem Bündel.

»Du wirst deine Teilnahme abbrechen, verstanden?«, zischte er. Sein blondes Haar hing ihm in dicken Strähnen vom Kopf. Auch für ihn war der Tag anstrengend gewesen.

»Was bietest du mir denn dafür?«

»Dein Leben«, fauchte er.

Matilda riss überrascht die Augen auf. Mit so einer offenen Drohung hatte sie nicht gerechnet. »Ich wusste ja, dass unsere Familien nicht die allergrößten Freunde sind, aber dass es so schlimm ist, war mir entgangen.«

»Hier geht es nicht um unsere Familien, Matilda. Du hast dich mit den falschen Leuten angelegt.«

Matilda ging die Liste in ihrem Kopf durch und fand

schnell, wonach sie gesucht hatte. »Du arbeitest jetzt als Schoßhund für Mrs Lynbrook?« Sie war ehrlich überrascht. »Ich dachte immer, ein Conteville hat mehr Selbstachtung, als sich von der alten Schachtel anleinen zu lassen.«

»Ich gebe dir diese eine Chance, Matilda. Kehrt heute noch um und fahrt nach Hause. Jagt dem Fuchs nicht länger hinterher.«

»Immerhin rechnet sie mir echte Chancen aus«, murmelte Matilda und ignorierte die ausgesprochene Drohung, »sonst hätte sie sich kaum die Mühe gemacht. Was bietet sie dir? Geld? Damit kann man dich doch nicht locken, oder?«

»Genug«, knurrte er. »Ich fand dich immer ganz in Ordnung, dafür, dass du eine Godwins bist, natürlich. Also gebe ich dir die eine Chance: Wenn du morgen noch mit deinen beiden Trotteln unterwegs bist, wirst du zum Abschuss freigegeben.«

»Das hätte ich dir gar nicht zugetraut, Archibald. Sag mir, wie hat sie dich um den Finger gewickelt?« Ihr Griff um den Ast wurde fester. Eine schnelle Bewegung und sie würde ihm das Ding über den Kopf ziehen.

»Das ist kein Spiel, Matilda!«, presste er hervor.

»Warte, sie hat dich gar nicht um den Finger gewickelt, oder? Sie hat irgendwas gegen dich in der Hand. Schulden bei Watts & White?«

Er machte einen Schritt auf sie zu. Matilda ließ das Bündel fallen und hielt drohend einen dicken Knüppel in der Hand. »Bleib stehen!« Sie spürte, wie ihr Herz raste. Alles geschah plötzlich wie in Zeitlupe. Klar und deutlich sah sie die Axt in Archibalds Griff aufblitzen.

»Axt oder Ast, wer von uns wird wohl den Kürzeren ziehen?«, philosophierte er.

»Machete besiegt Axt«, hörten sie eine Stimme aus dem Unterholz. Matilda erkannte sofort am Akzent, wem sie gehörte. Neben ihr trat Botzki aus dem Gebüsch. Er überragte den Spross der Contevilles um einen halben Kopf und war ihm körperlich überlegen. »Verschwinde, bevor ich Bigos aus dir mache!« Das Weiß der Knöchel an der Hand, mit der er die Machete hielt, trat deutlich hervor. Matilda war überrascht, denn so hatte sie ihren ehemaligen Hausmeister nie erlebt und sie hatte ihm das auch nicht zugetraut. Er war ihr immer wie ein freundlicher, harmloser Bär erschienen, der sich nun aber in einen hungrigen Grizzly verwandelt hatte.

»Schau an, dein Wachhund hat aufgepasst«, sagte Archibald wichtigtuerisch und wich einen Schritt zurück. »Du solltest dein Frauchen nicht mehr alleine in den Wald lassen. Kann schlimm enden, hier gibt es einen bösen Wolf, der gerne kleine Mädchen frisst.« Er steckte die Axt in die Gürtelschlaufe. »Tja, passt auf euch auf, besonders nachts soll es hier gefährlich werden, habe ich gehört.« Mit einem kurzen Nicken verabschiedete er sich in den Wald.

Nächstes Mal würde Matilda keinen Ast haben, sondern eine Machete, und dann würde er nicht so einfach davonkommen. »Dieses riesengroße Arschloch«, murmelte sie.

»Das ging überraschend schnell«, staunte Botzki, steckte die Waffe weg und begann, die fallengelassenen Zweige aufzusammeln.

»Mrs Lynbrook hat ihn am Wickel. Sie möchte um jeden Preis verhindern, dass wir den Jadefuchs fangen«, sagte sie.

»Wusste nicht, dass ihr euer Anwesen so gut gefällt.«

»Ich auch nicht. Zumal sie sich so etwas Ähnliches ohne Probleme überall kaufen könnte. Wir sind ja nicht die Einzigen, die so ein Schloss besitzen.«

»Etwas Persönliches?«, mutmaßte der große Mann. In seinen Händen hielt er das gesammelte Feuerholz. »Komm, lass zurück zu Albert gehen. Es wird dunkel, und er hat bestimmt schon Angst.«

Sie konnte sich ein Lachen nicht verkneifen, ihr Gedankenkarussell ließ sich davon aber nicht abschalten. »Mein Vater und sie waren nie Freunde. Es fällt, glaube ich, jedem schwer, jemanden wie Mrs Lynbrook wirklich zu mögen. Man ist so höflich, wie es das Geschäftliche verlangt. Aber ich weiß nichts von einem Kleinkrieg zwischen ihr und meinem Vater.« Beim Dinner war sie davon ausgegangen, dass es der alten Schachtel einfach Freude bereitet hatte, sie vor aller Welt bloßzustellen. Sie wollte die Godwins vorführen, die nicht mal mehr fünfzigtausend Pfund für die Startgebühr besaßen. Nun erpresste sie aber einen ihrer Widersacher, um sie aus dem Rennen zu nehmen. Das war eine Spur krasser. Sie duckte sich unter einem Ast weg, der tief über dem Weg hing.

»Hat dein Vater einen geheimen Schatz im Garten vergraben?«

»Den hätte er schon längst ausgebuddelt und alles auf Rot gesetzt«, murmelte sie. »Aber du weißt, dass sich etwas anderes im Schloss verbirgt.«

»Im Keller.«

»Genau, sie möchte den Keller.«

»Meinst du, sie weiß, was es damit auf sich hat?«

Matilda zuckte mit den Schultern. »Würde mich nicht wundern.«

Botzki nickte. »Wenn das so ist, dürfen wir auf keinen Fall zulassen, dass sie das Haus bekommt.«

»Dann gewinnen wir mal lieber die verdammte Jagd.«

Zurück im Lager berichteten sie Albert, was vorgefallen war. Sein hochroter Kopf wurde erst kreidebleich und dann grün. Er übergab sich, verfehlte aber zum Glück den See.

»Wir müssen die Polizei informieren, und zwar sofort«, verlangte er und wischte sich den Mund mit dem Ärmel ab. »Dieser Verrückte bringt uns sonst noch um.«

»Keine Hilfe von Unbeteiligten, also auch keine Polizei. Du kennst die Regeln«, sagte Matilda streng.

»Wir werden eine Wache aufstellen. Ich übernehme die erste Schicht. Nach drei Stunden wecke ich dich, du weckst dann irgendwann Albert.«

»Aber dann muss er sich ja nur an sie ranschleichen und kann sie mit der Axt erschlagen«, wandte Albert ein und fügte hinzu: »Oder mich.«

»Er hat vorhin mehr Lärm gemacht als eine trächtige Hirschkuh«, wiegelte Matilda ab. »Hätte ich gewusst, dass er hinter mir her ist, hätte er es keine zwanzig Meter an mich herangeschafft.« Sie sah, dass Albert das wenig überzeugend fand. Er hatte die Arme verschränkt, und das Grün auf den Wangen war inzwischen einem ungesunden Weiß gewichen. Zum Glück hatte er kein Smartphone mehr. Ohne jeden Zweifel hätte er sofort in der nächsten Dienststelle angerufen und einen Riesenterz gemacht. »Wenn du möchtest, teilen Botzki und ich uns die Schicht. Die Stunde mehr oder weniger Schlaf wird uns schon nicht umbringen.«

Botzki kicherte. »Umbringen, der war gut, Matilda«, sagte er, und sie lachte. Nur Albert stand da, als wären die beiden jetzt völlig durchgedreht.

»Da draußen ist jemand«, flüsterte er und zeigte mit dem ausgestreckten Finger in den Wald, »der eine Axt hat und dich umbringen will. Wie könnt ihr da Witze machen?«

»Was bleibt uns übrig?«, konterte Botzki. »Der Junge mit der Axt ist ein verwöhnter Schnösel. Wundert mich, dass er nicht seinen Freund, den Trapper, geschickt hat.«

»Dann hätten wir wirklich ein Problem«, murmelte Matilda todernst. »Der sah aus, als würde er etwas von seinem Job verstehen.«

»Der will nur die Jagd gewinnen und das Geld einstreichen. Ich kenne Typen wie ihn«, erwiderte Botzki, aber Matilda war nicht überzeugt.

»Wir müssen auf jeden Fall vorsichtig sein. Kein Feuer, die Tütensuppe können wir auch kalt essen«, befahl sie.

Botzki nickte, und Albert schien froh zu sein, dass seine Sorgen zumindest ein wenig ernst genommen wurden. Also verbrachten sie den Rest des Abends im Dunkeln bei kalter Tütensuppe und gefiltertem Wasser. Botzki erzählte von seinem Studium an der Universität von Krakau und wie er der Liebe wegen nach England ausgewandert war.

»Was ist aus ihr geworden?«, erkundigte sich Matilda, aber Botzki tat so, als hätte er die Frage überhört, und ging zu dem Teil über, wie er Matildas Vater kennengelernt hatte.

»Er hatte einen Platten und stand am Straßenrand. Bin angehalten, habe seinen Reifen gewechselt, und da hat er mir den Job angeboten. Manchmal hat man Glück im Leben, manchmal nicht. Ich hatte Glück«, sagte er und schob sich einen Löffel der Pilzcremesuppe in den Mund.

Matilda wollte nicht nachhaken. Es war nicht das erste Mal, dass sie versucht hatte, mehr darüber herauszufinden, wie Botzki, ein studierter Maschinenbauer, als Hausmeister im Schloss ihrer Eltern gelandet war. Sie ging davon aus, dass dieser Teil im Leben des liebenswerten Mannes kein Happy End hatte.

Kapitel 11

Albert Tubbs

Albert war nicht mit einer Axt im Rücken aufgewacht. Dafür hatte er selbst Sorge getragen, denn er wollte oder konnte die ganze Nacht kein Auge zumachen. Er lag wach in seinem Schlafsack und horchte, ob da draußen etwas zu hören war. Das war schlecht, denn so ein Wald produzierte unglaublich viele Geräusche. Überall knackte und raschelte es. Für jemanden, der jeden Moment damit rechnet, überfallen zu werden, war das eine echte Belastung. Matilda und Botzki hatten weitaus weniger Probleme, sich im Laufe der Nacht zu erholen. Seelenruhig schliefen sie nacheinander neben Albert. Mit den ersten Sonnenstrahlen schälte sich der Zauberkünstler aus dem Schlafsack. Botzki schnarchte wie ein Bär im Winterschlaf. Er steckte den Kopf aus dem Zelt und sah Matilda. Für einen kurzen Moment blieb ihm das Herz stehen. Sie hockte zusammengesunken auf ihrem Hocker, das Kinn auf der Brust. Auf den zweiten Blick sah er ihre regelmäßige Atmung. Sie war irgendwann eingeschlafen. Albert unterdrückte den Wunsch, sie zu wecken und ihr eine Standpauke zu halten. Aber er war nicht in der Position, anderen zu erklären, wie sie Wache zu halten hatten. Schließlich hatte er sich komplett um die Aufgabe gedrückt. Barfuß tippelte er zum See runter, zog sich aus und watete ins Wasser. Es war kalt, und das Blut in seinen Adern schien auf der Stelle zu gefrieren. Seine Atmung setzte für einen Moment aus, aber er hielt die Luft an und marschierte immer tiefer durch den matschigen Schlamm in die Seemitte. Darauf hatte er sich seit gestern Nachmittag gefreut. Den ganzen Dreck und Schweiß des entbehrungsreichen Tages abwaschen. Ein kaltes Bad war schon immer das beste Mittel gegen eine kurze Nacht gewesen. Sein Körper kam auf Touren. Er stand in der Mitte des Sees, das Wasser reichte ihm bis zur Brust. Dort atmete er tief ein und steckte den Kopf unter die Oberfläche. Für einen Moment hielt er inne, dann kam er wieder hoch. Albert genoss diesen Augenblick der Ruhe. Niemand redete, und Archibald Conteville würde sicherlich nicht in den frühen Morgenstunden angreifen. Die ganze Anspannung der Nacht wurde mit dem Dreck davongewaschen. Leise watete er zurück. Das Wasser reichte ihm nur noch knapp über die Hüfte, als er wie zur Salzsäule erstarrt innehielt.

»Guten Morgen«, stammelte er. Matilda war auf ihrem Hocker aufgewacht und beobachtete ihn. Wie lange sie das schon tat, wusste er nicht.

»Guten Morgen, Albert. Ist es sehr kalt?«

Albert nickte und rieb sich wie zum Beweis mit beiden Händen die Oberarme.

Sie musterte ihn. »Was für eine Art von Zauberer bist du, Albert?«

»Ein Zaubererzauberer«, sagte er überrumpelt.

»Ein Zaubererzauberer?«

»Ich zaubere«, versicherte Albert ihr, als wäre damit alles geklärt.

»Du bist anders als die anderen Magier beim Dinner.« Sie rieb sich den Schlaf aus den Augen. »Und ich weiß immer noch nicht, ob das gut oder schlecht ist.«

»Würde es dir etwas ausmachen?«, fragte Albert. Matilda sah ihn überrascht an. »Könntest du dich wegdrehen?«

»Ah«, sagte sie laut und übertrieben lang. »Glaub mir, ich habe schon nackte Männer gesehen. Da ist nichts, was mich überraschen könnte.« Sie machte keine Anstalten, sich umzudrehen.

Albert verharrte wie eine Boje im Wasser und schien nicht die Absicht zu haben, sich nur einen Zentimeter zu bewegen. »Was ist das bei euch im Keller?«, fragte er. »Hinter der Zementmauer.« Die Frage brannte ihm schon seit dem Moment unter den Nägeln, seit sie daran vorbeigelaufen waren. Aber er hatte nie den richtigen Moment gefunden, um nachzufragen. Und eigentlich war das hier auch nicht der richtige Augenblick. Er stand nackt im kalten Wasser, und sie starrte ihn an. Aber irgendwas musste er ja fragen, denn es wäre nur unangenehmer gewesen, wenn sie sich angeschwiegen hätten.

»Unser Keller«, sagte sie knapp. »Irgendwas stimmt mit dem nicht. Menschen verschwinden hin und wieder, wenn sie da runtergehen.«

»Deine Mutter?«

»Angestellte, Hausmädchen, sogar eine Hofkatze«, erwiderte sie ausweichend und seufzte dann. »Ja, meine Mutter auch.«

»Und deswegen darf das Haus auf keinen Fall an Watts & White gehen? Weil du dann keine Möglichkeit mehr hast, deine Mutter wiederzufinden?«, schlussfolgerte Albert.

»Richtig«, bestätigte Matilda leise. »Was dagegen, wenn ich mich noch eine halbe Stunde hinlege? Die Nacht war kurz.«

»Tu dir keinen Zwang an«, antwortete Albert und war

froh, als Matilda im Zelt verschwand. Er wusste, dass sie nur vor dem Gespräch geflüchtet war, und ein Stück weit tat es ihm leid, dass er zu solchen Mitteln hatte greifen müssen. Schnell kam er aus dem Wasser, seine Lippen waren schon blau angelaufen, und seine Zähne klapperten. Er trocknete sich mit einem kleinen Handtuch ab, das er mit nach draußen gebracht hatte, und zog seine Zaubererkluft wieder an. Sie war drecküberzogen und roch wie eine Sportumkleide, aber Albert war Zauberer, und dazu gehörte die entsprechende Verkleidung. Er nahm Platz und dachte nach. Ein Keller, in dem Menschen verschwanden – das war irgendwie nicht richtig. Die letzten Tage hatte er so viele Dinge gehört und gesehen, die eigentlich nicht in sein Weltbild passten und nur zu erklären waren, wenn es Magie wirklich – nein, das konnte nicht sein.

Nach einer halben Stunde gesellte sich Botzki zu ihm, der sich im See wusch und nicht viel darauf gab, ob es Publikum gab oder nicht. Kurz danach folgte Matilda. Ihr Frühstück bestand aus Trockenfleisch und Trockenfrüchten. Sie bauten ihr Nachtlager ab, verstauten wieder alles in den Taschen und schulterten ihr Gepäck.

»Dann wollen wir mal«, meinte Matilda und lief schnurstracks in den Wald. Die anderen beiden folgten ihr. Albert hatte den Eindruck, dass sie ohne Sinn und Verstand durch den Forst irrten. In der Hoffnung, über eine Spur oder die gegnerischen Teams zu stolpern. Irgendeinen Hinweis. Aber er hatte jedes Orientierungsgefühl verloren. Gut möglich, dass sie seit Verlassen der Burg die ganze Zeit im Kreis gelaufen waren und sich keine zwei Kilometer davon entfernt befanden. Mittlerweile verschwendete er keinen Gedanken mehr an eine Flucht. Matilda brauchte ihn. Wenn er sich jetzt aus dem Staub machte, würde er nicht nur Mr Relish enttäuschen, sondern Matilda die letzte Chance nehmen, ihre Mutter wiederzufinden. Zwar hatte er nicht verstanden, was sie damit meinte, dass in ihrem Keller Menschen verschwanden. Er hielt es für eine Metapher, eine übertriebene Umschreibung. Menschen gingen nicht in Keller und waren dann einfach weg. Nein, das passierte in der Regel, wenn sie *nur kurz* Zigaretten holten. Aber so musste sie es gemeint haben. Irgendwas war im Keller, weshalb viele Angestellte und Matildas Mutter ihre Koffer gepackt und das Weite gesucht hatten. Albert wusste nicht, was das war, und ihm kam sogar der Gedanke, dass es sich um ein verfluchtes Gemälde oder etwas in der Art handelte. Schließlich gab es ja auch Jadefüchse. Albert hatte sich schnell daran gewöhnt, dass in der Welt wohl doch das eine oder andere existierte, was die Wissenschaft nicht komplett erklären konnte. Sicherlich war das Tier, dem sie hinterherjagten, kein Naturgeist oder Tiergott. Nur etwas, was noch keinem Dokumentarfilmer vor die Kamera gelaufen war. Was noch auf keinem Seziertisch lag. Ein normales, aber ungewöhnliches Tier, das lange lebte. Schildkröten konnten schließlich auch verdammt alt werden.

Die nächsten drei Tage verliefen – zu Alberts großer Freude – ereignislos. Sie marschierten durch den Wald, beobachten Rehe und Vögel, bauten ihr Camp auf und horchten auf Verfolger. Matilda und Botzki hielten nachts Wache, und Albert gewöhnte sich langsam an die vielen Geräusche im Forst, die ihn umgaben. Besser schlief er deswegen aber nicht. Er mochte dicke, weiche Matratzen und fühlte sich nun wie die Prinzessin auf der Erbse. Morgens schmerzte jeder Muskel, wobei es unmöglich zu sagen war, ob das am vielen Marschieren oder an der ungemütlichen Schlafstätte lag. Vier Tage waren sie nun im Wald unterwegs, und es gab nicht eine verdammte Spur vom Fuchs. Albert kam langsam zu dem Entschluss, dass das Vieh nicht mehr als eine kollektive Einbildung gewesen war. Er hatte schon mal davon in der Zeitung gelesen. Das konnte manchmal ganze Dörfer befallen, die anfingen, Sachen zu sehen, die gar nicht da waren. Die Nachbarin fing an damit, in eine Ecke zu zeigen und »Ein Geist!« zu rufen, und dann breitete es sich wie ein Virus unter den anderen Dorfbewohnern aus. Schließlich kannte man die Nachbarin ja gut, und sie hatte nie Anzeichen gezeigt, dass mit ihrer Psyche etwas nicht stimmte. Zugegeben, sie hätte öfter ihren Rasen mähen und regelmäßiger die Fenster putzen können. Aber Geister? Das sah ihr eigentlich nicht ähnlich, und so nistete sich der Gedanke im Verstand ein. Nichts anderes war das womöglich mit dem Fuchs gewesen. Sie hatten alle erwartet, irgendwas Besonderes zu sehen, also hatte ihr Hirn ordentlich aufgefahren und eine spezielle Show abgeliefert.

»Ruhe!«, zischte Matilda und riss Albert aus seinem Gedankenkarussell. Augenblicklich ließ er sich zu Boden fallen.

Matilda und Botzki hatten sich hinter einem Baum zusammengekauert und schienen etwas oder jemanden zu beobachten. Vorsichtig robbte Albert auf dem Bauch vor. Den Dreck würde er nie aus seinen Kleidern bekommen. Direkt hinter dem Baum ging es einen Hang hinab, und sie blickten auf ein kleines Tal. Drei Gestalten bewegten sich mit schnellen Schritten von ihnen weg. An den Mänteln erkannte Albert sofort, wer es war: die Dellinger-Drillinge. Sie sahen aus der Entfernung fast identisch aus. Obwohl sie schwer bepackt waren, legten sie ein beeindruckendes Tempo vor. Würden sie bei der Fuchsjagd versagen, konnten sie ihr Glück beim Marathonlauf um das olympische Gold versuchen.

»Wenn die hier sind«, murmelte Botzki, »kann der Fuchs nicht weit sein.«

»Wir heften uns an ihre Fersen und schnappen uns den Jadefuchs, bevor sie es tun«, sagte Matilda.

»Ihr wollt wirklich hinter denen herschleichen?«, fragte Albert und zeigte mit ausgestrecktem Finger auf die Drillinge, die am Horizont immer kleiner wurden. »Nichts gegen uns, aber wir sind laut genug, dass selbst eine Schlange uns hören könnte.«

»Schlangen hören nicht, sie spüren die Erschütterungen im Boden«, erklärte Botzki.

»Ich weiß, verdammt. Darum ging es doch bei dem Vergleich!«

Matilda zischte sie wie eine Bibliothekarin an. »Seid ruhig!«

Eine der Dellingers war stehen geblieben und sah sich um, als hätte sie irgendeinen Geruch oder ein Geräusch wahrgenommen. Matilda und Botzki drückten sich noch dichter an den Baum, Albert machte sich platt wie ein Crêpe.

»Seht ihr«, flüsterte er. »Das sind verdammte Kampfroboter. Nur für diesen einen Zweck gezüchtet.« Er fühlte sich alles andere als wohl bei dem Gedanken: vor ihnen diese Maschinen und im Rücken ein verrückter Axtmörder. Das musste schiefgehen.

»Hast du einen besseren Plan?«, fragte Matilda. »Dann raus damit!«

Und ob Albert einen besseren Plan hatte: Sie konnten ihre

Sachen nehmen und die nächste Polizeistation aufsuchen. Aber er wusste, dass er dafür keine Mehrheit bekam. Zumal eine Mehrheit nicht reichte. Matilda hatte das Sagen und sie war von dieser verrückten Jagd nicht abzubringen. Also schüttelte er nur den Kopf.

»Gut, ich gehe vor«, erklärte sie. »Wartet, bis ich das Tal zur Hälfte durchquert habe. Danach folgt ihr mir. Ihr beide macht wirklich Lärm wie betrunkene Elefanten in einem Schlagzeuggeschäft.«

»Das ist keine gute Idee«, widersprach Botzki. »Wir sollten zusammenbleiben.«

»Vor allem müssen wir diesen Fuchs fangen«, sagte Matilda. »Und das gelingt uns nicht, wenn die drei gleich weg sind.« Sie setzte ihren Rucksack auf und glitt vorsichtig den Hang hinab. Botzki und Albert sahen ihr nach; die Drillinge waren mittlerweile wieder im Wald verschwunden.

»Ich gebe dir recht, das ist wirklich keine gute Idee«, flüsterte Albert. Als Matilda auf halber Höhe angelangt war, winkte sie ihnen zu. Sie war nur noch ein Fleck in der Ferne – und eine Ewigkeit entfernt, sollte irgendwas vorfallen. Natürlich würde sie nicht von einem wilden Löwen angefallen werden. Die traf man in Englands Wäldern nur äußerst selten an. Aber Archibald Conteville war irgendwo hier draußen und eine wesentlich realistischere Gefahr. Sie schulterten ihr Gepäck und ließen sich auf dem losen Sand den Hang hinunter. Er war so locker, dass sie wie auf einer Düne runtergleiten konnten. Als Matilda sah, dass sich ihr Team auf den Weg machte, heftete sie sich wieder an die Fersen der Drillinge. Albert war nicht entgangen, dass sie etwas in der Hand hielt, was wie ein Totschläger aussah. Ein kurzes Stück Metall, das in der Sonne aufblitzte. Botzki umklammerte die Machete und schleppte den großen Kasten. Albert fühlte sich plötzlich so wehrlos und verwundbar. Alles, was er hatte, war sein Zaubererkoffer. Damit konnte er sicherlich ein oder zwei Schläge einer Axt abfangen, danach war das Ding aber auch nur noch als Feuerholz zu gebrauchen.

Im leichten Trab verfolgten sie Matilda. Hin und wieder verloren sie im Wald die freie Sicht auf sie, aber Botzki schien über eine Hundenase zu verfügen. Wie ein Magnet führte er Albert sicher durch das Unterholz. Zwar gaben sich beide die größte Mühe, keinen unnötigen Krach zu verursachen, aber sie waren lauter als jeder Singvogel Sonntagfrüh vor dem Schlafzimmer. Albert rann der Schweiß über das Gesicht. Der Herbst entpuppte sich als ein verspäteter Sommer, und seine Kleidung, die alles andere als atmungsaktiv war, eignete sich nicht für so einen Gewaltmarsch. Er keuchte und nahm sich vor, wenn er wieder zurück war, regelmäßig Sport zu machen. Er war eindeutig zu jung, um von so einer kurzen Etappe derart aus der Puste zu sein.

Botzki hob die Hand, und Albert blieb wie ein abgerichteter Hund stehen. Der Hausmeister zeigte auf etwas, und Albert hatte Probleme, es im Gewirr aus Bäumen und Ästen sofort auszumachen. Matilda kauerte hinter einem Felsen und schien etwas zu beobachten. »Warte hier«, sagte Botzki, legte sein Gepäck ab und schlich nur mit der Machete weiter. Na toll, jetzt hatte Albert zwar noch mehr Zeug, das von Archibald Conteville zu Kleinholz verarbeitet werden konnte, aber er war ihm schutzlos ausgeliefert. Nervös kramten seine Hände in den Taschen des Fracks. Nur ein paar Münzen. Nicht genug, um sich freizukaufen, sollte er als Geisel genommen werden. Albert verfolgte, wie Matilda und Botzki sich unterhielten, dann kam der Hüne zurück.

»Ein Höhleneingang«, erklärte er. »Die sind da drin verschwunden. Matilda vermutet, dass der Jadefuchs sich in der Höhle aufhält. Grüner Schimmer ist an den Steinen haften geblieben. Komm!«

Gemeinsam schlichen sie zur Team-Kapitänin. »Okay, unsere Rucksäcke verstecken wir in den Baumkronen, und dann gehen wir da rein, verstanden?«

»Und dann?«

»Dann holen wir uns den Fuchs, Albert«, erwiderte Matilda sofort.

»Aber da drinnen sind diese drei Klone und wer weiß, wer noch alles.«

»Dann müssen wir ein bisschen spontan sein und schauen, was wir machen«, beschloss Matilda. »Botzki, bist du so nett?«, fragte sie den Hausmeister und beendete das Gespräch. Der verstand, was von ihm verlangt wurde, und kletterte einen Baum hoch. Matilda und Albert reichten ihm die Rucksäcke, nahmen vorher aber noch zwei Taschenlampen heraus. Botzki versteckte die Taschen in den Baumkronen. Albert wurde eine der Leuchten in die Hand gedrückt, die groß und schwer genug war, um sie wie einen Knüppel zu schwingen. Besser als gar nichts.

Der Höhleneingang entpuppte sich schnell als ein stillgelegter Zugang zu einem alten Stollen. Das Loch hatte man vor vielen Jahrzehnten notdürftig mit Brettern vernagelt und Moos und Farn über die Sache wachsen lassen. Den Jadefuchs hatte es aber offensichtlich nicht daran gehindert, durch ein Loch zu schlüpfen, und die Dellinger-Drillinge hatten das Holz aus der verrosteten Verankerung gerissen. Die Planken lagen zersplittert im Dreck.

»Es wird nicht lange dauern, bis die anderen Teams hier auftauchen, wir sollten uns also beeilen«, sagte Matilda. »Ich gehe vor, Botzki, du kommst nach, und Albert, du hältst uns den Rücken frei.«

»Alles klar«, erwiderte der Zauberkünstler und war froh über die Entscheidung. Wer als Letzter die Höhle betrat, würde als Erster auf der Stelle umkehren und fliehen können.

»Wir werden es nicht zu einem Kampf mit den Dellingers kommen lassen, da ziehen wir den Kürzeren. Taschenlampen nur auf den Boden vor euch richten.«

»Was machen wir mit der Falle?«, fragte Botzki und hielt die große Kiste demonstrativ in die Luft. Sie sah schwer aus, bereitete ihm jedoch keine Mühe.

»Mitnehmen und aufstellen natürlich«, antwortete Matilda wirsch. »Folgt mir.« Sie verschwand in dem schwarzen Loch. Botzki gehorchte ihr, ohne zu zögern. Nur Albert verharrte einen Augenblick. Was zum Teufel tat er hier? Wo in seinem Leben war er falsch abgebogen, dass er gerade wirklich einen alten Stollen betreten wollte, in dem es stockduster war, um ein magisches Geschöpf zu fangen? Er kam sich so unglaublich dumm vor. Hätte er auf Patty gehört und irgendwas Richtiges gelernt, würde er nun in einem Büro hocken. Das klang nicht sonderlich verlockend, immerhin würde es ihm aber nicht womöglich das Leben kosten. Höchstens in vielen Jahrzehnten, wenn sein Körper aufgrund des ständigen Sitzens am Schreibtisch kaputt war. Das war aber kein Vergleich zu dem, was er gerade vorhatte. Da drinnen war es kalt und nass und bestimmt auch glitschig. Er würde hinfallen und sich etwas brechen, den Fuß oder sogar das ganze Bein. Dann würde er da unten liegen, Matilda und Botzki würden ihn ignorieren und lieber dem Jadefuchs hinterherjagen. Seine Eltern und Patty würden sich irgendwann an die Polizei wenden, die ihn für vermisst erklärte. Aber es würde keine landesweite Suchaktion geben, schließlich war er erwachsen und konnte überall hingehen, ohne jemandem Bescheid zu geben. Der gelangweilte Polizist würde etwas sagen wie: »Ich kann ja verstehen, dass Sie sich Sorgen machen, aber wenn ich mir seinen Lebenslauf so anschaue, dann sieht es so aus, als würde er einen Neustart versuchen, damit noch etwas aus ihm wird.« Selbst wenn es eine landesweite Suchaktion geben würde, mit Hunden, Hubschraubern und Vermisstenfotos auf Milchpackungen – niemand würde ihn auf dem Grund einer stillgelegten Zinnmine im Gwydir Forest Park vermuten.

»Albert?«, zischte es von drinnen.

Er schüttelte sich, wischte all die negativen Gedanken und möglichen Szenarien beiseite und betrat den Stollen.

Es war so düster, wie er befürchtet hatte. Den kleinen Lichtkegel der Taschenlampe richtete er auf seine Füße. Es roch muffig wie in einem nassen Badezimmer. Die Wände waren schroff, und überall krochen Käfer und Insekten herum. Immerhin ging es nicht auf einer engen Wendeltreppe steil bergab. Sie folgten einem langen Weg immer tiefer in die Erde. Die Strecke war leicht abschüssig, und sie konnten sich gut an den verrosteten Schienen orientieren, die noch am Boden zu erkennen waren. Sie hielten sich mit der linken Hand an der Schulter ihres Vordermanns oder -frau fest, um sich nicht in der Schwärze zu verlieren. Wenn Matilda anhielt, hatte auch der Rest anzuhalten. Die junge Frau spitzte immer wieder die Ohren. Hin und wieder sah Albert grüne Sprenkel, die ihn an Glitzerstaub von Partys erinnerten, den man noch tagelang in der ganzen Wohnung und an Orten wiederfand, an die er unmöglich gelangen konnte. Wie mit einem feinen Pinsel waren sie auf Steine und die Schienen getupft. Albert wollte sich danach bücken und die grünen Partikel berühren, sie fühlen, ob sie wirklich da waren oder ob er sie sich nur einbildete. Aber er hatte Angst, den Anschluss an die Truppe zu verlieren. Zwar würde er ohne Probleme den Weg nach draußen finden, er musste sich ja nur umdrehen und den Gleisen folgen, aber er malte sich im Kopf aus, wem er dabei in die Hände – oder in das Axtblatt – laufen würde.

Nach einer halben oder einer ganzen Stunde, so leicht war es hier unten nicht zu sagen, teilte sich der Pfad in zwei Stollen auf. Ein völlig verwitterter Holzhebel ließ eine Konstruktion erahnen, mit der man die Schienen vor langer Zeit umgelenkt hatte, damit die Loren aus beiden Schächten abtransportiert werden konnten. Matilda ging auf die Knie und ließ den Lichtkegel ihrer Taschenlampe über den kalten Fels wandern. Ein Tausendfüßler suchte panisch das Weite und krabbelte unter einen Stein.

»Seht ihr etwas?«, fragte Matilda.

Albert konnte rein gar nichts sehen. Selbstverständlich war sie auf der Suche nach Spuren des Jadefuchses. Dafür hörte er aber etwas. Hinter ihm, noch viele hundert Meter entfernt, war ein kurzes Klacken zu hören. Als hätte jemand gegen einen Stein getreten, der durch die Luft geflogen und wieder aufgekommen war. Das Geräusch war leise und nur zu erahnen, wenn man sich darauf konzentrierte. Aber es war da gewesen. Gewissheit gab ihm, dass Matilda und Botzki sofort die Köpfe herumrissen.

»Wir bekommen Besuch«, flüsterte Botzki und zog die Machete aus der Gürtelschlaufe.

Matilda kroch nun über den Boden. Penibel wie eine Kommissarin auf der Suche nach Beweisen an einem Tatort hielt sie Ausschau nach Spuren. Als sie an der ersten Öffnung nichts fand, eilte sie zur anderen hinüber und fing von vorne an. Sie ging auf die Knie, fuhr mit der Hand über den staubigen Boden und ließ den Lichtkegel über alle Oberflächen schweifen.

Albert warf einen nervösen Blick nach hinten. Noch sah er kein Licht. Auch hörte er nichts, aber er rechnete jeden Moment damit, dass Archibald Conteville direkt vor ihm auftauchen würde wie in einem schlechten Horrorfilm.

»Hier«, sagte Matilda und rieb Zeigefinger und Daumen aneinander. »Kaum zu erkennen, aber hier ist etwas Jadestaub. Kommt, schnell!«

Albert brauchte keine zweite Einladung. Er schob den sportlichen Botzki regelrecht vor sich her.

»Wir tauschen die Plätze«, entschied der Hausmeister entnervt. »Ich achte auf Verfolger, du trägst die Kiste.« Der Hüne ließ keinen Widerspruch zu und drückte Albert die Falle in die Hand. Sie war leichter, als er gedacht hatte, aber immer noch schwer genug, dass ihm am nächsten Morgen die Arme wie verkochte Nudeln von den Schultern hängen würden. Mit einer Hand trug er nun seinen Koffer, unter den anderen Arm hatte er die Kiste geklemmt. Sie eilten den Korridor entlang. Es wurde enger, und schon bald mussten sie die Köpfe einziehen. Albert wagte es nicht, einen Blick nach hinten zu werfen, denn er hatte viel zu große Angst zu stolpern. Der Boden wurde immer unebener, und es ging steiler bergab. Matilda wirkte wie ein Bremsklotz für Albert, der loslaufen wollte. Aber das war keine gute Idee, denn vor ihnen wartete nur die Dunkelheit auf sie. Die Wände kamen immer näher, und Albert hatte das erste Mal so etwas wie Platzangst. Er dachte für einen kurzen Augenblick darüber nach, wie viele Tonnen Erde, Stein und Schutt zwischen ihm und der Oberfläche waren, und sofort verengte sich sein Brustkorb. Seine Atmung wurde immer schneller und flacher, und plötzlich war alles vorbei. Sie standen in einem kreisrunden Raum, die Decke war kaum zu sehen. Eine Sekunde länger in der Enge des Ganges und Albert wäre ohnmächtig umgekippt. Erleichtert atmete er aus und sank auf die Knie. Den Koffer und die Kiste legte er ab.

»Verdammt«, fluchte Matilda. Dieses Mal gingen gleich vier Schächte ab.

»Wir werden uns hier unten verlaufen, Matilda«, flüsterte Botzki und packte sie an der Schulter.

»Merk dir einfach, wo wir hergekommen sind«, erwiderte sie wirsch, schüttelte die Hand ab und inspizierte umgehend die Gänge. Botzki hatte die Taschenlampe nach oben gerichtet, um den Raum möglichst gut zu erhellen. Alberts Brustkorb hob und senkte sich, er lag auf dem Rücken und glotzte an die Decke. Die Luft war stickig und schwer, seine Lunge war wie zugedrückt. War da etwas? Er halluzinierte.

»Verdammte Scheiße«, fluchte Matilda. »Wo ist der Fuchs hin?«

»Er könnte schon wieder überall sein«, sagte Botzki. »Kann sich durch irgendein Erdloch gezwängt haben und nach draußen verschwunden sein. Wir sollten hier weg.«

»Da ob-«, wollte Albert sagen, aber die beiden schenkten ihm keine Beachtung.

»Aber wenn die Dellinger-Drillinge hier unten sind, kann der Fuchs auch nicht weit sein.«

»Die können sich auch irren!«, schimpfte Matilda.

»Wir hätten ihn fast ge-«

»Da oben!«, unterbrach Albert sie. Zitternd und immer noch auf dem Rücken liegend zeigte er an die Decke der Höhle. Langsam wanderten die Blicke seiner Mitstreiter zu dem Punkt. Ihre Augen wurden groß wie die von Kindern zur Bescherung, wenn sie endlich die Geschenke unter dem Weihnachtsbaum sahen.

»Mein Junge, du bist jedes Pfund wert«, stammelte Botzki.

Hoch oben saß der Jadefuchs zusammengekauert auf einem Felsvorsprung. Er hatte den imposanten, buschigen Schwanz um sich geschlungen und sich ganz klein gemacht. Die schwarzen Knopfaugen starrten sie an. Ein leises Fiepen entwich seiner langen, spitzen Schnauze.

»Er hat Angst«, erkannte Albert.

»Hätte ich auch, wenn ich gejagt werde«, meinte Matilda. »Botzki, wir dürfen keine Zeit verlieren. Die anderen können jeden Moment hier auftauchen.«

Der große Mann nickte und stapfte sofort zu dem hölzernen Kasten rüber. Sein rechter Oberarm verschwand fast vollständig in der Kiste, und er sah aus wie ein Klempner, der bis zur Schulter in einem Rohr steckte und nach dem Grund einer Verstopfung suchte.

»Aktiviert«, erklärte er zufrieden und zog den Arm wieder raus.

»Was hast du gemacht?«, fragte Albert, der sich mittlerweile hingehockt hatte und das Treiben beobachtete.

»Die Duftstoffe freigesetzt.«

Albert erinnerte sich, wie es auf der Hinfahrt im Auto nach einem asiatischen Gewürzhandel gerochen hatte, und malte sich nun aus, wie es hier in wenigen Minuten duften würde.

»Wir müssen ihm Raum geben«, zischte Matilda und winkte die beiden Männer zu sich herüber. Sie stand in einem der abzweigenden Stollen. »Und Taschenlampen aus.«

Albert und Botzki kamen der Bitte, die mehr wie ein Befehl klang, sofort nach. Sie stellten sich zu Matilda in den Gang und machten ihre Leuchten aus. Hätten sie das schon viel früher getan, hätten sie den Fuchs auch eher bemerkt, denn die Höhle wurde in einen grünen Schimmer getaucht. Nur leicht, aber gut zu erkennen, wenn man darauf achtete.

»Das wäre ein neuer Rekord«, flüsterte Botzki. »So schnell war noch niemand.«

»Noch haben wir ihn nicht gefasst«, presste Matilda angespannt hervor.

Albert spürte eine gewisse Aufregung in sich aufsteigen. Seine Atmung wurde flacher, und seine Augen fixierten die Kiste, die in der Mitte der Höhle stand. Sie war nur schemenhaft zu erkennen, aber sie würden es sofort bemerken, wenn der Jadefuchs näher kam, denn das Leuchten würde stärker werden. Nun verschwendete er keinen Gedanken mehr an Archibald Conteville oder die Drillinge, die auch irgendwo hier unten sein mussten.

Gespannt starrten sie auf die Box. Es war so still, dass Albert Butterscotch in seinem Zylinder atmen hörte. Vielleicht aß er auch einen Kürbiskern oder schnarchte. Auf jeden Fall hörte er ihn. Einen schier endlosen Moment passierte nichts, außer dass es im Stollen anfing zu riechen, als hätte jemand willkürlich in ein Teeregal gegriffen und alles, was er zwischen die Finger bekam, in einen Topf geworfen. Der modrige Kellergeruch wich einer würzigen Note aus Kardamom, Ingwer und Sternanis.

»Komm schon«, murmelte Botzki und stierte auf die grünen Schemen an den Wänden.

»Psst«, zischte Matilda.

Albert hoffte, dass der Gewürzladen in der Kiste ihren eigenen Geruch übertünchte, zweifelte aber daran. Der Jadefuchs hatte sicherlich eine feine Nase und konnte drei ausgewachsene Menschen, die die letzten Tage zu viel geschwitzt und zu wenig geduscht hatten, riechen. Trotzdem tanzte der glitzernde Schimmer an der Felswand. Albert spürte, wie sich alles in ihm anspannte. Er hielt die Luft an und tatsächlich, das Grün wurde immer intensiver, die Farbe an den Wänden stärker. Matilda, die hinter ihm stand, krallte sich in seine Schulter. Ihr Griff wurde jede Sekunde kräftiger. Plötzlich landete der Jadefuchs in der Mitte der Höhle, keinen Meter von der Falle entfernt. Er war nicht gefallen wie ein nasser Sack, sondern eher zu Boden geglitten, als hätte die Schwerkraft für das Raubtier andere Regeln aufgestellt. Seine Füße federten den Sprung ab, und der buschige Schwanz tarierte das Gleichgewicht aus. Nach der Landung presste er sich mit dem ganzen Körper dicht an den Boden. Vorsichtig schnupperte sein feines Näschen. Matilda, Albert und Botzki schenkte er keine Beachtung. Aus der Dunkelheit starrten sie die Luft anhaltend und voller Anspannung auf das kleine Tier. Der Fuchs schüttelte sich, und grüner Schimmer flog wie Funken aus dem Fell, verteilte sich auf dem Gestein und blieb dort haften. Neugierig machte der

Jadefuchs ein paar Trippelschritte auf die Kiste zu. Der Schwanz peitschte hin und her.

Er hat angebissen, wollte Albert sagen, brachte aber kein Wort hervor, und das war auch besser so. Er wollte nicht daran schuld sein, dass ihre Beute im letzten Moment die Flucht ergriff. Der Jadefuchs umrundete die Kiste zweimal, inspizierte sie ganz genau und wagte sich immer näher. Er fiepte leise, und Albert blieb die Aufregung wie ein Kloß im Halse stecken. Es klang so voller Sehnsucht und herzzerreißend. In dem kurzen Fiepen steckte ein jahrhundertealtes Heimweh, dass es Albert wie ein Nadelstich in der Brust traf. Dann, im Augenblick eines Wimpernschlags, verschwand der Jadefuchs in der Falle.

»Dein großer Moment, Zauberer«, flüsterte Matilda ihm ins Ohr und schubste ihn nach vorne. Überrascht strauchelte Albert ein paar Schritte, fing sich aber wieder. Hilflos sah er sich in der fast schwarzen Höhle um. Nur ein schwacher Lichtschein drang aus dem Inneren der Kiste und tauchte die Szenerie in giftiges Grün. Albert drehte sich um.

»Was soll ich machen?«, zischte er.

»Die Kiste versiegeln«, erwiderte Matilda. »Los jetzt!« In ihren Augen sah er die schiere Begeisterung. Sie wähnte sich am Ziel dieser Jagd und sah sich als Gewinnerin des Preises. Fünfhundert Millionen Pfund, genug, um den Kredit bei Watts & White abzuzahlen und das Haus zu behalten. Ihre Mutter war zum Greifen nah, und alles, was Albert noch machen musste, war, die verdammte Kiste zu versiegeln. Hätte er Zement oder etwas Ähnliches gehabt, wäre das kein Problem gewesen, aber es wurde ein Zauber von ihm erwartet. Deswegen hatte man ihn überhaupt angeheuert. Der einzige Grund, warum er an der Unternehmung teilnehmen sollte, war ein verdammter Zauber, und bis vor Kurzem hatte er sich erfolgreich eingeredet, dass niemand von echter Magie ausgegangen war. Ein paar Kartentricks zur Unterhaltung, ein paar überraschende Rosen, die er aus dem Ärmel holte, und der dicke Hamster in seinem Zylinder. Selbst beim Anblick des Jadefuchses hatte er sich in die Tasche gelogen und eingeredet, dass er der Sache gewachsen wäre. Na klar, sonst hätte man ihn für diesen Job doch gar nicht angefragt. Wer nahm schon einen seiner Flyer in die Hand und kam auf die Idee, dass es sich um einen echten Zauberer handeln würde? Kleinkinder vielleicht. Aber Matilda war kein Kleinkind.

Albert seufzte und wandte sich wieder der Kiste zu. Das grüne Leuchten pulsierte wie ein Herzschlag im Inneren. Im Kopf ging Albert alle Optionen durch. Er könnte sich auf die kleine Öffnung schmeißen und sie mit seinem Körper verdecken. Allerdings war zweifelhaft, ob sie es so bis zur Burg zurückschafften, und der Jadefuchs würde sicherlich ein Schlupfloch finden. Das war auf jeden Fall nichts, was man von einem Zauberer erwartete. Er öffnete die Schlösser des Koffers und kramte darin herum. Irgendwas Brauchbares musste er doch dabeihaben. Im Nacken spürte er die nervösen Blicke seiner Mitstreiter. Seine Hände suchten wie ferngesteuert, nahmen Spielkarten und Münzen in die Finger, Becher und Plastikrosen, Papierschlangen und Besteck. Nichts davon war geeignet, eine Kiste zu versiegeln. Dann hielt er plötzlich das große schwarze Satintuch in den Händen, das er vor seinem Auftritt immer über die Tische legte. Albert zögerte kurz. Besser als nichts.

»Jetzt mach schon«, zischte Matilda.

Albert drehte sich um und hob triumphierend das Tuch

in die Luft, als würde er der Verwandtschaft sein Neugeborenes präsentieren. Eine Woge aus Stolz und Zufriedenheit durchfuhr seinen Körper, dabei hatte er noch gar nichts geschafft. Er hatte einen verdammten Gegenstand im Koffer gefunden, den man über die Falle legen konnte. Das war alles, damit war noch lange kein Jadefuchs gebunden und keine Kiste versiegelt. Aber das war ihm in diesem Augenblick egal. Er hatte improvisiert und eine Lösung gefunden. Oder um es anders zu sagen: Zumindest stand er nicht mit leeren Händen da.

Langsam faltete er das Satintuch auseinander, bis es breit und lang genug war, um es komplett über die Kiste zu legen. Vorsichtig näherte er sich der Falle und achtete darauf, nicht gegen einen Stein zu treten. Jedes Geräusch konnte das scheue Tier vertreiben und in die Flucht schlagen. Doch außer dem herzzerreißenden Fiepen des Fuchses war rein gar nichts zu hören. Er hatte nach all den Jahren endlich ein kleines Stück Heimat gefunden. Es fühlte sich falsch an, den Fuchs zu fangen und zurück in Gefangenschaft zu bringen. Albert zögerte einen Moment. Das hier war eigentlich nicht richtig. Das Tier gehörte in die Freiheit und nach Hause. Nicht in den Käfig im Safe irgendeiner Bank, die vor vielen hundert Jahren fremde Kontinente geplündert hatte.

»Mach schon«, murmelte Matilda, und Albert verdrängte all seine hehren Motive. Das Preisgeld war verdammt hoch und würde ihm ein angenehmes Leben bescheren. Davon konnte er viele Patenschaften für angefahrene Füchse in Wildtierstationen übernehmen.

Er breitete das Tuch aus, und der Moment war filmreif. Alles, was fehlte, war ein Trommelwirbel. Der Stoff schwebte für einen Moment scheinbar schwerelos in der Luft, und dann kam alles ganz anders als geplant.

In dem Augenblick, in dem sich das Tuch über die Kiste legte und sie umschloss, hallte ein Schuss durch die Luft und etwas drang ein paar Zentimeter neben Alberts Kopf in die Wand ein. Steinsplitter irrten umher und trafen ihn am Hinterkopf. Ein grüner Blitz zischte unter dem Tuch hervor aus der Kiste und verschwand in einem der Gänge.

Es war stockfinster.

»Runter, sofort runter«, brüllte Botzki. In seiner Stimme schwang Panik mit. Albert hatte aber gar nicht auf die Anweisung gewartet. Er presste sich flach wie eine Flunder auf den kalten und nassen Steinboden. Sein Herz raste.

»Wir sind bewaffnet«, brüllte Botzki.

»Dann stecken wir jetzt wohl in einer Patt-Situation«, rief eine Stimme aus der Finsternis. Sie gehörte Archibald Conteville. »Wer zuerst sein Licht anmacht, wird erschossen.«

»So sieht es aus«, erwiderte Botzki. Albert wusste, dass er bluffte. Sie besaßen keinen Revolver, keine Pistole – oder hatten sie es ihm einfach nicht erzählt, um ihm nicht noch mehr Angst einzujagen? Ihm wurde speiübel, und er gab sich größte Mühe, sich nicht zu übergeben. Die Geräusche, die er dabei machen würden, hätten seine Position sofort verraten.

»Aber wir haben Zeit«, rief Conteville. »Wenn ich das richtig sehe, sitzt ihr auf der Seite des Stollens ohne Ausgang.«

»Was willst du?«, brüllte Matilda genervt. »Hör endlich auf mit dem dämlichen Gelaber.«

»Du weißt ganz genau, was ich will, Matilda. Aber du hast ja nicht auf mich gehört! Du musstest die Harte spielen.

Wärst du mal lieber zu Hause geblieben. Jetzt stecken wir hier in dem Mexican Handoff.«

»Standoff!«, rief Matilda.

»Was?«

»Es heißt Standoff. Scheiß drauf, egal.«

Albert, der zwischen dem Schützen und Botzki und Matilda lag, versuchte, irgendwas zu erkennen, aber es war finster wie in einem unbeleuchteten Keller.

»Lass uns gehen«, brüllte Botzki. »Der Jadefuchs ist weitergezogen, von hier verschwunden, und er wird sich ein neues Versteck suchen.«

»Es geht mir nicht um den verdammten Fuchs«, kreischte Archibald. »Fast wäre ich zu spät gekommen und euer Magier hätte den Jadefuchs in eurer Falle eingesperrt. Das darf mir kein zweites Mal passieren.«

Albert fühlte sich fast geschmeichelt, man hatte ihn einen Magier genannt, auch wenn er wusste, dass das Tuch nur Show war, um nicht mit leeren Händen vor Matilda und Botzki dazustehen.

»Du kannst uns nicht sehen und wir dich nicht«, erklärte Matilda geduldig die Situation. »Sobald ihr schießt, sehen wir das Mündungsfeuer und können euch abknallen. Damit ist doch niemandem geholfen.«

»Ich habe den fähigsten Cowboy und Trapper der Vereinigten Staaten an meiner Seite. Sobald sich jemand von euch bewegt, wird er kurzen Prozess mit euch machen.«

Albert spannte sich wie ein Holzbrett an. In seinem Nacken spürte er, wie ihm das warme Blut hinunterlief. Die Felssplitter hatten ihn schlimmer verwundet, als ihm im ersten Moment klar gewesen war.

»Das hat er ja schon mit seinem ersten Schuss bewiesen«,

forderte Matilda ihn heraus. »Albert, dir fehlt doch nichts, oder? Beide Ohren sind noch dran?«

»Alles bestens«, krächzte er heiser. »Hat mich nicht getroffen.«

»Siehst du, Archi, dir hat man einen Esel als Rennpferd verkauft.«

Albert fand dieses undiplomatische Verhalten nicht gerade hilfreich. Irgendwo in der Dunkelheit war ein Revolver auf sie gerichtet, und er hielt es für klug, den Typen, der den Finger am Abzug hatte, nicht weiter zu reizen.

»Halt die Fresse, Matilda. Ein letztes Mal: Zieh deine Teilnahme zurück, sonst endet das hier böse.«

Matilda antwortete nicht sofort, und tief im Inneren hoffte Albert, dass sie einknickte. Die ganze Sache bis hierhin war aufregend gewesen. Viel aufregender, als er es eigentlich mochte. Aber man musste den Bogen ja nicht überspannen und konnte im richtigen Moment aufhören. Dieser Moment, in dem sie mit einer Waffe bedroht wurden, war auf jeden Fall der richtige. Kein Geld der Welt war es wert, sein Leben dafür herzugeben. Schließlich konnte man es tot nicht mehr ausgeben. Aber, und das wusste Albert, um Geld ging es Matilda hier nicht in erster Linie. Das Preisgeld war nur ein Zwischenschritt zu ihrem eigentlichen Ziel, und das war ihr womöglich viel mehr wert als ihr eigenes Leben.

»Waffen weg«, verlangte plötzlich eine neue Stimme. Albert verortete sie irgendwo hinter Archibald.

»Ist das hier das offizielle Treffen der Fuchsjäger?« Matilda stöhnte genervt.

»Auf keinen Fall«, plusterte sich Archibald auf. Als Antwort ging eine Gewehrsalve los, die über ihnen in der Decke einschlug, und ein Scheinwerfer, grell wie ein Baustrahler, wurde angeschmissen. Sofort musste sich Albert die Augen zuhalten, um nicht geblendet zu werden.

»Waffen weg«, wiederholte die Stimme, die einer Frau gehörte, ihre Forderung. Am Akzent erkannte Albert, dass es sich nicht um eine Engländerin handelte.

»Wir haben keine Schusswaffe«, hörte Albert Botzki sagen. Noch immer hatte er die Augen geschlossen.

»Schon gut«, grunzte Archibald. »Wirf sie weg, John.« Man hörte ein Rumpeln.

»Legt euch flach auf den Boden«, herrschte sie die Frau an. Albert musste der Bitte nicht nachkommen, denn er presste sich noch immer wie ein dünner Pfannkuchen auf den kalten Felsen. Er wollte nicht von einem Querschläger getroffen werden. Das Licht wurde gedimmt, und Schritte näherten sich.

»Wir werden euch die Hände auf dem Rücken fesseln. Macht ihr eine falsche Bewegung, müssen wir euch umbringen, verstanden?«

»Verstanden«, antwortete Albert klar und deutlich. Er wollte keinen Zweifel aufkommen lassen, dass er nicht kooperieren würde. So ein Maschinengewehr war ein absolut überzeugendes Argument.

Schritte näherten sich. Er hörte Archi, seinen Cowboy und die Magierin fluchen und wagte einen kurzen Blick. Es waren die Dellinger-Drillinge. Na klar, die hatten sie völlig vergessen! Sie waren ihnen in den Stollen gefolgt, und irgendwo mussten sie sich ja aufhalten. Wahrscheinlich hatten sie erst im anderen Stollen nach dem Jadefuchs gesucht, bis sie auf den Lärm aufmerksam wurden. Dann mussten sie nur noch auf den richtigen Augenblick warten. Eine der beiden Frauen trug eine Uzi bei sich, die andere fesselte Albert grob mit Kabelbindern die Hände auf dem Rücken. Der Mann, der Magier, hielt sich hinter dem Scheinwerfer im Schatten.

»Aua«, protestierte Albert, als die Frau die Kabelbinder zusammenzog. Seine Haut wurde eingequetscht, und er lag wie ein mit dem Lasso gefangenes Kalb auf dem Boden. Sobald auch Matilda und Botzki gefesselt waren, richtete die Frau mit der Maschinenpistole den Lauf auf Albert.

»Wo ist der Jadefuchs?«, verlangte sie zu erfahren.

»In die Richtung«, sagte Albert. Mit einem Kopfnicken versuchte er, auf den Stollen zu zeigen.

»Geht das nicht deutlicher?«

»Der zweite von links«, presste er hervor. Angstschweiß rann seine Stirn hinab. Er hatte noch nie in den Lauf einer Waffe geblickt und hätte gerne auf diese Erfahrung verzichtet.

»Danke schön«, sagte sie und widmete sich den anderen. »Kommt!«

Der Magier dimmte den Scheinwerfer auf das Nötigste und klemmte ihn sich unter den Arm. Sie waren wirklich auf alles vorbereitet. Mit schnellen Schritten verließen sie das Geschehen. Albert atmete erleichtert aus und entspannte sich. Man hatte ihn nicht erschossen. Als er aber realisierte, dass er gefesselt in einem stillgelegten Stollen lag, breitete sich schnell wieder Panik in ihm aus. Er versuchte, die Hände aus der Schlinge zu ziehen, hatte aber kein Glück.

»Verdammter Mist«, fluchte Botzki. »Immerhin haben sie uns nicht kaltgemacht. Hätten die Chance gehabt, und niemand hätte uns hier unten gefunden.«

»Wir sind so gut wie tot«, erwiderte Matilda. »Wir können kaum mit gefesselten Händen durch diesen dunklen Stollen irren.«

Das Team Conteville schien weniger Probleme zu haben.

»Schneid mir die Fesseln auf«, hörten sie Archibald flüstern, und ein paar Sekunden später war das Trio bei ihnen. »Ist vielleicht besser, wenn wir euch nicht umbringen. Dann machen wir uns die Hände auch nicht schmutzig«, stellte Archibald fest, der direkt vor ihnen stehen musste.

»Immer ein Messer im Stiefel haben«, bemerkte John van de Heydt, der Cowboy. Eine Taschenlampe ging an, und das Licht blendete den Zauberer.

»Macht uns los«, flehte Albert.

»Dann müssten wir euch aber erschießen«, entgegnete Archi und tippte sich mit dem Zeigefinger an die Schläfe, als hätte er gerade etwas besonders Kluges gesagt.

»Verpisst euch«, zischte Matilda. »Wir kommen schon klar.«

»Der Bitte kommen wir gerne nach. John, Shi, kommt. Wir haben einen Fuchs zu fangen. Die hier werden kein Problem mehr darstellen!« Mit eiligen Schritten verschwanden sie in der Dunkelheit, den Dellingers auf der Spur.

»Schöne Scheiße«, fluchte Albert.

»Wir kommen hier schon irgendwie wieder raus«, sagte Matilda.

»Wie, verdammt, sollen wir hier rauskommen?«, pampte Albert sie an. Er war den Tränen nahe. »Unsere Hände sind auf dem Rücken gefesselt, und hier ist es so dunkel wie in einem Elefantenarsch.« Er räusperte sich. »Entschuldigung. Mir geht es gerade wirklich nicht gut.«

»Schon in Ordnung«, murmelte Botzki. »Ich verstehe, dass du Angst hast. Keine schöne Situation, das stimmt. Aber wir müssen einen kühlen Kopf bewahren.«

Albert sagte nichts, sondern konzentrierte sich auf seine

Atmung. Er musste runterkommen. Niemandem war geholfen, wenn er jetzt in Panik geriet. Aber was blieb ihm sonst übrig?

»Wo ist die Machete?«, fragte Matilda.

»Irgendwo hier muss sie rumliegen. Hab sie fallen lassen, als der Schuss losging.«

»Du hast sie fallen lassen?«

»Hab mich erschrocken.«

»Dann such sie, verdammt.«

»Du kannst mitsuchen«, erwiderte Botzki.

Das waren gute Nachrichten. Irgendwo hier lag ein großes, spitzes Messer rum. Ein Messer, das in Urwäldern zum Zerschneiden von Büschen und Pflanzen genutzt wurde. Da würde es mit so einem Kabelbinder ganz bestimmt auch zurechtkommen.

»Sie muss hier sein«, hörte er Botzki sagen. Es klang so, als würden die beiden auf den Knien über den Boden rutschen.

»Gar nicht so einfach, etwas in der Dunkelheit zu finden, wenn man nicht mit seinen Händen danach tasten kann«, bemerkte Matilda, und Albert ließ enttäuscht den Kopf hängen. Er legte die Stirn auf den rauen Steinboden und rang mit sich, um nicht die Hoffnung zu verlieren. Er war noch jung. Zu jung, um zu sterben. Und wenn er schon sterben musste, dann weil er irgendwas Dummes machte, was Leute in seinem Alter so taten, bevor sie starben: ein Selfie mit einem Tiger oder einen Kopfsprung von einer sehr hohen Brücke in einen sehr flachen Fluss. Aber er wollte nicht hier unten verrecken. Vor seinem inneren Auge malte er sich bereits aus, wie sein Körper schon bald als Brutstätte von Fliegen genutzt wurde. Ratten würden sich über ihn hermachen und ihn als das Leckerste bezeichnen, was es hier unten seit vielen Jahren zu fressen gegeben hatte. Eine Delikatesse für ein paar Nager, so würde es mit ihm zu Ende gehen.

Nervös rieb er die Handgelenke aneinander, als würde er ein Feuer entzünden wollen. Er hatte kaum Spiel, das Plastik schnitt in seine Haut. »Scheiße«, fluchte Albert. »Habt ihr da hinten was gefunden?«

»Nichts bisher«, hörte er Botzki rufen.

Albert seufzte. Einen Versuch noch. Er war nicht der Erste aus seiner Familie, der sich aus so einer aussichtslosen Situation befreien musste. Agnes Tubbs, die Entfesselungskünstlerin, war sogar einem Scheiterhaufen entkommen. Hätte er sich doch bloß mit ein paar Fesseltricks auseinandergesetzt.

Albert schloss die Augen und konzentrierte sich auf den Kabelbinder um die Handgelenke. Er versuchte, ihn sich vorzustellen, wie er in die Haut schnitt und die Blutzirkulation abdrückte. Seine Hände wurden langsam taub. Vorsichtig drehte er den linken Arm und tatsächlich, da war ein bisschen Luft. Nicht viel, nur ein paar Millimeter, aber er konnte sein Gelenk bewegen. Vor seinem inneren Auge wurde der Kabelbinder weich wie eine gekochte Nudel. Albert drückte fester, und mit einem Ruck zog er plötzlich den linken Arm aus der Schlinge. Triumphierend hob er ihn in die Luft, als würde er einen Pokal in der Hand halten.

»Ich bin frei«, stammelte er. »Ich hab es geschafft. Ich hab mich befreit!«

»Was?«, rief Matilda überrascht.

»Der Kabelbinder, er war wohl nicht eng genug zugezogen.« Albert massierte sich die schmerzenden Handgelenke. Er fühlte die tiefen Rillen, die das Plastik hinterlassen hatte, und ein angenehmes Kribbeln breitete sich aus, als das Blut in die Finger zurückfloss. »Glück im Unglück.«

»Komm her und hilf uns«, forderte Botzki. Von seiner vorherigen Angespanntheit war nichts mehr zu hören.

Albert tastete sich vorsichtig in der Dunkelheit voran. »Wo sind die Taschenlampen?«

»Müssen hier irgendwo liegen«, antwortete Matilda.

Mit den Händen tastete er auf dem Boden herum. Er wollte sich gar nicht vorstellen, wie Matilda und Botzki mit auf dem Rücken gefesselten Armen nach einem Messer gesucht hatten. Kein Wunder, dass sie nichts fanden. Ziellos huschten seine Hände über den Boden, und plötzlich, nach minutenlanger Suche, berührte er mit dem kleinen Finger etwas Kaltes. Erschrocken zog er die Hand zurück, nur um gleich wieder danach zu tasten. Er umfasste den runden Griff einer Taschenlampe und drückte den Knopf. Ein Lichtkegel breitete sich augenblicklich aus und erhellte die Szenerie. Botzki und Matilda knieten ein paar Meter von ihm entfernt. Die Machete, die sie gesucht hatten, lag nur wenige Zentimeter vor Wiktor.

»Na toll, das gibt ein paar blaue Flecke auf den Knien«, schimpfte Botzki.

Albert befreite die beiden, und sie sammelten ihre Sachen ein. Botzki kümmerte sich um die Falle, Albert verstaute die Zauberutensilien wieder im Koffer.

»Kommt, wir müssen ihnen hinterher.«

Albert wollte protestieren, aber Botzki kam ihm zuvor. »Das ist keine gute Idee, Matilda. Die haben Waffen, wir nur eine Machete. Dieses Mal hatten wir großes Glück, aber beim nächsten Mal wird es anders ablaufen. Wir sollten zurück und unsere Sachen einsammeln. Den Jadefuchs werden sie hier unten eh nicht mehr fangen. Das Tier ist wieder auf der Flucht und wird noch Tage brauchen, bis es sich erneut irgendwo versteckt. Hier unten wird es nicht lange bleiben. Es wird sich eine Lücke, einen kleinen Tunnel von einem Maulwurf oder etwas in der Art suchen und nach oben verschwinden. Wenn wir jetzt gehen, haben wir noch einen Vorsprung. Sollen die anderen sich hier unten bekriegen, das kann uns nur recht sein. Aber ich möchte keine Kugel zwischen die Augen bekommen. Das habe ich die letzten Jahre sehr gut vermieden und darf gern so bleiben.«

Für einen Moment sah Matilda aus, als würde sie widersprechen oder die Warnung ihres Begleiters ignorieren und einfach davon in die Dunkelheit stürmen. Den anderen hinterher. Dann wandte sie sich ihnen zu. »Du hast recht, das wäre Selbstmord. Packt eure Sachen zusammen, wir verschwinden von hier.«

Kapitel 12

Matilda Godwins

Als sie den Stollen verließen, war es bereits dunkel. Erleichtert ließ sich Albert fallen und Matilda überlegte einen Moment, ob sie etwas sagen sollte. Sich entschuldigen für das, was ihnen passiert war. Zum Teil war es ihre Schuld. Sie hatte die Truppe in diese Situation gebracht. Andererseits wussten die beiden, auf was sie sich eingelassen hatten, und es winkte eine dicke Belohnung, wenn sie erfolgreich waren. Daher hielt sie den Mund.

Ihre Rucksäcke befanden sich noch an Ort und Stelle.

»Lasst uns noch ein bisschen auf Distanz gehen«, befahl Botzki, und gemeinsam wanderten sie auf dem schnellsten Weg vom Eingang weg. Ihr Zelt schlugen sie in dieser Nacht unter einer dicken Eiche auf.

»Ich übernehme die Wache«, erklärte Albert überraschend. Matilda sah Botzki an, der mit den Schultern zuckte.

»Bist du dir sicher?«, fragte sie, und der junge Zauberer nickte nur.

»Kann eh noch nicht schlafen«, sagte er. »Ich wecke Botzki in drei Stunden.«

»Wenn dich jemand angreift, versuch nicht, den Helden zu spielen. Mach einfach Krach, dann kommen wir dir zur Hilfe«, murmelte sie, und Albert sah für einen kurzen Moment gekränkt aus. Matilda überlegte, ob sie etwas Falsches gesagt hatte. Sie aßen Trockenfleisch und Tütensuppe, die jeden Tag ein bisschen schlechter schmeckten. Matilda wünschte sich einen deftigen Braten mit Kartoffeln und Sauce. Sie konnte diese Plörre nicht mehr sehen. Danach begab sie sich ins Zelt, und Botzki folgte ihr bald. Nach so einem Tag hätte Matilda erwartet, viel und wild zu träumen. Ihr Hirn hatte sicherlich einiges zu verarbeiten. Fast hätten sie den Jadefuchs gehabt und an Ort und Stelle gebunden, wäre Archibald Conteville nicht gewesen. Außerdem hatte sie Albert wohl falsch eingeschätzt. Sie hatte sofort gewusst, dass er noch nicht lange Zauberer war. Er war irgendwie anders gewesen, ihn umgab nicht diese typische übernatürliche Aura, die sie sonst von Zauberern kannte. Auch war er schrecklich unsicher und schlecht im Verhandeln. Er hätte locker fünfzig Prozent des Preisgeldes rausschlagen können, wenn er schon kein Honorar per Vorkasse, unabhängig vom Ausgang der Jagd, verlangte. Und sie hätte ihm die fünfzig Prozent sofort zugesichert. Es wäre immer noch genug Geld für sie und Botzki gewesen. Aber Albert – oder Abraham – hatte sofort zugesagt, und das hatte sie stutzig gemacht. Er brauchte dringend einen Manager, der solche Sachen für ihn aushandelte. Wenn das alles hier vorbei war, würde sie ihn ein paar Leuten vorstellen, die wiederum Kontakte hatten, die gerne viel Geld für einen echten Magier ausgaben. Die Sache mit dem Tuch war wirklich gut. Wahrscheinlich war es magisch aufgeladen und hätte die Kiste abgeriegelt. Der Fuchs hätte wie ein Fisch im Netz gezappelt.

Es war so knapp gewesen.

Aber jetzt wollte Matilda erst recht gewinnen. Sie hatten es einmal fast geschafft und beim nächsten Versuch würde ihnen nichts dazwischenkommen. Die Buchmacher hatten ihnen keine Chancen eingerechnet und das würden sie bald bereuen. Mit diesem schönen Gedanken schlummerte Matilda ein und schlief tief und fest.

»Albert? Albert?« Schreie rissen Matilda aus dem Schlaf. Sie zwängte sich aus ihrem Schlafsack, den sie wie eine Schlingpflanze um sich gewunden hatte.

»Albert, wo bist du?« Das war Botzki, der da schrie.

Matilda riss den Reißverschluss des Zeltes auf und wurde von den ersten Sonnenstrahlen geblendet. Schützend hob sie eine Hand vor die Augen.

»Was brüllst du hier so rum, verdammt?«, herrschte sie Botzki an.

»Albert«, japste Botzki.

»Was ist mit ihm?«

»Er ist weg.«

»Vielleicht kommt er einem menschlichen Bedürfnis nach«, erwiderte Matilda. Sie hatte es schon immer gehasst, geweckt zu werden.

»Dafür muss er aber nicht sein ganzes Zeug mitnehmen, oder?«

Matilda drehte sich um. Tatsächlich, Alberts Tasche und Zaubererkoffer waren weg. Nur sein Schlafsack und die dünne Isomatte lagen da, als würde er gleich zurückkommen und sich schlafen legen.

»Scheiße«, fluchte sie und raffte sich auf. Das nasse Gras unter ihren nackten Füßen war kalt, aber das ignorierte sie. »Wo hat er gesessen?«

Botzki zeigte auf einen großen Stein. »Da«, sagte er knapp. »Die Spuren führen in westliche Richtung.«

In Matildas Kopf ratterte es wie im Motorraum eines alten Dampfschiffes. Ohne Zauberer gäbe es keinen Jadefuchs und ohne Jadefuchs keine Antworten. Sie würden das Anwesen verlieren.

»Das hat er nicht –«, zischte sie, brachte den Satz jedoch nicht zu Ende.

»Ich befürchte doch«, unterbrach sie ihr Begleiter, der sich gebückt hatte und etwas Weißes zwischen zwei Fingern hielt.

»Was ist das?«

Botzki ignorierte ihre Frage und faltete das Stück Papier auseinander. Seine Augen wurden erst zu engen Schlitzen, dann riss er sie auf.

»Erzähl schon.«

»Ein Abschiedsbrief. Albert ist aus dem Rennen ausgestiegen«, stellte Wiktor fest.

Mit großen Schritten marschierte die junge Frau zu ihm herüber und riss ihm das Blatt aus den Händen. Sie musste sich auf die Buchstaben konzentrieren, denn Albert hatte die Handschrift eines Grundschülers. In krakeligen Hieroglyphen stand auf dem Zettel geschrieben: »Tut mir leid, aber ich bin gar kein Zauberer. Also kein richtiger.«

»Was?«, hauchte sie.

»Scheint so, als hätte er Angst bekommen.«

»Dieses verdammte Arschloch.« Der Abschiedsbrief spannte sich zwischen ihren Händen und drohte zu zerreißen. »Das kann er nicht tun.«

»Tja.« Botzki seufzte. »Scheint so, als wäre er anderer Meinung.«

»Wie weit kann er sein?«, fragte Matilda.

»Weit«, erwiderte Botzki und kratzte sich am Kopf. »Wenn er sich noch in der Nacht aufgemacht hat, kann er schon in einem Bus sitzen. Aber hast du gelesen, was er geschrieben hat? Er sei kein richtiger Zauberer.«

Matilda nickte langsam. »Ich wollte ihn auch nicht bitten, wieder zurückzukommen.« Sie ließ sich ins nasse Gras fallen und vergrub den Kopf in den Händen. »Das ist nicht gut. Gar nicht gut«, murmelte sie.

Botzki, der sich auf einem Felsen niedergelassen hatte, starrte in die Ferne. »Ich hab schon ganz andere Sachen hinbekommen«, sagte er.

»Ach ja? Dann freue ich mich über Lösungsvorschläge«, fuhr Matilda ihn an. Sie hasste sich dafür, aber sie war komplett überfordert. Bis hierhin war es überraschend gut gelaufen. Sie hatten den Jadefuchs sogar fast eingefangen, wäre ihnen Archibald nicht dazwischengekommen. Nun schienen sie ihr Glück aufgebraucht zu haben.

»Die gute Nachricht ist erst mal, dass wir nicht aus dem Turnier ausgeschieden sind. Wir müssen mit einem Zauberer antreten, es aber nicht mit einem beenden. Ich schätze, die Regeln gehen da eher von einem Todesfall im Verlauf des Wettbewerbs aus, aber ob wir den Jadefuchs mit oder ohne Albert abliefern, ist völlig egal.« Botzki verschränkte die Arme. »Bleibt nur die Frage, wie wir das verdammte Vieh jetzt im Käfig halten.«

»Danke, Watson. Ist ja nur eine klitzekleine Kleinigkeit, die wir jetzt klären müssen.« Matilda massierte sich die Schläfen und starrte auf den moosbedeckten Waldboden, als würde dort die Lösung für ihre Probleme stehen.

»Der Wald ist voller Zauberer«, erkannte Botzki. »Wir werden uns einfach einen neuen suchen.«

»Und wie stellst du dir das vor? Einfach in ihr Lager marschieren, *Guten Tag* sagen und *Wir wollen gar nicht lange stö-*

ren, aber wir würden eurem Zauberer gerne ein Angebot machen? Wir gehen in die Höhle des Löwen und haben nicht mal ein Steak dabei, das wir ihm anbieten könnten.«

Botzki räusperte sich. »Wenn du es so aussprichst, klingt es wie eine bescheuerte Idee. Aber die meisten Zauberer sind auch nur Söldner. Für sie ist nicht wichtig, für wen sie arbeiten, nur wie viele Ziffern vor dem Komma stehen.«

Matilda rupfte eine Handvoll Grashalme heraus und warf sie wütend weg, als könnten sie irgendwas für diese missliche Lage. »Dann sind wir die Allerletzten im ganzen Turnier, für die sie arbeiten werden. Ich habe nichts außer ein paar Versprechen.« Matilda ließ den Blick über die kleine Lichtung schweifen. In den Baumkronen begrüßten Amseln lautstark die ersten Sonnenstrahlen. Ein beschaulicher Fleck. Friedlich, wie aus einem Bilderbuch. Sie hätte es geliebt, hier zu sein, wenn dies ein Campingurlaub wäre. Leider war es das nicht. Sie wollte alles hinschmeißen, das alles hier hinter sich lassen und irgendwo ein neues Leben anfangen. Sollte ihr verdammter Vater doch zum Teufel gehen und ihre Mutter … »Wir müssen eine Lösung finden«, befahl sie fest entschlossen.

»Lass mich nachdenken, vielleicht fällt mir etwas ein«, meinte ihr Begleiter. Er zog die buschigen Augenbrauen eng zusammen und strich sich mit der Hand über das behaarte Kinn.

»Gut, ich kümmere mich um eine Mahlzeit«, erwiderte Matilda. »Und werde selbst natürlich auch überlegen, wie wir das Problem in den Griff bekommen«, schob sie nach.

Die Mahlzeit bestand aus Trockenfleisch, ein paar Crackern und Müsliriegeln – alles fangfrisch direkt aus ihrem Rucksack. Der halbe Vormittag war bereits vergangen,

Botzki hatte mit ernster Miene Löcher in die Luft gestarrt und kein Wort mehr gesagt. Hin und wieder war ein Räuspern oder Seufzen zu hören. Matilda vertrieb sich die Zeit mit dem Abbauen ihres kleinen Lagers. Es war nicht ratsam, zwei Nächte am selben Ort zu verbringen. Als sie alles fertig in den Rucksäcken verstaut hatte, sah sie erwartungsvoll zu Botzki hinüber. Aber der lag einfach auf dem Rücken, hatte sich einen Grashalm zwischen die Lippen geklemmt und starrte in den Himmel. »Vielleicht«, murmelte er so leise, dass sich Matilda nicht sicher war, ob er wirklich etwas gesagt hatte.

»Was?«, fragte sie und musste die aufkeimende Hoffnung in ihrer Brust niederkämpfen.

»Wie sehr hasst du diesen Archibald?« Botzki drehte den Kopf langsam in ihre Richtung. Er lächelte kaum merklich.

»Ist das eine rhetorische Frage?«

»Seine Zauberin hat wirklich was drauf. Wäre doch jammerschade, wenn sie kein Team mehr hätte, oder? Wenn sie in einer ähnliche Lage wäre wie wir gerade, dann hätten wir vielleicht eine gute Verhandlungsposition.«

»Du willst ihn umbringen?« Matilda keuchte auf. Sie hasste Archibald abgrundtief, keine Frage, aber deswegen wünschte sie ihm nicht den Tod.

»Verdient hätte er es nach allem, was in der Höhle passiert ist. Es hat nicht viel gefehlt und er hätte uns da unten erschossen«, erwiderte Botzki ernst.

Matilda wollte antworten, aber Botzki sprach bereits weiter.

»Natürlich will ich niemanden ermorden. Aber wenn wir sie aus dem Spiel nehmen und nur die Zauberin übrig lassen ...«

»Was meinst du damit?« Ihr gefiel nicht, in welche Richtung sich das alles entwickelte. Aber immerhin stand nun kein Mord auf ihrer To-do-Liste.

»Ein Unfall, ein paar gebrochene Beine, nichts Schlimmes. Nur etwas, was einen davon abhält, dem Jadefuchs durch den Wald zu folgen.« Botzki setzte sich auf und sah sie an. Er grinste breit.

»Womit hast du dein Geld verdient, bevor du bei meinem Vater angefangen hast?«, fragte Matilda.

Das Lächeln verschwand aus seinem Gesicht. »Bevor ich bei euch Türangeln und quietschende Fenster repariert habe, war meine Aufgabe, Probleme für reiche Leute zu lösen. Probleme, die Karrieren oder Ehen beenden konnten.« Er ließ die Fingerknöchel knacken. »Nichts, auf das ich stolz bin, und der Preis, den ich dafür bezahlt habe, war hoch. Zu hoch«, gestand er mit umwölktem Blick.

Matilda brauchte nicht nachfragen, was Botzki damit meinte. Sie hatte es sehr gut verstanden, und sie hatte das Gefühl, dass sich Beton in ihrem Magen ausbreitete. »Ich dachte, du hast Maschinen gebaut?«

Er zuckte mit den Schultern. »Dafür war ich zumindest ausgebildet, und manchmal habe ich das auch gemacht. Aber nicht die Art von Maschinen, die Autos zusammenbauen oder Schokolade in feines Papier verpacken.« Wieder machte er nur Andeutungen, aber Matilda verstand ganz genau, was er sagen wollte. Seine Schultern hingen schlaff hinunter, sein Gesicht schien viele Jahre gealtert zu sein. Seine Augen waren wie Milchglas und starrten ins Leere, seine Wangen wirkten furchig wie trockener Ackerboden.

»Ich hatte keine Ahnung«, stammelte Matilda.

»Das war auch besser so, denn sonst hätte ich dich vielleicht umbringen müssen.« Er rang sich ein schmales Lächeln ab, das aber nur verzweifelt wirkte. Ein unangebrachter Scherz, was er offensichtlich selbst gemerkt hatte.

Matilda spürte, wie sich ihr klägliches Frühstück einen Ausweg suchte. »Mein Vater, wusste er davon?«

Botzki starrte ein paar Sekunden in die Ferne, dann nickte er leicht.

»Hat er dich mit so einem Mist beauftragt? Er hat dich gar nicht am Straßenrand aufgegabelt, oder?«

Abermals zögerte Botzki. Er sah Matilda nicht in die Augen, sondern starrte neben ihr in den Wald. »Dein Vater hatte viele Feinde«, hauchte er heiser. »Du weißt, wie das in diesen Kreisen ist, irgendjemand will dir immer an den Karren pissen. Also musst du noch einen drauflegen – entschuldige die Wortwahl. Ich habe seine Konkurrenten mit eindeutigen Fotos erpresst, ihre Autos demoliert und sie oft gleich mit. Nur selten«, er räusperte sich, »musste ich bis zum Äußersten gehen.«

»Du hast –«, Matilda beendete den Satz nicht.

»Nun, ich kann nicht nur Käfige für kleine Füchse bauen, sondern auch wunderbare Fernzünder.« Wieder das traurige Lächeln, in dem so viel Schmerz und Kummer lagen. »Aber ich habe einen Fehler gemacht und Spuren hinterlassen. Meine Frau und meine Tochter«, Botzki schluckte laut, »bekamen die Quittung.« Die letzten Worte gingen im Schluchzen unter.

Matilda wusste nicht, was sie empfinden sollte. Ihr Hausmeister und enger Vertrauter hatte ihr gerade gestanden, im Namen ihres Vaters Leute umgebracht zu haben. Ein Auftragskiller. Ein Mörder. Und trotzdem, wie er da hockte, empfand sie Mitleid. Sie wusste nicht, was sie sagen sollte.

»Es ist okay, wenn wir das hier jetzt abbrechen«, sagte Botzki. »Und es ist auch okay, wenn du die Polizei verständigst.«

Matilda hatte einen kurzen Moment darüber nachgedacht. »Nein«, murmelte sie leise. »Was waren das für Typen? Ich meine die, die du in die Luft gejagt hast.«

Botzki wischte sich mit dem Ärmel die Tränen aus dem Gesicht. »Ich habe oft nur einen Steckbrief bekommen. Name, Anschrift, Größe, Augenfarbe, Büro, Lokale und Orte, die oft aufgesucht wurden. Laut deinem Vater reichte das. Aber ich habe mich nicht damit zufriedengegeben und selbst recherchiert. Der Erste war ein Bauinvestor aus London. Vor ein paar Jahren stand er in der Kritik, weil er, um die Kosten zu drücken, auf Feuerschutzvorschriften gepfiffen hat. Vierunddreißig Menschen kamen bei einem Kabelbrand um.«

»Deswegen hat mein Vater ihn aber nicht töten lassen«, warf Matilda ein.

Botzki schüttelte den Kopf. »Nein, natürlich nicht. Er hatte deinem Vater eine Lagerhalle am Hafen vermietet. Am Anfang war die Miete ortsüblich, aber der Typ hat die Daumenschrauben immer schneller zugedreht, und als dein Vater nicht mehr zahlen wollte, da hat jemand eine ganze Gewürzlieferung aus Afrika mit Rattengift verseucht. Mehrere Container, wirklich viel Geld für deinen Vater. Schon damals, als es ihm finanziell noch besser ging.«

»Woher wusstest du das?«

»Das stand nicht im Steckbrief. Ich musste ein paar Leute am Hafen schmieren und hatte ein paar gute Argumente.« Er ballte die rechte Hand zur Faust. »Ich will mich nicht rechtfertigen, aber die Welt ist ohne diese Kerle eine bessere.«

Matilda würde ihm keine Absolution erteilen. Niemand hatte das Recht, Richter und Henker zu spielen. Dafür gab es Institutionen. Er war auch kein Robin Hood. Sie suchte mit ihrem moralischen Kompass einen Weg aus diesem Dilemma. »Warum hast du damit angefangen?«

Nun sah er ihr direkt in die Augen. »Ganz ehrlich? Das Geld stimmte. Ich konnte etwas für die Ausbildung meiner Tochter beiseitelegen.«

Das war nicht die Antwort, die sie hören wollte. Sie hatte auf etwas Nobleres gehofft. »Aber warum hast du nicht einfach in deinem Job, also als Maschinenbauingenieur, gearbeitet?«

»Weil mich niemand haben wollte«, antwortete er und stemmte die Hände in die Hüften. »Als ich in England ankam, bot man mir Jobs als Putzkraft an, als Toilettenreiniger. Niemand wollte jemanden einstellen, dessen Nachname Botzki lautet. Die Craigs, die Jakes, die Williams stellst du als Ingenieur ein. Aber wenn du in der Bewerbung meinen Nachnamen liest, lässt du sie einfach im Papierkorb verschwinden. Ich wollte meiner Tochter ein schönes Leben bieten, aber –« Wieder kamen ihm die Tränen.

Matilda kämpfte den Drang nieder, den Mann in die Arme zu nehmen. Ihm zu sagen, dass nicht er für den Tod seiner kleinen Familie verantwortlich war. Davon war sie aber nicht überzeugt. Allerdings war sie sich sicher, dass Wiktor seine Strafe bereits erhalten hatte. Die Strafe war schlimmer als ein lebenslanger Gefängnisaufenthalt. Er musste mit der Schuld leben, seine Frau und Tochter auf dem Gewissen zu haben. Einer Schuld, die ihm niemand nehmen konnte und die ihn bis ans Lebensende verfolgen würde. »Also gut«, sagte sie langsam. »Das ist ein ziemlicher Hammer. Aber ich glaube, wir können damit arbeiten. Du musst mir nur eines versprechen.«

Botzki sah sie aufmerksam an.

»Keine Toten, okay? Wir sind besser als mein Vater, besser als Archibald.«

»Keine Toten«, wiederholte Botzki schluchzend. »Versprochen!«

»Sehr gut, dann holen wir uns jetzt unsere Zauberin.«

Kapitel 13

Albert Tubbs

Albert war nie gut darin gewesen, vor Problemen wegzulaufen. Irgendwann hatten sie ihn immer wieder eingeholt. Deswegen saß er jetzt im Bus. Der war viel schneller als Albert und hoffentlich auch als seine Probleme. Wenn das nicht ausreichte: Bald hielt der Bus an einem Bahnhof, und von dort fuhr ein Zug nach London – wesentlich schneller als jeder Bus und ganz bestimmt auch schneller als seine Probleme. Der Zug und das Problem würden sich keine spannende Verfolgungsjagd leisten. Albert würde in London aussteigen und hätte all seine Probleme hinter sich gelassen.

Er hatte sich die Entscheidung nicht leicht gemacht. Ihm war bewusst, wie viel für Matilda auf dem Spiel stand. Aber er hätte schon viel früher die Notbremse ziehen müssen. Im richtigen Moment Stopp drücken und aussteigen – das war gar nicht so einfach. Hätte er nicht die ganze Zeit auf eine schillernde Karriere als exzentrischer Zauberer gehofft, hätte er all die Warnungen und Zeichen nicht ignoriert. Ihm war schnell klar gewesen, dass Matilda mehr suchte als einen Trickzauberer. Jemanden mit echten magischen Fähigkeiten. Aber das überstieg einerseits seine Vorstellungskraft, und andererseits wollte er diesen Job so sehr haben, dass der rational denkende Teil seines Hirns sich in den Urlaub verabschiedet hatte.

Jetzt hatte er den Schlamassel.

»Entschuldigung, dürfte ich mal?«, fragte die Oma neben Albert und zwängte sich an ihm vorbei. Ihr Hund lief hinterher. »Ich muss hier aussteigen.«

»Oh, ja, natürlich«, stammelte Albert, der aus seinen Gedanken gerissen wurde, und machte Platz. »Vielen Dank noch mal«, sagte er, und die Lady lächelte freundlich. Sie hatte ihm das nötige Kleingeld für die Busfahrt gegeben, als der Fahrer sich weigerte, ihn mitzunehmen, und sogar die erforderlichen Scheine für das Zugticket nach London. Er hatte ihr gesagt, dass er nach Hause wolle, zu seinen Eltern. Sie musste ihn für einen Obdachlosen gehalten haben, der sein Leben umkrempelte. Zumindest waren er von Kopf bis Fuß dreckig und roch sich selbst, was immer ein starker Indikator für eine benötigte Dusche war. Der Bus fuhr links ran und hielt an einem gottverlassenen Ort, an dem sich nur eine heruntergekommene Haltestelle befand. Albert sah der alten Dame dabei zu, wie sie sich die Stufen hinunterbemühte und in einen kleinen Feldweg einbog. Der Mops lief pflichtbewusst an ihrer Seite. Der Bus fuhr weiter, vorbei an Feldern voll Schafen und Kühen, und Albert verlor sich wieder in den Geschehnissen der letzten Tage.

Nachdem es ihm nicht möglich gewesen war, den Jadefuchs zu fangen, wusste er, dass er sich und den anderen nichts mehr vormachen durfte. Für Matilda war das alles zu wichtig, und er stand ihren Zielen im Weg. Also hatte er nachts, als die anderen tief und fest schliefen, völlig geschafft von den Ereignissen in der Höhle, seine paar Sachen gepackt und war losgelaufen. Ziellos und ohne Kompass. Er war über Äste gestolpert, einen Hang hinuntergerutscht und sich mehr als einmal sicher gewesen, dass er in diesem

Wald sterben würde. Es war stockfinster wie in einem Bärenhintern, und die unzähligen Geräusche jagten ihm eine riesige Angst ein. Hinter jedem knackenden Ast konnte sich ein hungriger Wolf oder rachsüchtiger Archibald verbergen. Albert lief einfach immer weiter in der Hoffnung, dass er irgendwann aus dem Wald auf eine Landstraße stolpern würde, die sich wie eine Schnur durch die Bäume zog.

Und so kam es auch.

Er sah die Straße nicht, sondern spürte den Asphalt unter den Schuhen. Der Boden war nicht mehr weich und nachgiebig, sondern hart und kalt. Wie ein Schlafwandler war er plötzlich stehen geblieben, den Koffer fest an die Brust gepresst und den Rucksack auf den Schultern. Finster wie im Sarg eines Vampirs war es, als er nach unten sah. Asphalt. Er hatte eine Straße gefunden.

Der Rest war ganz einfach gewesen. Er hatte dem Weg nur folgen müssen, bis er auf ein kleines Bushäuschen stieß. Dort setzte er sich und wartete, bis der Bus kam. Nur ein winziges Detail hatte er nicht bedacht: das Ticket. Als er einstieg und der Fahrer ihn aufforderte, seine Fahrkarte vorzuzeigen, blieb Albert verdattert stehen.

»Ich habe …«, sein Hirn hatte Mühe, die richtigen Worte zu finden. Er war völlig erschöpft von der nächtlichen Wanderung und den Entbehrungen der vergangenen Tage. »… kein Geld, aber ich muss nach Hause.«

»Kein Geld, keine Dienstleistung«, erklärte der Busfahrer streng. Es war ein älterer Herr mit Walrossbart und Koteletten. Die langen schwarzen Haare passten nicht so richtig zum Rest. In einem anderen Leben wäre er wahrscheinlich ein exzentrischer Rockstar geworden.

»Bitte, ich will nach Hause«, flehte Albert.

»Und ich will den Fahrplan einhalten«, erwiderte der Mann und zeigte mit ausgestrecktem Finger auf die offene Tür.

Albert ließ die Schultern hängen und drehte sich um. Dann würde er eben laufen. Er hatte ja keine Eile und alle Zeit der Welt, auch wenn er völlig entkräftet war. Aber die Oma, die direkt hinter dem Fahrer saß, hatte offenbar alles mitgehört.

»Na, nun wollen wir doch mal nicht päpstlicher als der Papst sein, oder? Hier ist Ihr Geld«, sagte sie mit sanfter Stimme und hielt dem Fahrer einen Schein hin.

Der sah mürrisch zwischen der Pfundnote und Albert hin und her, bevor er das Geld annahm und ein Ticket ausdruckte. Er streckte es Albert mit der ganzen Freundlichkeit eines schlechtgelaunten Busfahrers hin und ließ ihn passieren.

»Setzen Sie sich doch zu mir«, bat die Oma und klopfte auf den Platz an ihrer Seite. Zwischen ihren Beinen saß ein röchelnder Mops. Albert war nicht nach Reden zumute, aber wenn das der Preis dafür war, dass er nicht laufen musste, würde er ihn gern bezahlen. Er bedankte sich, und die Lady winkte ab.

»Schon gut, schon gut. Wo geht Ihre Reise denn hin?«

Und Albert erzählte ihr von London, von seinen Eltern und Patty, die hoffentlich noch seine Freundin war. Sie stellte keine weiteren Fragen, keine Bedingungen oder Ähnliches, sondern hielt ihm nur genug Geld für das Zugticket hin.

»Oh, danke, aber …«, stammelte Albert.

»Nun nehmen Sie schon. Mit Verlaub, aber Sie sehen so aus, als könnten Sie es gebrauchen«, meinte sie grinsend.

»Wirklich, Sie haben mir schon genug geholfen.«

»Sie werden einer alten Dame wie mir doch keinen Wunsch abschlagen, junger Mann.«

Damit behielt sie recht, und Albert steckte das Geld ein. »Vielen Dank«, murmelte er.

»Bei Ihnen scheint es besser investiert als in meinen alten Händen.« Sie lächelte ihn freundlich an. »Ich hab eh nicht mehr lange, um das ganze Geld auszugeben.« Die Oma erzählte ihm von ihrem Wochenendbesuch bei Freunden, und nun war sie wieder auf dem Weg nach Hause, zu einem stillgelegten Bauernhof, den sie mit ihrem Mann viele Jahre lang bewirtschaftet hatte. »Bessere Zeiten«, wie sie mehr als einmal erwähnte.

Irgendwann, lange nachdem die freundliche Oma ausgestiegen war, hielt der Bus an einem Bahnhof. Es war ein kleines Gebäude mit eingeworfenen Fensterscheiben, Löchern im Dach und Graffitis an der Wand, die niemand als Kunst bezeichnen würde.

»Endstation«, rief der Busfahrer in einem rauen Ton, der verriet, dass er Albert möglichst schnell wieder loswerden wollte, nachdem er ihn schon notgedrungen hatte mitnehmen müssen.

Ohne ein Wort zu sagen, verließ Albert den Bus und marschierte zu der kleinen Anzeigetafel hinüber. Alle zwei Stunden fuhr ein Zug nach London. Es war der einzige, der hier hielt, und er brauchte ewig. Albert ging mit einem Finger die Liste der Haltestationen durch. Den Namen der Ortschaften nach zu urteilen, stoppte die Bimmelbahn in jedem Kaff – glücklicherweise auch in diesem. Erst spät abends würde er in London sein, aber immerhin irgendwann dort ankommen. Am Fahrkartenautomaten zog er sich ein Ticket, und mit den letzten Münzen kaufte er sich eine Tafel Schokolade und eine Flasche Wasser an einem Kiosk. Keine richtige Mahlzeit, aber besser als nichts. Er setzte sich auf eine Holzbank und wartete, und irgendwann traf der Zug ein. Es war ein antiquarisches Exemplar, reif für das Museum, und in den Sitzpolstern steckte Staub, der älter als die Queen sein musste. Albert war das alles egal. Er suchte sich einen freien Platz, legte den Koffer und die Tasche in der Gepäckablage ab und kauerte sich auf einem Sitz zusammen. Das Polster war weich wie ein alter Sessel und roch modrig wie ein Bettlaken, das seit Monaten im Schrank auf seinen Einsatz wartete. Die Erschöpfung überkam ihn, und er schlief direkt ein.

Geweckt wurde er nicht von einem Schaffner, der sein Ticket sehen wollte, sondern von der Durchsage, dass der Zug in Kürze in London einfahren und seinen Endbahnhof damit erreichen würde. Er hatte die ganze Fahrt durchgeschlafen. Hektisch wanderte sein Blick zu der Ablage, aber seine Habseligkeiten waren noch da. Albert war mal nach einer langen Nacht in den Londoner Clubs in der U-Bahn eingeschlafen und ohne Handy wieder aufgewacht. Eine Erfahrung, die er kein zweites Mal machen wollte.

Eine Handvoll Passagiere verließ gemeinsam mit ihm den Zug. Er stolperte auf den Bahnsteig und war sofort von einer Menschentraube umgeben, die emsig wie ein Bienenvolk in Richtung Ausgang drängte. Hier war es voll. Natürlich. London war immer voll. Und er hatte es kein Stück vermisst. Die kurze Zeit mit Matilda und Botzki hatte ihn versaut. Er sehnte sich nach dem morgendlichen Trällern der Vögel in den Baumkronen und dem Geruch von nassem Gras. Hier fühlte er sich wieder wie eine Ameise in einem unübersichtlichen Konstrukt aus Gängen und Tunneln. Jeder hatte eine Aufgabe im Kopf, ohne Rücksicht und Augen für die anderen. Albert wurde angerempelt, und sein Koffer fiel zu Boden.

»Aus dem Weg, verdammt«, schnauzte ihn eine junge Frau in Rock und Blazer an. Hastig sammelte Albert seine Sachen wieder auf und fügte sich in den Strom aus Menschen ein. Sobald er den Bahnhof verlassen hatte, steuerte er direkt auf den Zugang zur U-Bahn zu. Ihm fiel erst jetzt auf, dass er die letzten Münzen für eine lausige Tafel Schokolade und ein Tafelwasser ausgegeben hatte. Wenn er keine Straftat begehen wollte, und das hatte er wirklich nicht vor, musste er zu Fuß laufen. Hätte er sein Smartphone noch, hätte er seinen Vater einfach angerufen und sich abholen lassen. Das lag aber immer noch bei der Turnierleitung und würde auch nie von ihm abgeholt werden. Damit musste er leben, aber er hatte ja Erfahrung mit verlorengegangenen und entwendeten Handys.

Mittlerweile war es dunkel geworden, und erste Nachtschwärmer trieben sich auf den Straßen herum. Bunte Neonleuchten und Reklameschilder bewarben Getränke und Schnellimbisse. Albert hatte für so etwas keinen Blick. Er war zu sehr damit beschäftigt, einen Fuß vor den anderen zu setzen. Immerhin war er bald vierundzwanzig Stunden auf den Beinen. So ganz genau wusste er das nicht, aber er fühlte sich schrecklich, und jeder Schritt kostete ihn mehr Kraft als damals die Klimmzüge im Sportunterricht. Mit dem Ziel vor Augen kämpfte er sich durch London. Je weiter er kam, umso ruhiger wurde es. Seine Eltern wohnten weit außerhalb. Natürlich hätte er bei Patty klingeln können. Ihr Apartment lag sehr zentral. Aber er hatte keine Ahnung, wie sie auf sein spontanes Erscheinen nach langer Funkstille reagieren würde, und wollte vorher zumindest duschen und frische Klamotten anziehen. Er ahnte, dass das Gespräch nicht einfach werden würde. Aber er hatte bereits ein Ass in Ärmel, mit dem er sie bestimmt besänftigen konnte.

Spät in der Nacht stand er endlich vor seinem Elternhaus. Mit letzter Kraft schaffte er es, die Türklingel zu betätigen, und es schellte laut. Ein Geräusch, das er schon so oft gehört und sich trotzdem noch nie so sehr darüber gefreut hatte. Es dauerte einen quälend langen Augenblick, bis das Licht anging. Schritte näherten sich der Tür.

»Wer ist da?«, hörte er die misstrauische Stimme seines Vaters.

»Schatz, wer ist es?« Die Stimme seiner Mutter, gedämpfter und ungeduldiger.

»Ich weiß es nicht, Hase. Noch habe ich die Tür ja nicht aufgemacht«, rief George. Albert fühlte sich wie in einer schlechten Komödie.

»Hier ist Albert, kannst du aufmachen?«

Sein Dad zögerte keine Sekunde. Schlösser wurden geöffnet, Riegel zurückgezogen, die Tür schwang auf, und einen Sekundenbruchteil später wurde Albert an die Brust seines Vaters gedrückt. »Mein Junge, schön, dich wiederzusehen. Dachten schon, du seist uns abhandengekommen. Haben uns Sorgen gemacht.«

»Sorry, dass –«

»Albert, mein Engel.« Elani kam den Hausflur entlanggelaufen. Sie hatte wie ihr Ehemann nur einen Schlafanzug mit Blümchenmuster an. Sie schloss sich der Gruppenumarmung an, und für einen Moment verharrte die Familie Tubbs so im Türrahmen.

»Irgendeiner muss hier ganz dringend duschen«, murmelte sein Vater. »Und deine Mutter und ich sind es nicht.«

»Du gehst ins Bad, und ich bereite dir eine kleine Mahlzeit zu. Du hast bestimmt Hunger!«

Albert war gar nicht in der Lage zu widersprechen und schleppte sich die Treppe hoch ins Badezimmer. Er zog die mit Dreck verkrusteten Kleidungsstücke aus und roch an seinen Achseln. Eine Mischung aus Sportumkleide und nassem Hund. Albert verzog angewidert das Gesicht und stellte sich unter die Dusche. Das Wasser um seine Füße nahm schnell eine dunkle Färbung an. Mit viel Seife und einem Schwamm schrubbte er sich die angetrocknete Erde regelrecht von der Haut. Der Dreck war an Orte gelangt, an denen er nichts zu suchen hatte. Mit der Akribie eines Uhrmachers reinigte er sich die Ohren und die Zehennägel, und sogar in den Nasenlöchern fand er Schmutz. Erst als das Wasser klar und sauber wurde, hörte er auf und genoss den Augenblick. Er war wieder zu Hause, bei seinen Eltern. Seine Probleme waren Hunderte Kilometer weg in einem Wald. Sie waren ihm nicht nach London gefolgt. Er würde dieses Kapitel einfach mittendrin beenden, wie ein schlechtes Buch, das man zuklappte und weglegte. Aus den Augen, aus dem Sinn. Morgen würde er Patty besuchen, sie um Vergebung bitten und sein Leben umkrempeln.

Mit einem besonders weichen Frotteehandtuch trocknete sich Albert ab. Er putzte sich die Zähne, föhnte und kämmte sein Haar. Danach rasierte er sich und trug Aftershave auf. Wieder schnupperte er vorsichtig an den Achseln. Es roch jetzt nicht mehr nach Neandertaler, sondern nach Kultur und Zivilisation. Zufrieden sah er in den Spiegel und erschrak, als sein Antlitz nicht ganz so zufrieden zurückblickte.

Aus ihm würde nie ein Zauberer werden. Kein Broadway, keine ausverkauften Shows. Dieser Traum musste endlich eingeschläfert werden wie ein altersschwacher Hund, dem die Kraft in den Beinen fehlte, um noch Gassi zu gehen.

Er riss sich aus den Gedanken und schlurfte in sein Kinderzimmer. Nachdem er eine Jogginghose und ein frisches T-Shirt übergezogen hatte, ging er runter in die Küche. Seine Mutter und sein Vater, der sich ein Bier aufgemacht hatte, saßen erwartungsvoll am Tisch. Es roch nach Tomatensuppe, und der Teller mit dampfender roter Flüssigkeit war der Grund dafür. Albert war nie ein Fan von Tomatensuppe gewesen. Auf der Liste seiner Lieblingssuppen tauchte sie nicht auf. Zu langweilig, zu fad – wie ein Salat ohne Dressing. Aber in diesem Augenblick hätte er alles gegessen. Er setzte sich zu seinen Eltern und schaufelte Löffel um Löffel in den Mund.

»Langsam«, murmelte Elani. »Du verbrennst dir noch die Zunge.« Und sie hatte natürlich recht.

Beide sahen ihn geduldig an, wie er dasaß und den Teller leerte. Sie bedrängten ihn nicht mit Fragen, nervten ihn nicht, sondern wirkten einfach zufrieden. Das verschwundene Küken war wieder ins Nest zurückgekehrt, und der Rest würde sich auch schon irgendwann klären.

Nachdem Albert den dritten Teller mit der Tomatensuppe, die wirklich ein bisschen nach gar nichts schmeckte, verdrückt hatte, schob er ihn von sich weg und atmete laut aus. »Ihr habt bestimmt ein paar Fragen«, murmelte er, und seine Eltern nickten.

»Wir haben eine ganze Zeit nichts von dir gehört, und plötzlich stehst du vor unserer Tür und siehst aus, als hättest du die letzten Wochen mit einem Wolfsrudel verbracht«, sagte sein Vater.

Albert lehnte sich auf dem Stuhl zurück. Er wollte schlafen, aber seine Eltern hatten Antworten verdient. Zumindest ein paar. Also erzählte er ihnen von Matilda und Botzki und der Fuchsjagd. Natürlich ließ er ein paar Details aus. Der Jadefuchs war ein gewöhnlicher Rotfuchs, Zauberer wurden zur Unterhaltung der Reichen und Schönen angeheuert und es gab auch keinen Showdown in einem Bergwerk, bei dem eine Waffe auf ihn gerichtet wurde. Ein ganz normales Event der Superreichen und er sollte für ein bisschen Zerstreuung und Ablenkung sorgen.

»Und die haben euch im Wald schlafen lassen?«, fragte seine Mutter. Sie hatte eine Augenbraue hochgezogen, und Albert ahnte, dass seine Geschichte nicht ganz so überzeugend war, wie er gehofft hatte.

»Tradition«, behauptete er knapp. »Darauf legen diese Leute sehr viel Wert. Die Fuchsjagd ist Jahrhunderte alt, und früher haben die Teilnehmer eben im Wald übernachtet.«

Seine Mutter nickte langsam.

»Und warum sahst du so fürchterlich aus? Ich war auch schon mal campen, aber du hast den Anschein erweckt, als hättest du jeden Baum umarmt und den Kopf in jeden Maulwurfshügel gesteckt, den du finden konntest.«

»Tradition«, wiederholte Albert.

»Es ist Tradition, Bäume zu umarmen?«, fragte seine Mutter. Die Augenbraue wanderte noch ein Stück höher.

»Natürlich nicht«, erwiderte Albert ungewollt scharf. Er war müde und hatte keine Lust mehr. »Wir haben auf moderne Annehmlichkeiten verzichtet. Ganz wie damals eben. Keine Duschen, Toiletten oder Zelte. Geschlafen wurde auf dem nackten Boden.«

»Und dass sie dir das Handy abgenommen haben, ist auch Tradition?«

Albert hätte fast reflexartig zugestimmt. »Nein, sie wollten natürlich ihre Privatsphäre schützen.«

Seine Eltern nickten bedächtig und schienen ihm die Geschichte abzukaufen.

»Nun gut, schön, dass du wieder da bist«, sagte sein Vater nach einer kurzen Pause. Das war es, worauf Albert gehofft hatte. Seine Eltern hatten die Pille geschluckt oder zumindest akzeptiert, dass sie nicht mehr aus ihm herausbekamen.

»Du solltest dich morgen früh gleich bei Patty melden. Das letzte Mal, als wir mit ihr gesprochen haben, klang sie etwas ...«, seine Mutter suchte nach den richtigen Worten, »genervt. Ich glaube, sie macht sich Sorgen.«

»Versprochen.« Das hatte er eh vorgehabt. Er musste einiges geradebiegen.

»Gut«, meinte George Tubbs. »Dann hätten wir ja alles geklärt. Ab ins Bett mit dir, du siehst aus, als könntest du eine Mütze Schlaf gebrauchen.«

Kaum hatte Alberts Kopf das weiche Kissen berührt, war er auch schon eingeschlafen. Er träumte nicht vom Jadefuchs, nicht von Archibald und auch nicht von Matilda. Zwölf Stunden lang existierten nur Schwärze und Leere in seinen Gedanken. Er wurde nicht wach, sondern schlief durch, und als er sich am nächsten Tag aus dem Bett stemmte, schmerzte jeder Muskel. Sein Körper hatte diese Pause gebraucht, und er hatte sie ihm gegönnt. Nun wusste er, wie sich Marathonläufer fühlen mussten, und er beschloss, nie selbst an einem teilzunehmen. Albert sah zur Uhr auf seinem Nachttisch. Es war bereits Mittag und Montag, wie ihm die kleine Anzeige neben der Uhrzeit verriet. Dort draußen hatte er jegliches Gefühl für Zeit und Wochentag verloren.

Patty war jetzt auf der Arbeit. In ein paar Stunden würde sie zurückkommen. Albert begann den Tag mit einem ausgedehnten Frühstück, das aus mehreren Spiegeleiern, gebratenem Speck und zwei Scheiben Brot bestand. Er las im Internet die Nachrichten und informierte sich über alles, was er die letzten Tage verpasst hatte. Es war der übliche Mix aus Naturkatastrophen, dummen Statements von Politikern und Influencern, die wieder für irgendeinen Skandal gesorgt hatten. Nichts Ungewöhnliches.

Gegen Nachmittag verabschiedete sich Albert von seinen Eltern. Sein Vater lieh ihm etwas Geld, und er fuhr mit dem Bus in die Stadt. Patty wäre bald zurück, also hatte er noch ein bisschen Zeit. Er hatte von seinem Dad zweihundert Pfund bekommen. Nicht viel für ein neues Handy, aber Hauptsache, er war wieder erreichbar. Es war ein altes Modell, was er dafür bekam, jedoch schon ein Smartphone, und für ein paar Telefonate, E-Mails und Social Media würde es reichen. Er setzte sich auf eine Bank an der Themse und richtete das Handy ein. Nachdem er im E-Mail-Programm seine Daten hinterlegt hatte, ließ er das Postfach aktualisieren.

Keine neuen Aufträge oder Anfragen für Abraham Kadabraham. Gähnende Leere.

Es war Zeit für einen Schlussstrich.

Albert überlegte, ob er Blumen kaufen sollte, entschied sich aber dagegen. Patty würde sich davon nicht besänftigen lassen, und er wusste, dass er Mist gebaut hatte. Das war mit ein paar Pflanzen nicht wieder gutzumachen.

Als er vor ihrer Haustür stand, fuhr sein Magen Karussell und seine Handflächen wurden nass. Es würde ein unangenehmes Gespräch werden, und wie so ziemlich jeder auf diesem Planeten hasste er unangenehme Gespräche.

Langsam wanderte sein Finger zu ihrer Klingel.

»Ja?«, hörte er eine weibliche Stimme durch die Gegensprechanlage.

»Albert hier«, stammelte er. Lange hatte er nichts von sich hören lassen, und das waren seine ersten Worte. Er hätte es verstanden, wenn sie ihn einfach draußen stehen ließ. Aber zu seiner Erleichterung summte die Tür, und Albert trat in den Flur. Mit dem Fahrstuhl fuhr er nach oben. Es war eine lange Fahrt, und Albert hoffte für einen kurzen Augenblick, dass sie nicht enden würde.

Aber die Tür sprang auf, und Patty sah ihn an. Sie trug Jogginghose und Pulli, die Haare hatte sie zu einem Zopf zusammengebunden. In ihrem Gesicht konnte Albert keine Anzeichen von Wut oder Trauer erkennen, was gut war. Aber sie sah enttäuscht aus.

»Du hättest dich melden können«, sagte sie.

»Nein, das konnte ich nicht«, erwiderte Albert sofort.

»Deine Eltern waren krank vor Sorge«, zischte sie. »Und ich auch.«

»Ich weiß, ich weiß.« Albert hob abwehrend die Hände. »Darf ich reinkommen?«

Widerwillig machte sie Platz. Es gab keinen Kuss zur Begrüßung, keine Umarmung. Sie lotste ihn ins Wohnzimmer, und er ließ sich auf der Couch nieder. Patty nahm ihm gegenüber in einem großen Sessel Platz. Wie bei einem Verhör saßen sie sich gegenüber. Bloß hätte man ihm bei einem Verhör zumindest noch etwas zu trinken angeboten. Albert hatte noch nicht mal seine Jacke ausziehen dürfen.

»Also, warum sollte ich nicht einfach Schluss machen?«

Albert wollte ihr antworten, doch sie gab ihm keine Gelegenheit dazu.

»Eine Nachricht auf meinem Handy, dass du die nächsten Tage nicht zu erreichen bist, und das nach der ganzen komischen Vorgeschichte. Das hast du wirklich für eine gute Idee gehalten?«

»Ich –«

»Ich dachte, du wärst entführt worden oder so. Deine Eltern und ich waren sogar schon bei der Polizei, aber die meinten, du seist alt genug und dass es keine Anzeichen dafür gäbe, dass du gewaltsam und gegen deinen Willen festgehalten wirst. Kannst du dir vorstellen, wie es mir ging?«

Langsam schüttelte Albert den Kopf. Davon hatten ihm seine Eltern nichts erzählt. Ihm wurde kalt, und sein Magen zog sich zusammen.

»Du bist zu alt, um so eine Scheiße abzuziehen, Albert. Wie soll ich mit so jemandem eine Familie gründen? Ich brauche einen Mann, auf den ich mich verlassen kann, der vernünftige Entscheidungen trifft. Der nicht irgendwelchen Kindheitsträumen hinterherjagt, die zum Scheitern verurteilt sind.«

Das saß. Patty hatte ihn immer wissen lassen, was sie von seiner Zauberei hielt, aber sie hatte es nie so direkt ausgesprochen. »Es tut mir leid«, murmelte Albert.

»Das ist das Mindeste.« Sie machte eine kurze Pause, ihre Augen füllten sich mit Tränen. Als sie den Blick abwandte und auf den ausgeschalteten Fernseher starrte, betrachtete er ihrer beider Spiegelbild auf der schwarzen Mattscheibe. »Und bei weitem nicht genug.«

Ein Speer bohrte sich direkt durch Alberts Herz. Er hatte eine Ahnung, worauf das Gespräch hinauslaufen würde, und wollte es nicht so weit kommen lassen. »Hör zu, ich hab richtig Mist gebaut. Es war nicht okay von mir, dich hier einfach so sitzenzulassen, ohne eine Info, wie es mir geht.« Er berichtete ihr, was er schon seinen Eltern erzählt hatte. Die entscheidenden Details wandelte er wieder leicht ab. Es würde ihm nicht helfen, wenn sie ihn für verrückt hielt. »Das ist die ganze Geschichte. Ein Haufen verrückter Reicher, die zu viel Langeweile haben – und ich durfte kein Handy mitnehmen. Es tut mir leid, wirklich.«

Patty starrte weiterhin auf den ausgeschalteten Fernseher. Ihr liefen die Tränen über die Wangen.

»Ich werde den Zylinder an den Nagel hängen«, presste Albert hervor. Jetzt war es ausgesprochen, und es fühlte sich falsch an. Aber es musste sein. »Die Zauberei hat ein Ende, Abraham Kadabraham geht in den Ruhestand.«

Patty drehte nicht den Kopf, aber aus den Augenwinkeln starrte sie Albert an. »Das meinst du nicht ernst.«

»Doch«, sagte er und versuchte, fest entschlossen zu klingen. »Keine Zauberei mehr. Ich gehe langsam auf die Dreißig zu, wir wollen irgendwann eine Familie gründen, und es wird Zeit für etwas Solides. Vielleicht kann ich mehr in der Pizzeria arbeiten.« Als Albert das aussprach, fiel ihm erst wieder ein, dass sein Chef sehr viel Geld hingeblättert hatte, damit Albert, Matilda und Botzki überhaupt antreten konnten. Dass er das Team hängen gelassen hatte, würde ihr Verhältnis bestimmt belasten. »Oder, noch besser, ich suche mir etwas anderes. Etwas Richtiges. Kein Fastfood. Etwas mit Tabellen und Zahlen, großen Beträgen. Einen richtigen Beruf«, er plapperte wie ein Kleinkind, aber mit jedem Wort wurde Pattys Gesicht versöhnlicher. »Irgendwas, wo man in einem Büro sitzt. Acht Stunden Arbeit, eine Stunde Pause, und am Ende des Monats gibt es ein Gehalt.« Es fühlte sich an, als würde er den Albert, dem er letzte Nacht im Badezimmerspiegel seiner Eltern gegenüberstand, verraten. Aber Albert war kein Zauberer und würde auch nie einer werden. Er hatte gesehen, was echte Magier zu tun vermochten, und davon war er mit den Taschenspielertricks weit entfernt.

»Das würdest du wirklich tun?«, fragte Patty. Sie hatte sich Albert wieder zugewandt.

Er nickte zaghaft, als würde es sich um eine Fangfrage handeln.

Sie schwiegen beide, dann ergriff Patty das Wort. »Ich hatte mir fest vorgenommen, einfach Schluss zu machen, als ich deine Stimme an der Gegensprechanlage gehört habe. Niemand sollte seinen Partner so im Ungewissen lassen, und du hast vorher auch all meine Warnungen in den Wind geschlagen. Ich hab dir gesagt, dass die ganze Aktion stinkt wie ein Pferdestall. Es gab genug Anzeichen dafür, dass es sich nicht um eine normale Zauberershow handelt, und da habe ich mich gefragt, was unsere Beziehung überhaupt wert ist. Aber dass du bereit bist, dir einen richtigen Job –«, sie beendete den Satz nicht, sondern fing nur an zu grinsen.

»Neben mir ist noch Platz«, bemerkte Albert vorsichtig und klopfte auf das Leder. Patty kam herüber und kuschelte sich an ihn. Geschafft. Vielleicht war seine Zauberei am Ende, aber nicht seine Beziehung. Sie verharrten lange so eng umschlungen auf der Couch. Niemand sagte etwas. Alles war ausgesprochen, die Wogen waren geglättet, und den Rest würde die Zeit heilen. Das Grundvertrauen, was jede gute Beziehung benötigte, musste sich langsam wieder aufbauen. Zwar war keiner fremdgegangen, aber Albert hatte Pattys Geduld doch mehr als strapaziert.

Irgendwann bestellten sie Pizza und sahen ein paar Folgen Simpsons. Nichts, bei dem man mitdenken musste. Es reichte, hin und wieder zu lachen.

Albert verbrachte die Nacht bei Patty, und als sie am nächsten Morgen wach wurden, traute er sich, endlich zu fragen. Er wusste, dass er mit seinem Lebenslauf wenig Chancen auf dem Arbeitsmarkt hatte. Natürlich konnte er immer noch eine Ausbildung anfangen, aber die Vorstellung behagte ihm nicht. Wieder die Schulbank drücken, Lehrern und Ausbildern in den Arsch kriechen. Albert wollte nur so schnell wie möglich Geld verdienen und seine Ruhe haben. »Dein Vater, wie ist er auf mich zu sprechen?«

»So wie immer«, drückte sich Patty diplomatisch aus. »Meine Eltern haben von deinem Abenteuer nichts mitbekommen, also dürfte sich seine Meinung nicht geändert haben. Wieso?« Albert erkundigte sich nie nach ihren Eltern, daher hatte seine Frage natürlich Pattys Misstrauen geweckt.

»Das letzte Mal, als wir deine Eltern besucht haben, hat er mir einen Job angeboten«, berichtete Albert. Er erinnerte sich noch zu gut an das unangenehme Gespräch mit dem Familienpatriarchen und hätte damals nie im Leben in Erwägung gezogen, den Job anzunehmen.

»Wenn wir immer noch heiraten wollen, würde es auf jeden Fall einiges vereinfachen. Dann würde er dich vielleicht endlich mal an meiner Seite akzeptieren.«

»Meinst du –«

»Ich ruf ihn gleich mal an und kläre das«, erwiderte Patty und warf einen Blick auf die Uhr. »Kümmerst du dich um das Frühstück? Ich muss ins Bad, wenn ich nicht zu spät zur Arbeit kommen will.«

»Klar.«

Patty verschwand im Badezimmer, und ein paar Sekunden später war das Rauschen der Dusche zu hören. Albert verschaffte sich in der Küche erst mal einen Überblick, was an Lebensmitteln vorhanden war und wie man daraus bestmöglich ein Frühstück zubereitete. Zumindest am Herd wollte er noch weiterzaubern. Aus Käse, einem Schuss Milch, Eiern und frischem Schnittlauch bereitete er eine große Portion Rührei zu, das er auf zwei Scheiben Brot drapierte. Dazu gab es frischgebrühten Kaffee, der einen wunderbaren Duft in der ganzen Wohnung verströmte. Albert war selbst nie ein großer Fan der Bohne gewesen, aber er liebte den Geruch von frisch aufgebrühtem Kaffee.

Er studierte die Zeitung, als Patty im Bademantel die Küche betrat und sich zu ihm an den Tisch setzte.

»Ich habe eben mit meinem Vater telefoniert: Du kannst heute Nachmittag anfangen.«

Albert hätte fast den Kaffee wieder ausgespuckt, an dem er gerade genippt hatte. »Heute Nachmittag? So schnell geht das?«

Patty zuckte mit den Schultern. »Mein Vater ist da ein hohes Tier. Wenn er jemanden einstellen will, dann stellt er jemanden ein. Ich soll dir aber ausrichten, dass du im Business Look kommen sollst. Keine Jeans, kein T-Shirt, kein Pullover.«

»Business Look«, stammelte Albert. Die Nachricht, dass er heute Nachmittag schon anfangen würde, hatte ihn mit der Wucht eines Medizinballs getroffen. Irgendwie hatte er gehofft, noch ein paar Wochen Zeit zu haben. Jetzt hatte ihn die Arbeitswelt schneller eingefangen, als es ihm lieb war.

»Ich lass dir meine Kreditkarte hier, damit du dir noch

etwas kaufen kannst«, murmelte Patty, die vom Rühreibrot abgebissen hatte. »Lecker, dafür hast du ein echtes Talent.«

»Ich könnte nach Hause fahren und Frack und Zylinder anziehen«, versuchte sich Albert an einem Witz.

»Du kannst den Zylinder gar nicht so schnell zur Begrüßung vom Kopf lupfen, wie mein Vater dich persönlich vor die Tür befördern würde«, entgegnete Patty ernst. »Er hasst diesen Fummel. Keine Zaubertricks bei der Arbeit, okay? Schüttel dir keine Bilanzen aus dem Ärmel, hole keinen Überweisungscheck hinter seinem Ohr hervor oder so.«

»Ist von der Liste gestrichen«, versicherte Albert ihr.

»Versprich mir das. Mein Vater ist bei der Arbeit anders als zu Hause.«

»Etwa nett?«, fragte Albert und versuchte, es wie einen Witz klingen zu lassen, was ihm aber nicht gelang.

»Die Liste seiner Feinde wird mit jedem Arbeitstag länger. Er sagt immer, dass die Bankenwelt wie eine Gladiatorenarena ist und wer zögert, stirbt.«

Albert spürte, wie ihm jegliche Farbe aus dem Gesicht wich. Das waren ja rosige Aussichten für seinen Neuanfang.

Patty schien bemerkt zu haben, was sie mit ihren Worten angerichtet hatte. »Mach dir keine Gedanken. Er hat sich gefreut, dass du endlich die Kurve kriegst und dein Leben in die Hand nehmen willst.«

»Waren das seine Worte oder sind das deine?« Albert stelle die Frage kühl, als würde er sich nach einem Formular beim Amt erkundigen.

»Was meinst du?«, fragte Patty verdutzt.

»Hat er das so gesagt?«

»Ich weiß nicht, glaube schon. Vielleicht nicht wörtlich, aber wieso ist das überhaupt so wichtig?«

Albert zuckte nur mit den Schultern. Eigentlich war es gar nicht mehr wichtig. Trotzdem tat es weh zu erfahren, wie seine Verlobte über seine große Leidenschaft dachte. Er vermutete fast, dass sie ihn immer für einen Tagträumer gehalten hatte. Damit hätte er gut leben können. Aber tatsächlich war er in ihren Augen offenbar ein Versager gewesen. Die Erkenntnis traf ihn direkt ins Herz. Albert schluckte seinen Ärger mit einem Bissen vom Brot herunter. Kein Streit, dafür waren die Wunden noch zu frisch. Er war auf Probezeit, das wusste er.

»Hier ist die Anschrift der Bank. Sei um fünfzehn Uhr da, mein Vater erwartet dich.« Sie schob ihm einen kleinen Zettel zu, auf dem eine handschriftliche Notiz vermerkt war. »Die Kreditkarte liegt auf der Kommode im Flur. Sonst noch irgendwelche Fragen?«

Albert schüttelte den Kopf.

»Gut, dann genieß deinen ersten Tag, und wir sehen uns heute Abend.« Sie gab ihm einen Kuss auf die Wange und verschwand wieder im Schlafzimmer. Ein paar Minuten später war Albert ganz alleine.

Er schlug die Zeit vor dem Fernseher tot. Um kurz nach zwölf Uhr verließ er die Wohnung und suchte in der Innenstadt einen Herrenausstatter auf. Wenn man vom Zaubererfrack absah, hatte er zum Schulabschluss seinen ersten und einzigen Anzug bei *Theodore & Ted* gekauft. Ein Traditionsgeschäft, das schon seit über hundert Jahren existierte. Er betrat den Laden durch eine große, verglaste Tür und stand sofort im Verkaufsraum. Bis unter die alte Holzdecke hingen Anzüge überwiegend in Schwarz, Grau und Blau. Es roch nicht muffig oder abgestanden, auch wenn das Inventar die besten Jahre hinter sich hatte. Neben dem Tresen stand ein betagter Herr in Tweedweste, Anzughose und Lackschuhen. Er machte sich gerade Notizen auf einem Zettel, als er die Kundschaft bemerkte.

»Willkommen bei Theodore & Ted, wie kann ich Ihnen helfen?«, fragte er mit einem warmen Lächeln. Das graue Haar war ordentlich nach hinten gekämmt, und in der Weste steckte eine altmodische Taschenuhr. Die goldene Kette baumelte an der Seite schlaff herunter. Hier war alles ein bisschen aus der Zeit gefallen, aber man verstand sein Handwerk.

»Ich brauche einen Anzug«, sagte Albert.

»Da sind Sie bei uns genau richtig, wie Sie sehen können«, antwortete der Mann und zeigte gutgelaunt auf die unzähligen Anzüge. »Welcher Anlass, wenn ich fragen darf? Beerdigung? Hochzeit?«

»Arbeit, in einer Bank.« Es fühlte sich falsch an, das zu sagen.

»Okay, also etwas Modisches«, murmelte der Verkäufer. »Breiten Sie doch kurz die Arme aus.«

Albert kam der Bitte nach und sah aus, als würde er gleich am Flughafen nach Sprengstoff abgetastet werden. Aber niemand fasste ihn an.

»Alles klar, vielen Dank.« Der Mann machte eine kurze Notiz auf einem Stück Papier. »Farbe?«

Albert zuckte mit den Schultern. »Was ist denn gerade so angesagt?«

»Blau. Warten Sie einen Augenblick.« Er verschwand zwischen den Anzügen und kam schnell wieder. »Die beiden sollten passen, ich habe da ein gutes Augenmaß. Welcher gefällt Ihnen besser?«

Albert fiel die Entscheidung nicht leicht, weil sie sich sehr ähnlich waren. Beide waren blau, der eine ein bisschen heller, der andere etwas dunkler. Er zeigte auf einen und bekam ihn in die Hand gedrückt.

»Da hinten können Sie sich umziehen. Krawatte, Hemd und Schuhe dazu?«

Albert nickte.

»Schuhgröße?«

»Fünfundvierzig.«

»Ich kümmere mich drum«, erwiderte der Mann mit aufrichtigem Lächeln.

Albert probierte den Anzug an, und der Verkäufer hatte recht. Das Teil saß, als hätte man es ihm auf den Leib geschneidert. Nach gerade mal fünfzehn Minuten war er wieder aus dem Geschäft raus. So einen Service und eine Expertise wünschte er sich immer beim Einkaufen. Zwar hatte das auch seinen Preis, aber darüber musste er sich ja keine Gedanken machen. Den Anzug hatte er gleich anbehalten und seine Klamotten in den Rucksack gestopft. Er sah verkleidet aus. Bisher hatte er fast immer die richtigen Entscheidungen im Leben getroffen, daher konnte er die Anlässe, zu denen er einen Anzug tragen musste, an einer Hand abzählen. Da waren sein Schulabschluss, die Hochzeit seines Onkels und die Beerdigung seiner Oma. Alle drei hatte er in demselben schwarzen Anzug absolviert. Aber ein neuer Lebensabschnitt erforderte wohl auch einen neuen Anzug, und wenn Albert sich nicht dumm anstellte, würde es nicht bei einem bleiben.

Er warf einen Blick auf den Notizzettel mit der Büroadresse. Die Anschrift sagte ihm nichts, also gab er sie in sein Handy ein. Eine halbe Stunde Fußweg. Albert war die letzten Wochen ganz andere Strecken gelaufen, und auch wenn er unbequeme Lederschuhe mit glatten Sohlen trug, entschied er sich gegen die U-Bahn.

Als er vor dem Gebäude stand, dessen Adresse auf dem Zettel vermerkt war, schmerzten die Füße stärker als nach jedem Marsch im Wald mit Matilda und Botzki. Er verfluchte sich für seinen Bewegungsdrang und nahm sich fest vor, später noch Blasenpflaster zu kaufen.

Sein Blick wanderte langsam an dem großen, grauen Gebäude hoch. Es war unscheinbar. Wie ein Quader, den man aus dem Fels geschlagen und mit ein paar verdunkelten Fensterscheiben versehen hatte. Kein Stuck, keine Schnörkel. Die Tomatensuppe der Architektur. Es gab auch kein Firmenschild. Albert überprüfte die Hausnummer. Alles richtig. Es gab eine Klingel, an der kein Name stand. Nun, einen Versuch war es wert, oder? Wenn er falsch war, würde man es ihm schon sagen. Er drückte den kleinen Knopf, und sofort meldete sich eine weibliche Stimme.

»Ja?«

»Tubbs, guten Tag. Ich habe einen Termin mit Mr Raymon um fünfzehn Uhr.«

Der Türsummer ertönte sofort. Anscheinend war er richtig. Albert kam in einen kleinen Empfangsraum mit einem ausladenden Tresen. Es war stickig und dunkel. Albert wusste nicht, was hier genau gemacht wurde, aber es war klar, dass es keinen Publikumsverkehr gab. Man hatte auf Luxus und Protz verzichtet, der Empfang versprühte den Charme eines Großraumbüros. Grauer, fleckiger Teppich, Leuchtstoffröhren und ein Reißbrett mit Mitarbeiterinformationen waren nichts, was Kunden einer Bank zu sehen bekommen sollten. Es roch nach Putzmittel. Die junge Frau am Empfang begrüßte ihn.

»Guten Tag, Mr Tubbs, Ihr Erscheinen wurde bereits angekündigt. Haben Sie gut hergefunden?«, fragte sie, strahlte aber aus, dass es sich um eine reine Floskel handelte und sie kein Interesse an der Antwort hatte.

»Ja, vielen Dank«, antwortete Albert kurz angebunden. Er fühlte sich beobachtet, als würde ihn jeden Moment ein Raubtier anfallen.

»Sehr schön, dann nehmen Sie doch bitte Platz. Mr Raymon wird sofort bei Ihnen sein.« Aber das war gar nicht nötig, denn Seymour Raymon kam bereits aus dem Fahrstuhl stolziert. Er hatte sich die Hemdsärmel hochgekrempelt und hielt das Jackett locker mit einem Finger über seine Schulter, als würde er eine Yacht besichtigen. Er war das Raubtier und Albert die Beute.

»Albert, es freut mich, dich zu sehen«, sagte er mit einem fetten Grinsen, und zum ersten Mal hatte Albert das Gefühl, dass sein zukünftiger Schwiegervater es ehrlich meinen könnte. »Willkommen bei Watts & White!«

Er hielt ihm die Hand hin, und Albert schlug ein. Vielleicht lächelte Albert dabei sogar, zumindest versuchte er es. Aber mit seinem Kopf war er gerade ganz woanders. Watts & White. Den Namen hatte er schon mal gehört, vor nicht allzu langer Zeit sogar. Er konnte ihn nur nicht genau zuordnen. Möglicherweise hatten ihn seine Probleme doch schneller eingeholt als erwartet. Während er im Bus saß und sich für besonders clever hielt, hatten sie sich in einen Rennwagen gesetzt, um hier auf ihn zu warten.

Kapitel 14

Matilda Godwins

Matilda sprang das Herz fast aus der Brust vor Aufregung. Tagelang waren sie durch den Wald geirrt und hatten Spuren gesucht. Die ganze Zeit die Furcht im Nacken, selbst gejagt zu werden. Erst am dritten Tag waren sie auf Anzeichen eines Nachtlagers gestoßen. Grashalme waren plattgedrückt, Äste und Zweige abgebrochen. Sie nahmen die Verfolgung auf und hörten gegen Mittag Geräusche. Männer unterhielten sich. Der eine hatte einen starken amerikanischen Akzent, spuckte beim Reden ständig aus und fluchte schlimmer als ein Bauarbeiter. Der andere musste gar nicht viel sagen, Matilda erkannte sofort Archibalds Stimme. Jackpot!

Sie folgten den Geräuschen und sahen der Dreiergruppe dabei zu, wie sie ihr Nachtlager im Schatten einer großen Eiche aufbauten. Drei kleine Zelte. Die Zauberin, die bisher nicht viele Worte mit den anderen gewechselt hatte, hielt sich stets abseits der Gruppe.

»Die brauchen wir«, flüsterte Matilda. Die beiden lagen bäuchlings am oberen Ende eines Hanges und starrten auf ihre Gegner hinab. Matilda gefiel, dass die Magierin keine Anstalten machte, sich mit den anderen anzufreunden. Ganz im Gegenteil, sie wirkte sogar genervt und angewidert von den zotigen Sprüchen und dem vulgären Verhalten des Cowboys. Sie war nur wegen des Geldes hier, keine

Blutsverwandtschaft, keine Emotionen. Das würde die Verhandlungen vereinfachen. Söldner waren simpel gestrickte Menschen. Ihr innerer Kompass folgte immer dem Geld, und Matilda war bereit, ein paar mehr Prozente vom Gewinn abzudrücken.

»Wir warten bis Anbruch der Dunkelheit«, flüsterte Botzki. »Dann schlagen wir zu.«

Matilda nickte, fragte sich aber, wie dieses Zuschlagen aussehen sollte. Keine Toten, keine bleibenden Schäden – das war ihre Abmachung. Gebrochene Beine und Arme waren okay, aber niemand sollte im Rollstuhl landen.

»Mit dem Geld werde ich mir eine schöne Ranch kaufen«, dröhnte die Stimme zu ihnen hoch, und Matilda roch den Whiskyatem bis hier oben. »So eine stillgelegte, und dann werde ich den ganzen Tag auf Vögel schießen.« Er lachte dreckig.

»Du hast komische Hobbys, John«, sagte Archibald, der auf dem Rücken im Gras lag, die Arme hinterm Kopf verschränkt.

»Irgendwie muss man ja in Schuss bleiben«, erwiderte John van de Heydt und bekam sich kaum ein. »Du verstehst: In Schuss bleiben?«

Matilda verdrehte die Augen.

»Denk dran, dass ganz oben auf unserer Liste die junge Frau steht. Der Jadefuchs ist nachrangig.«

»Wie könnte ich das vergessen«, raunte John. »Hauptsache, ich bekomme mein Geld. Was hast du damit vor, Shi?«, fragte er, aber die Magierin ignorierte ihn.

»Mach dir darum keine Sorgen. Liegt alles schon beim Notar und wird freigegeben, sobald wir hier durch sind. Und jetzt habe ich Hunger«, sagte Archibald. Matilda sah, wie der Cowboy Kochbesteck aus seinem Zelt holte. Messingtopf und Campingkocher. Er schien irgendeine Suppe zuzubereiten, aber so genau konnte sie das von ihrem Versteck nicht beurteilen. Währenddessen saß die Zauberin ein paar Meter von den anderen entfernt im nassen Moos im Schneidersitz. Sie hatte die Augen geschlossen, das lange schwarze Haar zu einem Zopf zusammengebunden.

»Meditiert sie?«, fragte Matilda.

»Gut möglich. Vielleicht sammelt sie magische Kräfte. Müssen Zauberer so was machen?«

»Keine Ahnung«, murmelte Matilda. »Vielleicht muss sie sich auch nur zusammenreißen, um den beiden nicht aufs Maul zu hauen.« Das hätte sie zumindest am liebsten gemacht und würde schon bald hoffentlich die Gelegenheit dazu bekommen.

Das Trauerspiel setzte sich bis spät in die Nacht fort. Die beiden Männer erzählten sich schlechte Witze und rissen derbe Sprüche, während die Magierin die Abgeschiedenheit vorzog. Sie sagte die ganze Zeit nicht ein einziges Wort und wollte auch nichts vom Eintopf.

Sie war anders als Archibald und John, und das machte Matilda Mut.

Als es dunkel wurde, entfachte der Cowboy ein Lagerfeuer. Die Szenerie wurde in ein flackerndes Orange gehüllt, und es roch nach verbranntem Holz. Die Zauberin verabschiedete sich schon bald in ihr Zelt, aber Archibald und sein Begleiter schienen nicht daran zu denken, ins Bett zu gehen. Sie teilten sich einen Flachmann, in dem ganz bestimmt irgendein hochprozentiger Fusel war.

»Geht endlich schlafen, verdammt«, presste Matilda hervor, und Botzki legte ihr die Hand auf die Schulter.

»Geduld, wir werden unsere Gelegenheit bekommen.« Ihm fiel das Warten leichter, und Matilda musste unwillkürlich daran denken, wie er schon öfter so auf der Lauer gelegen hatte. Irgendein Büro oder eine Lagerhalle im Blick, wie eine Giftschlange, die darauf wartete, endlich zuzubeißen. Ein kalter Schauer fuhr ihr den Rücken hinab. Botzki strahlte so eine Ruhe und Routine aus, dass es unheimlich war.

»Ich kann die erste Wache übernehmen«, sagte der Cowboy.

»Bitte nicht«, murmelte Botzki, und Archibald tat ihm den Gefallen.

»Kommt gar nicht in Frage. Ich schlafe lieber aus, also geh schon pennen. Ich weck dich in vier Stunden.«

»Du bist der Boss«, erwiderte John mürrisch und verzog sich in sein Zelt.

»Wieso soll der Cowboy nicht Wache halten?«, flüsterte Matilda.

»Sich an den ranzuschleichen könnte schwierig werden. Auch wenn er alt und voll wie ein ganzer Junggesellenabschied ist, hat er immer noch Reflexe wie ein Puma und das Gehör eines Hundes. Manches verliert man nicht, und Überlebensinstinkte gehören dazu«, erklärte ihr Botzki geduldig. »Den jungen Schnösel überwältigen wir ohne Probleme, und mit dem Sheriff werden wir schon zurechtkommen, wenn er überrascht aus seinem Zelt torkelt.«

»Und die Zauberin? Shi?«

»Gute Frage, die kann ich nicht einschätzen.«

Matilda wusste, dass sie nichts gegen sie ausrichten würden, wenn die Frau es darauf ankommen ließ. Zauberer, also echte, nicht wie Albert, konnte man nicht so einfach überwältigen. Man konnte sie vielleicht aus dem Hinterhalt mit einer Pistole umpusten, aber das half ihnen in ihrer Situation auch nicht. Sie brauchten eine lebendige und kooperierende Zauberin.

»Wir müssen auf die hohe Kunst der Diplomatie setzen«, sagte Matilda.

»Das überlasse ich dann besser dir. Das ist nicht meine Stärke.«

»Okay, wie gehen wir es an?«, fragte Matilda, und Botzki verriet ihr den Plan.

Sie warteten, bis Archibald tief und fest schlief und schnarchte. Es war schnell abzusehen, dass er, trotz seiner Pflichten, nicht lange wachbleiben würde. Er hatte sich gegen einen Baum gelehnt, und keine halbe Stunde später lag das Kinn auf dem Brustkorb, und der Bauch hob und senkte sich rhythmisch. Er musste sich sicher fühlen. Botzki und Matilda robbten vorsichtig zurück. Erst dann wagten sie es, aufzustehen und das Lager zu umgehen. So würden sie sich ihrem Opfer von hinten nähern und es überraschen. Zumindest in der Theorie.

Botzki schlich vorweg, Matilda hinterher. Ihr Gepäck ließen sie oben auf der Anhöhe. Botzki hatte einen faustdicken Knüppel im Wald gefunden. Wenn man niemanden umbringen wollte, war der besser als eine Machete. Matilda war mit einer Rolle Panzertape und ein paar Kabelbindern bewaffnet. Eigentlich hatte sie die Sachen eingepackt, um kaputtes Equipment zu flicken. Nun mussten sie als Handschellen herhalten. Ein paar Schläge auf den Kopf richteten schnell mehr an als nur eine kurze Ohnmacht. Bleibende Schäden. Wenn sie die beiden also mit Panzertape fixierten, war ihr das nur lieb.

Langsam glitten sie durch die Nacht. Die heruntergebrannte Glut erhellte ihnen schwach den Weg. Matilda trat auf einen Zweig, der übertrieben laut unter ihr knackte, aber der Wald war voller Geräusche. Nachtaktive Tiere, die auf der Jagd nach Beute waren. Wie sie beide.

Mit jedem Schritt, den sie machte, wurde der Geruch von verbranntem Holz intensiver. Den Blick hielt sie nach vorne gerichtet. Ihr Herz pochte so laut, dass sie Angst hatte, es würde sie verraten. Als sie kurz vor der Lichtung waren, ging Botzki in die Hocke. Gleich würde alles sehr schnell gehen müssen.

Botzki drehte sich zu ihr um. Sie erkannte im matten Mondlicht fast nichts, spürte aber, dass auch er unter Strom stand.

»Bereit?«, flüsterte er.

Langsam nickte Matilda. »Bereit.«

Botzki stürzte sich von hinten auf den ruhenden Archibald. Matilda hechtete zum Zelt des Cowboys. Die beiden Männer hatten sich zu einem Knäuel verschlungen und kämpften im Dreck. Schreie waren zu hören, aber Matilda hatte keine Zeit, sich umzudrehen. Am Zelt angekommen, friemelte sie einen der Kabelbinder hervor. Sie zog das eine Ende durch die Lasche des Reißverschlusses.

Geräusche waren von innen zu hören, als würde jemand einen Schlafsack öffnen.

Sie versuchte, den Kabelbinder auch durch die zweite Lasche zu ziehen, traf das kleine Loch aber einfach nicht. Ihre Hände zitterten wie in einer kalten Winternacht, ihr Herz schlug heftig.

»Scheiße«, fluchte Matilda. »Komm schon.«

Immer wieder verfehlte sie die kleine Öffnung. Matilda

atmete ruhig aus. Die Geräusche im Zelt wurden lauter. Archibald und Botzki brüllten. Eine Taschenlampe ging hinter dem dünnen Stoff an, und sie erkannte die Umrisse einer Hand, die zum Zelteingang langte.

Geschafft. Der Kabelbinder war in der zweiten Lasche. Schnell zog sie das Plastik zu. Der Eingang war blockiert und die Verstärkung für Archibald würde ausbleiben.

Matilda drehte sich um und sah im kargen Licht des Lagerfeuers, wie die beiden Männer auf dem Boden miteinander rangen. Es war kaum auseinanderzuhalten, wer gerade die Oberhand hatte. Aber wenn Matilda darauf hätte wetten müssen, hätte sie auf Botzki gesetzt.

Bisher verlief alles fast so, wie sie es auf dem Reißbrett geplant hatten. Matilda sollte den Cowboy in seinem Zelt einsperren, Botzki den jungen Archibald überwältigen. Das war hoffentlich nur noch eine Frage der Zeit.

Mit großen Schritten war Matilda bei den Kämpfenden. Sie hatte den Ast, der Botzki im Getümmel aus den Händen geglitten war, aufgehoben und hielt ihn drohend in die Luft. Sie versuchte, den richtigen Moment zum Zuschlagen abzupassen, aber die beiden drehten sich zu schnell.

»Was ist das für eine Scheiße?«, brüllte der Cowboy in seinem Zelt hinter ihr, aber sie schenkte ihm keine Beachtung.

Das Adrenalin pumpte durch ihre Venen, und sie versuchte, einen kühlen Kopf zu bewahren. Worauf es jetzt ankam, war, irgendwie Archibald zu überwältigen. Das erwies sich aber als gar nicht so einfach.

Flüche und Schimpfwörter drangen aus dem Zelt zu ihr rüber.

»Hör endlich auf, dich zu wehren«, presste Botzki hervor. Er saß nun auf Archibalds Rücken und wollte ihn in den

Schwitzkasten nehmen, doch sein Gegner bockte wie ein Rodeopferd.

»Panzertape«, herrschte Botzki sie an.

Sie reichte ihm die Rolle.

»Nein, du.« Botzki hatte es geschafft, bei Archibald den Würgegriff anzusetzen, der mit allen Kräften versuchte, sich zu befreien.

Matilda friemelte am Panzertape rum und wollte ein Stück lösen, aber da schrie Botzki schon auf und war mit einem Satz von Archibald runter.

»Der Mistkerl hat mich gebissen«, stieß Botzki hervor und hielt sich den verletzten Arm.

Archibald kam wieder auf die Füße, und die beiden standen sich wie tollwütige Hunde gegenüber. Jeder wartete auf eine Reaktion des anderen, um zuschlagen zu können.

»Hätte mir denken können, dass ihr uns Ärger macht. Aber immerhin müssen wir euch jetzt nicht mehr suchen«, zischte Archibald und wischte sich mit dem Arm über die blutige Lippe. »Wo habt ihr denn euren Straßenzauberer gelassen?«

»Unterwegs verloren«, antwortete Matilda.

»Das sind ja düstere Aussichten für euch.«

»Deine sind auch nicht viel besser«, erwiderte Botzki.

Matilda sah zu den Zelten hinüber. Der Cowboy kämpfte sich immer noch am Reißverschluss ab, zerrte daran und fluchte, während sich im Zelt der Magierin nichts regte.

»Also gut, wie lösen wir das?«, fragte Archibald und schob direkt hinterher: »Ich habe einen schwarzen Gürtel im Judo.«

»Und ich habe schon ganz andere Typen als dich verprügelt. Welche, die nicht auf einem Samtkissen zur Welt kamen.« Botzki spuckte Blut. Er hatte die Fäuste zum Kampf erhoben. Seine Muskeln traten unter seinem dünnen Pullover hervor. Er war dem reichen Jüngling körperlich klar überlegen, trotz des Altersunterschieds.

»Dann komm her, Opa!«, rief Archibald.

Matilda hatte ihm das gar nicht zugetraut. Eigentlich hatte sie damit gerechnet, dass er wie ein feiger Hund das Weite suchte, sobald er die Gelegenheit dazu bekam.

»Was hältst du davon, wenn wir dir einfach ein paar Fesseln anlegen? Dann muss niemand verletzt werden«, schlug Matilda vor.

Archibald wandte sich ihr zu, und darauf hatte Botzki nur gewartet. Mit einem großen Satz war er an dem jungen Mann dran und verpasste ihm einen Kinnhaken. Archi versuchte noch, die Hände zu heben und sich wegzuducken, aber der Schlag traf ihn mit voller Wucht, und er kippte nach hinten um. Botzki setzte wie ein Ringkämpfer gleich nach und warf sich auf sein Opfer, fixierte es am Boden.

»Kabelbinder«, schrie er Matilda an. »Kabelbinder!«

Sie löste sich aus ihrer Starre, und gemeinsam schafften sie es, Archibalds Hände zu fixieren. Die Beine und Oberarme verschnürten sie mit dem Panzertape, und seinen Mund klebten sie auch zu.

»Sonst schreit er noch rum«, rechtfertigte sich Botzki.

Gemeinsam betrachteten sie den auf dem Boden liegenden und gut verschnürten Archibald.

»Wie eine Weihnachtsgans«, sagte Matilda und grinste zufrieden.

»Nun der Cowboy«, erwiderte Botzki und wandte sich dem Zelt zu. Im Augenwinkel sah sie seinen überraschten Blick und drehte sich auf der Stelle um. Aus der Zeltwand ragte ein langes, gezacktes Messer. Die Szene war wie aus einem Film, in dem sich der Protagonist den Weg aus dem Leib einer Bestie mit einem Schwert bahnte. Ein paar schnelle Schnitte, und der Cowboy kam aus dem Zelt gekrochen. In der Rechten hielt er das Messer, in der Linken einen alten Trommelrevolver. Er trug eine graue, fleckige Unterhose, braune Lederstiefel und seinen Hut. Sein runder Bauch hing wie ein Kissen an ihm herunter. Sein strähniges Haar klebte ihm im Gesicht. Die Augen waren zu schmalen Schlitzen zusammengekniffen. Der Gestank nach Schweiß und Whisky war wieder allgegenwärtig.

Unter anderen Umständen hätte Matilda über diese Erscheinung gelacht, jetzt war ihr dazu aber überhaupt nicht zumute.

Botzki machte einen Schritt auf ihn zu, da hob John den Arm mit dem Colt und richtete den Lauf auf ihn.

»Schön stehen bleiben, Freundchen, das würde ich nicht tun.« Der Mann spuckte einen grauen Klumpen aus. »Schöne Scheiße, jetzt brauch ich ein neues Zelt«, sagte er und sah auf das große Loch in seiner Zeltwand hinab. Er lachte höhnisch. Es war kein ansteckendes, sympathisches Lachen, sondern das einer Hyäne, die zur Fütterung kam. »Immerhin habt ihr uns mit eurer kleinen Aktion erspart, noch länger nach euch zu suchen. In Amerika haben wir dafür ein Sprichwort: Das Glück kommt immer zu den Geduldigen.«

Matilda kannte das Sprichwort und war sich sicher, dass es kein amerikanisches war, sagte aber nichts. Wie eine gestellte Bankräuberin hielt sie die Arme in die Luft und versuchte, ihm keinen Anlass zu geben, den Abzug der Pistole durchzudrücken.

»Ey, Chef, wie wär's mit einer Gehaltserhöhung?«, fragte

er den am Boden liegenden gefesselten und geknebelten Archibald, der nur undeutliche Laute von sich gab. Sie klangen aber nicht sehr freundlich. »Ich meine es ernst, das muss dir doch ein paar Taler wert sein, dass ich deinen Arsch hier rette? Los, mach ihm den Knebel ab, ich will wissen, was er sagt«, befahl er Botzki und verlieh der Forderung mit dem Schwenk seiner Waffe Nachdruck.

Widerwillig bewegte sich Wiktor zum gefesselten Archibald hinüber und zog das Panzertape langsam vom Mund.

Der keuchte und rang nach Luft. »Ihr Arschlöcher, das werdet ihr teuer bezahlen«, schrie er sofort. »Leg sie um, John«, befahl er seinem Gehilfen.

»Immer langsam mit den jungen Pferden«, erwiderte der Cowboy betont lässig. Es war schwer, ihm die Show abzunehmen, wie er in Unterhose und Cowboystiefeln vor ihnen stand. »Meine Gehaltserhöhung?«

Matildas Augen suchten die Umgebung ab. Es musste irgendwas geben, um sich aus dieser misslichen Lage zu befreien. Ihr Plan war so gut verlaufen, aber sie hatten keinen Gedanken daran verschwendet, dass der Cowboy ein kleines Waffenarsenal bei sich trug. Das war töricht und dumm gewesen. Sie hätten es besser wissen müssen.

»Du bekommst eh schon viel zu viel Geld, du verdammter Trinker. Nachverhandelt wird nicht, das weißt du«, spie ihn Archibald Conteville mit hassverzerrter Miene an. Blut lief ihm von der Schläfe ins Gesicht.

»Nun, betrachte es einfach als Abschussprämie«, meinte John van de Heydt und lachte erneut höhnisch auf.

Matilda sah zu ihrem Begleiter hinüber und erkannte in seinem Gesicht, dass auch er nach einem Ausweg suchte, während die beiden Männer diskutierten.

»Wenn mein Vater hiervon erfährt, wird er auf deinen alten Schädel eine verdammte Abschussprämie aussetzen«, fuhr Archibald ihn an. »Sag ihnen, dass sie mich losmachen sollen.«

»Eins nach dem anderen«, erwiderte der Cowboy. Er machte keine Anstalten, dem gefesselten Mann zu helfen. Die Pistole schwenkte immer wieder zwischen Matilda und Botzki hin und her wie ein Pendel, das gleichmäßig im Takt schlug. »Also?«

»Mein Vater hatte recht«, sagte Archibald. »Er meinte, dass dir nicht zu trauen ist. Er wollte, dass ich dich in den Wind schieße und lieber den Mexikaner nehme.«

»Ein guter Menschenkenner, dein alter Herr«, stellte John mit breitem Grinsen fest. »Also, wie geht's jetzt weiter?«, fragte er in die Runde.

Botzki und Matilda taten weiterhin so, als seien sie Luft.

»Meine Fesseln«, rief Archibald.

»Was macht ihr Hübschen hier überhaupt?«, fragte der Cowboy. »Solltet ihr nicht eigentlich einen Fuchs jagen? Wieso begebt ihr euch in die Höhle des Löwen? Der Knochen kommt doch auch nicht zum Hund.«

Botzki sah zu Matilda rüber. Sie räusperte sich. Ihr Mund war staubtrocken, und die Lippen klebten zusammen. »Wir sind auf jeden Fall nicht hier, um Freundschaft zu schließen«, antwortete sie. Es sollte frech und mutig klingen, wirkte jedoch nur verzweifelt.

»Nun langweil mich nicht mit so platten Sprüchen«, moserte John und wedelte mit dem Revolver wie mit einem Taktstock. »Hier gibt es doch für euch außer einer ordentlichen Abreibung nichts zu holen. Schon im Stollen habt ihr den Kürzeren gezogen. Und wenn ich ehrlich bin, dachte ich, dass ihr immer noch da unten liegt. Also, was soll das hier? Ist der Jadefuchs etwa durch unser Lager gelaufen?« Er sah sich um und tat so, als würde er Ausschau nach dem Tier halten.

»Wir sind wegen eurer Zauberin hier. Wir wollen ihr ein Angebot machen.« Sie setzte alles auf eine Karte. »Das Angebot, sich uns anzuschließen. Ich kann versprechen, dass wir die angenehmere Reisebegleitung sind.« Die letzten Worte sprach sie in Richtung des immer noch geschlossenen Zeltes. Wenn Shi nicht taub war, hatte sie alles mitgehört.

John van de Heydt lachte laut auf und entblößte Goldzähne, die an Grabsteine erinnerten. »Ihr habt Humor, das muss man euch lassen! Also, Chef, was zahlst du mir pro Kopf?« Der Lauf der Pistole schwang wieder zwischen Botzki und Matilda hin und her.

»Fünfzigtausend für die Godwins, fünftausend für ihren Gorilla«, zischte Archibald. »Und noch mal zehntausend, wenn du mich vorher frei machst.«

»Nur fünftausend?« Botzki klang beleidigt. Matilda konnte es nicht fassen, dass er sich in so einer Situation darüber Gedanken machte.

»Tut mir leid«, erwiderte Archibald. »Aber dich wird niemand vermissen.«

Botzki spannte den Körper an und sah aus, als wollte er gleich noch mal über den jungen Conteville herfallen, da zerschnitt ein metallisches Geräusch die kalte Herbstnacht. Alle vier wandten die Köpfe dem Zelt der Magierin zu und sahen, wie der Reißverschluss langsam aufgezogen wurde. Der Sichtschutz rollte sich wie von Geisterhand hoch und gewährte Einblick in das Zelt. Dort saß die Zauberin seelenruhig im Schneidersitz. Sie trug ein langes rotes Gewand und fixierte Matilda mit dem Blick.

»Ach was, bekommen wir Missie auch mal zu Gesicht?«, spottete John, der in seiner fleckigen Unterhose der komplette Gegenentwurf zu der ruhigen und erhabenen Frau war.

»Schweig«, fauchte sie mit messerscharfer Stimme. »Ich möchte mir anhören, was sie zu sagen hat.«

»Du gibst mir keine Befehle«, rief der Cowboy und schwenkte den Colt, zielte nun direkt auf die Frau. Sie würdigte ihn keines Blickes, griff aber mit den Fingern in einen der Beutel und warf ein Pulver in die Luft. Augenblicklich formte sich eine blau glitzernde Schlange, die sofort auf den Revolver zuschoss, sich um den Lauf wickelte und ihn verbog. »Ich hab gesagt, dass du schweigen sollst.« Ein schmales Lächeln huschte über ihr Gesicht.

»Aber, aber«, jammerte John. »Mein Revolver! Der ist von meinem Großvater, du Miststück!«

Matilda sah, wie sich die Schlange vom Pistolenlauf löste und auf die Klinge glitt. Das Messer ereilte dasselbe Schicksal wie den Revolver.

»Na, ich hoffe, das ist nicht auch ein Erbstück. Und nun halt bitte endlich den Mund, sonst muss ich dir noch die Zunge verbiegen.« Das meinte sie nicht als Witz, wurde Matilda klar. »Also, was habt ihr anzubieten?«

Matilda sah unsicher zu Botzki hinüber, doch der zuckte nur mit den Schultern. »Unser Zauberer hat sich als Mogelpackung herausgestellt«, murmelte sie, und Archibald lachte, aber Matilda ließ sich nicht beirren. »Nun brauchen wir jemand anderen, um den Jadefuchs zu binden. Wir können dir nur die Hälfte des Preisgelds bieten, nichts darüber hinaus«, gestand sie ehrlich und stellte sich auf harte Verhandlungen ein. Botzki und sie, so hatten sie es vorher besprochen, würden dann die verbliebenen fünfzig Prozent unter sich aufteilen. Das war immer noch mehr als gar nichts.

»Du weißt, dass ich viel mehr verlangen könnte? Ein Honorar vorweg, eine garantierte Summe? Nicht nur einen Anteil im Erfolgsfall.«

Matilda nickte. »Das ist üblich, hat man mir gesagt. Aber leider kann ich mir das nicht leisten.«

»Fünfzig Prozent also.« Die Zauberin sah aus, als würde sie ernsthaft drüber nachdenken. »Ist er auch so ein Widerling?«, fragte sie Matilda und deutete mit dem Kopf auf Botzki.

»Was?«, fragte sie verdattert. »Nein, er ist eigentlich ganz okay. Ich meine, er ist sogar echt in Ordnung.« Sie war so überrascht von der Frage, dass sie keine vernünftige Antwort zustande bekam.

Die Magierin nickte zufrieden. »Und ihr habt was drauf? Ich bin dabei, um zu gewinnen.«

»Immerhin hatten wir den Jadefuchs schon einmal fast gefangen. Also, eigentlich hätten wir ihn gehabt, wenn unser Zauberer wirklich ein Zauberer gewesen wäre. Ich habe ein gutes Gespür, und mein Begleiter ist ein exzellenter Ingenieur.«

»Du willst doch nicht wirklich –«, setzte Archibald zum Protest an.

»Fünfzig Prozent sind in Ordnung, wenn ich die Gesellschaft dieser Holzköpfe dafür nicht länger ertragen muss«, sagte die Magierin zufrieden, erhob sich und trat aus dem Zelt. Im Licht der Glut sah Matilda ihr hübsches, gleichmäßiges Gesicht. Das rote Gewand hing bis zum Boden, und sie wirkte, als würde sie schweben. Kleine, bunte Beutel waren am Kleid befestigt. Matilda erinnerte sich an den Abend, als die Teams vorgestellt wurden und sie aus einem der Beutel ein Pulver geholt und einen Drachen erschaffen hatte.

»Du hast einen Vertrag unterschrieben«, protestierte Archibald.

Eine Handbewegung der Zauberin und das von Botzki abgerissene Panzertape, das im Gras lag, legte sich wieder auf den Mund des gefesselten Mannes. Er schrie weiter, war allerdings nicht mehr zu verstehen.

»Also, wie lautet der Plan?«, fragte die Magierin und blickte die beiden erwartungsvoll an.

Matilda war völlig überrascht. »Wir … äh …«, stammelte sie. Das war einfacher als gedacht, und sofort pflanzte sich ein Samen des Misstrauens in ihre Gedanken. Der letzte Zauberer, dessen Zusage überraschend schnell erfolgt war, hatte sich als absolute Niete herausgestellt. War auch bei ihr Vorsicht geboten? An ihren magischen Qualitäten gab es keinen Zweifel, das hatte sie gerade vor aller Augen demonstriert. Aber Matilda war auf harte Verhandlungen eingestellt gewesen. Botzki und sie hatten vorher abgesprochen, dass sie sich bis auf zwanzig Prozent runterhandeln lassen würden. Dann wäre Botzki mit seinen zehn Prozent ins Anwesen eingestiegen und sie hätte es halten können. Mehr wollte sie ja nicht. Aber jetzt blieben ihr sogar fünfundzwanzig, ebenso wie ihm.

Vorausgesetzt, sie fingen den Jadefuchs.

»Wir sollten uns noch um den Kerl da kümmern, oder?«, sagte Botzki und zeigte auf John van de Heydt, der mit den zerstörten Waffen und in Unterhose ein noch kümmerlicheres Bild abgab als vorher. Er starrte seinen Revolver mit blutunterlaufenen, feuchten Augen an und brabbelte wie ein kleines Baby.

»Das … bereuen«, stammelte er. »Rache!«

Die Zauberin öffnete einen grünen Beutel und holte etwas hervor, das wie eine Prise Salz aussah. Sie hielt einige Körnchen zwischen Daumen und Mittelfinger, pustete sie in die Luft, und die Substanz verwandelte sich in eine wie aus winzigen Einzelteilen zusammengesetzte Hornisse, die direkt auf den Amerikaner zuflog. Als John merkte, was passierte, war es schon zu spät. Er atmete das Zeug ein, verdrehte die Augen und fiel nach hinten um. Als er reglos auf dem Rücken lag, ragte sein Bauch wie ein Fels aus dem Meer empor.

»Ist er tot?«, fragte Botzki, und in seiner Stimme lag mehr Neugier als Schock. Auch Matilda war sich nicht sicher, was da gerade passiert war.

»Nein, das lässt ihn nur eine halbe Stunde tief und fest schlafen. Ich wette, so gut hat er schon lange nicht mehr geschlummert. Bis dahin sollten wir genug Abstand zwischen uns und die«, sie zeigte auf Archibald, der immer noch versuchte, sich zu befreien, »gebracht haben. Wie ist der Plan?«

»Erst mal weg hier«, erklärte Matilda. Die ehrliche Antwort wäre gewesen, dass sie das selbst nicht so genau wusste. Mit ein paar Handgriffen waren die Sachen der Zauberin gepackt.

Sie entfernten sich vom Lager, liefen den Hang hinauf und sammelten ihre Ausrüstung ein. Danach marschierten sie eine Stunde oder länger durch den Wald. Botzki vorweg, Matilda folgte und dann die Zauberin. Es wurde kein Wort gewechselt, dafür war der erwachende Forst umso lauter.

»Ihr habt ein Ziel?«, fragte die Magierin in ihrem Rücken. »Eine Idee, wo der Jadefuchs ist?« Sie wollte keine Zeit verschwenden und gleich zur Sache kommen. Das gefiel Matilda.

»Wir müssen von vorne anfangen. Keine Spur, kein Plan«, antwortete Matilda. »In der Höhle, in der ihr uns überfallen habt, haben wir ihn das letzte Mal gesehen.« Matilda wischte sich mit der flachen Hand ein Insekt von der Stirn.

»Das ist kein Problem«, erwiderte Shi. »Während meine beiden ehemaligen Kollegen hinter euch her waren, habe ich nach dem Fuchs Ausschau gehalten. Im Gegensatz zu ihnen nehme ich an diesem Turnier teil, um zu gewinnen.«

»Das trifft sich, wir nämlich auch«, kommentierte Botzki trocken.

»Mit wem habe ich es hier überhaupt zu tun?«

Botzki und Matilda stellten sich kurz vor.

Shi nickte. »Freut mich«, sagte sie kurz. »Wirklich, ich hätte es keinen Tag länger mit diesen hirnlosen Affen ausgehalten.«

Matilda konnte sich ein zufriedenes Grinsen nicht verkneifen.

»Lasst uns hier eine Pause machen«, schlug Botzki vor und legte den Käfig und seinen Rucksack ab. Sie waren an einem kleinen Bach angekommen, die Sonne stand bereits hoch am Himmel, und trotzdem war es kühl. Nicht mehr lange und der Winter würde die Kontrolle über den Herbst übernehmen.

Matilda und Shi taten es Botzki nach und ließen ihre Sachen ins Gras fallen. Sie wuschen sich am Bach und füllten ihre Trinkflaschen auf.

»Eine halbe Stunde, dann geht es weiter«, sagte Botzki.

»Wohin denn?« Shi sah ihn herausfordernd an.

»Bis wir eine Spur haben«, antwortete Botzki überrascht.

»Ehrlich, das ist euer Plan? Einfach drauflosläufen und hoffen, dass ihr eine Spur findet?«

»Hat schon einmal geklappt«, erwiderte Matilda.

»Darauf sollten wir uns nicht verlassen«, murmelte Shi, die gerade von einem Stück Trockenfleisch abgebissen hatte. Sie griff in einen der Beutel an ihrem Kleid. Dieses Mal war es der orangenfarbene. Wieder hob sie das Pulver zwischen den Fingern hoch in die Luft und pustete hinein. Aus den Körnern formte sich ein Strudel, dann war eine Amsel zu erkennen. Obwohl sie nur eine magische Erscheinung war, flatterte sie emsig mit den Flügeln und glitzerte ähnlich wie der Jadefuchs. Bloß war ihre Form nicht ganz so kräftig, mehr künstlich. Wie das Flackern einer sterbenden Glühbirne.

Shi sagte etwas in einer Sprache, die Matilda nicht verstand. Der kleine Vogel drehte den Kopf, als würde er aufmerksam zuhören, und verschwand dann mit schnellen Flügelschlägen im Wald.

»Er wird sich umhören«, erklärte Shi. »Seine Freunde und Artgenossen befragen, ob sie etwas gehört haben.«

»Das geht?«, fragte Botzki misstrauisch wie ein Rentner, der zum ersten Mal von einer Erfindung namens *Internet* hörte.

»Mit den richtigen Fähigkeiten und den entsprechenden Talenten geht alles, mein Freund«, erwiderte Shi vieldeutig. »Lasst uns abwarten, was er mir erzählen wird. Ich bin nicht heiß darauf, ohne Ziel und Verstand durch diesen Wald zu irren.«

Matilda konnte es kaum glauben. Shi war der Heilige

Gral, das Bernsteinzimmer und ein Sechser im Lotto in einer Person. Sie hatte nicht lange verhandelt, sich mit einem fairen Deal zufriedengegeben und besaß sogar Fähigkeiten, die sie näher an den Fuchs heranbrachten. Matilda beobachtete die Zauberin aus dem Augenwinkel. Ihre Präsenz war genauso wenig magisch wie die von Albert oder Botzki, daran erkannte man keinen Magier. Sie wirkte wie ein ganz normaler Mensch – mit einem, zumindest für England, ausgefallenen Kleidungsstil. Und trotzdem war da irgendwas, was Matilda keine Ruhe ließ. Wie elektrisch aufgeladene Luft, ein Kribbeln unter ihren Fingernägeln. Das letzte Mal, als ein Zauberer sich so schnell auf einen Deal mit ihr eingelassen hatte, stellte sich das im Nachhinein als großer Fehler heraus. Immerhin war sie sich bei Shi sicher, dass es sich bei ihr um eine echte Magierin handelte.

Matilda atmete tief ein. Ihr Glück war längst überstrapaziert, dass ihr Plan geglückt und sie eine neue Zauberin gefunden hatten, glich einem Weltwunder. Wo war der Haken?

»Und warum macht ihr mit?«, fragte die Magierin und durchbrach die friedliche Stille. »Ihr seht nicht unbedingt wie die klassischen Teilnehmer aus.«

»Wie sehen denn klassische Teilnehmer aus?«, wollte Botzki wissen.

»Gezeichnet vom Leben, erfahren oder geheimnisvoll und mysteriös wie diese kanadischen Drillinge. Aber ihr scheint mir gar nichts davon zu sein.«

»Bin nur wegen des Geldes dabei«, murmelte der ehemalige Hausmeister knapp. Er saß aufrecht im Gras und hatte die Arme vor der Brust verschränkt.

»Das dachte ich mir«, erwiderte Shi. »Und du?«

Matilda zögerte. Sie würde der neuen Magierin keinen

reinen Wein einschenken. Der Keller und ihre Mutter mussten sie nicht interessieren. Aber es schadete nicht, wenn Shi erfuhr, welchen Stellenwert dieses Turnier für Matilda hatte. Dass es nicht nur darum ging, ein bisschen Geld abzustauben und sich davon ein schönes Leben zu machen, sondern ihr Elternhaus zu retten und die Familie vor dem Ruin zu bewahren. Matilda schmückte die Geschichte hier und da aus. Plötzlich war ihr Vater kein gewissenloses Schwein und Trinker mehr, sondern ein von Krankheit und Pech gezeichneter, ehrenwerter Kaufmann, dem das Leben einen Knüppel nach dem anderen zwischen die Beine geworfen hatte. »Darum versuche ich, irgendwie Geld aufzutreiben, damit mein Vater an dem Ort sterben kann, der immer sein Lebensmittelpunkt war«, schloss Matilda und hatte Sorge, zu dick aufgetragen zu haben.

»Okay, eigentlich bin ich nur dabei, weil ich ihr helfen möchte. Das Geld ist mir nicht wichtig«, schob Botzki sofort nach.

Shi lachte auf. »Du gefällst mir«, sagte sie, und Botzki errötete.

»Und du? Warum machst du mit?«, fragte Matilda. Sie hielt es für klug, von ihrer Familiengeschichte abzulenken.

Shi zögerte einen Moment. »Das Geld ist natürlich verlockend. Es ist eine hohe Summe, aber ich komme auch aus einer reichen Familie. An Luxus hat es uns nie gemangelt. Wenn meine Geschwister oder ich etwas wollten, bekamen wir es einfach und meine Eltern hatten ihre Ruhe. Auch eine Art, sich die Liebe seiner Kinder zu erkaufen, wenn auch keine schöne.« Sie klang verbittert. »Ich bin dabei, um meinen Lebenslauf aufzupolieren. Das Turnier ist in unseren Kreisen international bekannt, und es würde mir viele

Türen öffnen, wenn ich hier mit dem Jadefuchs vom Feld marschiere. Dagegen ist das Preisgeld nur ein Sahnehäubchen.«

Irgendwas gefiel Matilda an dem, was sie sagte, nicht. Das unangenehme Gefühl elektrisierter Luft kam zurück.

»Was könntest du denn dadurch erreichen?«, hakte Botzki nach.

»Oh, vieles«, erwiderte Shi hochtrabend und ließ ihn einen Moment zappeln. »Du kannst Zauberin im Weißen Haus werden zum Beispiel. Alle Regierungschefs haben einen magischen Bodyguard an ihrer Seite, um Attentate zu verhindern und sie vor allerlei Gefahren zu beschützen. Im Weißen Haus soll sich sogar rund um die Uhr ein Magier befinden, quasi als Raketenabwehrsystem. Aber das ist auch nur Hörensagen. Man ist dann Teil des Secret Service und wird als normaler Mitarbeiter geführt.«

Matilda nahm sich fest vor, sich die von Sonnenbrillen bedeckten Gesichter im Hintergrund genauer anzuschauen, wenn das nächste Mal in den Nachrichten von irgendeinem Gipfeltreffen berichtet wurde.

»Aber wenn du richtig Kohle machen willst«, fuhr Shi fort, »gehst du in die freie Wirtschaft.« Matilda und Botzki klebten an ihren Lippen wie zwei ausgehungerte Straßenhunde, denen ein Knochen vor die Nase gehalten wurde. Matilda hatte schon einiges über Magier und ihre Einsatzgebiete gehört, aber noch nie eine von ihnen so darüber ausfragen können. »Viele von uns arbeiten für die größten Unternehmen. Im Silicon Valley wirst du mehr Zauberer finden als in jedem Zirkuszelt«, erklärte sie, und Matilda dachte an Albert. »Aber auch die deutsche Autoindustrie hat eine lange Vergangenheit.«

»Die ganze Technik ist Zauberei?« Botzki zog eine Augenbraue hoch.

»Nein«, antwortete Shi und schenkte ihm ein warmes Lächeln. »Das ist nichts, was Magie zu tun vermag. Wir können keine Programmcodes oder Motoren herbeizaubern. Das ist auch unter unserer Würde. Aber wir sind wunderbar darin, mit ein paar Tricks und Kniffen wichtige Verhandlungen in die richtige Richtung zu lenken. Ein kleiner Spruch und schon vergisst der Kreditgeber einer Bank seine Bedenken bei einem risikoreichen Geschäft. Ich würde wetten, dass hinter dem letzten Bankencrash Zauberer steckten, die ihre Kräfte falsch eingeschätzt haben. Aber auch die Geschäftsführer großer Unternehmen stellen uns natürlich an, um sie zu beschützen.«

»Und du willst ins Weiße Haus?«, fragte Matilda.

Shi zuckte mit den Achseln. »Das ist weit weg von daheim«, antwortete sie bedrückt. »Niemand sollte so lange von zu Hause weg sein, findet ihr nicht auch?«

Matilda war sich nicht sicher, ob es eine rhetorische Frage oder eine Anspielung auf den Jadefuchs war. Sie wollte die Frau mögen, aber da war irgendwas, was sie daran hinderte. Sie wirkte nicht ganz ehrlich auf sie.

Aber Botzki stimmte ihr lauthals zu. »Als ich Polen verlassen habe, ging es in meinem Leben bergab«, murmelte er und hatte denselben trüben Glanz in seinen Augen.

Ein Surren beendete das Gespräch.

»Schaut an, wer da zurückkommt«, flüsterte Shi, und die magische Amsel landete auf ihrem ausgestreckten Zeigefinger. Mit emsigen Sprüngen tapste sie auf ihre Schulter. Goldene Funken stoben davon. Es sah aus, als würde das Zauberwesen ihr etwas ins Ohr flüstern, und Shi nickte.

»Danke, kleiner Freund«, sagte sie und lächelte. »Deine Pflicht ist getan.« Sie streichelte dem Vogel über das Gefieder, und er löste sich in viele glitzernde Partikel auf, die zu Boden fielen. »Kommt«, befahl sie Matilda und Botzki. »Wir sollten nicht länger rumtrödeln. Die Amsel hat von einem Eichhörnchen erfahren, dass der Jadefuchs auf dem Weg in Richtung Meer ist. Gerade versteckt er sich in einer alten Burgruine, und die Dellinger-Drillinge sind ihm dicht auf den Fersen.«

Kapitel 15

Albert Tubbs

»Irgendeine Aufgabe müssen wir dir natürlich geben«, sagte Seymour Raymon und hob entschuldigend die Hände, als hätte er einen unangebrachten Witz gemacht. »Einfach für das Arbeitsklima, weißt du?«

Albert nickte. Die Worte seines zukünftigen Schwiegervaters rauschten wie ein Zug durch seine Gehörgänge. Langsam ließ er den Blick durch das Büro seines neuen Chefs schweifen. Es war sein persönlicher Alptraum: Aktenschränke ragten an den grauen Wänden wie Obelisken empor und waren vollgestopft mit Ordnern und Papieren. Den weißen Schreibtisch konnte man höchstens als *praktisch* bezeichnen, und ein blauer, alter Teppich war ausgelegt. Es roch nach Kaffee und kaltem Zigarettenqualm. Albert hatte sich eine Bank immer anders vorgestellt. Aber wer Geld hatte, gab es wohl ungern aus. Und ein Kunde schien diese Abteilung hier nie zu Gesicht zu bekommen.

»Du wirst also die Post auf deinen Tisch bekommen. Morgens um neun und mittags um vierzehn Uhr. Du wirst diesen Brieföffner hier nehmen«, Seymour hielt ein kleines, silbern glänzendes Messer empor, »die Briefe öffnen, ihren Inhalt kontrollieren – keine Bomben, kein Pulver, keine Drohungen, Betteleien oder Beleidigungen – und in die Fächer der entsprechenden Adressaten legen. Verstanden?«

Albert nickte mechanisch. Hatte Seymour wirklich Bomben gesagt? Er musste sich verhört haben.

»Bist du sicher, dass du das hinbekommst?«

Albert zog die Augenbrauen hoch, er verstand die Frage nicht. »Ich öffne Briefe und sortiere sie«, fasste er Seymours Monolog zusammen.

Seymour schob die aufgekrempelten Ärmel seines Hemdes höher und nahm einen Schluck Kaffee. Albert hatte er keinen angeboten. »Fast, du musst besser zuhören, Junge«, predigte er mit erhobenem Zeigefinger. »Der Inhalt ist wichtig, verstanden? Wir bekommen jeden Tag so viel Mist von unseren Kunden, das muss aussortiert werden. Ich habe keine Zeit, mich mit *Tantchen Lieselottes Bäckerei* zu beschäftigen, die den Kredit unbedingt doch bewilligt haben muss.«

Gedanklich packte Albert *Tantchen Lieselottes Bäckerei* auf die Schwarze Liste. »Und keine Bomben«, schob er trocken nach.

»Verdammt richtig, ich will keine Bomben in meinem Haus.«

Nun hatte Albert das Gefühl, noch mal nachhaken zu müssen. Bisher hatte er das mit dem Sprengstoff für einen Scherz gehalten. »Ihr bekommt wirklich Bomben zugeschickt?«

»Nun, noch ist das nicht passiert«, antwortete Seymour, lehnte sich auf dem Bürostuhl nach hinten und verschränkte die Arme hinterm Kopf. Auf dem Hemd waren in seinen Achselhöhlen Schweißflecken zu erkennen. »Aber wir als Institut machen uns nicht nur Freunde, wie du dir sicherlich vorstellen kannst.«

Dafür brauchte Albert nicht viel Phantasie, und er nickte kaum merklich. »Ja, ist sicherlich nicht ausgeschlossen.«

»Genau, und du hast bestimmt auch schon von Politikern gehört, denen irgendwelche Giftstoffe zugeschickt werden. Weißes Pulver, verätzt die Luftröhre, schädigt die Nerven und so ein Kram.« Er wedelte mit den Fingern und klang, als hätte er gerade eine Bedienungsanleitung vorgelesen. »So was wollen wir hier nicht haben. Wäre nicht auszudenken, wenn ich oder einer meiner Leute damit in Kontakt kommen.«

Nun wurde Albert hellhörig. »Aber ich würde –«

»Ja, klar, so war es nicht gemeint. Aber mach dir keine Gedanken deswegen, ist ja noch nie vorgekommen. Ein Großteil ist Werbung, der Rest gehört auf unsere Schreibtische. Mach dir deswegen nicht so viele Sorgen. Hast du noch irgendwelche Fragen?«

»Was verdient man denn als Bombenentschärfungsteam bei Watts & White?«, fragte Albert. Eine ernsthafte Frage, verpackt als Witz.

»Fünftausend Pfund jeden Monat direkt auf dein Konto. Du wirst keinen Ärger machen, und niemand wird Fragen stellen«, sagte Seymour geradeheraus, als handle es sich um die Wettervorhersage.

Albert riss die Augen auf. Der Zug, der durch seine Gehörgänge rauschte, war zum Stehen gekommen. »Fünftausend Pfund?«, stammelte er.

»Bitte, Junge, wenn du mehr bekommst, kann das bei den falschen Personen Fragen aufwerfen. Auf den Stress habe ich keine Lust. Du wirst als«, er verzog das Gesicht, als müsste er eine Windel wechseln, »Zaubertrickser, oder wie du das nennst, doch nicht mehr verdient haben?«

In Albert brach ein tumultartiger Gefühlskampf aus. In der einen Ecke saßen fünftausend Pfund für eine absolut idiotensichere Aufgabe – vorausgesetzt, niemand kam auf die Idee, eine Bombe an die Bank zu schicken. Auf der anderen Seite stand sein Stolz, aber der hatte die letzten Tage einige Schläge unter die Gürtellinie eingesteckt und lag bereits am Boden. Es war kein fairer und auch kein schöner Kampf.

»Nein, passt«, bestätigte Albert knapp.

»Gut, gut, zwanzig Tage Urlaub im Jahr, und wenn es dir schlecht geht, musst du dich ab dem ersten Tag krankmelden. Keine Ausnahmen, auch nicht für dich!« Der erhobene Zeigefinger wurde von einem breiten Grinsen begleitet. »Also, hätten wir es dann?«

»Ein Arbeitsvertrag?«

»Darum wird sich die Personalabteilung kümmern. Ich werde das in die Wege leiten. Wie wollen wir deine Stelle denn nennen?«

Albert dachte kurz nach. »Irgendwas in Richtung Sekretär?«, schlug er vor.

»Nein, kommt nicht in Frage«, widersprach Seymour sofort, lehnte sich nach vorne und stützte sich auf den Ellbogen ab. Er sah Albert über seinen Laptop hinweg an. »Bei uns verdienen die Sekretärinnen keine fünftausend Pfund. Du bist ein«, er machte eine kurze Pause und deutete wieder auf Albert, »*Senior Archivist*!«

»Was soll das sein?«

»Keine Ahnung«, antwortete Seymour. »Aber das ist auch das Schöne, keiner der Trottel hier wird sich eine Nachfrage trauen und damit demonstrieren, dass er eine Niete ist. Und es klingt immer noch wichtig genug, um dir fünftausend Pfund zu zahlen. Da du nun Senior bist, könnte sogar bald eine Gehaltserhöhung anstehen. Nach der Probezeit, meine ich natürlich. Erlaub dir die nächsten sechs Monate keinen

Fehler, sonst sitzt du schneller auf der Straße, als Mr Bean in ein Fettnäpfchen treten kann. Du hast zwar den Raymon-Bonus«, er zwinkerte ihm zu, »aber in dieser Bank gibt es noch größere Haie als mich. So, ich hoffe, du hast keine weiteren Fragen mehr?«

Albert tat ihm den Gefallen und schüttelte den Kopf.

»Gut, dann wird Laura dir noch deinen Arbeitsplatz zeigen. Danach kannst du Feierabend machen. Morgen bist du ab acht Uhr an deinem Platz.«

»Alles klar.«

»Schön«, sagte Seymour und drückte dann einen Knopf seiner Gegensprechanlage auf dem Schreibtisch. »Laura, würden Sie Mr Tubbs bitte seinen Arbeitsplatz zeigen?«

Einen Augenblick später stand eine junge Frau im Büro. Sie trug eine Brille mit schwarzem Rahmen, Perlenohrringe und einen lila Blazer. Die langen blonden Haare waren ordentlich zu einem Dutt hochgesteckt.

»Kommen Sie?«, forderte sie Albert zum Gehen auf. Albert stand auf und verabschiedete sich mit einem kurzen Lächeln von Seymour. Der hatte aber nur Augen für seine Tabellen auf dem Monitor. Albert folgte Laura, die in ihren hochhackigen Schuhen vorweg stolzierte. Sie kamen an zahlreichen Büros vorbei, durchliefen ein Großraumbüro, in dem jeder am Telefon hing und keinen Blick für den Neuling hatte, und stiegen ein paar Treppen hinab, bis sie wieder im Eingangsbereich standen. Albert war kurz überrascht und dachte schon, er würde vor die Tür befördert werden, da öffnete Laura eine unauffällige Tür in der Wand.

»Hier werden Sie arbeiten«, sagte sie.

Albert sah sich um. Es war ein Tresen mit einem Stuhl und zahlreichen Regalen dahinter, in dem Pakete und Umschläge lagen. Gelbe Kisten voller Briefe warteten darauf, sortiert zu werden.

»Ist das der –«

»Lieferanteneingang, genau«, bestätigte sie. »Vergessen Sie nicht, einkommende Post abzustempeln. Wenn die Lampe dort aufleuchtet«, sie zeigte auf ein kleines Gerät am Tresen, »hat draußen jemand die Klingel betätigt. Schauen Sie auf der Kamera nach, ob derjenige wirklich wie ein Paketbote aussieht, und drücken Sie dann den Knopf. Im Schnitt treffen pro Tag drei bis vier Lieferungen ein. Manche Mitarbeiter lassen sich ihre Onlinebestellungen auch hierher liefern. Einfach entgegennehmen, den Namen aus der Mitarbeiterliste raussuchen und denjenigen über die interne Telefonanlage informieren, dass etwas zum Abholen bereitliegt.«

»Muss ich das auch auf Sprengstoff untersuchen?«, fragte Albert und grinste.

Bei Laura kam der Witz nicht an. »Nein, nur alles, was für das Management bestimmt ist«, erwiderte sie stocksteif. Sie war einer dieser Menschen, die bestimmt nie lachten oder Spaß hatten, da war sich Albert sicher. »Das finden Sie auch über die Mitarbeiterliste heraus. Noch Fragen?«

Albert, der mittlerweile gelernt hatte, dass sie das aus reiner Höflichkeit fragte, verkniff es sich. Er hätte einen ganzen Katalog voll Fragen gehabt: Wo sind die Toiletten? Gibt es eine Kantine? Was passiert, wenn sich ein Räuber als Postbote verkleidete und ihn bedrohte? Aber er schüttelte nur den Kopf. Umso schneller würde er Feierabend haben.

»Gut, hier ist Ihr Mitarbeiterausweis, und damit kommen Sie ins Gebäude.« Sie reichte ihm einen kleinen schwarzen Transponder.

»Durch den –«

»Lieferanteneingang, genau. Dann viel Spaß bei Watts & White«, sagte sie und war schon wieder verschwunden.

Albert stemmte die Hände in die Hüften und sah sich um. Das war er also, sein neuer Job. Sein neuer Lebensinhalt. Eine Paketstation in einer Bank. Immerhin hatte er sein eigenes Reich und hoffentlich viel Ruhe. Er könnte ein Buch mit zur Arbeit nehmen. Er las eh zu selten, das sollte er häufiger machen. Oder – und der Gedanke gefiel ihm besser – ein paar neue Kartentricks lernen. Zwar wollte er nicht mehr als Zauberer aktiv sein, das hielt ihn jedoch nicht davon ab, in Form zu bleiben. Es waren gute Fingerübungen, und der Geist blieb wach. Außerdem brauchte er dringend eine Beschäftigung, die sinnvoller als das Sortieren von Paketen und Briefen war.

Als Albert nach der Arbeit in Pattys Wohnung kam, wartete sie schon mit einer frischgemachten Bolognese und einer offenen Flasche Rotwein auf ihn. »Ich dachte, wir feiern unseren Neuanfang?« Sie nippte an ihrem Glas. Sie trug ein blaues Kleid und eine Strumpfhose. Es war ein schöner Abend mit gutem Essen, viel Alkohol und sehr viel Spaß. Seine Gedanken rund um Matilda, den Jadefuchs und seinen neuen Job, der so überhaupt nicht reizvoll klang, aber sein musste, waren für einen Moment vergessen.

»Wie war es?«, fragte sie, als sie später eng umschlungen im Bett lagen.

»Wir hatten schon schlechteren Sex, würde ich sagen«, erwiderte Albert und wurde dafür in die Seite gekniffen.

»Nein, ernsthaft, war mein Vater nett zu dir?«

Albert überlegte einen Moment, wie er seine Worte so verpackte, dass sie nicht die Stimmung ruinierten. »Dein Vater hat sein Bestmöglichstes gegeben, würde ich sagen. Er ist nicht laut geworden, auch nicht ausfallend.«

»Aber?«

»Zwischen den Zeilen hat er schon tief blicken lassen, was er von mir hält.«

»Das klingt in Ordnung«, sagte Patty ruhig, und Albert wunderte sich über diese Kategorie. Eltern sollten nicht in Ordnung sein, man sollte sie im besten Fall lieben oder zumindest hassen. Aber in Ordnung war wie Tomatensuppe. »Was darfst du denn machen?«

Albert erzählte ihr von seinem kleinen Königreich mit dem Tresen und den zahlreichen Regalen, in die er alles einzusortieren hatte. »Wenn es hart auf hart kommt, werde ich mich deinem Vater zuliebe opfern und mich in die Luft sprengen lassen. Das ist ein Opfer, das ich für diesen wunderbaren Job gerne eingehe«, erklärte er wichtigtuerisch.

Patty kniff ihm wieder in die Seite. »Hör auf damit, mach dich nicht über ihn lustig. Dass er dir diesen Job besorgt hat, ist das Liebenswerteste, was er je in seinem Leben gemacht hat.«

»Das klingt ziemlich traurig«, meinte Albert gedankenverloren.

»Ja, vielleicht, aber seine Eltern kann man sich ja nicht aussuchen.«

Das stimmte. Albert hatte großes Glück mit seinen gehabt.

Irgendwann schliefen sie ein, und pünktlich um sieben Uhr riss der Wecker die beiden aus dem Schlaf. Albert rieb sich die Augen.

Er hasste sein neues Leben.

Der erste Tag war die Hölle. Der Bote brachte drei Kisten Briefe. Jeden einzelnen nahm Albert in die Hand, stempelte ihn ab und legte ihn in das entsprechende Mitarbeiterfach. Handelte es sich um einen Brief an jemanden aus dem Management, musste er ihn öffnen und kurz überfliegen. Werbung und Bitten, einen Kredit doch freizugeben, wanderten direkt in den Müll. Immerhin, und das verbuchte er als Erfolg, riss ihm keine Bombe die Hand weg, und er wurde auch nicht vergiftet. Es waren zum großen Teil Werbebroschüren und nur manchmal wichtige Korrespondenz. Die legte er dann in das entsprechende Fach und informierte das Sekretariat der Manager.

Es war ein ständiges Kommen und Gehen in seinem Zimmer. Männer und Frauen mit teuren Anzügen und aalglatten Frisuren kamen herein, verlangten ein Paket und verabschiedeten sich nur selten mit einem Dankeschön. Leider hatte Albert nicht die erhoffte Ruhe, um neue Tricks zu lernen. Nach den ersten vier Stunden bekam er vom Brieföffner sogar Blasen an der Hand.

Ablenkung verschaffte ihm nur das regelmäßige Ticken der Wanduhr, die geduldig ihren Job verrichtete. Albert beneidete sie, er wäre auch gerne so anspruchslos gewesen. Einfach die Zeit runterzählen.

Am ersten Abend hatte Albert mehrere hundert Briefe abgestempelt, Dutzende davon geöffnet und überprüft und unzählige Pakete über den Tresen an die neuen Kollegen ausgeteilt. Keiner hatte sich vorgestellt, keiner hatte ihn in seinem neuen Job begrüßt. Er war jetzt einer von vielen und, so vermutete er, die Gesichter rotierten sowieso regelmäßig. Deswegen merkte man sich lieber keines. Es war wie mit einem Tier: Sobald man ihm einen Namen gab, baute man eine Bindung auf.

Nach dem ersten Tag schlurfte Albert zu Pattys Apartment. Er freute sich über die Bewegung nach dem vielen Sitzen und Heben von Kisten. Wenn er in die Wohnung kam, würde ihn seine Freundin fragen, wie die Arbeit war, und er überlegte, was er antworten konnte, suchte nach irgendwas Positivem. Aber da war nichts. Zumindest nichts, was ihm Spaß machte. Letzten Endes war es einfach ein Job, der seine Miete bezahlte – und das äußerst gut. Für das teure London waren fünftausend Pfund keine spätrömische Dekadenz, aber die Summe genügte für ein sorgenfreies Leben. Voraussetzung war bloß, dass er diesen Job bis an sein Lebensende machte. Jeden Tag mit dem Messer durch die Umschläge, Werbung lesen, Sachen sortieren, in die unmotivierten Gesichter der Kollegen schauen.

Albert bekam Magenkrämpfe.

Es gab keinen Plan B. Patty war es wichtig, dass er etwas *Vernünftiges* machte. Nur fand er seinen Job alles andere als vernünftig. Völlig überbezahlt, ja, aber nichts, was ihn erfüllte. Er hatte auch keine Aufstiegschancen. Mit seinem Lebenslauf hätte er den Posten gar nicht bekommen dürfen, hätte er nicht über die entsprechenden Kontakte verfügt. Selbst wenn Seymour an ein paar Stühlen rüttelte, gab es in dieser Bank nichts, was ihn reizte.

Die kalte Büroatmosphäre, die gestressten Mitarbeiter.

Er ballte die Hände unwillkürlich zu Fäusten. Was tat er hier eigentlich? Er verriet alles, was ihm wichtig war, und das nur, weil er unbedingt an der Beziehung festhalten wollte.

Er liebte Patty, und was war die Alternative?

Albert hatte schwarz auf weiß den Beweis bekommen, dass er nie ein richtiger Zauberer werden würde. Ja, er konnte neue Tricks lernen. Aber das war keine Zauberei. Für ein paar Kinderlächeln reichte es, nicht aber für die große

Bühne. Er musste diesen Traum endlich loslassen. Natürlich fiel ihm das schwer. Er zauberte schon immer. Albert hatte keine Möglichkeit ausgelassen, seine Künste zu präsentieren: runde Geburtstage in der Familie, Talentwettbewerbe, Schulveranstaltungen. Wenn es irgendwo ein Publikum gab, war Abraham Kadabraham zur Stelle.

Albert ließ die Gedanken wie eine Karte im Ärmel verschwinden. Die Entscheidung war gefallen. Er wollte sein Leben an Pattys Seite verbringen und nicht noch in zwanzig Jahren auf Kindergeburtstagen auftreten.

Als Albert die Wohnung seiner Freundin betrat, roch es betörend nach fremden Gewürzen.

»Lust auf Falafel, Hummus und Weißwein?«, fragte Patty.

Wenn das jetzt jeden Abend passierte, hatte er vielleicht die richtige Entscheidung getroffen. Patty schien wie ausgewechselt. Die ständigen Streitereien über seine Auftritte, seinen Lebenslauf, die Unzufriedenheit waren weg.

Sie aßen, tranken und hatten Spaß im Bett. Es war die richtige Entscheidung.

Der Wecker riss ihn aus einem Traum, und Albert spürte eine dunkle Wolke über dem Kopf aufziehen. Er sprang unter die Dusche, putzte sich die Zähne und frühstückte. Patty war bereits zur Arbeit gegangen. Die Kaffeemaschine dröhnte, während Albert sich in seinen Anzug zwängte. Verkleidet wie ein Zirkusclown, so fühlte er sich.

Auf der Arbeit angekommen, begrüßte ihn schon sein neuer bester Freund, die Wanduhr. Bis zur Mittagspause hatte sich das regelmäßige Tick-Tock in sein Hirn gebrannt wie ein Brandeisen auf die Flanke eines jungen Fohlens.

Albert schnitt mit dem Brieföffner einen Umschlag auf, da hörte er jemanden sagen: »Gordons.«

Albert sah auf und blickte in das Gesicht eines jungen Mannes, vermutlich frisch von der Uni. Seine schwarzen Haare waren ordentlich zur Seite gescheitelt, und sein Anzug hatte mehr gekostet als Alberts ganze Garderobe. Ein aufdringlicher Geruch nach scharfem Rasierwasser breitete sich in dem kleinen, stickigen Zimmer aus. Na toll, das würde er bis zum Feierabend nicht mehr aus der Nase bekommen.

»Entschuldigung?«, fragte Albert, der den Mann nicht richtig verstanden hatte.

»Gordons«, wiederholte sein Kollege scharf.

»Freut mich, Tubbs«, antwortete Albert und hielt ihm die Hand hin.

Gordons schaute zwischen der Hand und Albert hin und her, als hätte er ihm einen Bußgeldbescheid präsentiert für etwas, was er ganz bestimmt nicht begangen hatte.

»Ein Paket, Gordons«, spie der Mann in einem noch unfreundlicheren Ton aus.

»Oh, natürlich.« Albert zog seine Hand zurück und merkte, wie sich die andere um den Brieföffner klammerte. Er erschrak vor sich selbst und ließ das Messer fallen.

»Na toll, wieder so ein Verrückter«, murmelte Gordons und nahm Abstand zum Tisch.

Albert sprang auf und hechtete zum Regal hinüber. Keine Fehler in den ersten sechs Monaten, danach besser auch nicht. Die Worte peitschten in der Stimme seines zukünftigen Schwiegervaters wie abgeschossene Pistolenkugeln durch seinen Kopf. Er hatte ein Dutzend Pakete in der Hand, bis er das richtige fand. Vorsichtig schob er es über den Tresen, als könnte es sich um Porzellan oder eine dieser seltenen Ming-Vasen handeln, die immer in Filmen kaputtgingen, sobald sie zu sehen waren.

Gordons riss ihm das Paket aus den Händen und marschierte direkt aus dem Zimmer, ohne sich zu bedanken oder ihm zumindest einen schönen Tag zu wünschen.

»Arschloch«, murmelte Albert und ließ sich wieder auf seinen Drehstuhl fallen.

Albert seufzte schwer. Er hatte Magenkrämpfe. Erst sein dritter Tag in der Hölle. Zu früh, um zu jammern.

Er nahm einen der Briefe zwischen die Finger. Auf dem Umschlag prangte das Logo von Watts & White, was ungewöhnlich war. So was hatte er noch nicht in der Hand gehabt, und die Wahrscheinlichkeit war groß, dass sich darin keine Briefbombe befand. Aber seine Arbeitsanweisungen waren klar und deutlich. Er griff zum Brieföffner und schnitt an der Falzlinie entlang. Neugierig sah er herein. Kein elektronischer Zünder, kein weißes Pulver. Geübt zog er das Papier heraus und ließ den Umschlag im Papierkorb verschwinden.

Albert überflog den Text. Keine Werbung. Er wollte den Zettel schon in das entsprechende Fach legen, da blieben seine Augen an einem Namen haften.

Lynbrook.

Ihm wurde eiskalt, als würde er sich in der Mitte eines Blizzards befinden, der wie aus dem Nichts über ihn hergebrochen war.

Lynbrook. Watts & White.

Albert hätte sich selbst ohrfeigen können. Diese Bank hier war dieselbe Bank, die die Fuchsjagd veranstaltete, und Lynbrook war die alte Kröte, die Matilda das Leben schwer machte.

Albert blickte kurz auf. Niemand wartete auf sein Paket, und der Geruch von Rasierwasser ließ nach. Also befand sich kein Bankschnösel in der Nähe.

Er legte das Papier auf den Schreibtisch und rang mit seinem Gewissen. Scheiß drauf. Langsam fuhr sein Blick über die ersten Zeilen des Schriftstücks.

Mr Raymon, ich möchte noch einmal darauf hinweisen, wie wichtig es ist, dass wir das Godwins-Anwesen unverzüglich zum Stichtag übernehmen. Ich dulde keine Verzögerungen und möchte mir diese Immobilie auf keinen Fall entgehen lassen. Ihr Wert ist immens, viel größer, als die Godwins denken. Wir dürfen nicht zulassen, dass uns jemand dazwischenkommt.

Lynbrook

Immer wieder rasten Alberts Augen über die Zeilen. Es dauerte, bis er die wenigen Worte richtig verstanden hatte. Das Blatt Papier fing an zu zittern, weil er seine Hände nicht mehr unter Kontrolle hatte. Die alte Lynbrook hatte Angst, dass Matilda doch noch das Geld auftreiben konnte und Watts & White damit ein dicker Fisch durch die Lappen ging. *Viel mehr, als die Godwins denken.* Albert las es immer wieder. Hier wurde mit unfairen Mitteln gespielt.

Sein Herz pochte. Was sollte er tun? Sein erster Impuls war, es zu ignorieren. Das ging ihn nichts mehr an. Wenn genug Jahre vergingen, zehn oder zwanzig, würde die Erinnerung an die Fuchsjagd einem fernen Traum gleichen. Einem Albtraum. Es wäre einfacher gewesen, das Stück Papier in Seymours Ablage verschwinden zu lassen wie ein Kaninchen im Zylinder. Aus den Augen, aus dem Sinn, wie man so schön sagte.

Aber Albert entschied sich gegen den Weg des geringsten Widerstands. Er hasste Seymour. Er hasste Lynbrook und wie sie versucht hatte, Matilda reinzulegen. Er musste sie warnen.

Vorsichtig holte er sein Handy hervor und sah zu der Tür, durch die die Mitarbeiter kamen, wenn sie etwas von ihm wollten. Er lauschte, und nur das Ticken der Wanduhr war zu hören. Kein aufdringliches Rasierwasser zu riechen.

Jetzt oder nie.

Er öffnete die Kamera seines Smartphones und machte ein Foto. Ein verräterisches Klicken ertönte, er hatte den Kamerasound noch nicht deaktiviert.

Das Handy verschwand wieder in der Hosentasche, und das Papier wanderte in die entsprechende Ablage. Albert atmete laut auf, als er sich auf den Stuhl setzte. Das Smartphone, in der engen Hose an seinen Oberschenkel gepresst, fühlte sich wie ein Stück glühende Kohle an.

Er hatte keine Ahnung, was er mit dem Foto machen wollte.

Das war nichts für die Presse, aber vielleicht für einen Juristen. Vor allem war es für ihn der Beweis, dass er sich das nicht eingebildet hatte, wenn er in ein paar Stunden an sich selbst zweifeln würde.

Der Rest des Tages verlief wie in Zeitlupe. Kollegen, die er allesamt nicht kannte und die ihn nicht kennenlernen wollten, holten Pakete und Briefe ab. Die Wanduhr schien mit jeder Umrundung langsamer zu werden, und die Wände wirkten noch ein bisschen grauer, falls das möglich war. Die einzigen Menschen, die ihm ein Lächeln schenkten, waren die Lieferanten der Paketdienste.

Immer wieder fuhren seine Finger über das Handy. Der verhängnisvolle Brief war längst von Laura abgeholt worden. Niemand würde sich Gedanken machen, dass er durch Alberts Hände gegangen war. Es war eine ganz normale Korrespondenz zwischen der Direktorin und einem ihrer

Topmanager, und Lynbrook würde sich nicht mal mehr an sein Gesicht, geschweige denn seinen Namen erinnern.

Albert saß sicher im Sattel. Sechs Monate Probezeit, dann griff der Arbeitnehmerschutz und er konnte sich ein entspanntes Leben mit tollem Gehalt machen. Das Godwins-Anwesen war nicht sein Problem.

Das Stück glühende Kohle an seinem Hosenbein fühlte sich an, als würde es vibrieren. Albert brauchte einen Moment, bis er realisierte, dass er angerufen wurde und es keine Einbildung war.

Er holte es aus der Hosentasche, und Pattys Name erschien auf dem Display.

»Ja?«, fragte er zur Begrüßung.

»Hey, ich wollte dir nur Bescheid sagen, dass ich heute etwas länger arbeiten werde. Wir müssen unbedingt eine Verhandlung für morgen früh vorbereiten. Ich hoffe, du bist mir nicht böse?«

»Natürlich nicht«, erwiderte Albert sofort.

»Gut, dann sehen wir uns irgendwann heute Nacht. Warte nicht auf mich«, sagte sie und legte auf.

Albert legte das Telefon auf den Schreibtisch und starrte auf die Wanduhr. Eigentlich hatte er nie ein Problem damit gehabt, alleine zu sein. Das war immer Zeit, um neue Tricks zu üben. Nun gab es aber keine Tricks mehr zu üben, und er würde lange wach liegen und sich den Kopf zerbrechen. Er würde ständig den Bilderordner öffnen und die Worte lesen, die Mrs Lynbrook Pattys Vater geschrieben hatte.

Er griff zum Telefon.

Als er später vor der Haustür seiner Eltern stand und die Klingel betätigte, öffnete Elani und schloss ihn wie einen Kriegsheimkehrer in die Arme. »Schön, dich wiederzusehen.« Sie grinste von Ohr zu Ohr. Die umgebundene Kochschürze nahm vorweg, was sie als Nächstes sagen würde. »Bin gleich fertig mit dem Essen, setz dich schon mal zu deinem Vater.«

George stand vom Esstisch auf, als er seinen Sohn im Anzug sah, und verbeugte sich tief. »Euer Hochwürden.« Er stand stramm und salutierte.

»Stillgestanden, Rekrut«, erwiderte Albert.

»Was zum Henker ist passiert, dass mein Sohn in so einem Aufzug rumläuft? Ich weiß nicht, ob ich dich je wieder vor die Tür lassen werde«, sagte sein Dad.

»Wie ich mich anziehe, ist ganz allein meine Entscheidung«, erklärte Albert.

Sein Vater nickte. »Hast ja recht. Du bist alt genug, das selbst zu entscheiden, aber sei vor Mitternacht zu Hause!«

Beide lachten und setzten sich. Wenige Sekunden später standen ein dampfender Topf mit Kartoffeln und eine Pfanne mit gebratenem Lachs auf dem Tisch. Es duftete nach den Zitronenscheiben und Dillspitzen, die auf dem Fisch lagen.

»Frisch vom Markt und gleich zubereitet«, sagte seine Mutter und setzte sich zu ihnen an den Tisch. »Dafür bist du übrigens gleich mit dem Abwasch dran.«

Alberts Vater hob verteidigend die Hände. »Sehr gerne, mein Engel. Es ist mir eine Freude!«

George schaufelte ihnen große Portionen auf die Teller. »Bier?«

»Gerne«, antwortete Albert, und wenige Augenblicke später standen drei Flaschen auf dem Tisch.

»Hast du dich mit Patty ausgesöhnt?«, fragte seine Mutter vorsichtig, als würde sie sich nach einer tödlichen Diagnose erkundigen.

»Ja«, bestätigte Albert. »Alles in Ordnung. Ich arbeite jetzt in der Bank ihres Vaters. Darüber scheint sie sehr glücklich zu sein.«

»Deswegen der Anzug«, murmelte Elani und nickte.

»Genau.«

»Und was machst du da?«, nuschelte sein Vater mit einer heißen Kartoffel im Mund.

Albert nippte am Bier, um sich etwas Zeit zu verschaffen. Er wollte seine Eltern nicht anlügen, aber die Wahrheit gefiel ihm auch nicht besonders gut. »Ich bin als Senior Archivist angestellt.«

»Senior ... was?« George sah ihn mit großen Augen an, als hätte Albert in einer anderen Sprache gesprochen.

»Archivist.« Das Wort ging Albert so schwer von der Zunge wie drei Zentner Bauschutt.

»Junge, du hast vorher als Pizzalieferant und Zauberer gearbeitet. Was zum Henker tust du da?«

»Dinge sortieren und abheften«, flüsterte er.

»Klingt nach einem ehrlichen Job«, warf seine Mutter ein, aber sein Vater gab sich damit nicht zufrieden.

»Und wieso nennt man das dann nicht so? Immer dieser neumodische Quatsch.« Er stopfte sich noch eine Kartoffel in den Mund und formte seine Lippen wie ein Fisch zu einem O, um die heiße Luft herausströmen zu lassen.

Albert zuckte nur mit den Schultern.

»Und wann hast du mal wieder einen Auftritt?«, fragte Elani, während sie eine Zitronenhälfte über ihrem Lachs ausdrückte.

Die Frage traf Albert wie ein Nadelstich direkt ins Herz. »Ich glaube ...«, fing er an, brachte den Satz aber nicht gleich zu Ende. »Ich denke, ich werde es sein lassen. Es ist Zeit für mich, etwas«, er atmete noch mal tief ein, »Richtiges zu machen.«

Es schepperte. Sein Vater hatte das Besteck fallen lassen, und sein Gesicht war rot angelaufen. Für einen Moment dachte Albert, er würde an einer Kartoffel ersticken.

»Ich habe mich hoffentlich verhört, junger Mann«, sagte er und zeigte mit ausgestrecktem Finger auf seinen Sohn. »Die Zauberei ist etwas Richtiges.«

»Nichts, was meine Miete bezahlt.«

»Immer mit der Ruhe, Schatz«, beruhigte Elani ihren Ehemann und legte ihm eine Hand auf den Unterarm.

Albert war überrascht vom impulsiven Ausbruch seines Vaters. So hatte er ihn noch nie erlebt. Nicht mal, als er sich mit fünfzehn an den Wohnzimmerschrank geschlichen und eine Flasche Whisky gegen Apfelsaft ausgetauscht hatte. Das war natürlich aufgefallen, aber George hatte anders reagiert. Er war enttäuscht gewesen. Nicht wütend oder aufbrausend, sondern einfach nur enttäuscht, und Albert hatte nie wieder eine Flasche Alkohol entwendet.

»Dein ganzes Leben hast du gezaubert und dann kommt da so ein Schnösel daher und du wirfst alles über Bord?«

»Ich ... ja«, verteidigte sich Albert wenig überzeugend. »Meine ganzen Freunde sind längst fertig mit dem Studium. Es ist ein Wunder, dass mich Patty noch zu ihren Freunden mitnimmt, wo ich doch so ein Versager bin«, murmelte er mit brechender Stimme.

»Niemand hält dich für einen Versager«, sagte seine Mutter diplomatisch. »Wir haben uns immer über deine Zauberei gefreut.«

»Es ist aber keine Zauberei. Es sind nur ein paar billige Tricks«, presste Albert hervor.

»Ich habe keinen Idioten aufgezogen«, rief George zornig über den Tisch, und Albert war von der scharfen Reaktion überrascht. Unwillkürlich rutschte er mit seinem Stuhl ein Stück zurück.

»Mein Junge, hast du es immer noch nicht kapiert? Du kannst wirklich zaubern. Mein Gott, wenn man ein Buch über dich schreiben würde, wäre das die langweiligste Wendung, die man sich nur ausdenken kann.« Sein Vater schnaufte bei den letzten Worten wie ein tollwütiger Eber.

»Was redest du da?«

»Albert, mein Schatz«, säuselte Elani, »hast du mir eigentlich wieder eine dieser schönen Plastikrosen mitgebracht, die du sonst immer für mich hast?«

»Was? Ja, klar«, murmelte Albert und zog sich eine Rose aus dem Hemdsärmel. Dann starrte er wieder seinen Vater an. »Was für eine Wendung? Zauberei?«

»In deinem verdammten Zylinder lebt ein Hamster. Wie meinst du, ist das möglich, wenn nicht mit Magie?« Sein Vater hatte die Arme in die Höhe gehoben und sah ihn herausfordernd an.

Butterscotch. Albert hatte lange nicht mehr an ihn gedacht. Und langsam rollte ein kleiner Schneeball los, der sich zu einer gewaltigen Lawine entwickelte. Die Rose. Er sollte keine Rose in seinem Hemd haben. Das hier war nicht sein Zaubereroutfit.

Und der Hamster.

Albert sprang auf. Der Stuhl fiel mit lautem Scheppern zu Boden. Ohne ein Wort an seine Eltern zu richten, rannte er die Treppe hinauf in sein Jugendzimmer. Irgendwo hier musste sein Zylinder sein. Er riss den Kleiderschrank auf, stellte sich auf die Zehenspitzen und suchte das obere Regal ab. In der hintersten Ecke fand er die unmodische Kopfbedeckung.

»Bitte sei nicht tot«, jammerte Albert immer wieder.

Vorsichtig, als würde es sich um ein altes Familienerbstück handeln, zog er den Zylinder aus seiner letzten Ruhestätte. Albert drehte ihn um, so dass die Unterseite nach oben zeigte, und steckte die Hand hinein. Er rechnete fest damit, die Überreste eines leblosen Hamsters zu finden. Tagelang hatte er ihn nicht gefüttert. Seine Finger suchten ziellos auf dem Boden des Zylinders, und dann traf es Albert wie ein Blitz: Er hatte Butterscotch noch nie verpflegt. Aber er hatte keine Zeit, sich darüber zu wundern, denn seine Hand umschloss den warmen und weichen Körper des kleinen Begleiters. Vorsichtig hob er ihn wie den letzten Chip aus einer Tüte heraus. Langsam öffnete er die Faust, und zum Vorschein kam – zu Alberts Überraschung – ein quicklebendiger Butterscotch. Sein karamellfarbenes Fell glänzte, und er war gut im Futter, als wenn Albert jeden Tag ein halbes Rind an ihn verfüttert hätte. Mit seinen großen Glubschaugen sah er sein Herrchen vorwurfsvoll an.

»Wie?«, stammelte Albert und bekam ein zufriedenes Quieken als Antwort. Der Hamster war munter wie nach einem Winterschlaf, hätte aber tot sein müssen.

Mit dem Nager in der Hand stapfte Albert die Treppe runter. Seine Eltern waren noch im Esszimmer, und George saß wieder am Tisch. Sie genossen eine Vanillecreme aus kleinen Dessertgläsern und sahen zufrieden aus.

»Wer«, rief Albert zornig in den Raum, »hat meinen Hamster gefüttert?« Er klang viel wütender als beabsichtigt. Natürlich war er dankbar, dass sich jemand um sein Haustier gekümmert hatte, während er bei Patty gewesen war.

»Niemand, Schatz«, antwortete Elani und kratzte die letzten Reste mit ihrem Löffel zusammen. »Möchtest du auch was?«

Albert sah seinen Vater an.

»Mein Junge, wann hast du Butterscotch denn zuletzt gefüttert?«

Keine Ahnung. Das waren so Sachen, die das Hirn einfach absolvierte, wie ein Muskel. Man musste ja auch nicht darüber nachdenken, beim Laufen seine Beine zu bewegen. Man tat es einfach. Er zuckte nur mit den Schultern.

Butterscotch quiekte, und Albert setzte ihn auf dem Tisch ab. Sofort lief die Karamellkugel zu dem leeren Glas seiner Mutter und fing an, die Reste abzulecken. Ein biologischer Geschirrspüler.

»Albert, mein Schatz«, flötete Elani. »Es ist alles in bester Ordnung. Siehst du das Bier da?«

Er atmete tief aus. »Ja.«

»Gut, magst du deinem Vater und mir eins geben?«

Das war doch ein schlechter Scherz. Albert machte gerade seine größte Lebenskrise durch und seine Mum wollte sich noch ein Bier öffnen. Trotzdem tat er ihr den Gefallen. Er nahm die Flasche in die Hand und händigte seinem Dad und seiner Mutter jeweils eine aus.

»Also, jetzt muss er es doch langsam selbst merken, oder nicht?«, fragte sein Vater in den Raum wie ein ungeduldiger Mathelehrer.

Was denn? Alberts Gedanken rasten, ihm war kalt und heiß zugleich. Sein Magen hatte sich in einen großen, gärenden Hefeklumpen verwandelt.

Die Rose. Der Hamster. Die zwei Bier.

Er hatte keine Rose im Ärmel gehabt und seiner Mutter

trotzdem eine gereicht. Der Hamster im Zylinder sollte nicht so lange in einem Hut überleben können. Er hatte ein Bier genommen und zwei weitergereicht.

Albert spürte, wie ihm schwarz vor Augen wurde, dann kippte er nach hinten weg.

Als er wieder wach wurde, lag er weich und es roch nach Plastikspielzeugen und ungewaschener Wäsche. Mit den Händen fuhr Albert über den Stoff. Es war Bettwäsche. Seine Bettwäsche.

»Schatz, ich glaube, er wacht auf«, hörte er seine Mutter rufen und öffnete die Augen. Sie saß auf einem Stuhl neben ihm, George kam gerade ins Kinderzimmer.

»Sehr gut, sehr gut«, sagte sein Dad. Er trug einen Bademantel und alte Latschen, wie man es von Vätern so kannte.

»Hast du es endlich verstanden, Albert?«, fragte Elani behutsam und strich ihm über die Hand.

»Ich …«, er traute sich nicht, es auszusprechen.

Seine Eltern nickten ermutigend, als wäre ihr Sohn das erste Mal kurz davor, ohne Stützräder mit dem Fahrrad zu fahren.

»Ich kann zaubern?«, fragte er.

Sein Vater klatschte in die Hände, seine Mutter nickte zufrieden.

Albert hielt es für einen Traum, aber er spürte deutlich die Hand seiner Mutter auf seiner Haut.

»Ich kann zaubern?«, fragte er noch mal. »Ich kann nicht –«

»Du kannst es doch«, schnitt ihm sein Vater das Wort ab. »Wie in allen Tubbs schlummert noch ein bisschen magische Kraft in dir. Nicht viel, aber es reicht, um einen Hamster im Zylinder zu halten oder um sich Rosen aus dem Ärmel zu schütteln.«

»Ich kann zaubern?«, fragte Albert wieder und merkte, wie die Ohnmacht ihn erneut niederringen wollte.

»Du erinnerst dich an deine Vorfahrin Agnes Tubbs?«

Ja, sein Vater hatte ihm oft genug von ihr erzählt. Albert nickte.

»Sie ist den Hexenprozessen entkommen. Womit damals wohl niemand gerechnet hatte, war, dass sie wirklich eine Hexe gefangen hatten. Eine richtig talentierte, will ich sogar meinen, wenn man den Aufzeichnungen glauben darf. Nun, sie hat ihr Talent über die Generationen weitervererbt. Wie gesagt, viel ist nicht mehr übrig, aber du kannst wirklich zaubern und du darfst dieses Talent nicht aufgeben!«

Alberts Herz raste. »Aber warum habt ihr nie etwas gesagt?«, fragte er vorwurfsvoll, und seine Mutter sah ernst ihren Ehemann an.

Der hob entschuldigend die Hände. »Alte Familientradition. Jeder Sprössling muss es selbst herausfinden. Erst dann wird er in das Geheimnis eingeweiht. Und eigentlich dachte ich, du seist auf einem richtig guten Weg. Aber irgendwie hast du dich selbst –«

»Ausgetrickst«, beendete Albert den Satz. Seinem Publikum hatte er all die Jahre nichts vorgemacht, nur sich selbst. Er hatte so wenig an Magie geglaubt wie ein Atheist an Gott. Alles, was er präsentierte, hielt er für das Ergebnis jahrelanger Übung. Mit offenem Mund sah er zwischen seiner Mum und seinem Vater hin und her. »Aber warum hab ich dich nie zaubern sehen?«, wollte er von George wissen.

»Weil ich es ihm verboten habe«, gestand Elani genervt. »Das hätte ich schon tun sollen, als er immer die Fernbedienung von meiner Seite zu sich gezaubert hat, dann hätte ich die Katastrophe vielleicht verhindern können.«

»Die Katastrophe?«, wiederholte Albert.

»Nun, also, damals«, redete sein Dad um den heißen Brei herum.

»Er hat ein Kind verschwinden lassen«, berichtete seine Mum geradeheraus.

»Er hat was?«

»Er ist vor einer Schulklasse aufgetreten, und der Höhepunkt seiner Show war immer, dass ein Kind in eine Box stieg und verschwand. Für das Publikum sah es nur wie eine optische Täuschung aus: Das Kind stieg in den Kasten, er drehte ihn ein paar Mal, öffnete die Luke und das Kind war weg. Die Lehrer gingen natürlich immer davon aus, dass das Kind hinter einer zweiten Wand stand oder so, und seine kleinen Zuschauer schrien vor Begeisterung. Dann drehte er die Kiste wieder ein paar Mal und – tada – das Kind war zurück!«

»Bloß dieses eine Mal habe ich es verbockt«, murmelte sein Vater, und seine Augen wurden trüb. »Das Kind war nicht wieder im Kasten. Sie fanden es eine halbe Stunde später in der Abstellkammer des Hausmeisters. Es war kreidebleich, verängstigt und schrie die ganze Zeit. Keine Ahnung, wo es in der halben Stunde gesteckt hat, aber sicherlich nicht im Kasten.«

»Danach hat dein Vater das Zaubern auf mein Bitten hin gelassen.«

Albert sah ungläubig zwischen seinen Eltern hin und her. Beide waren kreidebleich. Er selbst fühlte sich schrecklich. »Ich bin ein richtiger –«

»Ja, Albert, ein richtiger Zauberer. Na ja, ich befürchte, für die ganz großen Wunder wird die Magie in deinen Adern nicht mehr reichen, aber mit ein bisschen Übung und Arbeit können wir noch einiges aus dir rauskitzeln.« Sein Vater sah ihn mit zufriedenem Lächeln an.

Albert wurde abermals schwindelig, und er legte den Kopf auf dem Kissen ab. »Richtiger Zauberer«, murmelte er und starrte an die Decke. All die Jahre war er schon ein richtiger Zauberer gewesen, aber war auch der Einzige, der es selbst nicht geglaubt hatte. »Wie zaubert man?«, fragte er seinen Vater.

Der zuckte mit den Schultern. »Dafür gibt es wohl genauso viele Mittel und Wege, wie es Zaubererfamilien gibt. Wir Tubbs haben schon immer einen simplen Ansatz gehabt: Wir greifen den Faden.«

»Faden?«

»Genau. Der Faden, der schnell unter all den anderen Eindrücken verschwindet. Lärm, Lichter, Gerüche, sie lenken uns vom Faden ab, der uns Zugriff auf die Magie gibt.«

»Keine Beschwörungen, keine Formeln?«, wollte er ungläubig wissen. All die Filme und Videospiele hatten ihm ein völlig falsches Bild von der Magie vermittelt.

Sein Vater schüttelte den Kopf. »Ganz schön unspektakulär, ich weiß.«

»Okay, Vanillepudding? Vorausgesetzt, Butterscotch hat noch etwas übrig gelassen«, schlug Elani vor.

Ein paar Minuten später saßen sie wieder alle am Esstisch und sahen Albert dabei zu, wie er sich Rose um Rose aus dem Ärmel schüttelte. Teelöffel wurden dupliziert und Münzen hinter den Ohren seiner Eltern hervorgeholt. Tatsächlich, es war kein Trick, es war Magie.

»Jetzt, wo das raus ist, bekommst du hoffentlich noch mal eine Chance auf eine Tour. Eine richtige, meine ich«, sagte sein Vater und grinste.

Die Tour, Matilda und das Anwesen. Plötzlich holte ihn all das ein, was er so erfolglos zu verdrängen versucht hatte. Er sah auf die Uhr. Mittlerweile war es weit nach Mitternacht. Schnell tippte er eine SMS an seine Freundin, dass er heute daheim übernachten würde.

Irgendwann gingen erst seine Mutter und dann sein Vater ins Bett. Aber Albert saß noch lange am Tisch und beobachtete den Hamster, der alles auf der Suche nach etwas Essbarem auf den Kopf stellte. Wenn er wirklich zaubern konnte, war er vielleicht auch dazu in der Lage, den Jadefuchs zu bändigen. Sein Vater hatte gesagt, dass nicht mehr viel Magie durch seine Adern floss. Aber wenn er es wirklich wollte, klappte es vielleicht. Albert war sich nicht sicher, was er tun sollte. Die Karten wurden neu gemischt, und er würde keinen weiteren Tag in diesem fürchterlichen Anzug verbringen, so viel stand fest. Als die Müdigkeit sein Denken übermannte, folgte er den körperlichen Signalen. Albert ging schlafen.

Sobald am nächsten Morgen sein Wecker klingelte und ihn zur Arbeit rief, drückte Albert ihn weg und drehte sich noch mal um. Er wurde erst ein paar Stunden später geweckt, als sein Handy wie verrückt auf seinem Nachttisch vibrierte. Schlaftrunken drehte er sich um und starrte auf das Display.

Patty.

Irgendwie überkam ihn ein ungutes Gefühl, aber er ging trotzdem ran.

»Ja?«

»Wo steckst du?« Ihre Stimme klang wie die eines schlechtgelaunten Fußballtrainers, der gerade einen Spieler zusammenfaltete, weil der den entscheidenden Elfmeter verschossen hatte.

»Bei meinen Eltern«, erwiderte Albert ruhig, als wäre daran nichts verkehrt.

»Mein Vater ist stinksauer.«

»Oh.«

»Was oh?«

»Oh, ja«, sagte Albert, als würde das irgendwas erklären.

»Albert, was ist los? Wo steckst du?«

»Ich bin bei meinen Eltern, habe ich dir doch geschrieben?«

»Solltest du nicht bei der Arbeit sein?«

»Ich glaube, ich möchte da nicht mehr hingehen«, erwiderte Albert ruhig, aber Patty schien das nur noch mehr auf die Palme zu bringen.

»Was stimmt nicht mit dir, Albert? Mein Vater hat seinen Kopf für dich hingehalten, damit du diesen Job bekommst. Er ist richtig wütend.«

Albert brauchte nicht sehr viel Phantasie, um sich das vorzustellen, war sich aber sicher, dass der Kopf ihres Vaters weich gepolstert lag.

»Ich hab diesen Job doch nie gewollt, Patty. Du wolltest, dass ich ihn mache, und es tut mir leid, dass ich mich überreden ließ.«

»So kann es nicht mehr weitergehen«, schimpfte sie und legte einfach auf. Albert verstand die Reaktion und ärgerte sich nicht. Sie brauchte Zeit, um durchzuatmen, bevor die richtig hässlichen Sachen gesagt wurden. Dinge, die man später bereute. Er wusste schon, worauf das hinauslaufen würde. Für ihn gab es keine weitere Chance mehr, und er war sich auch gar nicht sicher, ob er sie wollte. Patty war ein toller Mensch. Er liebte sie wirklich. Aber ihre Vorstellungen von einer gemeinsamen Zukunft unterschieden sich drastisch. Albert wollte sich nicht in Modeanzüge zwängen, um den Ansprüchen ihrer Familie zu genügen. Vor allem wollte er nicht das Postamt für einen Haufen undankbarer Banker spielen.

Albert wollte zaubern.

Er sprang aus dem Bett und lief zum Bücherregal hinüber. Irgendwo musste er ihn noch haben. Zielstrebig schoss sein Zeigefinger über die Buchrücken. Da war er, der große blaue Weltatlas aus seiner Schulzeit. Er hatte das Ding immer gehasst, wenn es in seinem Rucksack steckte. Es war schwer wie ein Ziegelstein und unhandlich wie einer dieser alten, klobigen Spielecontroller. Albert suchte die Karte von England heraus. Der Gwydir Forest Park war ein großer grüner Farbfleck an der Westküste Englands. Die Chance, darin Botzki und Matilda wiederzufinden, war so wahrscheinlich wie die Aussicht, dass der Job bei Watts & White ihm irgendwann Spaß machen könnte.

Egal.

Albert marschierte zu seinem Nachttisch und wählte eine Nummer.

»Relish«, meldete sich die Stimme am anderen Ende.

»Mr Relish, hier ist Albert, Ihr Pizzalieferant und«, er atmete tief ein, »Zauberer.«

»Oh, Albert, schön von dir zu hören.« Er klang überrascht. »Solltet du nicht im –«

»Dann ist das Turnier noch nicht vorbei?«, unterbrach ihn Albert.

»Nein, noch nicht. Dem Flurfunk zufolge wird es aber nicht mehr lange dauern. Wieso bist du überhaupt –«

»Ich werde es Ihnen später erklären«, fiel Albert ihm ins

Wort. »Jetzt habe ich aber keine Zeit mehr. Ich muss los. Vielen Dank!«

Albert drückte seinen Lieblingschef und Team-Sponsor weg. Er hechtete zum Kleiderschrank und zog den Reiserucksack hervor. In den wenigen Tagen war Albert noch nicht dazu gekommen, ihn wieder auszupacken. Das war gut, denn es ersparte ihm jetzt Zeit. Ehrfürchtig, als würde es sich um die letzten Relikte einer verlorenen Zivilisation handeln, holte er seinen schwarzen Zaubererfrack hervor. Er war voll Dreck, und einige Fäden hingen lose heraus wie Regenwürmer aus dem Schnabel eines Vogels. Albert klopfte ihn mit der flachen Hand ab, und eine Wolke stob empor.

Vorsichtig schlüpfte er in die Ärmel und spürte, dass er die richtige Entscheidung traf.

Abraham Kadabraham war von seiner Auszeit zurück.

Kapitel 16

Matilda Godwins

Matilda hatte zwei Probleme: Das erste war, dass Shi irgendwas vor ihnen geheim hielt. Matilda konnte nicht den Finger drauf legen, es war nur ein Gefühl, ein Bauchgrummeln, das man schnell mit Hunger verwechselte. Aber sie war sich sicher, dass die grazile Zauberin nicht alle Karten offen auf den Tisch gelegt hatte. Irgendwas war im Busch, und es war leider nicht der Jadefuchs.

Das zweite Problem bestand darin, dass Matilda komplett nutzlos für die Gruppe war. Shi hatte das Zepter an sich gerissen und führte sie durch das dichte Unterholz. Sie sagte, wann pausiert wurde, sie befahl den Weitermarsch. Botzki tanzte gerne nach ihrer Pfeife, lachte viel zu laut über ihre Witze und war immer zur Stelle, wenn irgendwo rohe Muskelkraft gebraucht wurde. Es fehlte nur noch, dass er ihr anbot, ihr Gepäck zu tragen.

Matilda brauchte nicht gut in Mathe zu sein, um eins und ein zusammenzurechnen.

Sie war komplett abgemeldet und trug nichts mehr zum Erfolg der Mission bei. Das missfiel ihr, aber sie schluckte ihren Ärger herunter. Wenn es am Ende bedeuten würde, dass sie das Turnier tatsächlich gewannen, war das ein Opfer, das sie einzugehen bereit war.

Den ganzen Tag marschierten sie nun schon durch den

Gwydir Forest Park. Die Luft wurde rauer, der Wind stärker, und sie mussten der Westküste näher kommen. In Richtung Meer zog es den Jadefuchs immer, und sie hatten handfeste Informationen, wo er sich aufhalten sollte. In unregelmäßigen Abständen landeten magische Vögel auf Shis Schulter. Amseln, Tauben, Eulen, Habichte, Kolibris – sie hatte eine ganze Armee losgeschickt. Mit jedem Tier, das zurückkam, wurde ihr Ziel deutlicher.

Matilda musste sich eingestehen, dass sie ohne die Zauberin chancenlos gewesen wären. Selbst wenn Albert sie nicht verlassen hätte, wären sie ohne Sinn und Verstand durch den Wald geirrt. Matilda war zwar gut im Spurenlesen, konnte den Abdruck eines Fuchses von dem eines Hasen unterscheiden, aber es war ihr unmöglich, das Wesen so zielsicher aufzuspüren.

»Hättest du das nicht schon machen können, als du mit Archibald und dem Cowboy unterwegs warst?«, fragte Matilda, als gerade eine goldglitzernde Schneeeule auf der Schulter der Zauberin landete. Sie war groß, und goldener Staub fiel aus ihrem Gefieder, als sie den Kopf drehte.

»Natürlich, was meint ihr, wie wir die Höhle aufgespürt haben?«, murmelte Shi und entband die Eule von ihren Pflichten. Sie zerfiel zu magischem Staub.

»Mit den Vögeln.« Botzki grinste stolz wie ein Kleinkind, das zum ersten Mal ohne Kindersitz fahren durfte.

Matilda verdrehte die Augen.

»Genau, mein muskulöser Freund«, antwortete Shi und schenkte ihrem Verehrer ein Lächeln.

»Und warum hast du deine Fähigkeiten danach nicht mehr genutzt?«

»Oh, das habe ich. Aber Archibald war gar nicht mehr

am Jadefuchs interessiert. Er wollte unbedingt dich finden, mein Täubchen. Also habe ich meine Vögel entsandt, damit er Ruhe gab.«

»Aber du hast es ihm nicht verraten?«

Shi schnalzte mit der Zunge, als hätte sie etwas besonders Dummes gefragt. »Nein, du bist für mich nicht interessant. Ich will den Jadefuchs finden, kein britisches Mädchen. Für so etwas setze ich meine magischen Fähigkeiten doch nicht ein. Natürlich habe ich meine gefiederten Freunde weiter nach dem Fuchs suchen lassen und Archibald eingeredet, wir wären dir auf der Spur. Dass ihr im Endeffekt uns gefunden habt, war Schicksal, denke ich.«

Matilda gab sich mit der Antwort zufrieden, aber da war noch etwas. »Woher wusste er eigentlich, dass wir nicht da unten im Stollen gestorben sind, wie er es geplant hatte?«

Shi blieb stehen und wischte sich mit den weiten Ärmeln ihres roten Gewandes den Schweiß von der Stirn. Die Zauberin war vom langen Marsch sichtlich erschöpft. »Der Fuchs war durch einen engen Spalt im Bergwerk entkommen. Zu klein für uns. Wir mussten zurück und kamen natürlich durch die Höhle, in der wir euch zurückgelassen hatten. Nun ja, ihr wart nicht mehr da, also hat Archi die richtigen Schlüsse daraus gezogen.«

Das leuchtete ein.

Botzki, der vorweggegangen war und das obere Ende des Hangs erreicht hatte, reichte der Zauberin die Hand, um sie über die Kante zu ziehen. Matilda kam nicht in den Genuss dieses Services. »Und du hättest uns da unten liegen lassen?«, fragte sie.

Shi drehte sich um und musterte die junge Frau mit zusammengekniffenen Augen. »Ist das hier ein Verhör oder was? Natürlich hätte ich euch liegen lassen. Das hier ist immer noch ein Wettbewerb, und jeder Teilnehmer weiß, worauf er sich einlässt. Mein Ziel ist, den Jadefuchs zu bekommen, und nicht das Klären von Familienfehden, verstanden?«

»Verstanden«, erwiderte Matilda und hob abwehrend die Hände. Irgendwas stank hier gewaltig zum Himmel, und es war keine Rehscheiße.

Eine goldene Krähe landete auf Shis Schulter. Sie krächzte, Shi nickte und entließ den Vogel dann aus ihrem Dienst.

»Kommt, keine halbe Stunde von hier soll sich die Burgruine befinden. Die Dellinger-Drillinge sind schon vor Ort.«

Das Trio beschleunigte sein Tempo, und wenig später standen sie am Rand einer großen Lichtung. In der Mitte befanden sich die Überreste einer Burg. Die Mauer war noch klar zu erkennen, und auch der Burgturm ragte wie ein Fahnenmast in die Höhe. Aber überall fehlten Steine, die Kanten waren von Wind und Wetter geglättet. Moos hatte die hohen Mauern längst überwunden und die Festung erobert. Die Abendsonne tauchte das Gemäuer in ein dunkles Rot, und die Meeresluft roch salzig. Der Wind peitschte offen über das Gelände, und Matilda zog ihren Mantel zu.

»Was ist der Plan?«, fragte Botzki. Er hatte seine Augen gegen die Sonne abgeschirmt.

»Wir werd-«, setzte Matilda an, aber ihr wurde das Wort abgeschnitten.

»Ich werde einen meiner Freude nachschauen lassen. Die Burg soll aus der Mauer und dem Turm bestehen.«

»Offensichtlich«, warf Matilda genervt ein.

»Aber der Turm ist angeblich genauso tief wie hoch. Er ist unterkellert.« Shi griff in einen der Beutel und holte ein blaues Pulver hervor. Sie wiederholte die Prozedur, die Matilda schon so oft gesehen hatte, aber dieses Mal erschien kein Vogel.

»Ein Frettchen«, murmelte Matilda beeindruckt.

»Ein Hermelin«, korrigierte Shi sie.

Das kleine Wesen hatte schneeweißes Fell und schwarze Knopfaugen. Der Pelz glitzerte in der Abendsonne. Shi sprach ein paar Worte, die Matilda nicht verstand, und das Tier jagte über die Lichtung davon und hinein in das Innere der Burg.

»Und wir?«, fragte Botzki. Er war unruhig wie ein junges Pferd.

»Wir warten«, erklärte Shi ruhig und setzte sich in das saftig grüne Gras. Sie zog ein paar Trockenfrüchte aus ihren Beuteln. »Möchte jemand Datteln?«

Botzki strahlte, als hätte man ihm ein besonders teures Steak angeboten, und griff sofort zu. »Lecker«, nuschelte er, als er die süße Frucht verspeiste. Matilda lehnte ab. Sie hatte keinen Hunger und das Gefühl, ohnehin nichts lange im Magen behalten zu können. Ihre Augen waren nur auf den Turm gerichtet. Irgendwo da drinnen war der Jadefuchs. Sie war ihrem Ziel, das Turnier zu gewinnen, so nah gekommen, wie sie es sich kaum zu hoffen gewagt hätte. Das Einzige, was ihnen noch in die Quere kommen konnte, waren die kanadischen Drillinge, und sie hatte Angst vor ihnen. Die drei umgab eine unheimliche Aura. Matilda zweifelte nicht an ihren übernatürlichen Fähigkeiten. Aber sie hatten schon ganz andere Probleme überwunden, da würden sie mit denen auch noch fertigwerden.

Es dauerte quälend lange Minuten, bis der Hermelin wieder zurückgerannt kam. Wie von einer Schnur gezogen, jagte er durch das hohe Gras direkt auf sie zu. Den letzten Meter überbrückte er mit einem Hechtsprung auf Shis Schulter, die immer noch im Schneidersitz saß und Trockenfrüchte verspeiste. Das Tier fiepte und quiekte.

»Verstanden, kleiner Freund. Du kannst jetzt gehen, vielen Dank für deine Dienste.«

»Und?«, fragte Matilda ungeduldig.

»Der Jadefuchs ist da drin«, antwortete Shi ruhig und zeigte auf den Turm.

»Das ist gut«, posaunte Botzki, der aufgestanden war und sich die Ärmel hochkrempelte.

»Schlecht ist aber, dass die Dellinger-Drillinge auch dort sind.«

Matilda lief los, aber Shi pfiff sie zurück. »Warte«, sagte sie. »Ohne Plan brauchen wir da nicht reingehen. Botzki, mein Lieber, versteck bitte unser Gepäck.«

Der Hüne nickte beflissen, sammelte ihre Taschen ein und deponierte sie in einer Baumkrone. Dort waren sie fürs Erste sicher. Hier draußen rechneten sie eh nicht mit Dieben, aber sie wussten nicht, wie nah ihnen die anderen Teams waren. Sie wollten keine unnötigen Hinweise auf ihren Aufenthaltsort rumliegen lassen. Noch schlimmer wäre nur, wenn sie wiederkamen und das Zeug weg war. Ohne Schlafsack und Zelt würden sie keine kalte Herbstnacht aushalten.

»Also?«, fragte Matilda, nachdem das erledigt war.

»Der Jadefuchs soll sich im Kellergewölbe hinter einem Regal verstecken. Wenn mein Freund, der Hermelin, recht hat, stellen die Kanadier dort unten gerade alles auf den Kopf. Das ist unser Vorteil.«

»Wieso?«, fragte Matilda ungeduldig. Sie wollte keine weitere Zeit vergeuden.

»Weil sie mit der Suche nach dem Jadefuchs beschäftigt sind. Niemand hält Wache. Sie sind anscheinend gar nicht auf die Idee gekommen, dass ihnen jemand so dicht auf den Fersen sein könnte.«

»Was ist denn jetzt der Plan, verdammt?« Matilda spürte, wie die Wut in ihr langsam hochkochte. Dort drinnen im Turm war der Jadefuchs und sie vergeudeten ihre Zeit mit sinnlosem Gelaber.

»Wir werden ihnen einen Jadefuchs geben«, erklärte Shi ruhig und griff in den grünen Beutel. Die Menge, die sie dieses Mal hervorholte, war größer als sonst. Das Pulver füllte ihre komplette Hand aus. Vorsichtig, als würde sie eine Kerze auspusten, blies sie hinein, und der grüne Sand wirbelte durch die Luft, tanzte im Wind, und langsam kristallisierten sich Gestalten heraus. Es war nicht ein Tier, nein, gleich fünf saßen zu ihren Füßen. Sie sahen dem echten Jadefuchs nur auf den ersten Blick ähnlich. Ihr Fell schimmerte nicht in einem derart intensiven Grün, es war matter. Sie waren weniger elegant, sondern robuster, und ihre Schnauzen wirkten nicht ganz so fein.

»Sollen die unsere Feinde fressen?«, fragte Matilda ungläubig.

»Nein, nur ablenken«, erwiderte Shi. »Und nun kommt, lasst uns das hier beenden. Ich will den Jadefuchs haben.«

Den wollte Matilda auch um jeden Preis, um ihn dann gegen die Siegerprämie einzutauschen.

Mit großen Schritten eilten sie über die Lichtung zur Burgruine hinüber. Im Innenhof lagen große Quader, die im Laufe der Jahrhunderte aus der Mauer gefallen waren und an Findlinge erinnerten. Es war eine kleine Burg mit einer Mauer und einem Turm in der Mitte. Matilda vermutete, dass hier irgendein Lord seine Ländereien hatte überwachen lassen. Ein Ausguck, um die Küste im Blick zu behalten. Der Turm war viele Meter hoch, und ein schwarzes Loch führte ins Innere. Eine Tür, die bestimmt mal in den Angeln hing, war schon vor langer Zeit vermodert.

»Haben wir Licht?«, fragte Botzki.

Shi nickte, schnippte einmal mit den Fingern, und eine blaue Flamme formte sich in ihrer Handfläche. Die Füchse standen zu ihren Füßen wie treue und gehorsame Jagdhunde. »Da drinnen müssen wir gleich schnell sein«, warnte Shi. »Ich werde die Füchse reinschicken, sie werden für Verwirrung sorgen, und dann müssen wir zuschlagen. Ich kümmere mich um den Zauberer, ihr übernehmt die anderen beiden.«

»Was sollen wir mit ihnen machen?«, fragte Matilda.

»Sie ausschalten. Wie, ist mir egal.«

»Das kann ich«, sagte Botzki und lächelte zufrieden.

»Gut, noch irgendwelche Fragen?«

Matilda und Botzki schüttelten den Kopf.

Shi flüsterte etwas, und wie grüne Pfeile sausten die Füchse in den dunklen Schlund. Die drei Menschen folgten ihnen, konnten bei dem Tempo aber nicht mithalten.

Im Turminneren befand sich eine Wendeltreppe, die nach oben und nach unten führte. Ihre Richtung war klar. Shi ging vorweg, Botzki folgte ihr, und Matilda bildete das Schlusslicht. Das alte Gemäuer wurde vom blauen Licht der künstlichen Flamme erhellt. Es roch modrig wie in einem verschimmelten Keller, und die Stufen waren schmal. Matilda musste ganz genau darauf achten, wo sie ihre Füße hinsetzte, um nicht abzurutschen. Ein Geländer zum Festhalten gab es nicht, also stützte sie sich mit der Hand auf Botzkis

Schulter ab, der seinen selbstgebauten Käfig fest umklammerte. Mit jedem Schritt abwärts wuchs Matildas Anspannung. Jeder Muskel ihres Körpers war jetzt wach und bereit, wenn nötig aktiv zu werden. Plötzlich sackte Matildas rechter Fuß weg, den sie gerade auf die Stufe gesetzt hatte. Der Stein brach ab und bröselte wie Staub die Treppe hinunter.

»Verdammt«, fluchte Matilda, die sich gerade noch abfangen konnte.

Im Licht der künstlichen Flamme sah sie, wie Shi ihr einen wütenden Blick zuwarf. »Absolute Ruhe!«

Ja, klar, als hätte sie das gerade mit Absicht gemacht. Am liebsten hätte sie ihr ein paar Beleidigungen an den Kopf geworfen, riss sich aber zusammen.

Geräusche drangen an ihr Ohr, und Shi hob die Hand zum Zeichen, stehen zu bleiben.

»Da ist er.« Die Stimme drang gedämpft wie durch ein geschlossenes Fenster zu ihnen empor. »Los, ab in die Falle mit ihm!«

»Schnell, bevor –«, setzte Botzki an, der bereits die Treppe runterpoltern wollte.

Aber Shi ließ ihn nicht passieren. »Sie haben einen meiner kleinen Freunde gesehen. Kein Grund, in Panik zu geraten. Haltet euch an den Plan!«

Die letzten Stufen waren schnell überwunden, und sie standen vor einer alten Holztür. Sie war von der Feuchtigkeit im Gewölbe aufgequollen wie ein Schwamm, den man in der Badewanne vergessen hatte. Der Türgriff hatte eine rostbraune Färbung angenommen.

Shi löschte ihre Flamme, und sie standen in kompletter Dunkelheit. Matilda schlug das Herz bis zum Hals, und sie musste sich ehrlich eingestehen, dass sie Angst hatte. Zum Glück fragte niemand danach.

Das Quietschen von Türangeln war zu hören. Es war ein langgezogener Ton wie in einem schlechten Horrorfilm. Ein matter Lichtkegel kämpfte sich durch den Spalt in das Treppenhaus. Die Dellingers hatten das Gewölbe für die Suche hell erleuchtet.

Sie hatten den Vorteil des Überraschungsmoments auf ihrer Seite. Die drei Kanadier wandten ihnen den Rücken zu und standen vor einem Regal, auf dessen oberstem Brett ein grüner Fuchs saß. Matilda erkannte sofort die Fälschung. Die drei trugen ihre langen grauen Mäntel und waren von hinten kaum zu unterscheiden. Große, athletische Menschen, die auch ohne Probleme an den Olympischen Spielen teilnehmen könnten.

Shi rannte vorweg. Sie griff in ihre Pulversäckchen und erzeugte einen riesigen Adler. Er leuchtete feuerrot und stürzte sich auf den Magier der anderen Gruppe. Das Kreischen des Tieres verriet sie, und sie ließen vom Fuchs ab. Der Zauberer, ein junger Mann, malte augenblicklich Zeichen in die Luft, als hätte er mit einem Angriff gerechnet. Ein Spinnennetz formte sich und flog auf den Adler zu, umspannte ihn und zerrte ihn zu Boden.

Botzki, der als Zweiter den Raum betreten hatte, warf seinen Käfig beiseite und griff nach einem Tongefäß, das auf einer Kiste neben dem Eingang stand. Der Hüne schleuderte es seinen Gegnern entgegen. Der Krug verfehlte eine der beiden Frauen nur um Haaresbreite und zerschellte am Regal. Jeder Historiker hätte vor Wut und Verzweiflung aufgeschrien, zum Glück war aber keiner anwesend.

Zwischen den Magiern war ein effektreicher Kampf ausgebrochen. Sie schleuderten sich Tiere und Gegenstände entgegen. Es sah aus wie ein Feuerwerk, leider konnte Matilda es jedoch nur aus den Augenwinkeln verfolgen. Sie hechtete über eine Kiste und war mit schnellen Schritten an ihrer Gegnerin dran. Sie erkannte die Kanadierin vom Empfang, bei dem alle Teams vorgestellt worden waren. Die athletische Frau hatte kein Problem, Matildas Schläge und Tritte abzuwehren. Matilda zielte auf ihren Kopf, aber ihre Fäuste gingen ins Leere. Die Frau duckte sich weg und verpasste ihr einen Haken in die Magengrube.

Die Luft wich aus ihren Lungen. Matilda atmete tief ein.

Ihre Feindin betrachtete sie wie eine Löwin einen Springbock. Der Kampf war entschieden, jetzt wurde noch ein bisschen gespielt.

Matilda wich ein paar Schritte zurück und suchte die Umgebung nach irgendwas ab. Schwerter, Äxte, Speere, aber der letzte Ritter hatte hier vernünftig aufgeräumt. Es gab nur Kisten, Schränke, vergilbte Flaschen und Tonkrüge.

Die Frau trat nach ihr, und Matilda sprang zurück, stolperte dabei über einen Balken, der mal die Decke getragen hatte und nun auf dem Boden lag, und kam ins Straucheln.

Ihre Feindin setzte sofort nach und zielte mit schnellen Schlägen auf ihren Kopf. Es war reines Glück, das Matilda in diesem Moment rettete. Sie hatte sich immer noch nicht gefangen und stolperte umher, weswegen die Angriffe sie nicht trafen. Sie ruderte mit den Armen wie eine Drahtseilartistin und fand Halt an einem Regal. Wahllos griff sie nach dem erstbesten Gegenstand und schleuderte ihn ihrer Widersacherin entgegen. Die Flasche traf die Frau direkt an der Stirn. Sie taumelte ein paar Schritte zurück, was Matilda die nötige Zeit verschaffte, um ihr Gleichgewicht wiederzufinden.

Blut lief ihrer Feindin in einem feinen Rinnsal von der Stirn und über die Schläfe. »Das bereust du«, fauchte sie wie eine Raubkatze und wischte mit dem Ärmel ihres grauen Mantels das Blut weg.

Matilda schluckte. Sie hatte den Rest, der im Raum passierte, beinahe vollständig ausgeblendet. Irgendwo brüllte Botzki, Sachen fielen zu Boden, und bunte Lichter erhellten den Raum. Die anderen waren also noch am Kämpfen, das reichte ihr.

Sie stemmte einen Fuß nach hinten und ballte beide Fäuste wie in einem Kung-Fu-Film. Besser als nichts.

Die Kanadierin grinste und griff in die Seitentasche ihres Mantels. Sie zog einen langen schwarzen Gegenstand hervor, der mit einer schnellen Bewegung noch länger wurde. Er war dünn. Matilda erkannte ihn sofort. »Sie haben Totschläger«, brüllte sie und duckte sich weg. Über ihr splitterte Holz aus dem Regal und regnete auf sie hinab. Matildas erster Instinkt war, die Flucht zu ergreifen, aber das stand nicht zur Debatte.

Der zweite Hieb sauste direkt auf sie nieder, und sie rollte sich über die Schulter zur Seite ab. Aus der Bewegung heraus schnellte Matilda wieder hoch und zielte mit dem Kopf genau auf das Kinn der Widersacherin.

Matilda sah in den Augen ihrer Feindin noch die Überraschung. Sie hatte damit gerechnet, dass Matilda beim Anblick der Waffe lieber Reißaus nehmen würde, und definitiv keinen Gegenangriff erwartet. Zu groß waren das Erstaunen in ihrem Gesicht und die Wut, als sie zu bemerken schien, dass sie verloren hatte.

Matilda traf die Frau mit der vollen Wucht ihres Schädels direkt unter dem Kinn. Sie war hochgeschossen wie ein Delfin aus dem Wasser, hatte sich mit ganzer Kraft vom Boden abgestoßen. Das Geräusch, als ihr dicker Schädel auf den Kiefer traf, erinnerte sie an einen Mörser, wenn man Gewürze mahlte. Bewusstlos fiel die Frau nach hinten und bewegte sich nicht mehr.

Matilda rieb sich den Kopf. Die Stelle, mit der sie ihre Feindin erwischt hatte, schmerzte, und es würde eine ordentliche Beule geben. Ihr Schädel brummte, und kurz drehte sich alles. Aber lieber eine Beule vom Kinn ihrer Gegenspielerin als von ihrem Totschläger.

Totschläger!

Matilda hechtete zu dem dünnen Schlagstock, der aus dem Griff der Frau gerollt war und vor einem Regal lag. Sie umklammerte die Waffe und fühlte sich sofort unbesiegbar.

»Eine weniger«, rief sie zufrieden und drehte sich um.

Shi und der männliche Teil der Drillinge waren weiterhin damit beschäftigt, sich mit Zaubersprüchen einzudecken. Beide sahen schweißdurchtränkt aus, die Anstrengung spiegelte sich in ihren Gesichtern wider. Trotzdem waren sie noch keinen Deut vorangekommen.

Schlechter sah die Sache bei Botzki aus, wie Matilda feststellen musste.

»Gleichstand, würde ich sagen«, sagte die Frau, mit der er gekämpft hatte. Sie stand am anderen Ende des Raumes und hielt einen Totschläger in der Hand. Botzki lag am Boden, Blut quoll aus seiner Nase. Matilda zögerte keine Sekunde. Sie stürzte sich auf ihre neue Gegnerin.

Ein rascher Schlagabtausch folgte, die Waffen wurden wie Schwerter geführt. Matildas neue Gegnerin war nicht ganz so flink wie ihre Schwester, aber kräftiger und größer. Lange sah es so aus, als könnte Matilda den Angriffen standhalten, aber ein kurzer Moment der Unachtsamkeit und der Teleskopstab traf sie an der Schulter. Ein Brennen durchfuhr ihren Körper, und sie schnappte nach Luft. Viel Zeit, um den Treffer zu verdauen, blieb ihr nicht. Die Frau setzte sofort nach, und der nächste Hieb zielte direkt auf ihre Schläfe. Ein Schlag, der Schädeldecken zertrümmern konnte, das wusste Matilda. Sie ließ sich nach hinten fallen und brachte irgendwie noch ihren Teleskopstab zwischen Schläfe und Totschläger. So traf sie der Schlag nicht mit voller Wucht und streifte nur ihre Augenbraue, die sofort aufplatzte. Blut quoll hervor und vernebelte ihre Sicht.

»Scheiße«, fluchte Matilda, die aber noch auf den Beinen geblieben war. Mit einer Hand hielt sie die Stelle oberhalb ihres Auges, mit der anderen umklammerte sie ihre Waffe wie ein Priester, der mit einem Kreuz einen Vampir aufhalten wollte.

»Genug«, durchschnitt eine Stimme die Luft, und Matilda fiel auf, dass es im Kellergewölbe ruhiger geworden war. Der Kampfeslärm war verklungen. Botzki lag am Boden, und Shi? Matilda drehte den Kopf weiter als gewöhnlich, denn durch das eingeschränkte Sichtfeld hatte sie Probleme, alles zu überblicken. Shi war gefesselt. Sie kniete auf dem Boden, und um ihren Körper spannte sich ein blau leuchtendes Seil. Ihren Kopf hatte sie gesenkt und gegen die Brust gedrückt.

»Ihr habt verloren«, sagte der junge Magier. »Du hast keine Chance gegen mich.«

»Oder mich«, warf seine Schwester sofort ein.

»Schmeiß die Waffe weg und ergib dich. Wir wollen niemanden umbringen, wenn es nicht nötig ist«, fuhr der Zauberer fort. Die Stimme war bestimmt, aber freundlich. Das hier war nichts Persönliches, keine Familienfehde, sie wollten einfach nur gewinnen.

Matilda überlegte. Aufgeben war eigentlich keine Option. Wenn sie jetzt kapitulierte, war es das. Die Dellingers würden sich den Jadefuchs schnappen, ihn bei der Burg abliefern und das Geld kassieren.

Aber sie sah ein, dass sie verloren hatte. Sie konnte es kaum mit der teleskopstabschwingenden Barbarin aufnehmen, geschweige denn mit einem richtigen Zauberer. Ein paar Silben und sie würde genauso gefesselt auf dem Boden liegen wie ihre magiebegabte Kameradin.

Eigentlich wollte Matilda den Totschläger fallen lassen, aber ihre Hand hatte sich so fest um den Griff geklammert, dass das Weiße auf ihren Knöcheln hervortrat. Sie rang mit sich.

»Muss ich bis drei zählen?«, fragte der Magier und klang wie ein ungeduldiger Vater. »Drei …«

Matilda ließ den Schlagstock fallen. Mit einem dumpfen Geräusch kam er auf dem jahrhundertealten Felsboden auf. Das war's. Sie hatten verloren.

Wenige Minuten später saßen sie alle gut verpackt wie Weihnachtsgeschenke an der kalten Steinmauer. Botzki war mittlerweile wieder bei Bewusstsein, und Matilda sah dabei zu, wie die Dellingers den Fuchs hinter dem Regal aufscheuchten und in ihre Falle trieben. Es handelte sich dabei um eine aus Holz geschnitzte Röhre, und dem Wesen blieb gar nichts anderes übrig, als in die Öffnung zu laufen. Der Magier versiegelte die Falle, und ein flirrendes Netz verschloss den Eingang. Ein jämmerliches Fiepen war zu hören.

Matilda war zum Heulen zumute.

Die Drillinge wandten sich schon dem Ausgang der

Treppe zu, da drehte sich der junge Mann noch mal um. »Die magischen Bande werden in einer halben Stunde ihre Kraft verlieren. Dann sind es nur noch ganz normale Fesseln«, sagte er an Shi gewandt. »Wir werden den Zugang versperren, damit ihr uns nicht verfolgen und uns die Beute abnehmen könnt. Aber wir werden die Turnierleitung informieren, dass ihr hier unten seid. Es sollte also bald Hilfe kommen.«

»Bis ihr zurück in der Burg seid, sind wir hier unten längst verdurstet«, krächzte Matilda.

»Wir sind im offenen Gelände schnell und werden ein ordentliches Tempo vorlegen«, erwiderte der Mann kühl. Er wandte sich ab, und die Tür wurde zugeschlagen. Von der anderen Seite hörten sie, wie schwere Gegenstände dagegengestemmt wurden. Die Holztür würde sie nicht aufhalten, da war sich Matilda sicher. Es gab nur ein Problem: Sie waren gefesselt.

Immerhin hielt der Zauberer sein Wort, und nach einer gefühlten Ewigkeit erlosch das blaue Glimmen von Shis Fesseln. Sie sah entkräftet aus. Ihr schwarzes Haar hing ihr schlaff ins Gesicht. Die Haut glänzte vom Schweiß der Anstrengungen.

»Ganz schön …«, setzte sie an und atmete tief ein, »kräftezehrend, wenn einem jede magische Kraft geraubt wird.« Sie keuchte bei jedem Wort.

»Hat ja wunderbar funktioniert, dein Plan«, kommentierte Matilda trocken. Die Wunde über ihrem Auge brannte, und sie starrte auf die Steinwand gegenüber. Die Dellingers waren so nett und hatten eine ihrer Lampen hier unten zurückgelassen, damit sie nicht im Dunkeln saßen.

»Hab seine Kraft unterschätzt«, gab Shi zu.

»Hätte jedem von uns passieren können«, mischte Botzki sich ein. Auch er sah fürchterlich aus. Seine Nase erinnerte an eine zermatschte Kartoffel, der Stab musste ihn direkt auf dem Nasenbein getroffen haben. Er erinnerte an einen Boxkämpfer, der den Kürzeren gezogen hatte.

Matilda schloss die Augen und atmete ein und aus. Ihr Haus, ihr Anwesen, ihre Mutter. Alles war weg. Zwar hatten die Dellingers noch nicht gewonnen, sie mussten die Beute noch bei der Turnierleitung abliefern. Aber wie sollten sie das verhindern? Ihre Arme waren mit einem festen Knoten auf dem Rücken zusammengebunden.

»Gebt mir noch ein paar Minuten, dann löse ich das Problem«, schnaufte Shi und lehnte den Kopf an die kühle Felswand. Sie starrte zur Decke, als hätte sie gerade einen Marathon hinter sich gebracht.

»Was willst du machen? Uns den Weg freisprengen?«, fragte Matilda trocken.

Die Magierin schüttelte kaum merklich den Kopf. »Nur ein paar Minuten, okay?«

Matilda atmete laut aus. Zeit war das Letzte, was sie jetzt hatten. Mit jeder verstrichenen Sekunde brachten die Drillinge mehr Abstand zwischen sich und sie. Sie stemmte sich hoch, suchte in dem Raum nach etwas Scharfem und wurde bei den zerbrochenen Tonscherben von Botzkis geworfenem Gefäß fündig. Allerdings erwies es sich als gar nicht so einfach, mit auf den Rücken gefesselten Händen die Scherben zu greifen. Immer wieder rutschten ihr die Bruchteile zwischen den Fingern durch, und ihre Flüche wurden lauter.

»Botzki, hilf mir mal!«

Der Mann, dem man jetzt plötzlich sein Alter ansah,

seufzte und drückte sich an der Wand in die Höhe. Er humpelte zu Matilda hinüber und versuchte, eine der Scherben zu fassen zu bekommen. Es war ein hoffnungsloses Unterfangen wie schon in der Höhle, als schlussendlich Albert sich von seinen Fesseln befreit und sie gerettet hatte.

Shi verfolgte das Treiben mit trübem Blick. »Botzki, mein Großer, komm mal her.«

Er gehorchte wie ein abgerichteter Hund und trottete hinüber. Matilda verfluchte ihn innerlich, ließ sich jedoch nicht von ihrem Vorhaben abbringen. Solange es eine Chance gab, den Jadefuchs selbst über die Ziellinie zu tragen, würde sie sich nicht aufhalten lassen. Jeder Strohhalm musste ergriffen werden, sie waren schon so weit gekommen.

»Lös den gelben Beutel, reiß ihn einfach ab«, hörte sie Shi sagen und ließ für einen Augenblick von ihrem Tun ab. Matilda verfolgte, wie Botzki mit auf dem Rücken gefesselten Händen versuchte, das Säckchen zu ergreifen. In einer anderen Situation wäre es komisch oder grotesk gewesen. Es sah aus, als würden die beiden Pantomime spielen und Hühner darstellen. Botzki zerrte mit ganzer Kraft an dem Beutel, und das Kleid spannte sich. Mit einem Ruck zerriss der Faden, der den Beutel am Stoff hielt, und er plumpste zu Boden.

»Sehr gut«, murmelte Shi und verrenkte sich, um ein paar Körner aufzusammeln. Sie flüsterte wieder in der fremden Sprache und ein winziges Wesen formte sich.

»Ein …«, stammelte Matilda ungläubig.

»Glühwürmchen, genau«, sagte Shi scharf. Ihr Brustkorb hob und senkte sich. Das kleine Zauberstück hatte sie viel Kraft gekostet. Sie flüsterte dem Insekt etwas zu, und es schwirrte davon. Matilda verfolgte die Flugbahn. Emsig flog es auf die verschlossene Tür zu und verschwand im Schlüsselloch.

Matilda sah von der Tür zu Shi und wieder zurück. »Was sollte das denn gerade?«, fragte sie und spürte Wut in sich hochkochen. Während sie versuchte, irgendwie die Fesseln loszuwerden, verplemperte die Zauberin ihre wenigen Kräfte, um ein Glühwürmchen in die Freiheit zu entlassen.

Shi rappelte sich mühsam auf und lehnte sich gegen die Steinmauer. Botzki half ihr, soweit es ihm mit gefesselten Händen möglich war. Der Schweiß auf ihrer Stirn glänzte in dem wenigen Licht, das sie hier unten hatten. Müde sah sie Matilda an und schien zu überlegen, ob sie ihr überhaupt antworten sollte.

»Das, meine Liebe, ist unsere letzte Hoffnung hier raus – falls es überhaupt noch eine gibt.«

Matilda zog eine Augenbraue hoch. »Ein Glühwürmchen?« Wenn das ihre letzte Hoffnung war, waren sie verloren.

»Ein Glühwürmchen«, bestätigte Shi und schloss die Augen.

Matilda sah zu Botzki, der jedoch jeden Augenkontakt vermied. Sie schüttelte den Kopf und versuchte dann erneut, eine der Scherben zu ergreifen, die ihr immer wieder durch die Finger glitten.

Kapitel 17

Albert Tubbs

»Komischer Aufzug«, murmelte einer der Jugendlichen im Vorbeigehen. Albert schenkte ihm keine Beachtung. Der komische Aufzug waren sein Zylinder und der ramponierte Zaubererfrack. Natürlich waren sie aus der Zeit gefallen, aber trotzdem fühlte er sich darin viel wohler als in dem feinen Anzug, den er für die Bank tragen musste.

Die Gruppe Halbstarker war auf der Suche nach einem freien Platz im Zug weitermarschiert. Albert saß am Fenster und beobachtete, wie Kühe an ihm vorbeirasten. Über ihm in der Gepäckablage lagen sein Zaubererkoffer und sein Rucksack mit den Campingutensilien.

Immer wieder wischte er sich die schweißnassen Hände an den Oberschenkeln ab.

Er konnte zaubern. Albert hielt mittlerweile sechs Kopien seines Bahntickets in den Fingern – alle erschaffen mit reiner Willenskraft und einem kleinen Zauber.

Wenn er das zu tun vermochte, konnte er vielleicht auch den Käfig versiegeln. Vorausgesetzt, Matilda und Botzki waren überhaupt noch im Rennen und hatten nicht das Handtuch geworfen, nachdem er verschwunden war. Das sah ihnen aber nicht ähnlich. Matilda hatte schon einen Plan erarbeitet, wie sie es auch ohne ihn schaffen konnten, da war er sich sicher.

Alberts Handy vibrierte, und beim Blick auf das Display gefroren seine Organe zu einem Klumpen Schneematsch.

Patty.

Seitdem sie vorhin aufgelegt hatte, hatten sie kein Wort miteinander gewechselt. Sie wusste nichts von Albert Plänen und wohin er gerade unterwegs war.

Sein Finger pendelte zwischen dem grünen und roten Hörer. Er fasste sich ein Herz und nahm den Anruf entgegen.

»Hey, Albert hier.«

»Hey, Albert«, erwiderte Patty. Sie klang gefasst. »Sorry wegen vorhin. Es scheint, dass ich dich da wirklich in eine Sache gedrängt habe, die du nicht wolltest. Die du nur für mich getan hast.«

»Oh«, murmelte Albert überrascht. Er hatte mit vielem gerechnet, aber nicht damit.

»Ich möchte bloß, dass wir beide glücklich sind, und wenn es für dich bedeutet, dass du Pizza auslieferst, dann ist das für mich in Ordnung. Ich mache mir viel zu viele Gedanken, ob ich den Erwartungen meiner Eltern gerecht werde. Du weißt ja, wie mein Vater drauf ist.«

Das wusste Albert nur zu gut. »Das ist schön.«

Stille am anderen Ende.

»Also danke«, stotterte er, »dass du das sagst. Das war bestimmt nicht einfach. Und es tut mir leid, dass ich nicht den Mund aufgemacht habe, sondern mich reindrängen ließ.«

Immer noch Stille und er sah auf das Display, ob die Verbindung noch stand, was der Fall war.

»Können wir uns nachher sehen?«, bat sie leise.

»Du … äh«, stammelte er wie ein überraschter Fünftklässler, der die Hausaufgaben vorlesen sollte. »Heute ist schlecht.«

»Morgen?«, fragte sie, und Albert spürte, dass sie nicht locker lassen würde. Patty hatte mit ihrem Anruf großen Mut bewiesen. Sich einen Fehler einzugestehen war nicht einfach, ihn aber auch noch zuzugeben, das war ein ganz anderes Brett.

»Ich kann zaubern, und ich sitze gerade im Zug«, gestand er wie aus der Pistole geschossen. Der Satz war völlig bekloppt, aber hätte er nur eine Sekunde länger über die Formulierung nachgedacht, hätte er es gar nicht ausgesprochen.

Stille.

»Patty, bist du noch da?«

»Albert, brauchst du Hilfe?«, fragte sie vorsichtig.

»Ich ... Was? Nein!«

»Wo fährst du hin? In was für einem Zug sitzt du?«

»Zurück zu Matilda und Botzki«, stammelte er.

»Was ist los?«

Albert hasste diese Frage. So viel war los. Naturkatastrophen, Menschen verhungerten, Krankheiten breiteten sich über den ganzen Planeten aus, er hatte heute Morgen sein Frühstück schneller verdaut, als ihm lieb war. »Nichts ist los.«

»Wirst du erpresst?«

»Nein.«

»Albert, du bist ein toller Zauberer, aber ...« Dann wurde es still.

Da war er wieder, der Stich ins Herz. Nun rang er mit den Tränen. »Es ist etwas Richtiges«, presste er hervor und legte auf. »Es ist etwas Richtiges«, wiederholte er.

Zwei Stunden später stand Albert an dem Bahnhof, an dem er schon mal eine Tafel Schokolade und ein Tafelwasser gekauft hatte. Er wartete an der Bushaltestelle, und als das

Fahrzeug vor ihm hielt und die Tür aufging, wäre er fast nicht eingestiegen.

Derselbe schlechtgelaunte Busfahrer saß hinter dem Steuer und sah ihn an, als würde Albert ein Inkassoschreiben überbringen wollen.

»Einmal bitte.«

»Heute ist die alte Dame aber nicht da«, knurrte ihn der Kerl an.

»Kein Problem, ich hab Geld dabei.« Er ließ ein paar Münzen in das Fach fallen.

Der Busfahrer schüttelte kurz den Kopf, druckte ihm aber das Ticket aus. Albert nahm es entgegen und suchte sich einen Platz, was nicht schwer war, denn er hatte die freie Auswahl.

Die Sonne stand schon tief am Horizont, und bald würde es im Wald wieder so dunkel wie in einem Bärenhintern werden. Albert hatte keinen Plan, keine Idee, wie er die anderen finden sollte. Vielleicht mit Magie? Nein, den Gedanken verwarf er schnell. Er konnte Sachen kopieren, auftauchen lassen und einen Hamster in seinem Zylinder am Leben erhalten, aber keinen magischen Kompass erschaffen. Noch nicht. Vielleicht eines Tages, aber so viel Zeit blieb ihm nicht.

Am Fenster jagten Felder und Bäume vorbei, bis der Bus mit quietschenden Reifen zum Stehen kam. Eine alte Dame stieg ein, sie schenkte dem Busfahrer ein Lächeln, und er grinste zurück. Dabei hätte Albert viel Geld darauf gewettet, dass der Mann gar nicht grinsen konnte.

Zwischen ihren Beinen schlängelte sich ein plattschnäuziger beiger Teigklumpen durch. Ein Mops.

Alberts Armhaare stellten sich auf, und all seine Sinne

waren geschärft. Die alte Lady war jene Oma, die ihm bei der letzten Fahrt in diesem Bus das Geld für das Ticket gegeben hatte.

Wackelig kam sie auf ihn zu und lächelte ihn freudestrahlend an. Albert kramte in den Taschen. »Warten Sie, ich gebe Ihnen Ihr –«

»Lass mal, mein Junge. Das war ein Geschenk und keine Leihgabe.« Sie drückte seinen Unterarm leicht herunter, und Albert ließ sein Portemonnaie wieder in der Tasche verschwinden. »Schön, dass du zurückgekommen bist und die Sache abschließen willst. Du machst das Richtige!«

»Danke«, sagte Albert, und die Frau lief weiter und nahm irgendwo hinter ihm Platz.

Erst als er ausgestiegen war, der Dame noch mal zugewunken hatte und vor dem großen dunklen Wald stand, fiel ihm auf, dass er der Frau nie von seinem Unterfangen im Wald erzählt hatte. Sie konnte davon nichts wissen, aber was hatte sie dann gemeint?

Albert zuckte mit den Schultern. Das war nicht weiter wichtig. Er musste sich jetzt um andere Sachen kümmern.

Vorsichtig setzte er seinen Fuß vom Asphalt auf den feuchten Waldboden wie ein Schwimmer, der einen Zeh in das eiskalte Wasser eines Sees steckte.

Lauwarm. Sein Körper würde sich dran gewöhnen.

Albert machte den nächsten Schritt, und schnell war er im tiefen, dichten Gehölz des Gwydir Forest Park verschwunden.

Die ersten zwei Stunden marschierte er. Er hatte einen kleinen Pfad gefunden, der vor allem von Wild genutzt wurde, und folgte ihm einfach. Da er kein Ziel hatte, konnte er sich auch nicht verlaufen. Albert versuchte gar nicht erst, den Punkt wiederzufinden, wo er Botzki und Matilda verlassen hatte. Es war unmöglich, dass sie sich noch dort befanden. Zu viele Tage waren seitdem vergangen, und sie waren nie lange an einem Ort geblieben.

Also lief er immer tiefer in den dunklen Wald, und als es dunkel wurde, nutzte er sein Smartphone als Taschenlampe. Es spendete ihm genügend Licht, damit er nicht über eine Wurzel stürzte oder einen Hang hinabfiel. Insekten schwirrten im Leuchtkegel wie Partygänger in einer Disco zu guter Musik. Immerhin war er so nicht alleine.

Der Wald war wach. Im Unterholz knackte es, aus den Baumkronen erklangen kehlige Geräusche von Eulen oder anderen Vögeln. Albert hatte keine Ahnung davon, er war in der Großstadt aufgewachsen. Aber er war sich sicher, dass in diesem Augenblick der halbe Wald auf ihn starrte und sich fragte, was der Junge mit der Taschenlampe hier verloren hatte.

Albert ließ vor Schreck sein Handy fallen, als er eine Stimme hörte.

»Howdy, nicht erschrecken«, sagte jemand.

»Zu spät«, murmelte Albert und suchte auf dem Boden nach dem Smartphone. Angst hatte er keine mehr. Wenn sein Gegenüber ihm etwas Böses gewollt hätte, wäre er längst tot gewesen. Seine Finger fanden das Handy, und er hob es auf. Er leuchtete dem Fremden nicht direkt ins Gesicht, sondern auf die Füße. Albert sah braune Cowboystiefel, und das Blut in seinen Adern gefror. Langsam wanderte der Lichtkegel hoch und offenbarte einen Ledermantel, der sich über einem Bauch spannte, und lange zottelige Haare, auf denen ein breiter Hut saß.

Der Cowboy.

John van de Heydt sah ihn mit seinen rot unterlaufenen Augen an. Er stank nach getrocknetem Schweiß und billigem Alkohol. »Keine Angst, ich bin ausgestiegen. Hab kein Bock mehr auf die Scheiße. Sollen die Engländer ihre Kriege doch selbst austragen. Wir haben uns nicht ohne Grund die Unabhängigkeit erkämpft«, sagte er und spuckte aus. »Haben mir alles kaputtgemacht, was mir lieb und teuer war.« Er zeigte auf seinen Revolver, der merkwürdig verbogen im Gürtel hing. »Glaube nicht, dass man das wieder hinbekommt. Die Kugeln werden immer einen Drall haben und verziehen.«

Albert nickte.

»Wie auch immer, weißt du, wie ich hier wegkomme? Laufe schon eine ganze Zeit wie so ein Rindvieh durch den Wald.«

»Sie müssen einfach dem Weg folgen, dann kommen Sie zu einer Straße, wo ein Bus fährt«, antwortete Albert. Sein Körper wartete auf einen Angriff, aber der Cowboy sah so schwach und fertig aus, dass da nichts kommen würde, da war sich Albert ziemlich sicher.

»Danke, Mann«, erwiderte John. »Wo hast du gesteckt? Hast du dir ein paar Chips gekauft?«

»Notfall in der Familie«, log Albert.

John nickte. »Hoffe, alles ist gut. Dann werde ich mal diesen Bus suchen.«

Albert stellte sich vor, wie er vor dem Bus stehen würde und der Fahrer ihn nicht einsteigen ließ, weil er das Ticket nicht bezahlen konnte. Sie würden sich anstarren wie zwei Ganoven, die sich zur Mittagssonne auf dem Marktplatz zum Pistolenduell trafen.

»Haben Sie Kleingeld?«, fragte Albert.

»Sorry, Junge, kann dir nichts geben, bin selbst völlig pleite.«

»Nein, ich will nichts haben.« Albert fummelte in seiner Jackentasche. »Hier sind fünf Pfund, damit kommen Sie bis zum nächsten Bahnhof. Wenn Sie die Dame mit dem Mops sehen, grüßen Sie sie lieb von mir.«

»Ist gut, danke, Junge«, antwortete der Cowboy und nahm den Schein entgegen. »Dann noch einen schönen Abend.«

John war schon an ihm vorbeimarschiert, da drehte sich Albert noch mal um. »Irgendeine Ahnung, wo die Teams sind?«

Der Cowboy blieb stehen, sah ihn aber nicht an. Er lachte müde. »Archibald Conteville, der ganze Stolz seiner Familie, hat noch nicht aufgegeben. Der Rest? Keine Ahnung.«

»Okay, vielen Dank«, erwiderte Albert, und beide Männer gingen ihrer Wege.

»Viel Glück«, rief ihm John zu, und Albert hob die Hand zum Abschied.

Es war kurz vor Mitternacht, als der Akku seines Handys den Geist aufgab und Albert im Nirgendwo stand. Das Nirgendwo war ein unfassbar dunkler Ort, und Albert hatte nicht bedacht, dass er sein Zelt so nicht aufbauen konnte. Genervt ließ er die Sachen auf dem Waldboden liegen und setzte sich auf einen umgefallenen Baumstamm. Er stützte den Kopf in die Hände.

Was genau tat er hier? Was hatte er sich dabei gedacht? Warum hatte ihn niemand aufgehalten?

Albert starrte in die Schwärze und hatte das Gefühl, dass sie zurückstarrte. In London hatte er es für eine unfassbare kluge Idee gehalten. Abraham Kadabraham kehrte zurück wie ein Zauberer, der mit einem großen Knall von der Bühne verschwunden war und plötzlich auf dem Balkon des Theaters auftauchte. Aber das hier war kein Zauberkunststück. Es war der missratene Versuch, einen Fehler wieder gutzumachen.

Mit hängendem Kopf schüttelte er sich eine Plastikrose aus dem Ärmel und warf sie in die Schwärze der Nacht, die die Kunstpflanze verschlang wie ein Wolf ein Küken.

Wenn das klappte, dann vielleicht auch …

Albert schüttelte seinen Arm, und erst passierte nichts. Er wackelte energischer damit, und die nachtaktiven Tiere, die ihn in der Dunkelheit sehen konnten, mussten glauben, dass er Lockerungsübungen machte. Plötzlich spürte Albert einen kalten Gegenstand in seiner Armbeuge und ließ ihn in die Hand rutschen.

Er hob ihn hoch, drückte auf das kleine Stück Plastik und eine Flamme züngelte sich durch die Schwärze. Mit Feuerzeugen klappte der Trick also auch. Die nächste Stunde verbrachte Albert damit, sich allerhand Dinge aus den Ärmeln zu schütteln: Zahnbürsten, Kugelschreiber, Klebeband, Radiergummis, ein Tacker und Notizzettel lagen auf dem Boden. Er hatte schnell verstanden, dass die Gegenstände klein genug sein mussten, um in seinen Ärmel zu passen, und vor allem nicht zu komplex sein durften. Selbstverständlich hatte er auch versucht, ein aufgeladenes Smartphone hervorzuholen, war jedoch gescheitert.

Albert entzündete das Feuerzeug und blickte auf das Gewirr aus Gegenständen auf dem Boden hinab. Sie lagen wie Mikadostäbchen kreuz und quer aufeinander. Er seufzte. Immerhin blieb ihm so immer noch eine Karriere als Vertreter für Bürobedarf. Das Materiallager befand sich irgendwo zwischen Ellenbeuge und Achsel. Praktisch, so würde er sich viel Miete sparen, aber das Finanzamt hätte früher oder später sicherlich Fragen.

Er ließ die Flamme wieder erlöschen und erschrak, dachte zuerst an einen Defekt. Genau vor ihm war immer noch ein Licht. Es schwirrte wie eine Hummel direkt vor seinem Gesicht, verharrte in der Luft und verlor glitzernden Blütenstaub. Zumindest sah es so aus. Albert hatte noch nie ein lebendiges Glühwürmchen gesehen und wunderte sich nicht weiter darüber. Er konnte einem genau sagen, welchen Zug man vom Bahnhof Watford Junction zur Central Station London nehmen musste, aber Glühwürmchen waren für ihn fast so phantastisch wie Feen und Kobolde. Insekten sollten nicht leuchten, sondern Blüten bestäuben und Menschen stechen.

»Na, du kleiner Kerl«, murmelte Albert und rang sich ein Lächeln ab.

Das Glühwürmchen flog immer wieder auf ihn zu und dann zurück.

Albert sah sich um, ob noch mehr davon aufgetaucht waren. Möglicherweise flogen sie ja in Schwärmen umher. Zumindest war er sich sicher, dass Menschen nicht auf ihrem Speiseplan standen, und das beruhigte ihn. Eine Fledermaus oder sogar ein Bär wären eine andere Sache. Aber mit einem Glühwürmchen kam er im Zweifelsfall klar.

Albert beobachtete, wie das eifrige Insekt immer wieder vor und zurück flog. Wie an einem Gummiband entfernte es sich von ihm, nur um dann wieder zurückzuschnellen.

»Alles in Ord-«, das Tier klatschte gegen seine Stirn. »Aua«, murmelte Albert und rieb sich die Stelle. Es brannte leicht, als hätte ihn der Schweif eines Feuerwerkskörpers getroffen. Er hatte nicht damit gerechnet, dass Glühwürmchen so eine Hitze ausstrahlten. Vielleicht eigneten sie sich auch, um ein Feuer zu entzünden.

Noch bevor er diesen dummen Gedanken zu Ende brachte, flog das Tier ihm erneut gegen die Stirn.

»Verdammt«, fluchte Albert und versuchte, es wie eine lästige Mücke mit Handwedeln zu verscheuchen.

Aber das Glühwürmchen ließ nicht locker. Es surrte auf ihn zu und entfernte sich wieder.

»Was willst du?«, rief Albert gereizter, als er zugeben wollte. Nun verschwand es fast hinter einem Busch und sauste dann direkt auf ihn zu. »Du willst –«, murmelte Albert. Natürlich. Das kleine Insekt wollte ihn nicht angreifen, auch nicht auffressen. Es wollte einfach nur seine Aufmerksamkeit, und Albert sollte ihm folgen.

Wäre das hier ein einfacher Campingausflug mit Freunden gewesen, wäre er nie auf die Idee gekommen. Er hätte das lästige Vieh mit einem gezielten Klatschen aus dem Leben befördert und weiter seinen Marshmallow über dem Feuer geröstet. Aber in diesem Wald war gerade so einiges los: ein Jadefuchs auf der Flucht, Zauberer auf seinen Fersen und ein Cowboy, der den nächsten Bus erwischen wollte. Außerdem hatte Albert erst letzte Nacht erfahren, dass er tatsächlich magische Kräfte besaß. Also musste er auch in Erwägung ziehen, dass ein Glühwürmchen mehr von ihm wollte, als seine Stirn als Landebahn zu benutzen.

»Na gut, ich folge dir«, gab Albert nach und raffte sich auf. Er hob den Zaubererkoffer und den Reiserucksack vom Boden, schulterte alles wie ein Packesel und folgte dem schwirrenden Insekt in die Dunkelheit.

Das Glühwürmchen legte ein unglaubliches Tempo vor

und verschwendete anscheinend keinen Gedanken darauf, dass Albert höchstens einen Meter weit sehen konnte. Wie mit verbundenen Augen tastete er sich langsam voran, während sein leuchtender Begleiter immer wieder in der Ferne verschwand und ungeduldig zurückschwirrte. Das Tierchen glich einem aufgedrehten Kind im Freizeitpark, das von Attraktion zu Attraktion hetzte.

Albert fiel mehr als einmal über eine knorrige Wurzel, und sein Zaubererfrack verfing sich immer wieder in Ästen, die wie kalte, tote Hände aus der Finsternis nach ihm griffen. Aber das Glühwürmchen zeigte kein Erbarmen. Es lockte ihn tiefer in den Wald, und Albert hoffte, dass er sich nicht irrte. Am Ende war es nicht mehr und nicht weniger als ein Insekt, das Interesse an ihm oder seinem Geruch gefunden hatte und sein Opfer in das Gehölz lockte. Wie Sirenen in den griechischen Sagen, die die Seefahrer auf ein Riff auffahren ließen und in die Meerestiefen zerrten.

Plötzlich taumelte er auf eine Lichtung. Der Mond schien schwach, kämpfte mit dem wolkenbedeckten Himmel. Das Glühwürmchen flog zielstrebig weiter voran, und Albert ließ den Blick umherschweifen.

In der Schwärze zeichneten sich Umrisse ab. Albert kniff die Augen zu Schlitzen zusammen. War das eine Burg? Sie hatte ihre besten Zeiten auf jeden Fall hinter sich und wäre schon damals vermutlich von nur einem Wikinger im Sturm erobert worden. Die Burg war klein und mehr vom Alter gezeichnet als diverse Mitglieder der Königsfamilie. In der Mitte ragte ein Turm wie ein Totempfahl in die Höhe.

Albert wich ein paar Schritte zurück.

Die Geschichte wurde ihm langsam doch zu unheimlich. Wer wusste, was in solchen Burgen nachts lauerte. Geister?

Gut möglich, mittlerweile musste er alles in Erwägung ziehen.

Aber das Glühwürmchen kannte kein Erbarmen und startete den nächsten Sturmangriff auf Alberts Stirn.

»Schon gut, schon gut«, murmelte er.

Im Eilschritt lief er über die grüne Wiese und auf den Innenhof. Als das Glühwürmchen aber im Inneren des Turms verschwand, fluchte Albert laut hörbar. »Das ist jetzt nicht dein Ernst?« Er starrte auf den pechschwarzen Eingang. Zwar war er nie ein Mensch gewesen, der Angst vor dunklen Kellern hatte, aber ein verlassener Turm, nachts, mitten im Wald, das war eine ganz andere Nummer. Dort drinnen lauerten sicher die Geister gefallener Ritter oder verbrannter Hexen.

Drohend baute sich das Glühwürmchen vor ihm auf. Albert seufzte. Mit einer Handbewegung ließ er ein Feuerzeug in seine Hand fallen. »Gehen wir«, murmelte er.

Im Turm roch es schimmelig. Die Feuchtigkeit kämpfte sich durch jede Ritze, und davon, da war sich Albert sicher, gab es hier viele. Leider konnte er es nicht so genau beurteilen, denn das Feuerzeug spendete gerade genug Licht, damit er einen Schritt weit sehen konnte.

Das Glühwürmchen hatte ihn ohne Umschweife nach unten geführt, aber er konnte das hohe Tempo nicht halten. Vorsichtig setzte er einen Fuß vor den anderen. Die Stufen waren schmal und porös wie Styropor. Ein Geländer zum Festhalten gab es nicht. Daher musste er behutsam vorgehen, wenn er nicht mit gebrochenem Genick am Fuße der Treppe enden wollte. Kurz überlegte er, ob er etwas Hilfreiches herbeizaubern konnte, aber eine Bergsteigerausrüstung passte einfach nicht in seinen Ärmel.

In einer Hand hielt er das Feuerzeug vor sich ausgestreckt, die andere glitt an der kalten Mauerwand entlang und half ihm bei der Orientierung. Immer wieder bröckelten die Stufen unter seinen Füßen, und für einen kurzen Schreckmoment glaubte Albert, er würde fallen. Das Glühwürmchen hatte ihn schon längst verlassen und wartete wahrscheinlich ungeduldig am Ende der gewundenen Treppe. Aber Albert ließ sich nicht hetzen. Ein toter Zauberer war keine Hilfe.

Die letzte Stufe kam für ihn trotzdem überraschend. Mit einem Fuß tastete er nach der nächsten Stufe, aber da war keine mehr, nur glatter Fels. Vorsichtig, als würde er sich am Abhang einer steilen Klippe befinden, schob er den Fuß vor. Er ging in die Hocke und leuchte mit dem Feuerzeug über den Boden. Ein Tausendfüßler krabbelte schnell aus dem Lichtkegel und verschwand in einer Ritze. Tatsächlich, er war unten angekommen.

Albert entspannte sich, bis er das Glühwürmchen erblickte.

Es schwebte vor einer alten Holztür, die mit Planken blockiert war und sich so nicht mehr öffnen ließ.

»Da drinnen ist jemand eingesperrt, oder?«, fragte Albert, und sofort verkrampften sich seine Eingeweide.

Wie zur Bestätigung flog das Glühwürmchen auf und ab.

»Und du möchtest, dass ich …«, er atmete tief ein, »*es* befreie?«

Wieder tanzte das Insekt durch die Luft, nahezu euphorisch, damit Albert endlich verstand, was es von ihm wollte.

Albert dachte über die Konsequenzen seines Handelns nach. Dahinter würde kaum ein Dämon oder der Teufel persönlich auf die Befreiung warten. Die würden keine possierlichen Glühwürmchen losschicken und mit so einem simplen Trick eingesperrt werden, den Albert noch aus Schulzeiten kannte. Wenn man keine Lust auf den Matheunterricht hatte, klemmte man einfach einen Stuhl unter die Türklinke, und der Lehrer kam nicht ins Klassenzimmer. Dämonen und Teufel bannte man mit Flüchen und Siegeln in ihre Gefängnisse, nicht mit alten, verrotten Holzplanken.

»Na gut«, murmelte Albert. »Was habe ich schon zu verlieren?«

Das Glühwürmchen drehte sich mehrmals im Kreis, tanzte auf und ab, und wenn es gekonnt hätte, hätte es bestimmt vor Freude aufgejubelt, da war Albert sich sicher.

Er packte einen der Balken, der sich schwammig anfühlte und mit Wasser vollgesogen war. Wenige Augenblicke später hatte er alles beiseitegeschoben, und die Tür lag frei wie ein altes Artefakt vor ihm.

Das Glühwürmchen verschwand durch das Schlüsselloch, und Albert seufzte. »Hoffentlich kein Werwolf oder Vampir«, flüsterte er und drückte die rostige Türklinke herunter.

Der Raum war hell erleuchtet. Schränke waren an den Wänden aufgereiht, Kisten, Säcke und Tonkrüge standen wie zufällig abgesetzt in der Gegend rum. Wahrscheinlich ein altes Lager. Viel spannender als die Zeitzeugen eines völlig anderen Jahrhunderts waren aber die drei Personen im Raum. Alle waren gefesselt, und zwei schienen sich in ihr Schicksal ergeben zu haben. Sie saßen an die Wand gelehnt zu Alberts Linken. Die Frau trug ein rotes Kleid und der Mann funktionale Kleidung. Beide sahen erschöpft aus. Die andere Person war eine junge Frau. Sie lag auf der Seite und griff nach irgendwas, das auf dem Boden lag. Das gestaltete sich aber sehr schwierig, weil ihre Hände auf dem

Rücken zusammengebunden waren. Sie hatte das Gesicht von Albert abgewandt, aber er wusste auch so, um wen es sich handelte. Der Mann an der Wand war Botzki, und sie war Matilda. Nur die Frau im roten Kleid konnte er nicht sofort zuordnen.

Als der Hüne ihn sah, verflog all die Erschöpfung in seinem Gesicht. Die eben noch grauen Augen fingen an zu strahlen. »Albert, du hast uns nicht im Stich gelassen!«, rief er laut. Matilda hielt inne und wurde steif wie ein Brett. Die Frau in dem Kleid sah ihn misstrauisch an.

»Natürlich nicht«, sagte er und fühlte sich wie ein Lügner. So selbstverständlich war das nicht. Matilda war auf die andere Seite gerollt und starrte ihn wie eine schlechtgelaunte Katze an. Albert fühlte sich wie eine Antilope, die von einer Löwin ins Visier genommen wurde, und wusste nicht, was er tun sollte. Weglaufen war auf jeden Fall keine Option mehr.

»Die Fesseln, wenn du so freundlich wärst?«, bat die Frau mit den langen schwarzen Haaren.

»Oh, ja, klar.« Nach und nach befreite er sie von ihren Fesseln, wofür er eine Schere nutzte, die er sich praktischerweise aus dem Ärmel schüttelte. Bei Matilda ging er besonders behutsam vor, und als er fertig war, machte er sofort einen Satz zurück, als würden sich ihre Arme in gefährliche Tentakel verwandeln, die ihn packen und in die Tiefe ziehen wollten.

»Du bist zurück«, sprach Matilda das Offensichtliche aus und rieb sich die Handgelenke. Sie waren aufgescheuert und bluteten leicht.

»Ja«, erwiderte Albert. »Also, tut mir leid.«

»Was denn?«, fragte Matilda und sah ihn herausfordernd an.

»Na, dass ich euch einfach so hab sitzenlassen. War bestimmt nicht leicht für euch.« Er schaute zu der Frau in der roten Robe hinüber, die Schmutz von ihrem Gewand klopfte. »Wobei ihr anscheinend Ersatz gefunden habt?«

»Das tut dir leid? Sollte dir nicht viel eher leidtun, dass du uns von Anfang an belogen hast?« Matildas Zeigefinger bohrte sich bei jedem Wort wie ein Dorn in Alberts Brust.

»Eigentlich war es nur ein Missverständnis«, verteidigte er sich.

»Ein Missverständnis? Wir haben einen Zauberer gesucht, und du hast gesagt, dass du zaubern kannst.«

»Kann ich ja auch. Ich hab bloß etwas anderes darunter verstanden.«

»Was anderes darunter verstanden?« Matilda wurde immer wütender. »Was ist denn daran so schwer zu verstehen? Magie ist Magie.«

»Bis vor Kurzem wusste ich noch gar nicht, dass es echte Zauberei gibt.« Alberts Stimme wurde jetzt lauter. »Ich dachte, ihr braucht einen Straßenzauberer, der ein paar Tricks kann. Nicht mehr.«

»Brauchten wir aber nicht, und deinetwegen haben wir den verdammten Jadefuchs verloren.«

»Ich weiß«, sagte Albert. »Aber ich kann doch zaubern. Also so richtig. Schaut her.« Er spürte die Blicke aller Anwesenden auf sich. Nach und nach schüttelte er wieder einen halben Bürobedarf aus seinem Ärmel. Die Zuschauer wirkten aber wenig begeistert.

»Das ist alles?«, fragte Matilda. »Ein Tacker und Kugelschreiber?«

»Keine Ahnung, ich hatte noch nicht viel Zeit, um meine Fähigkeiten zu erforschen«, gestand Albert.

Matilda schüttelte den Kopf. »Willst du den Käfig zutackern und mit Klebeband verschließen?«

Darüber hatte Albert sich noch keine Gedanken gemacht. »Ich … ich weiß nicht.«

»Dafür haben wir jetzt Shi«, mischte sich Botzki ein.

Albert beäugte die asiatische Frau. Mit ihrem roten Gewand und den vielen verschiedenen Beuteln, die daran befestigt waren, sah sie wie eine richtige Magierin aus. »Wir sollten keine Zeit verlieren«, erklärte sie.

Matilda und Botzki starrten Albert an.

»Also bin ich raus?«, fragte er.

Ein unangenehmes Schweigen breitete sich aus. »Die Entscheidung hast du doch selbst vor ein paar Tagen getroffen, als du uns in Stich gelassen hast«, zischte Matilda.

»Er hat uns gerade befreit, vielleicht sogar das Leben gerettet«, warf Botzki ein. Albert fühlte sich wie ein Angeklagter im Gerichtssaal, der dem Verteidiger und Staatsanwalt dabei zusah, wie sie um sein Schicksal verhandelten.

Matilda schüttelte den Kopf. »Er kann nichts vom Preisgeld abhaben, dann reicht es nicht mehr.«

»Ich teile meinen Anteil mit ihm«, erwiderte Botzki ruhig. »Zwei Magier sind besser als einer, oder?«

»Schon gut, um das Geld geht es mir gar nicht«, sagte Albert. »Aber ich bin nicht den ganzen Weg zurückgekommen und hab mich von einem Glühwürmchen durch den finsteren Wald führen lassen, um jetzt abgewimmelt zu werden. Ich weiß, ich hab euch hängenlassen, aber das Blatt hat sich gewendet und ich habe jetzt das eine oder andere Ass im Ärmel.« Eine Spielkarte schoss aus seinem Ärmel direkt zwischen den Zeige- und Mittelfinger. »Abraham Kadabraham zaubert wieder!«

Shi räusperte sich. »Spannender Auftritt, Junge. Wirklich, vielen Dank, dass du uns befreit hast. Meinetwegen kannst du mitkommen, aber steh mir nicht im Weg rum, okay?«

Albert nickte und sah zu Matilda.

»Wenn Botzki dir unbedingt was abgeben will, soll es mir recht sein«, murmelte sie und winkte ab.

Albert hätte vor Freude am liebsten aufgeschrien, begnügte sich aber mit einem kurzen Nicken. »Also, wie sieht es aus? Was ist passiert, seit ich mir eine Auszeit genommen habe?«

Auf dem Weg nach oben erzählten die drei ihm alles. Wie Matilda und Botzki Archibald Contevilles Lager überfallen hatten, und jetzt erschloss sich Albert auch der seltsam verbogene Revolver am Gürtel des Cowboys. Sie erzählten ihm haargenau von dem Kampf im Burgkeller und wie die Dellinger-Drillinge schlussendlich mit dem Jadefuchs aufgebrochen waren.

Albert berichtete dafür von seiner sehr kurzen Zeit als Angestellter bei Watts & White. Warum Mrs Lynbrook das Haus unbedingt haben wollte, wusste Matilda auch nicht. »Wird was mit dem Keller zu tun haben«, vermutete sie. Albert fragte sich einmal mehr, was es mit diesem Keller auf sich hatte.

»Wir nehmen nur mit, was wir brauchen. Zelte und Schlafsäcke lassen wir hier, genauso wie Proviant und die ganze Campingausrüstung«, befahl Shi, als Botzki ihr Gepäck aus der Baumkrone fischte. »Das wird uns jetzt nur aufhalten, und vor Turnierende werden wir ohnehin keine Pause mehr machen.«

Albert warf seinen Reiserucksack auf den Boden, hielt

den Zaubererkoffer aber fest umklammert. Sein Familienerbstück würde er nicht im Wald zurücklassen.

»Gut«, sagte Shi, nachdem das Nötigste aus den Rucksäcken in ihren Taschen verschwunden war. Matilda und Botzki trugen große Taschenlampen, auch Albert bekam eine in die Hand gedrückt.

Shi fummelte in ihren Beuteln nach dem Zauberstaub, und Albert verfolgte zum ersten Mal, was die anderen schon so oft sehen durften. Dieses Mal gab sich die Zauberin nicht mit einem Tier zufrieden, nein, eine ganze Schar rot glühender Krähen entflog in den Himmel. »Wenn sie die Dellingers nicht auftreiben können, dann kann es niemand. Kommt, sie werden uns regelmäßig Bericht erstatten«, meinte sie und lief in den Wald. Der Rest folgte ihr.

Albert wusste nicht, wohin sie rannten. Wahrscheinlich schlug ihre Anführerin den kürzesten Weg zur Burg ein, in der alles begonnen hatte. Sie stürmten über feuchtes Gras und trockene Wurzeln. Zweige zerbrachen unter ihren Füßen wie Streichhölzer und verfingen sich in ihren Sachen. Die Lichtkegel ihrer Taschenlampen jagten wie Gespenster durch die pechschwarze Nacht. Durch die dichten Baumkronen drang kein Mondschein zu ihnen hinab. Im Dauerlauf eilten sie durch das Unterholz, und Albert, der das Schlusslicht bildete, hatte Mühe, nicht den Anschluss zu verlieren. Die anderen waren ihm körperlich überlegen, und sein Herz pumpte wie eine alte Dampflok.

Immer wieder schossen die rot glühenden Krähen wie brennende Kastanien durch die dunklen Baumkronen, landeten auf Shis Schulter und breiteten einen Augenblick später erneut die Flügel aus, um in der Nacht zu verschwinden. Die Magierin teilte ihre Informationen nicht, sondern trieb die Gruppe bloß an und ermahnte sie, nicht an Tempo zu verlieren. So hatte er sich seinen Einstand als Zauberer nicht vorgestellt. Er wollte auf Bühnen auftreten, bejubelt werden und Autogramme geben. Stattdessen rannte er die ganze Zeit durch Wälder, vorwiegend nachts, und ließ sich von Wurzeln ein Bein stellen und von Ästen den Frack ruinieren.

Langsam brachen die ersten sanften Lichtstrahlen durch die Dunkelheit, und die Dämmerung trat ihren Dienst an. Eine Krähe landete auf Shis Schulter, und sie gab ein Handzeichen. »Fünf Minuten Pause«, ordnete sie an, und Albert konnte sich keine schöneren Worte vorstellen. Kraftlos ließ er sich in das feuchte Gras fallen. Es war ihm egal, wenn das Flecken gab. Nach dieser ganzen Aktion mussten sowieso neue Klamotten her. So konnte er auf keinem Kindergeburtstag auftauchen. Man würde ihn vom Grundstück jagen und die Polizei rufen.

»Was ist los?«, fragte Matilda, und Albert sah auf.

Shi starrte wie versteinert in den Wald. »Ich warte auf weitere Informationen.«

»Was berichten dir deine Freunde?«, wollte die Godwins-Erbin wissen.

»Ich erhalte widersprüchliche Informationen, offenbar ist ein großer Kampf ausgebrochen«, antwortete die Magierin kühl.

»Ein Kampf?« Botzki hielt seine Taschenlampe wie einen Totschläger.

»Mehrere Menschen, Gebrüll, Zauber, die durch die Luft schwirren. Leider sind meine gefiederten Freunde nicht sonderlich gut darin, das, was sie sehen, in Sprache zu verpacken. Sie können nur einfache Silben und Worte wiedergeben, keine ganzen Sätze. Es ist wie ein Puzzlestück, und ich brauche mehr Teile, um unser weiteres Vorgehen zu planen.«

»Wie weit ist es noch?«, erkundigte sich Matilda ungeduldig. Sie wirkte wie ein junges Pferd, das noch genug Kraft für ein Wettrennen hatte.

»Nicht mehr weit«, erwiderte Shi kühl, und damit war das Gespräch für sie beendet.

Botzki ließ sich neben Albert ins Gras fallen. Sein Brustkorb hob und senkte sich sichtbar. Albert war froh, dass er nicht der Einzige war, der mit der körperlichen Belastung zu kämpfen hatte. Allerdings war der Mann auch ein paar Jahrzehnte älter und hatte das gute Recht, nicht mehr ganz so fit zu sein.

Wieder brach eine Krähe wie ein herabstürzender Asteroid durch den blätterverhangenen Himmel und landete auf Shis ausgestreckter Hand. Es schien, als würden die beiden sich kurz unterhalten, dann flog der Vogel davon.

»Scheint so, als hätten die anderen Teams gemeinsame Sache gemacht und den Dellingers aufgelauert. Kommt, vielleicht können wir den Jadefuchs abstauben!«

Albert rappelte sich auf und spürte seine Füße rebellieren. Nicht mehr weit, versprach er ihnen.

Kapitel 18

Matilda Godwins

Es dauerte nicht lange, dann sahen sie die ersten Lichter. Für zufällig vorbeikommende Wanderer musste es wie ein Feuerwerk aussehen. Natürlich hätte es Fragen aufgeworfen, wer so tief im Wald und so früh am Morgen ein Feuerwerk entzündete. Das war etwas, wofür Hasen, Rehe, Eichhörnchen und die anderen Bewohner des Forsts nicht bekannt waren.

Aber Matilda wunderte sich nicht.

Shi gab das Handzeichen, langsamer zu werden. Den Dellingers hatte man nicht auf einer Lichtung aufgelauert, sondern in einem dichtbewachsenen Teil des Forsts. Die Fichten standen hier eng an eng wie Säulen, die eine schwere Decke trugen. Der Boden war übersät mit Nadeln, und es roch nach Harz.

Der perfekte Ort für einen Hinterhalt.

»Runter«, flüsterte Shi, und sie alle gingen in die Hocke. Matilda starrte Albert an, der wie ein Fisch nach Luft japste. Sie hatte noch nicht genug Zeit gehabt, sich ein abschließendes Urteil über ihn zu bilden. Am liebsten hätte sie ihn im Turmkeller festgebunden und zurückgelassen. Nur weil er sie im Glauben gelassen hatte, er wäre ein echter Zauberer, steckten sie richtig tief in der Scheiße.

Ein Schrei hallte durch die Morgendämmerung.

»Gleich ist nur noch einer übrig«, flüsterte Shi, die mit drei Krähen auf der Schulter vor ihr hockte. Ihr Gesicht glomm rot vom Schein ihrer tierischen Begleiter. »Bereit?«

Botzki und Matilda nickten.

»Klaro«, sagte Albert und verschluckte die letzten zwei Buchstaben.

»Gut«, antwortete Shi. Sie sprang auf, schickte ihre Krähen wie zielsuchende Raketen die Reihen von Nadelbäumen hinab und sprintete hinterher. Matilda war ihr dicht auf den Fersen. Das Kleid der Zauberin flatterte wie eine Gardine im Wind. Im Augenwinkel nahm sie etwas wahr. Ein großer Stein. Nein, ein Körper lag bewusstlos und wie weggeworfener Müll zwischen den Bäumen. Sie erkannte das Grau der Dellinger-Mäntel.

Plötzlich schoss etwas an ihr vorbei. Es war kein Zauber gewesen. Sie drehte den Kopf und sah, wie sich ein Pfeil in den Baum neben ihr bohrte.

»In Deckung«, brüllte Shi, und Matilda ließ sich hinter eine mächtige Fichte fallen. Die anderen drei waren ganz in ihrer Nähe. »Drei von ihnen sind noch da draußen. Der Zauberer der Dellinger, ein anderer Magier, ich glaube, es ist der Italiener, und so ein alter Kerl.«

»Was zum Teufel?«, schrie Albert. Sein Gesicht war kreidebleich, und Matilda hatte Angst, er könnte jeden Moment hyperventilieren. »Der Pfeil hätte einen von uns treffen können.«

»Ich glaube, das war der Plan«, murmelte Matilda. »Also, wo sind sie?«

Die Krähen landeten schon gar nicht mehr auf Shis Schulter. Wie fleißige Honigbienen kamen sie herbei, ließen ihre Informationen da und flogen wieder davon. Shi ging auf die

Frage nicht ein. »Matilda und Albert, zwanzig Bäume in die Richtung und dann wieder nach vorne. Botzki und ich laufen in die andere Richtung. So können wir von beiden Seiten angreifen.«

»Womit denn?«, keuchte Albert. »Die haben einen verdammten Bogen oder eine Armbrust. Ich habe nichts.«

»So ein Pfeil tut bestimmt weh«, sagte Botzki.

»Wieso schüttelst du dir nicht etwas aus dem Ärmel?«, fragte Matilda und sah ihn wie ein streitsüchtiges Kind an.

Aber Albert tat ihr den Gefallen nicht. »Gute Idee, ich werde ihnen einfach einen Tacker gegen den Kopf werfen«, konterte er trocken.

»Genug jetzt«, herrschte Shi sie an. »Bereit?«

Alle außer Albert nickten.

»Dann los.«

Sie jagten davon. Matilda spürte, dass Albert direkt hinter ihr war. Immer wieder versuchte sie, einen Blick durch die Baumgruppen zu erhaschen, um einen Eindruck davon zu bekommen, was hier passierte und wo der Schütze war. Die Dämmerung war mittlerweile weit fortgeschritten, und Schemen ließen sich in der Ferne gut erkennen. Aber sie sah nur die reglosen Körper anderer Turnierteilnehmer. Ein schrecklicher Kampf war hier ausgebrochen.

»Zwanzig«, brüllte Albert hinter ihr. Matilda hatte es total vergessen und wäre noch ewig so weitergerannt. Sie warf sich herum und sprintete den Weg in die Richtung, in der ihre Gegner zu finden sein mussten.

Die Fichten peitschten an ihr vorbei, und sie suchte nach irgendwas, einem Hinweis darauf, wo der Typ mit dem Bogen oder die anderen waren. Aber sie konnte nichts sehen. Als wäre der Teufel persönlich hinter ihnen her, rannten sie durch die Baumreihen. In der Ferne hörten sie wieder Schreie. Es war unmöglich zu sagen, wer da brüllte. Matilda schaute nach rechts und hielt Ausschau.

»Vorsicht«, rief Albert hinter ihr. Er schmiss sich wie ein Rugby-Spieler gegen sie, packte sie an der Hüfte und brachte sie zu Fall. Über sie sauste etwas hinweg. Sie blickte auf und sah in der Ferne einen Mann stehen. Er trug einen langen grünen Mantel und einen genauso grünen Hut. Das rote Glimmen im Gesicht verriet, dass er Pfeife rauchte. In der Hand hielt er eine Armbrust, die er umständlich nachlud.

»Versteck dich«, schrie Matilda und rollte sich hinter eine der Fichten. Albert war nur einen Baum weiter und sah noch immer sehr blass aus.

»Was ist das für ein Verrückter?«, keuchte er.

»Will sich das Preisgeld wohl nicht entgehen lassen«, vermutete Matilda. Sie hatte den Verdacht, dass es Sir Irgendwas war, der erfahrene Fuchsjäger. Den Namen hatte sie vergessen, aber der würde ihr in der Situation auch nicht weiterhelfen.

»Schnell, einen Spiegel«, forderte sie.

Albert sah sie an, als hätte sie gerade eine Panzerfaust von ihm verlangt.

»Warum sollte ich einen Spie-«, zischte er, brach aber mitten im Satz ab und riss die Augen auf. Albert schüttelte seinen Ärmel, es dauerte einen Moment, und zum Vorschein kam ein kleiner Schminkspiegel.

»Bitte schön«, sagte er und warf ihn ihr rüber.

Matilda bedankte sich nicht, sondern nutzte das Utensil sofort, um auszuspähen, wo sich der irre Jäger mit der Armbrust befand. Sie entdeckte einen kleinen grünen Fleck irgendwo zwischen den grauen Fichten weit in der Ferne.

»Er lädt noch nach, los«, rief sie, stand auf und lief die Baumreihe entlang. Natürlich rannte sie nicht direkt auf ihn zu, sondern versetzt. Albert hatte eine andere Baumreihe gewählt, so konnte der Jäger sie unmöglich beide erwischen.

Matilda heftete den Blick an den Horizont. Sie rechnete damit, dass der Schütze jeden Moment zwischen den Fichten hervortreten und seinen tödlichen Bolzen losschicken würde. Zu ihrer Rechten sah sie Shis rot glimmende Krähen. Matilda sprang über eine knorrige Wurzel, und im selben Moment sah sie die Spitze der Armbrust zwischen zwei Bäumen hervorragen wie ein Raubtier, das auf unachtsame Beute hoffte.

Sie verschwendete keinen Gedanken darauf, was sie tun sollte. Jede Sekunde des Nachdenkens konnte sie das Leben kosten. Wichtig war jetzt, nichts Vorhersehbares zu machen. Sie ließ sich auf die Knie fallen und versuchte, ein möglichst kleines Ziel abzugeben. Das Klicken der Armbrust war klar und deutlich zu hören, und sie sah, wie die Sehne nach vorne schnellte und das Geschoss auf sie zuschleuderte. Matilda warf sich im letzten Moment zur Seite, und so schrammte der Bolzen nur an ihrer linken Wange entlang und bohrte sich nicht direkt in ihren Schädel.

Sie schrie auf und tastete nach der Stelle. Ein Riss über die komplette Wange. Rote Flüssigkeit rann ihren Hals hinab, ihr Gesicht musste wie Hackfleisch aussehen. Die Stelle über ihrem Auge pochte noch, war aber verkrustet. Das würde ein paar hässliche Naben geben – vorausgesetzt, sie überlebte das hier. Matilda rappelte sie sich wieder auf. Die Versorgung der Wunden hatte zu warten. Wichtiger war, dass der Armbrustschütze keine weitere Schussgelegenheit bekam.

Matilda setzte zum letzten Sprint an. Sie fokussierte sich auf die Stelle, wo sie die Waffe zuletzt gesehen hatte. In ihren Ohren pfiff es. Das Adrenalin in ihren Adern pumpte. Ihr Gesicht war glühend heiß.

Matildas Körper war wie unter Strom. Die Muskeln angespannt, die Sinne geschärft. Sie war eine Wölfin auf der Jagd.

Sie hatte keine Ahnung, wo Albert steckte. Wahrscheinlich hatte er wieder den Schwanz eingezogen und das Weite gesucht. Dann musste sie halt alleine mit dem Problem fertigwerden, so wie immer. Drei, vielleicht vier Bäume noch und sie war an dem Typen dran. Wie eine Irre starrte sie auf die Stelle, an der sie die Armbrust vermutete.

Plötzlich eine Bewegung. Sie konnte die Spitze des Bolzens klar erkennen. Ihr Körper verkrampfte sich, und in ihrem Kopf rotierten die Gedanken. Sie war zu nah, um Deckung zu suchen, aber vielleicht noch zu weit weg, um den Schützen rechtzeitig zu attackieren.

Das Zögern kostete sie wertvolle Zeit. Matilda sah den Mann hinter der massiven Fichte hervortreten. Die Armbrust hatte er gegen seine Schulter gepresst. Er sah durch das Visier direkt in Matildas Augen.

Sie blieb stehen, hielt die Luft an. Das war es. Sie war *all in* gegangen und hatte alles verloren.

Ein dumpfes Geräusch war zu hören, und einen Augenblick später fiel der Jäger wie eine gefällte Eiche der Länge nach hin. Albert erschien an der Stelle, wo eben noch der Armbrustschütze gestanden hatte. In seiner Hand hielt er einen runden Gegenstand.

»Die nehme mal lieber ich«, sagte er und klaubte dem bewusstlosen Mann die Armbrust aus den erschlafften Fingern. Er warf die Waffe zwischen die Fichten. »So, das Problem wären wir los.«

Matilda stand immer noch wie zu Stein erstarrt an Ort und Stelle. »Was –«, stotterte sie und zeigte auf den Gegenstand in Alberts Hand.

»Ein Briefbeschwerer«, erklärte er und sah auf den Jäger hinab. »Scheint wirklich ohnmächtig zu sein. Hoffentlich habe ich nicht zu fest zugeschlagen.«

»Ein Briefbeschwerer?« Matilda zitterte am ganzen Körper.

»Hier, drück dir das auf die Wange.« Albert reichte ihr ein goldbesticktes Einstecktuch, das bis eben noch in der Weste des Schützen gesteckt hatte. »Ja, ich brauchte ja irgendwas, was in meinen Ärmel passt, und ein Baseballschläger ist da eher schwierig. Dann hab ich darüber nachgedacht, was man so im Büro findet.« Er setzte den Zylinder ab und wischte sich über die Stirn. Sein Gesicht war dreckverschmiert.

»Du bist nicht abgehauen«, murmelte Matilda. Es war keine Frage und auch kein Vorwurf, sondern eine Feststellung. Sie lehnte sich gegen eine Fichte und drückte das Tuch fest auf ihre Wange. Es hatte sich schnell mit dem Blut vollgesogen. »Hatte ich dir nicht zugetraut.«

»Kann ich dir wohl kaum übel nehmen. Tut mir leid, also, alles, meine ich.« Albert fummelte am Ärmel seines Fracks rum wie ein eingeschüchterter Junge.

»Schon gut«, sagte Matilda. »Du bist ja zurückgekommen und hast unterwegs auch noch ein paar magische Fähigkeiten gelernt. Wobei ich sagen muss, dass ich bei einem Zauberer nicht unbedingt an Briefbeschwerer denke. Komm, wir müssen Botzki, Shi und den Jadefuchs wiederfinden. Sonst hat sich der ganze Ärger nicht gelohnt.«

Albert blickte auf den Jäger hinab. »Haben wir irgendwas, um ihn zu fesseln?«

Notdürftig banden sie dem ohnmächtigen Typen die Arme mit Alberts Gürtel auf dem Rücken zusammen. »Wird schon passen«, meinte der frischgebackene Zauberer.

»Und du wirst unterwegs nicht deine Hose verlieren?« Matilda musterte ihn skeptisch.

»Wenn, dann schau bitte weg.« Er zupfte am Hosenbund.

»Ich werde einfach vorweglaufen«, gab Matilda zurück und marschierte los in die Richtung, in der sie die anderen vermutete.

Mittlerweile war es nicht mehr so dunkel im Wald. Die Nacht lag wie ein durchsichtiges Tuch in der Luft, das langsam vom Wind davongetragen wurde.

»Eine Ahnung, wo wir hinmüssen?«

Matilda schüttelte den Kopf. Sie versuchte, sich zu orientieren, aber hier sah alles gleich aus. Die Bäume standen in regelmäßigen Abständen. Im Gegensatz zum restlichen Teil schien es sich hier um einen Abschnitt zu handeln, der nicht wild gewachsen, sondern von einem Förster geplant worden war. Vermutlich, um alles irgendwann abzuholzen und in irgendein fernes Land zu verkaufen.

»Ist ja wie die Nadel im Heu-«, begann Albert, aber Matilda schnitt ihm mit einer Handbewegung das Wort ab.

»Hörst du das?«

Albert sah sie an, als hätte sie nicht mehr alle Sinne beisammen, und Matilda hielt das durchaus für möglich. Ihr Kopf brummte wie eine Glocke, die zum Sonntagsgebet schlug. In den Ohren hatte sie ein Sausen, das alles andere übertönte. Aber da war irgendwas: Botzki fluchte lautstark.

»Schnell«, rief sie und sprintete los. Ihr Körper wehrte sich gegen die erneute Belastung, ihre Wange pochte, aber die Schmerzen trieben sie nur weiter an. Ihre Mission würde nicht daran scheitern, dass sie sich zu viel Zeit gelassen hatten.

Matilda hörte Albert dicht hinter sich, und die Geräusche vor ihr wurden immer lauter. Das war eindeutig Botzki, der brüllte wie ein verletzter Eber. Sie verstand nicht, was er schrie, es klang polnisch, aber es war keine Einladung zum Tee.

Ein Mensch huschte zwischen zwei Baumreihen hindurch, und Matilda schlug einen Haken wie ein Hase. Sie liefen nun parallel zu der Person, die sie nicht erkannt hatte.

Hinter ihr fluchte Albert, der den plötzlichen Richtungswechsel nicht erwartet hatte. Dann schoss etwas an ihr vorbei. Es war glühend heiß wie ein Lagerfeuer, und sie spürte, wie die Luft aus ihrer Lunge wich. Die Hitze griff um sich wie ein Tornado.

Ein Drache!

Natürlich kein richtiger aus Fleisch und Blut, geifernd, mit Fangzähnen und Drachenschuppen so hart wie Diamanten. Dieser Drache brannte rot, zog eine Spur glitzernden Staub hinter sich her, und Matilda erkannte sofort die Handschrift seiner Besitzerin.

Das Monstrum jagte durch die Bäume wie ein Hai durch das Meer. Es drehte sich um die eigene Achse und hatte die Flügel eng an den Körper gepresst.

Dann war es wieder aus Matildas Sichtfeld verschwunden.

»Ihm nach«, brüllte sie. Sie hatte keinen Zweifel, wen der Drache jagte.

Zwischen den Fichten sah sie, wie die geflügelte Echse in einer großen roten Wolke explodierte. Es sah aus wie der Brand einer Trafostation. Funken stoben in alle Richtungen.

Als Matilda ein paar Herzschläge später am Ort des Geschehens ankam, sah es aus wie ein Meteoriteneinschlag. Ein schwarzer, kreisförmiger Krater hatte sich gebildet. Die dunklen Fichten waren mit Ruß überzogen. Überall zersplittertes Holz.

In der Mitte lag ein Mann auf dem Bauch, die Kleidung teilweise verbrannt oder glühte und kokelte. Der Drache war wie eine Rakete in ihn eingeschlagen.

Matilda ging ein paar Schritte auf ihn zu. Unter ihren Schuhen war der Boden ungewöhnlich warm, und es stank nach verbrannten Haaren. Ein widerlicher Geruch, der sich in der Nase festsetzte wie weißer Schimmel auf einer Kellerwand.

Sie sah, dass er noch atmete, und hatte ihn sofort erkannt: Es war der Dellinger-Magier. Der Kerl, der sie im Turmgewölbe eingesperrt und zurückgelassen hatte. Sie checkte seinen Puls und beschloss, dass er es ohne Hilfe schaffen würde. Brandwunden bedeckten den Körper. Nicht ihr Problem.

»Ist er am Leben?«, erkundigte sich Albert hinter ihr.

Sie ignorierte ihn, denn sie hatte nur Augen für das, was neben dem Mann lag. Ein kleiner, unscheinbarer Käfig. Ihre Finger legten sich darum. Der Käfig war warm, fast so heiß wie eine Auflaufform aus dem Ofen.

Vorsichtig hielt sie ein Ohr an die Außenwand des Gefängnisses. Ein leises Fiepen war zu hören.

Der Jadefuchs.

All die Strapazen, all der Ärger und all die Schmerzen hatten sich ausgezahlt. Sie hielt den Jadefuchs in den Händen. Ein leuchtendes Netz verriet ihr, dass der Bannzauber noch aktiv war. Das würde sich hoffentlich nicht ändern, solange der Magier noch lebte.

Sie drehte sich mit dem Käfig zu Albert um, der sie überrascht ansah.

»Der Jadefuchs?«

»Ja«, antwortete sie knapp. »Kannst du einen Bannzauber sprechen?«

»Ich … ich weiß nicht.« Albert fing an, seinen Ärmel zu schütteln. Es sah aus, als wollte er seinen Frack ohne den Einsatz der Hände ausziehen. Einen Moment später fiel eine kleine Tube in seine Hand. Sie war gelb und hatte einen schwarzen Deckel.

»Gib mal her«, sagte er und öffnete die Tube. »Okay, das könnte klappen.« Er hob ein Stück der zersplitterten Baumrinde vom Boden auf. Das Stück Holz war groß genug, um die Öffnung des Käfigs zu verdecken. Großzügig verteilte er den Inhalt der Tube an den Rändern und drückte es dann auf die Öffnung. »Gut gegenhalten«, befahl er Matilda.

»Was machst du?«, fragte sie und stemmte sich mit ihrem ganzen Gewicht dagegen.

»Keine Ahnung, wenn ich ehrlich bin. Ich hab mir einen magischen Superkleber gewünscht, um den Käfig zu versiegeln, und das hier ist dabei rausgekommen. Ich übernehme keine Garantie.« Albert presste das Holz mit beiden Händen auf die Öffnung. »Okay, das sollte genügen.«

»Zeig mal.« Matilda ließ sich von Albert den Kleber reichen. In einer Hand jonglierte sie nun den Käfig, in der anderen hielt sie die Tube. Es war ein unscheinbarer Gegenstand. Auf den ersten Blick sah er aus wie ein ganz normaler Kleber, den man in irgendeiner Schublade fand, wo man ihn nicht vermutete. Aber er hatte keine Aufschrift, keinen Firmennamen, nichts. Die Tube war einfach nur gelb. »Wenn das funktioniert, solltest du in die Massenproduktion gehen. Dann können sich zukünftige Teams einen Zauberer sparen.«

Albert sah sie an, als wüsste er nicht, ob sie einen Spaß gemacht hatte oder es ernst meinte.

»Komm, lass uns die anderen suchen.«

Es war nicht schwer, Shi und Botzki zu finden. Sie mussten einfach der Spur des Drachen folgen. Er hatte den Boden verkohlt und eine feine Rußschicht hinterlassen. Shi saß an einen Baum gelehnt am Boden. Sie war leichenblass, ihr Atem ging schnell, und der Brustkorb hob und senkte sich wie ein Blasebalg. Botzki hockte vor ihr und wandte ihnen den Rücken zu.

»Nicht erschrecken«, warnte Matilda sie, und der Hüne drehte sich um. »Was ist passiert?«

»Wir haben den Zauberer angegriffen, und er hat sich gewehrt.« Botzki zeigte seinen Unterarm. Er sah aus, als hätte ihn jemand mit einem Netz eingeschnürt. Dicke rote Striemen zogen sich in feinen Quadraten über das Fleisch. »Shi hat ihm dann, als er geflüchtet ist, einen Drachen hinterhergeschickt.«

»Haben wir gesehen«, meinte Albert. Der Zylinder saß schief auf seinem Kopf.

»Hat sie wohl einiges an Kraft gekostet. Sie ist noch bei Bewusstsein.«

»Nur ein paar Minuten Pause«, hauchte sie hinter Botzki. »Nur ein paar …«, aber ihre Stimme versiegte wieder.

»Habt ihr irgendwas zum Kühlen?«, fragte Botzki. »Brennt wie selbstgebrannter Wodka.« Er schüttelte den Arm.

Matilda hatte nichts dabei, aber sie kannte jemanden, der helfen konnte. »Albert, wärst du so nett?«

»Was … ich?« Er sah sie verdutzt an.

»Ja, du.«

Wäre ein Fenster in seiner Stirn gewesen, hätte man sehen können, wie sein Hirn auf Hochtouren arbeitete und zu verstehen versuchte, was sie von ihm wollte. Dann machte es offensichtlich Klick. Er riss die Augen auf. »Sorry, hab mich noch nicht dran gewöhnt.« Wieder rutschte eine gelbe Tube aus seinem Ärmel. Dieses Mal war es aber kein Kleber. »Hilft gegen Verbrennungen, hoffe ich«, schob er kleinlaut hinterher.

»Danke«, erwiderte Botzki und verteilte den Inhalt sofort großflächig auf seinem Unterarm. »Sehr gut.« Der Mann schloss für einen Moment die Augen, als würde er gerade eine Massage bekommen. »Das tut gut. Matilda, was ist das da in deinen Armen?«

»Der Jadefuchs«, antwortete sie sofort. »Er lag neben dem Magier, und bisher ist der Käfig auch gut verschlossen.« Sie kontrollierte die Rinde, die wie getrockneter Zement auf der Öffnung lag und sich keinen Millimeter bewegen ließ.

Botzki nickte zufrieden. »Gut gemacht.«

»Wisst ihr, wie weit es von hier zur Burg ist, wo der ganze Mist angefangen hat?«, fragte Albert. Auch ihm war die Erschöpfung anzusehen.

»Ein halber Tagesmarsch, denke ich. Wenn du einen Kompass hast, müssen wir einfach in Richtung Süden. Dann werden wir früher oder später einen Anhaltspunkt finden, eine

Straße oder so.« Botzki sah aus wie ein Kapitän, der über das weite Meer blickte, um die Strömungen abzuschätzen.

»Halber Tag«, wiederholte Albert, »klingt gut. Ein Kompass ist kein Problem, sag einfach Bescheid.«

»Fünf Minuten Pause?«, schlug Matilda vor und wollte sich hinsetzen, da hörte sie ein Knacken hinter sich. Ihre Nackenhaare stellten sich auf, und sie schnellte herum. Die Armbrust war auf sie gerichtet, und die metallene Spitze des Bolzens glänzte wie der Fangzahn einer Schlange in den ersten Sonnenstrahlen des Tages. Aber nicht der Jäger, den sie gefesselt hatten, hielt sie in den Händen.

Es war Archibald Conteville.

Der Schönling sah schlimm aus. Die Kleidung hing dreckverschmiert und zerrissen am Körper. Die einst gut gepflegten Haare sahen aus wie ein Vogelnest. Schrammen zierten das Gesicht, und seine Augen starrten sie irre an. Ein schiefes Lächeln huschte über die Fratze.

»Schau an, schau an. Das ist ja wie Weihnachten und Geburtstag an einem Tag. Ich bekomme den Jadefuchs und kann den Godwins-Spross erledigen«, zischte er wie eine Schlange.

»Kannst du nicht«, entgegnete Matilda ruhig. »Du hast nur einen Bolzen. Sobald du einen von uns erschießt, machen dich die anderen beiden fertig.«

Archi rammte die Armbrust gegen seine Schulter. »Halt's Maul!«, schrie er.

Matilda seufzte. Worte würden sie nicht weit bringen.

»Wo ist der Cowboy? Mit dem habe ich auch noch eine Rechnung offen.«

»Weg«, murmelte Albert. Er hatte beide Hände erhoben.

»Weg?« Archibald starrte nun den jungen Zauberer an,

aber die Armbrust war weiter auf die Godwins-Erbin gerichtet. Im Augenwinkel sah sie zu Shi herüber. Ihr Kopf lag immer noch schlaff auf ihrer Brust. Von ihr war keine Hilfe zu erwarten.

»Ja, hat den Bus genommen.«

»Den Bus? Hört auf, mich zu verarschen!«

Albert wollte schon etwas erwidern, aber Matilda hielt ihn davon ab. »Lass es, ist egal«, flüsterte sie und wandte sich dann wieder an Archibald. »Wie lösen wir das hier?«

Archibald Conteville kicherte. »Das letzte Mal, als du das gefragt hast, ging es ziemlich schlecht für mich aus. Das werde ich nicht noch einmal zulassen. Zuerst will ich den Jadefuchs haben!«

Matilda hielt den Käfig fest umklammert und dachte nicht daran, der Forderung nachzugeben.

»Her damit«, kreischte Archi. Sein Gesicht verzerrte sich zu einer Fratze aus Hass und Schmerzen. »Gib mir den verschissenen Fuchs, mein Vater soll endlich mal stolz auf mich sein!«

Darum ging es also. »Du und ich, Archi, wir sind gar nicht so unterschiedlich. Aber wir haben es auch in der Hand, das alles zu beenden. Wir müssen den Krieg unserer Eltern nicht ausfechten.«

»Den Fuchs«, verlangte er erneut. »Den Fuchs, den Fuchs«, wiederholte er immer wieder. Sein Oberkörper wippte vor und zurück.

»Archi, wir können …«, setzte Matilda an, spürte aber Botzkis Hand auf der Schulter.

»Lass es, meine Liebe«, sagte er. »Kein Preisgeld und kein Haus ist es wert, dass du stirbst. Damit ist niemandem geholfen.«

Sie wollte widersprechen, aber sie wusste, dass er recht hatte. Tot würde sie ihre Mutter nie zurückbringen, ihr Schicksal nicht aufklären können.

»Na gut«, wisperte sie.

»Keine Tricks, verstanden?« Archibald umklammerte die Armbrust mit ganzer Kraft. Seine Atmung ging schnell, Schweiß benetzte seine Stirn.

»Keine Tricks«, bestätigte Matilda und warf den Käfig vor seine Füße. Zu ihrer großen Erleichterung zerbrach er nicht, und auch der magische Kleister hielt stand.

»Sehr gut, sehr gut«, murmelte er. »Aber eine Sache noch, Matilda: Ich muss dich leider umlegen.«

Matildas Eingeweide verwandelten sich augenblicklich in einen Klumpen Lehm. Ihre Atmung und ihr Herz setzten für einen Sekundenbruchteil aus. »Tu das nicht«, flüsterte sie.

»Sorry, aber die alte Lynbrook will es nicht anders. Dahingehend waren ihre Befehle eindeutig: *Leg die Godwins-Göre um*, hat sie gesagt.«

»Du hast den Fuchs, du bekommst das Geld, das muss doch reichen«, warf Albert ein und trat einen Schritt auf Archibald zu.

»Nein, nein, das stimmt nicht«, erwiderte Archi und schüttelte den Kopf, als würde ihn etwas im Nacken kitzeln. »Verdammte Scheiße, um alles muss man sich alleine kümmern. So viel Geld für den versoffenen Cowboy und die beschissene Zauberin und am Ende stehe ich hier mit einer Armbrust und muss es selbst über die Bühne bringen.« Archi schien eher Selbstgespräche zu führen.

»Du hast die Armbrust und den Käfig. Du hast gewonnen! Das Spiel ist vorbei, es muss niemand mehr verletzt werden«, beharrte Albert und machte einen weiteren Schritt. Matilda hoffte, dass er einen Plan hatte.

»Das Spiel ist erst vorbei, wenn sie da«, er zeigte auf Matilda, »ins Gras beißt. Muss den Familiennamen beschützen. Mein Vater wäre enttäuscht, wenn Lynbrook ihre Drohung wahr macht.«

»Drohung?«, fragte Matilda und hoffte, Zeit schinden zu können.

»Egal.« Archibald bückte sich nach dem Käfig zu seinen Füßen, und Albert machte den nächsten Schritt. Viel trennte sie jetzt nicht mehr. »Sag mal, was rückst du mir eigentlich so auf die Pelle?«, fragte Archibald mit dem Käfig in der einen und der Armbrust in der anderen Hand.

Albert sah aus wie ein Kleinkind, das man mit den Fingern in der Keksdose erwischt hatte. »Hör zu, niemand muss hier sterben, okay? Du nimmst den Käfig und verschwindest, bekommst den Ruhm und das Geld.« Der Zauberer ging gar nicht auf die Frage ein.

»Für wen hältst du dich eigentlich, in so einem Ton mit mir zu reden?« Archibald schwenkte die Armbrust zum Zauberer und trat einen Schritt näher. Aus der Entfernung war es unmöglich für ihn, danebenzuschießen. »Du hast mal schön dein Maul zu halten.«

»Ich mein doch nur, weil –«

Archibald bewegte sich mit einer Schnelligkeit, die Matilda ihm in der Verfassung nicht mehr zugetraut hatte. Er machte zwei schnelle Schritte nach vorne und schlug Albert den Käfig ins Gesicht. Der Zauberer jaulte auf, und aus der Metallbox war ein Fiepen zu hören. Der Zylinder fiel zu Boden, und Albert hielt sich mit beiden Händen die Nase. Blut quoll zwischen seinen Fingern hervor.

»Das hätte ich schon früher machen sollen«, sagte Archi und lachte. »Zurück auf deinen Platz, sonst langt es eine.«

Albert kam der Aufforderung ohne Widerspruch nach.

»Unglaublich, unglaublich«, murmelte Archibald. »Für diese Frechheit nehme ich mir deinen Zylinder. Ist zwar nicht mein Stil, eignet sich aber bestimmt gut zum Anfeuern des Kamins.« Er bückte sich nach dem Hut. »Wie steht er mir?«, fragte er in die Runde. Er sah mit seiner verschlissenen Kleidung, den verfilzten Haaren und dem Zylinder wie eine Karikatur seiner selbst aus. Matilda ersparte sich einen Kommentar.

»Also, Matilda, Lynbrook lässt mir keine Wahl. Ich muss dich leider umle-«, die letzte Silbe ging in einem lauten Schmerzensschrei unter. Archibald schüttelte den Kopf wie ein bockendes Pferd, der Zylinder fiel hinab, und Matilda brauchte eine Sekunde, bis sie die Situation verstand.

In dem Vogelnest, das mal Archibalds Frisur gewesen war, saß ein karamellfarbenes Fellknäuel.

Butterscotch.

Der unschuldig wirkende Hamster hatte die Zähne tief in die Kopfhaut vergraben. Archibald, der in einer Hand die Armbrust und in der anderen den Käfig hielt, ruderte mit seinen Armen und schüttelte sich wie ein nasser Hund. Aber es half nichts. »Verdammte Scheiße«, schrie er.

Jetzt oder nie.

Matilda sprang vor; Archibald sah sie kommen und drückte ab. Der Bolzen sirrte durch die Luft auf sie zu, verfehlte sein Ziel nur knapp und bohrte sich mit einem dumpfen Knall in einen Baum. Butterscotch hatte für die nötige Ablenkung gesorgt, wohl wütend darüber, dass jemand die Frechheit besaß, Alberts Zylinder aufzusetzen.

Sofort holte Matilda zum Schlag aus, legte all ihre Kraft und all ihre Wut auf Archibald, ihren Vater, Lynbrook und Traditionen hinein und traf den Conteville-Sohn über der Nase genau zwischen den Augen. Ein Knacken war zu hören, zu dem Archis Nasenbein und ihre Fingerknöchel beitrugen.

Archibald Conteville fiel um, als hätte jemand einen Schalter umgelegt und den Strom in seinem Körper abgestellt.

»Verdammtes Arschloch«, schrie Matilda, und Botzki hielt sie davon ab, auf ihn einzutreten.

»Lass, davon wird er sich nicht so schnell erholen«, redete er beschwichtigend auf sie ein.

Alberts Nasenbluten hatte nachgelassen. Er lief zu seinem Hamster und nahm ihn in die blutverkrusteten Hände. »Du Teufelskerl«, rief er. »Für dich heißt es ab sofort, *Sonnenblumenkerne satt*, mein Lieber. Hast dir einen Jahresvorrat an Möhren verdient.«

»Pack noch Sellerie von mir dazu, er hat was gut bei mir«, hauchte Matilda schwer atmend. Ihr Puls normalisierte sich langsam wieder. In der letzten Stunde hatte man zu oft mit einer Armbrust auf sie geschossen, das ging nicht ohne Spuren an einem vorbei.

»Noch verschlossen«, stellte Botzki fest, der den Käfig in den Händen hielt und ihn betrachtete, als würde er das Kleingedruckte auf einer Lebensmittelverpackung lesen.

Endlich, sie hatten es geschafft. Nun gab es niemanden mehr, der sich ihnen in den Weg stellen konnte.

»Wartet«, flüsterte eine Stimme hinter ihnen, und Matilda verdrehte die Augen.

Shi stand angelehnt am Baum. Sie sah noch erschöpft aus, aber ihr Gesicht hatte schon etwas mehr Farbe bekommen.

»Hättest du nicht irgendwas machen können?«, fragte Matilda vorwurfsvoll. »Wie auch immer, wir sollten jetzt los.«

»Nein«, widersprach Shi und griff mit beiden Händen in verschiedene Pulversäckchen. »Der Käfig, gebt ihn mir. Ich will euch nicht verletzen, aber wenn es sein muss, tue ich auch das.«

Matilda ließ den Kopf sinken. Hörte das denn nie auf?

Kapitel 19

Albert Tubbs

Albert kraulte Butterscotch unter dem Kinn und hörte nicht so genau hin.

»Was soll das?«, stammelte Botzki. »Wir sind ein Team.«

Mit einer Handbewegung ließ er den Hamster in seinem Zylinder verschwinden und setzte sich das aus der Mode gekommene Accessoire wieder auf den Kopf. Dann drehte er sich zu der Gruppe um und erstarrte aufgrund der immensen Anspannung in der Luft. Botzki und Matilda standen Shi gegenüber wie Straßenköter kurz vor einem Kampf.

»Alles in Ordnung?«, stotterte er, wurde aber nicht beachtet.

»Tut mir leid, Botzki, besonders dich habe ich wirklich gern. Aber ich habe nie am Turnier teilgenommen, um irgendein Preisgeld abzustauben oder meinen Lebenslauf aufzupolieren. Mir ging es die ganze Zeit nur um den Jadefuchs. Er soll zurück in seine Heimat.«

Albert sah das Pulver bedrohlich in ihren Händen funkeln. Es war ausgeschlossen, dass er es mit ihren Zauberfähigkeiten aufnehmen konnte. Tacker und Superkleber halfen nicht gegen magische Drachen.

»Aber das Preisgeld, verdammt!«, fluchte Matilda.

»Es tut mir wirklich leid, dass es nun gerade euch trifft.

Ich hätte es euch gegönnt, aber wir holen zurück, was eure Urahnen damals gestohlen haben. Der Jadefuchs ist einer unserer Waldgeister, und es wird Zeit, dass er in seine Heimat zurückkehrt. Er kommt aus einem kleinen Wald in der Nähe von Huzhou, und seine Geschwister vermissen ihn fürchterlich.«

»Deswegen war es so einfach, dich zu überzeugen«, erkannte Matilda, und Shi nickte. »Warum habe ich immer nur Pech mit meinen Zauberern?«

»Hätte Archibald nicht die Jagd auf den Fuchs abgeblasen und die Jagd auf dich eröffnet, hätte ich gar nicht das Team gewechselt. Aber er war irgendwann so auf dich fixiert, dass ich mir keine großen Hoffnungen mehr machte, mit ihm den Fuchs zu bekommen«, gestand sie. »Außerdem war die Gesellschaft wirklich eine Zumutung.«

Botzki umklammerte den Käfig wie ein Neugeborenes. Er machte keine Anstalten, den Jadefuchs auszuhändigen.

»Ich möchte euch wirklich nicht verletzen«, sagte Shi. »Ihr seid in Ordnung, ganz ehrlich. Ich wünschte, mir würden Archibald und der Cowboy gegenüberstehen, dann hätte ich nicht so ein schlechtes Gewissen. Aber es ist keine Option, dass der Jadefuchs noch länger in England bleibt. Es ist Zeit für ihn, endlich heimzukehren.« Shis Finger, die das Pulver in den Händen hielten, ragten bedrohlich in die Höhe. Albert zweifelte nicht, dass hier jeden Moment die Hölle los sein würde, wenn sie es wollte.

»Ich hab eine Idee«, flüsterte er und klang, als würde er mit sich selbst sprechen. »Keine Ahnung, ob es funktioniert, aber ein Versuch wäre es wert.«

Alle Augen richteten sich auf ihn, und er fühlte sich plötzlich, als würde er auf einer Bühne und im Scheinwerferlicht stehen. »Darf ich, Abraham Kadabraham, noch einen Trick probieren? Wenn er klappt, könnten wir alle zufrieden nach Hause gehen.«

Shi musterte ihn. »Keine Tricks, verstanden?«

»Nur echte Magie«, gab Albert zurück, und es war nicht gelogen.

»Okay, aber ich behalte dich im Auge.«

»Darf ich bitten, Botzki?«, fragte Albert und bekam den Käfig überreicht. »Ein ganz gewöhnlicher Käfig, wie ihr seht. Sechs Metallwände, magisch verschlossen und ein Jadefuchs im Inneren. Absolut nichts Ungewöhnliches. Überzeugt euch gerne davon.« Albert tat, als würde er einen Vortrag vor einem großen Publikum halten, und hielt ihnen den Käfig entgegen. Niemand machte Anstalten, dagegen zu klopfen und sich von seinen Worten zu überzeugen. »Nun ja, wie auch immer«, fuhr er fort, »wir haben ein Problem: Es gibt nur einen Käfig, aber wir haben zwei Parteien, die ihn unbedingt brauchen.« Er zeigte erst auf Matilda und dann auf Shi. »Wie lösen wir das Problem? Gibt es Vorschläge aus dem Publikum?« Niemand sagte etwas, trotzdem genoss er seinen Auftritt. Das war die Art von Zauberer, die er immer sein wollte. Nicht die, die Armbrustschützen mit einem Briefbeschwerer niederschlug. »Also, ein Käfig, aber zwei Personen, die darauf bestehen. Wir könnten es nun wie der alte König Salomon machen und sagen: *Schneidet das Teil einfach entzwei.* Damit wäre aber niemandem geholfen, dem Fuchs wohl am allerwenigsten.«

»Komm auf den Punkt«, zischte Shi. Sie schien der Vorstellung nicht zu vertrauen und sie für ein Ablenkungsmanöver zu halten.

Aber Albert ließ sich nicht aus der Ruhe bringen. »Meine

Eltern hätten gesagt: *Gut, dann bekommt ihn eben keiner, wenn ihr euch nicht einigen könnt.* Aber auch das erscheint mir keine Option zu sein.«

»Albert, verdammt, jetzt hör auf, hier so eine Show abzuziehen«, bellte ihn Matilda an.

Albert hob beschwichtigend die Arme. »Immer mit der Ruhe, verehrtes Publikum. Ich, Abraham Kadabraham, kenne die Lösung all unserer Probleme.« Er hielt den Käfig mit einer Hand hoch in die Luft wie eine Trophäe und ließ ihn dann hinter seinem Rücken verschwinden. Albert kniff die Augen zu und konzentrierte sich. Hierbei handelte es sich nicht einfach um eine zweite Bierflasche, er musste einen Käfig, den magischen Verschluss und den Jadefuchs kopieren. Er suchte den Magiefaden, versuchte, ihn zu greifen. Ein Fuchs für Shi und einer für Matilda, damit beide glücklich waren. Langsam griff nun auch die andere Hand hinter seinen Rücken und tastete ins Leere. Er suchte nach etwas zum Festhalten. Kaltes Metall.

Dann spürte er es.

Es war die spitze Ecke eines Käfigs. Erst fühlte sie sich wie raue Knetmasse an, wurde aber immer fester und glatter. Hoffentlich klappte es. Einen Augenblick später hielt Albert zwei Boxen in die Höhe, und das Publikum starrte mit großen Augen darauf. Niemand sagte etwas.

»Was hast du gemacht?«, fragte Matilda.

»Ein Zauberer verrät doch nie seine Tricks«, erklärte er und lächelte zufrieden.

»In dem Fall musst du mir leider ein bisschen auf die Sprünge helfen. Also, was soll das?«, fragte Shi und verlieh ihren Worten mit dem glitzernden Pulver, das sie zwischen ihren Fingern rieb, Nachdruck.

»Wenn ihr beide einen Fuchs haben wollt, sollt ihr beide einen bekommen«, sagte Albert, und sie hörten, wie zwei Füchse um die Wette jaulten. »Bei dem einen handelt es sich um eine Kopie.« Er hob den Käfig in seiner linken Hand in die Luft. »Die würde ich dir übergeben, Matilda, damit der echte Fuchs wieder nach Hause kommt.«

»Du hast ihn geklont?«, staunte sie ungläubig, aber Albert schüttelte den Kopf.

»Es ist eine Kopie, ein Abziehbild.«

»Und das wird niemand bemerken?«, schaltete sich Botzki ein.

»Ich glaube nicht.«

Alle drei sahen zu Shi hinüber, die immer noch an den Baum gelehnt stand. Ihr Blick verriet, dass sie sich kein Urteil gebildet hatte. »Wer garantiert mir, dass du mir nichts aufschwatzt, was sich in einer halben Stunde, wenn ich hier weg bin, als großer Bluff enthüllt?«

»Jemanden wie dich will ich nicht als Gegnerin haben«, gestand Albert offen. »Ich gehe fest davon aus, dass du das nicht einfach so hinnehmen würdest.«

»Da hast du ganz recht. Was passiert mit der Kopie?«

Das war eine gute Frage. So genau wusste Albert das auch nicht. »Im besten Fall löst sie sich in ein, zwei Wochen in Luft auf«, mutmaßte er und kratzte sich am Kinn. »Wenn sie den Jadefuchs dann zur nächsten Jagd aus dem Tresor holen wollen, wird er weg sein und du bist mit dem Original schon lange zurück in seiner Heimat.«

»Und im schlechtesten?«, hakte Matilda nach.

»Im schlechtesten Fall wird er sich während der Siegerehrung auflösen«, antwortete Albert und wusste, dass das für viele Diskussionen sorgen würde. Es war die eine Schwachstelle in seinem Plan: Er hatte keine Ahnung, wie lange er den Schwindel aufrechterhalten konnte.

»Kommt nicht in Frage.« Matilda hatte die Arme vor der Brust verschränkt und sah aus wie ein bockiges Kind. »Der Jadefuchs kommt mit uns.«

»Aber haben wir denn eine Wahl?« Botzki sah Shi an, die den Kopf schüttelte.

»Der Jadefuchs geht nach Hause, keine Diskussion«, zischte die Asiatin.

»Tut mir leid, Matilda, das ist alles, was ich dir anbieten kann«, sagte Albert.

Matilda ließ die Schultern hängen. »Das letzte Mal, als ich mich auf dich verlassen habe, hast du den Jadefuchs türmen lassen und uns mitten in der Nacht im Wald verlassen. Warum sollte ich dir noch einmal vertrauen?«

Dafür gab es keinen Grund. Albert hatte zwar schlussendlich seinen Teil dazu beigetragen, dass sie jetzt überhaupt in der Lage waren, über das Schicksal des Jadefuchses diskutieren zu können, aber er hatte sie im Stich gelassen. »Ich weiß es nicht, aber ich verspreche dir, dass ich alles tue, damit du dein Geld bekommst.«

Im Wald war es einen Moment lang still. Selbst die Vögel in den Bäumen schienen gespannt zu lauschen, wie sich die junge Frau entschied. Sie hielt den Käfig, der laut Albert eine Kopie war, in beiden Händen dicht vor ihr Gesicht. Ihr Blick huschte unruhig hin und her, suchte nach einem Anzeichen dafür, dass es sich um einen Abklatsch handelte. Eine Delle, eine Verfärbung, irgendwas. Aber da war nichts. Albert wusste, dass er gute Arbeit geleistet hatte. Es war ihm viel leichter gefallen als gedacht. Wer wusste, wofür dieses Talent in Zukunft noch taugen würde.

Aus dem Inneren des Käfigs war ein leises Fiepen zu hören. Ein jämmerliches Geräusch.

»Wir tun das Richtige«, entschied Botzki und legte ihr eine Hand auf die Schulter. »Der Fuchs gehört nach Hause in seinen Wald. Er hat hier lange genug zur Unterhaltung irgendwelcher reichen Schnösel gedient. Meinst du nicht auch, Matilda? Das ist doch kein Leben für ein Tier und auch nicht für einen Naturgeist.«

Matilda reagierte einen Augenblick lang überhaupt nicht. »Der Gedanke, der Lynbrook noch eins auszuwischen, gefällt mir, das muss ich zugeben«, flüsterte sie dann. Ihre Stimme war brüchig, sie verschluckte einzelne Silben. »Aber ich habe Angst, nachher mit leeren Händen dazustehen.«

»Wir haben schon so viel Glück gehabt«, sagte Botzki. »Da muss doch noch ein bisschen was übrig sein.«

Matilda wischte sich eine Träne weg, dann nickte sie langsam. »Ist gut, was bleibt uns auch anderes übrig?«

Albert spürte, wie sein Herz ein paar Kilo leichter wurde. »Darf ich?«, fragte er Matilda und hob den echten Käfig an.

»Ja.«

Albert übergab Shi den Jadefuchs.

»Kein Trick? Ich finde dich, denk dran«, drohte sie mit einem leichten Lächeln.

»Kein Trick, es ist der echte, versprochen.«

»Albert Tubbs, wenn das hier«, Matilda zeigte auf den falschen Käfig in ihrer Hand, »sich in Luft auflösen wird, bevor das Geld auf meinem Konto ist, werde ich dich auch finden. Das weißt du, oder?«

Albert nickte. »Das hatte ich befürchtet. Aber Zauberer müssen hin und wieder wohl ein Risiko eingehen, wenn sie ihr Publikum noch überraschen wollen.«

»Dann trennen sich jetzt hier unsere Wege?«, fragte Matilda Shi. Die beiden Frauen standen sich mit den Käfigen in der Hand gegenüber.

»Damit werde ich nicht bei der Siegerehrung auftauchen«, antwortete die Magierin. »Für mich geht es zum Containerhafen in Felixstowe. Da wird mich dann ein Schiff nach China mitnehmen. So einen Jadefuchs bekomme ich garantiert nicht durch die Gepäckkontrolle am Flughafen.«

»Dann vielen Dank für deine Hilfe, auch wenn du andere Gründe dafür hattest«, murmelte Matilda. »Hoffentlich geht es für uns alle gut aus.«

»Das wünsche ich dir wirklich, Matilda. Ich hoffe, du findest in dem Keller, was du suchst. Botzki, du weißt ja, wo du mich findest?«

Der Mann errötete.

»Ihr müsst euch das Preisgeld abholen, und ich will ein Schiff erwischen, also ersparen wir uns einen großen Abschied.« Die Zauberin winkte in die Runde und verschwand dann samt Jadefuchs zwischen den Bäumen.

Albert schnaufte laut aus wie ein Pferd. Für einen Moment sagte niemand etwas, alle waren mit ihren eigenen Gedanken, Problemen, Sorgen und Hoffnungen beschäftigt.

»Auf ins letzte Gefecht?«, fragte Botzki und brach die Stille.

»Auf ins letzte Gefecht«, erwiderte Matilda.

Sie waren den ganzen Tag gelaufen, als sich die Umrisse der Burg am Horizont abzeichneten, und hatten nur eine Pause gemacht. Die Aussicht auf eine Dusche und ein weiches Bett waren die beste Motivation. Albert war völlig übermüdet. Er dachte nicht mehr nach, sondern hatte die Kontrolle über seinen Körper an sein Gehirn abgegeben und war auf Autopilot umgestiegen.

Matilda trug den Käfig mit dem Jadefuchs, der eigentlich nicht viel mehr als Alberts Hirngespinst war, die ganze Zeit vor sich her. Botzki und er hatten ihr mehrmals angeboten, ihn zu übernehmen, aber sie hatte immer abgelehnt.

Glücklicherweise gab es keine bösen Überraschungen mehr. Keine Hinterhalte, keine Armbrüste, die auf sie gerichtet waren, und auch keine Zauber, die man nach ihnen warf. Albert versuchte, die Stunden zu zählen, die er schon wach war. Waren es sechsunddreißig? Es fühlte sich nach dem Doppelten an. Die komplette Nacht über hatte sein Körper Adrenalin produziert wie ein Mathelehrer schlechte Laune unter seinen Schülern. Nachdem die ganze Action vorbei war, spürte er die Erschöpfung in jeder Zelle.

»Hoffentlich klappt das«, murmelte Matilda, als sie die müden Füße auf die Zugbrücke vor der Burg setzten.

Albert nickte nur. Das hoffte er auch.

Das Gitter war heruntergelassen, als würde man eine Belagerung befürchten. Oben auf der Burgmauer stand ein einsamer Mensch. Er trug einen Hut mit Feder, rot glänzende Stoffe und sah aus, als würde er gleich bei Hofe einer Königin den Besuch ankündigen.

»Name?«, rief er von der Brüstung hinab. Seine Stimme war klar und deutlich zu verstehen.

»Matilda Godwins, Wiktor Botzki und Abraham Kadabraham«, nuschelte sie, aber der Mann schien sie dennoch verstanden zu haben.

»Ihr tragt den Jadefuchs bei euch und beansprucht den Gewinn des Turniers?«

Matilda nickte und reckte einen Daumen in die Luft.

Der Mann auf der Burgmauer holte eine kleine Trompete hervor, spitzte die Lippen und setzte das Instrument an. Eine kurze Tonfolge erschallte. Sie war schief und schmerzte schrecklich in Alberts Ohren, sorgte aber auch dafür, dass er nicht einschlief.

»Wartet dort«, verlangte der Mann und verschwand aus ihrem Sichtfeld.

Fünf Minuten dauerte es, vielleicht auch länger oder kürzer, Albert fiel es schwer, das einzuschätzen, bis das Gitter hochgezogen wurde.

Zwei wichtig aussehende Männer kamen herausgeeilt. Den einen erkannte Albert als den Kerl von der Burgmauer. Hoffentlich blies er nicht wieder in die Trompete. Der andere war der Turnierleiter Sir Duncan Osbern. Er war abermals wie ein Aristokrat aus dem vorletzten Jahrhundert gekleidet. Mit schnellen Schritten kamen sie auf das Trio zu.

»Sie haben den Jadefuchs?«, rief Osbern. Sein Blick war ernst.

»Jup«, antwortete Matilda. »Hier in meinen Händen.« Sie präsentierte den Käfig.

»Lassen Sie sehen«, forderte er und nahm die Box an sich. Albert spürte sofort eine Anspannung in der Luft. Der Turnierleiter hielt das kleine Gefängnis in beiden Händen, und das Jaulen des Jadefuchses hallte leise durch die Luft. Er drehte den Käfig, legte ein Ohr an die kalte Oberfläche und schnupperte sogar daran. Albert hätte es gewundert, wenn er mehr riechen konnte als ihre ungeduschten und verschmutzten Körper. Matilda und Botzki hatten blutverkrustete Gesichter, sie sahen fürchterlich aus.

»So, so«, murmelte der Turnierleiter.

»So, so?«, fragte Matilda.

»Jedes Mal schön, ihn wieder zu Hause begrüßen zu dürfen. Schon so oft hat er die Gelegenheit zur Flucht bekommen, dennoch gelingt es ihm nicht. Es ist fast so, als würde er es bei uns genießen«, sagte der Mann und lächelte leicht. »Herzlichen Glückwunsch zum Sieg, Miss Godwins.«

»Danke schön«, erwiderte sie. »Wie funktioniert das jetzt? Müssen wir noch irgendwo unterschreiben?«

Der Turnierleiter lachte, wobei sein ganzer Körper bebte. »Nein, nein, Miss Godwins, auf Sie wartet die Suite des Burghotels, während wir alles für die große Siegerehrung vorbereiten. Das Geld ist bereits auf dem Weg. Wie klingt das?«

»Wunderbar.«

»Sehr gut. Ich denke, wir werden auch einen Arzt auf Ihr Zimmer schicken. Das da«, er zeigte auf ihre Wange, »sollte sich mal jemand anschauen. Sieht übel aus. Haben Sie mit einem Bären gerungen?«

»So ähnlich.«

Wieder lachte der Turnierleiter, als hätte Matilda etwas Lustiges gesagt. Kaum war man ein Preisgeld reicher, schon kamen sie an, die Arschkriecher.

»Noch eine Frage, Miss Godwins, wenn Sie gestatten.«

Albert verkrampfte sich. Jetzt würde sich der Mann erkundigen, warum der Jadefuchs drei Augen und Ohren hatte und Rollschuhe trug. Er wusste, dass er etwas übersehen hatte.

»Wissen Sie, wo wir die anderen Teams finden? Ich habe das Gefühl, dass sie unsere Hilfe gebrauchen könnten.«

Albert atmete laut aus, so dass für einen kurzen Moment alle Augen auf ihn gerichtet waren. »Ich … im Nadelwald. Die Bäume waren da so angeordnet, als hätte sie jemand bewusst so gepflanzt. Wisst ihr, wie man es besser beschreiben kann?«, fragte er schnell die anderen.

Matilda und Botzki schüttelten mit dem Kopf.

»Ach, das macht überhaupt nichts, der Förster wird mit der Beschreibung schon etwas anfangen können. Rowan, seien Sie doch bitte so freundlich, unsere Gewinner zur Suite zu bringen.«

»Die Siegerehrung, findet sie noch heute statt?«, erkundigte sich Matilda.

»Geben Sie uns vier Stunden, Miss Godwins, dann können die Feierlichkeiten beginnen.«

Sie nickte und sah zufrieden aus. Albert hätte lieber erst mal zwei Tage durchgeschlafen, aber er verstand, dass sie es hinter sich bringen wollte.

»Schön, dich zurückzuhaben«, sagte Sir Duncan Osbern und klopfte zufrieden auf den Käfig. »Hab ihn vermisst.« Das Fiepen war abermals zu hören. Die Kopie machte ihre Aufgabe erschreckend gut.

Albert hätte viel Geld dafür gegeben, in dem Moment, in dem sie den Tresor öffneten und der Fuchs nicht mehr da war, dabei zu sein.

Rowan, der Mann von der Burgmauer, führte sie durch die vom Fackelschein erhellten Gänge des Hotels. Albert starrte nur auf seine Füße und achtete darauf, nirgendwo hängen zu bleiben. Sie liefen eine Wendeltreppe hinauf, die Albert an den Turm im Wald erinnerte, bloß roch es hier nicht nach Schimmel, sondern nach Kaminfeuer. Wenige Augenblicke später standen sie in der Suite. »Wenn Sie etwas brauchen, sagen Sie einfach Bescheid. Ich warte vor der Tür«, sagte Rowan, verbeugte sich und verließ die Räumlichkeiten. Ihre Unterkunft bestand aus einem großen Wohnzimmer mit einer riesigen Fensterfront, von der aus man über den Wald blickte, durch den sie sich die letzten Tage gekämpft hatten.

Ein Billardtisch, eine gigantische Sofalandschaft und ein Fernseher mit der Diagonale einer Tischtennisplatte setzten dem Ganzen die Krone auf. In einem Kamin züngelte eine Flamme. Es gab zwei Schlafzimmer, wie Rowan ihnen erklärt hatte, die jeweils über ein eigenes Badezimmer verfügten. Die Aufteilung war klar, ohne dass ein Wort darüber verloren wurde. Matilda verschwand in einem der Schlafzimmer, und Albert und Botzki sahen sich an. »Wer durfte das letzte Mal zuerst unter die Dusche?«, fragte Botzki und lachte.

»Keine Ahnung.« Albert wusste es wirklich nicht mehr. Es fühlte sich an, als wäre es in einem anderen Leben passiert.

»Dann lasse ich dir den Vortritt.«

»Passt schon«, meinte Albert. »Ich glaube, meine letzte Dusche ist dank meines Abstechers nach London nicht so lange her. Und du siehst aus, als bräuchtest du sie dringender.« Er zeigte auf die blutverkrustete Stelle über Botzkis Auge.

»Ach, wie du meinst«, murmelte Botzki, aber sein zufriedener Blick verriet, dass er sich auf das heiße Wasser freute.

Albert setzte sich auf die Couch und sah über den Wald hinweg. Die Baumkronen schimmerten rötlich in der untergehenden Sonne. Er musste sich Mühe geben, um nicht einzuschlafen.

Es klopfte. Albert schlurfte zur Tür und öffnete. Ein Page stand auf dem Flur. »Für die Siegerehrung, Sir.« Der Junge vermied jeden Augenkontakt und hielt ihm drei Kleiderbügel entgegen, die in Schutzhüllen steckten. »Sollte etwas nicht passen, rufen Sie einfach an der Rezeption an.«

Albert nickte, nahm ihm die Kleidung ab und schloss die Tür wieder. An den Hüllen waren Namensschilder angebracht, und Albert war froh, dass er nicht mit seinem verschlissenen Zauberfrack an der Zeremonie teilnehmen musste. Der Service war wirklich gut, das musste man dem Laden lassen.

Er schmiss sich auf die Couch und dämmerte weg, bis Botzkis Stimme ihn aus seinen Gedanken riss, die langsam in Träume übergingen. Der Hüne stand im Türrahmen, hatte sich nur ein Handtuch um die Hüften geschlungen. Sein Gesicht war so glatt wie eine Fensterscheibe, und ohne Dreck, Blut und Schweiß sah er wie jemand aus, den man vielleicht sogar mit ins Theater nehmen würde. »Das Bad ist frei, mein Freund. Ich empfehle dir die Regendusche! Wäre fast eingeschlafen dabei, so entspannend war das.«

Albert erhob sich träge von der Couch, fühlte sich wie nach einer durchzechten Nacht und schleppte seinen Körper ins Badezimmer. Botzki hatte recht, die Regendusche war ein Segen. Nachdem er den gröbsten Dreck entfernt hatte und sich wieder imstande sah, unter Menschen gelassen zu werden, legte er sich ins Bett.

Rowan weckte sie alle. »In einer Stunde werden Sie im großen Ballsaal erwartet«, sagte er. »Bitte ziehen Sie Ihre neue Garderobe an.« Dann verließ er die Suite wieder.

Albert, Botzki und Matilda machten sich fertig für den vielleicht größten Abend ihres Lebens. Die Herren hatten feine, maßgeschneiderte Anzüge – vermutlich eine Sonderanfertigung. Matilda trug ein schlichtes dunkelblaues Cocktailkleid mit goldenen Ornamenten. Selbst Schuhe, Schlips und Schmuck waren dabei. Die Turnierleitung hatte an alles gedacht.

»Bereiten die das für jeden vor?«, fragte Albert, als er gerade über seinen rechten Fuß gebeugt war und den Schuh zuschnürte.

»Die sind für alle Eventualitäten gewappnet. Unsere alten Klamotten sind ja auch nicht mehr zu gebrauchen, schließlich haben wir die schon beim Dinner getragen, und zweimal dasselbe geht in diesen Kreisen nicht«, antwortete Matilda. »Die Gewinner müssen *repräsentativ* aussehen.« Sie sprach das Wort mit hochgestochener Stimme aus. An dieser Gruppe war nichts *repräsentativ,* und das war genau richtig so.

Kurze Zeit später klopfte es wieder an der Tür. Albert öffnete, und Rowan nahm sie in Augenschein. Sein Blick schien sie zu scannen wie der eines Türstehers, der noch nicht wusste, ob die drei für den Club angemessen gekleidet waren. Dann nickte er. »Würden Sie mir bitte folgen?«

Rowan marschierte wie ein Pinguin vorweg. Abermals ging es durch zahlreiche Korridore, und Albert würde später unmöglich zur Suite zurückfinden. Diese Burg war das reinste Labyrinth.

Sie kamen zur großen Ballsaaltür. Sie war mindestens drei Meter hoch und mit Ornamenten verziert, und es brauchte zwei Personen, um sie zu öffnen. Von drinnen hörten sie eine gedämpfte Stimme. Es klang wie eine Rede.

Rowan nickte einem der davor stationierten Männer zu, der die Flügeltür einen Spalt öffnete und im Inneren verschwand. Ein paar Sekunden später war er schon wieder zurück an seinem Platz. Albert spürte den unangenehm engen Hemdkragen und hatte das Gefühl, dass er ihm die Luft abschnürte. Die Anspannung in ihm wuchs wie vor einem Referat zu Schulzeiten. Er hatte kein Problem damit, vor Menschengruppen aufzutreten, das wäre eine schlechte Voraussetzung für einen Magier, aber es gab da immer diese gewisse Grundnervosität.

Albert sah zu Matilda hinüber, die konzentriert auf die Tür starrte. Ihre Hände hatte sie zu Fäusten geballt und ihre Stirn in Falten gelegt. Dann musterte er Botzki, der zufrieden grinste. Der Pole hatte die Arme vor der Brust verschränkt und schien sich schon auf den Sektempfang zu freuen.

Eine Trompetenfanfare erschallte, und Albert schrak zusammen. Mit einem Ruck wurden die Flügeltüren aufgezogen und gaben den Blick auf einen festlich geschmückten Saal frei. Die Tische waren vollbesetzt, und selbst oben in den Emporen standen noch Menschen. Albert erkannte einige vom Empfangsabend wieder. Alle hatten sich erhoben und standen schweigend da.

Die Fanfare verstummte, und ein älterer Herr an der Tür, der einen roten Frack und weiße Handschuhe trug, schlug dreimal mit dem Ende eines Stocks auf den Boden.

»Meine Damen und Herren, sehr geehrte Countesses, Earls und Lords, bitte begrüßen Sie die diesjährigen Gewinner der Jadefuchsjagd.« Er hatte eine kräftige, tiefe Stimme wie die eines Boxkampfansagers. »Matilda Godwins, Erbin und Stammhalterin ihrer Linie, Abraham Kadabraham, der erste Zauberer Londons seit langer Zeit, und Wiktor Botzki, der polnische Bär.«

Sie traten vor, bis sie im Türrahmen standen, und tosender Applaus ergoss sich wie eine Sektdusche über sie. Das hier war es. Dafür hatte Albert all die Mühen auf sich genommen. Jede Schramme, jedes Stolpern über eine Wurzel, jeder Streit mit Patty waren vergessen. Abraham Kadabraham bekam endlich den Applaus, der ihm zustand. Der erste Zauberer Londons seit langer Zeit – was auch immer der Ansager damit gemeint hatte.

Es gab eine Urkunde, Fotos mit Veranstaltern und vermutlich sehr reichen Leuten wurden gemacht und viele Hände geschüttelt. Nur eine Hand fehlte den ganzen Abend: Lynbrook. Die alte Schachtel ließ sich nicht blicken. Wahrscheinlich brütete sie in irgendeiner dunklen Ecke der Burg über ihre Niederlage und arbeitete schon an einem Rachefeldzug. Aber das tat ihrer Feierlaune keinen Abbruch. Matilda, Botzki und Albert ließen sich feiern wie Astronauten, die aus dem Weltall zurückgekehrt waren. Jeder wollte ein paar Worte mit ihnen wechseln, Anekdoten von der Fuchsjagd hören. Er bekam eine Visitenkarte nach der nächsten zugesteckt. »Melden Sie sich, wir werden Ihnen auf jeden Fall das beste Angebot machen«, sagte jeder. Die Visitenkarten waren alle schlicht und unauffällig und von Unternehmen, die er nicht kannte. Albert steckte sie in die Innentasche des Sakkos und würde keine Anstalten machen, sie dort noch mal rauszunehmen. Seine Zukunft würde auf der Bühne, nicht im Schatten eines Investors oder Politikers stattfinden.

Das einzig interessante Gespräch führte er mit Mr Relish senior. Ihr Team-Sponsor und sein ehemaliger Chef, denn einer *normalen* Arbeit musste Albert jetzt nicht mehr nachgehen, hatte leuchtende Augen. Mit kräftigem Druck schüttelte er seinem Ex-Lieferanten die Hand. »Gut gemacht, Albert! Die haben mich alle für verrückt gehalten, dass ich euch das Geld vorstrecke, und ich glaube, noch mal lädt mich Watts & White nicht zu so einem Event ein. Aber das war es wert.«

»Vielen Dank für Ihr Vertrauen, Sir!«, erwiderte Albert leicht angeschwipst. Zu viele Leute hatten schon mit ihm anstoßen wollen.

Der asketische Pizzaladen-Besitzer winkte ab. »War eine Selbstverständlichkeit. Was hältst du davon, wenn wir beide ein gemeinsames Geschäft aufmachen?«

Albert mochte Pizza. Er aß sie gerne abends auf einer Party und auch noch morgens, wenn sie schon kalt war. Aber seine berufliche Zukunft sah er nicht in dem Feld. »Ich möchte mich eher auf die Zauberei fokussieren«, gestand er ehrlich und geradeheraus, dem Alkohol sei Dank.

»Alles andere wäre auch Verschwendung. Ich möchte dein Geschäftspartner werden. Gemeinsam können wir irgendeines der zahlreichen geschlossenen Theater in London kaufen. Eine schöne Immobilie, du trittst ein paar Mal die Woche auf, und wir machen eine richtige Marke aus Abraham Kadabraham.« Er formte mit beiden Händen einen Bogen in der Luft, als er den Namen aussprach.

Albert schielte auf das Sektglas in seinen Fingern. Es war noch nicht ganz leer, so betrunken konnte er also nicht sein, und er hatte Mr Relish offenbar richtig verstanden. »Sie kümmern sich um das Geschäft, ich mich um das Kreative?«

Mr Relish nickte. »Unter einer Bedingung: Sie treten auch im kommenden Jahr für meinen Sohn auf.«

»Abgemacht«, erwiderte Albert sofort, und die beiden Männer besiegelten den Vertrag noch an Ort und Stelle mit einem Handschlag. Mehr hatte Albert nie gewollt. Der amerikanische Präsident höchstpersönlich hätte auftauchen und ihm ein Angebot machen können, er hätte es, ohne zu zögern, abgelehnt.

Irgendwann verlor Albert Botzki und Matilda aus dem Blick. Sie wurden selbst belagert wie Weltstars, und spät in der Nacht konnte sich Albert mit der Ausrede, kurz für kleine Zauberer zu müssen, aus dem unangenehmen Smalltalk mit einer Ölmagnatin auf sein Zimmer retten. Botzki lag noch nicht auf seiner Seite der Matratze.

Für einen Augenblick drehte sich noch die Welt, als Albert den Kopf auf das Kissen legte, dann schlief er tief und fest.

Irgendwann in den Morgenstunden wurde er wach, weil neben ihm im Bett ein Bärenchor ein Konzert gab. Am Anfang versuchte Albert, sich mit dem Kissen die Ohren zuzuhalten, aber Botzki war lauter.

Er kapitulierte und schlurfte ins Wohnzimmer der Suite, wo der Tisch bereits mit Spiegelei, Kaviar, Lachs und anderen Leckereien eingedeckt war. Es roch nach frisch aufgebrühtem Kaffee.

Sein Kopf brummte. Ein ausgedehntes Katerfrühstück war jetzt genau das Richtige. Erst gesellte sich Matilda zu ihm, dann Botzki. Ein kurzes Nicken genügte, viel geredet wurde nicht.

Eine Stunde später saßen sie auch schon in Matildas stotterndem Land Rover. Das Fahrzeug wurde – natürlich – von einem der Hotelangestellten vorgefahren. Langsam ratterten sie den Waldweg hinab. Die Bäume trugen viel weniger Blätter als auf ihrem Hinweg. Der Herbst hatte schlussendlich die Kontrolle übernommen.

»Und das Geld ist schon auf unseren Konten?«, fragte Albert ungläubig.

»Ich habe in der Nacht noch mit unserem Anwalt telefoniert«, bestätigte Matilda. »Das Haus ist inzwischen schuldenfrei, die haben es uns also wirklich abgekauft.«

»Sehr gut«, murmelte Albert. Er hatte letzten Endes doch seinen Anteil von der Gewinnsumme bekommen und nicht mit Botzki teilen müssen. Shi hatte ja verzichtet, dafür aber den Jadefuchs erhalten. Ein fairer Deal.

Ihr erstes Ziel war der nächstgelegene Bahnhof. Es war derselbe, an dem auch der Bus gehalten hatte, mit dem Albert dem Wald entkommen war. Matilda fuhr auf den Parkplatz, und alle drei stiegen aus.

Albert hatte noch zwanzig Minuten, bis der Zug nach London kam.

»Ich hoffe, ihr kommt zu meiner Premiere«, sagte er, als er den beiden auf dem Parkplatz gegenüberstand, in den Händen sein Gepäck und auf dem Kopf den Zylinder.

»Das kann ich nicht garantieren«, druckste Botzki rum wie ein Schulkind.

»Bitte?« Matilda klang streng.

»Ich denke, ich werde mir von dem Geld erst mal eine Auszeit gönnen.«

»Eine Auszeit?«, fragte die junge Frau und klang wie eine Detektivin, die einen Ganoven ins Kreuzverhör nahm. »Wo geht es denn hin?«

»China«, murmelte er kaum hörbar.

»Viel Spaß, grüß Shi von uns«, sagte Albert und konnte sich ein Grinsen nicht verkneifen.

Botzki und Matilda warteten noch, bis der Zug einfuhr. Sie verabschiedeten sich mit einer Umarmung, und Albert stieg ein. Er wuchtete den Koffer und den Rucksack wieder auf die Gepäckablage und ließ sich auf einen der staubigen Sitze fallen. Endlich war dieses Abenteuer vorbei.

In seiner Hose vibrierte etwas. Er zog sein Handy hervor, das neue, nicht das alte, das man ihm wieder ausgehändigt hatte. Er hatte eine Nachricht von Patty.

»Das mit uns beiden klappt nicht mehr, glaub ich. Ich denke, es ist besser, wenn wir Schluss machen. Tut mir leid.«

Albert las die Zeilen immer wieder. Dann nickte er. Es tat natürlich weh. Er hatte Patty stets geliebt. Aber die Voraussetzungen waren schwierig gewesen. Sie strebte ein bürgerliches Leben mit Karriere und Kindern zur Zufriedenheit ihrer Eltern an, er wollte zaubern und würde endlich die Möglichkeit dazu bekommen.

Albert drückte auf *Antworten*. »Ja, ist wohl vernünftig, wenn wir einen Schlussstrich ziehen. Ich liebe dich trotzdem, und das wird sich auch nicht so schnell ändern.«

Absenden.

Kapitel 20

Matilda Godwins

Botzki war bei seiner Blechhütte ausgestiegen. Er hatte Matilda versprochen, sie noch mal im Anwesen zu besuchen, bevor er sich auf die Reise nach China machte. Vorher musste er noch ein paar Dinge erledigen, wie er betonte.

»Pass auf dich auf, versprochen?« Botzki machte ein sorgenvolles Gesicht.

»Pass du lieber auf, dass dir in deinem Urlaub nicht langweilig wird«, erwiderte Matilda und grinste. »Besser, ich schaue mal nach, was mein alter Herr in meiner Abwesenheit angestellt hat.«

»Ich hab dich wirklich gern, Matilda. Wenn irgendwas ist, bin ich immer für dich da.«

»Danke schön.« Matilda hatte Mühe, ihre Tränen zurückzuhalten. »Komm zurück, verstanden?«

»Versprochen.«

Sie umarmten sich, und Matilda fuhr die Auffahrt zur Villa hinauf. Beim Anblick des Hauses fühlte sich ihr Herz an, als würde es in einem Schraubstock stecken, der langsam zugedreht wurde. Ein beklemmendes Gefühl überkam sie. Etwas hatte sich verändert. Die Fensterläden waren immer noch geschlossen, es hatte nicht gebrannt, und die Hecken wirkten genauso ungepflegt wie zu ihrer Abreise, das war es nicht. Es war auch nicht die plötzliche Erkenntnis, dass dieses altehrwürdige Anwesen nun ihr gehörte.

Mit quietschenden Reifen und röchelndem Motor kam das Auto vor dem Eingang zum Stehen. Matilda zog den Schlüssel ab, öffnete die Tür und eilte die Treppe hoch. Sie verschwendete keine Zeit mit ihrem Gepäck, das konnte ruhig noch ein paar Stunden im Kofferraum verbringen. In der Hosentasche ihrer Jeans fand sie den Haustürschlüssel und schloss auf.

Sie trat einen Schritt in die Empfangshalle und lauschte. Absolute Stille. Die letzten Jahre war es hier ruhig gewesen. Es gab keine Angestellten mehr und auch keine Kinder, die lachend durch die Flure liefen. Aber es war nie still gewesen. Man hatte immer gemerkt, dass noch ein bisschen Leben in den Gemäuern vorhanden war.

Matilda ließ den Blick schweifen. Ein paar Lichtstrahlen hatten sich durch die geschlossenen Fensterläden gestohlen und ließen den aufgewirbelten Staub glänzen. Sie dachte an Shis Zauberstaub.

Vorsichtig trat sie ein und schloss die große Tür hinter sich.

»Hallo?«, rief sie. »Dad, ich bin zu Hause.« Sie lauschte auf eine Antwort, aber es kam keine. Vielleicht schlief er wieder seinen Rausch aus oder lag besoffen im Garten. Mit federnden Schritten schlich sie durch die Halle, als würde sie hinter der nächsten Tür ein Monster vermuten. Die Luft roch abgestanden, regelrecht feucht. Unwillkürlich erinnerte sie sich an das Kellergewölbe unter dem Turm.

Ihre Nackenhaare stellten sich auf.

Matilda vergaß jegliche Vorsicht und eilte in den Flur, der die Küche mit dem Kaminzimmer und der Empfangshalle verband. Sie brauchte nur wenige Sekunden, dann hatte sie Gewissheit. Ihre Knie wurden weich, kurz hatte sie Angst, das Bewusstsein zu verlieren. Matilda starrte auf den Kellerzugang, der zubetoniert und mit Zaubern verstärkt gewesen war, als sie das Haus verlassen hatte.

Ihre Füße stießen gegen Steinbrocken, auf den Boden hatte sich eine feine weiße Schicht niedergelegt, und ein schwarzes Loch klaffte im grauen Beton.

»Nein«, stammelte sie, »nein.« Ihr Vater war ihr zuvorgekommen.

Zwischen den Brocken sah sie etwas Weißes. Ein Stück Papier. Sie ließ sich auf die Knie fallen und griff mit fahrigen Fingern danach, versuchte, es auseinanderzufalten, und zerriss es dabei fast. Sie erkannte sofort die Handschrift ihres Vaters. Ordentlich und gut leserlich war sie, darauf hatte er immer großen Wert gelegt.

Matilda las die fünf Worte, mehr waren es nicht. Trotzdem dauerte es, bis sie den Inhalt richtig verarbeitet und verstanden hatte. Wahrscheinlich war der Alkohol ausgegangen und ihr Dad nüchtern geworden, anders konnte sie sich nicht erklären, was ihn auf die Idee gebracht hatte.

Ich werde deine Mutter zurückholen.

Matilda hob den Kopf und starrte in die Dunkelheit.

Danksagung

Die letzten Zeilen sollen den Menschen gehören, die dazu beigetragen haben, dass dieses Buch erschienen ist. Denn auch wenn am Ende mein Name auf dem Cover steht, ist jede Geschichte das Ergebnis vieler kluger und kreativer Köpfe.

Danke an Markus, meinen Agenten, der *Signs of Magic* beim Fischer Verlag untergebracht hat, und Jacqueline, dank der auch meine zweite Buchserie im Programmbereich New Media eine Heimat gefunden hat. Natürlich auch ein großes Dankeschön an das ganze Team beim Fischer Verlag, stellvertretend Katharina, Jeanine und Juliane: Ich weiß meine Geschichten bei euch in guten Händen, und dafür bin ich sehr dankbar.

Alexander, der wieder großartige Cover für die ganze Trilogie erstellt hat und auch abseits davon immer hilft, wenn ich mal wieder eine Idee habe, die bis dahin leider nur in meinem Kopf existiert und irgendwie visualisiert werden muss.

Kerstin, die dieses Buch lektoriert hat und in der Zusammenarbeit so unkompliziert und angenehm war, dass ich immer noch nach dem Haken an der Sache suche. Ich hoffe, du wirst irgendwann wieder Tomatensuppe essen können, ohne an mich und dieses Buch denken zu müssen.

Babsi und Anabelle, die *Signs of Magic* vorab gelesen, Fehler gesucht (und gefunden) und mir versichert haben, dass meine Geschichte echt gut sei. Ich glaube ihnen einfach mal. Wenn ihr ihrer Meinung seid, würde ich mich über eine Nachricht freuen.

Mein größter Dank gilt aber allen, die schon *Hidden Worlds* gelesen haben. Davon gab es ein paar, auf jeden Fall genug, damit ich diese zweite Trilogie wieder im Fischer Verlag veröffentlichen darf. Ich hoffe, ihr habt mit *Signs of Magic* mindestens genauso viel Spaß. Lasst es mich gerne wissen!

SIGNS OF MAGIC

DIE SUCHE NACH TZUNATH

ISBN: 978-3-7335-5025-7

Im Buchhandel erhältlich ab Juni 2022!

Leseprobe

Die Suche nach Tzunath

Albert Tubbs war endlich Magier. Nein, er warf immer noch nicht mit Feuerbällen um sich oder ritt auf einem Besen durch den Londoner Straßenverkehr. Aber seine weißen Handschuhe, der Zylinder und der schwarze Frack verrieten sofort, welchem Berufsstand er angehörte.

Zufrieden sah er zu der großen Leuchttafel über der ausladenden Eingangstür.

Tonight: Abraham Kadabraham – magical worlds open up.

Die Buchstaben leuchteten in Neonblau auf und setzten sich von der grauen Fassade des baufälligen Gebäudes ab. Mr Relish senior hatte das alte Theater am Rande Londons für ihre gemeinsame Unternehmung gekauft und die nötigsten Reparaturen und Renovierungsarbeiten veranlasst. Eine funktionierende Heizung, neuer Teppich und Sitze, die nicht nach Muff rochen, und ein Kammerjäger, der in einen Feldzug gegen die Ratten im Gemäuer zog. Die Nager wehrten sich, aber Albert konnte es ihnen nicht verübeln. Das Gebäude hatte mindestens ein Jahrzehnt leer gestanden, also ziemlich viele Generationen für eine Rattenrotte. Es musste ein ganz schöner Schreck gewesen sein, als sie bemerkten, dass ihnen das Theater gar nicht gehörte.

Natürlich trat Albert nicht durch den Haupteingang ein. Nein, der war für die Besucher. Albert durfte durch den

Hintereingang direkt in den Backstage-Bereich gehen, geschützt vor neugierigen Blicken und Paparazzi. Er sah sich um. Heute war sein erster Auftritt, weder Besucher noch Paparazzi waren zu sehen, aber die Show würde auch erst in zwei Stunden beginnen.

Er lief an dem Gebäude vorbei über den Parkplatz, auf dem eine flackernde Laterne für eine unangenehme Horrorfilm-Atmosphäre sorgte. Albert ließ einen Brieföffner in seine Hand plumpsen, wie immer, wenn er sich an Orten befand, die ihm nicht ganz geheuer waren. Ein Brieföffner sah wie ein Messer aus, und wer ein Messer mit sich trug, würde nicht überfallen werden.

Bisher hatte es immer funktioniert, denn kein Räuber hatte sich je an ihn herangewagt.

Über der verbeulten Metalltür hing eine Lampe, und eine rote Schrift wies sie als Ausgang aus. Für Albert aber war es das genaue Gegenteil.

Er klopfte an, und die Tür schob sich ein Stück auf. Große, runde Augen starrten ihn an.

»Ja?«, fragte eine tiefe Stimme, und hätte Albert es nicht besser gewusst, hätte er einen Bären hinter der Tür vermutet.

»Ich bin es, Billy.«

»Ja?«, wiederholte die Person. »Ja«, sagte sie dann, aber es war keine Frage, sondern eine Feststellung. Der Mann riss die Tür auf und trat beiseite. Er war ein Hüne, groß wie breit. Leider galt das nicht für sein Hirn, aber dafür hatten ihn Albert und Mr Relish auch nicht eingestellt. Jedes Theater, war es noch so klein, brauchte eine Security. Und Billy brachte die wichtigsten Eigenschaften mit: kräftige Oberarme, einen festen Griff und die nötigen motorischen

Fähigkeiten, um eine Schleuderbewegung zu machen, sollte er einen Gast wortwörtlich vor die Tür befördern müssen. Aber dass er seinen eigenen Chef, das Gesicht der Show und einen der beiden Typen, die beim Einstellungsgespräch auf der anderen Seite des Tisches gesessen hatten, nicht wiedererkannte, war schon ein dickes Pfund.

»Sorry«, murmelte der Mann. Das Licht der Lampe spiegelte sich auf seiner frisch polierten Glatze.

»Alles gut«, erwiderte Albert. »Wir sind alle aufgeregt, heute darf nichts schiefgehen.«

Billy nickte, und Albert schlüpfte an ihm vorbei in die Backstage des Theaters.

Die Backstage war für viele Menschen so ein unerreichbarer Ort wie Fort Knox oder das Klo der Queen. Für Albert war es einfach nur eine Garderobe mit Schminkspiegel, einer muffigen Couch und einem Tisch, auf dem eine Plastikpflanze thronte. In einer Schale lagen kleine Schokoladentaler, und Albert war sich nicht sicher, wie lange sie dort schon standen und ob sie vor den Ratten hier gewesen waren oder nicht. Deshalb machte er immer einen großen Bogen um die in goldenes Papier gewickelten Schokotaler.

Er legte seinen Zauberkoffer auf der Couch ab und setzte sich auf den Stuhl vor den Schminkspiegel. Er sah fürchterlich aus. Tiefe Augenringe, Dreitagebart und ungekämmte Haare. Aber das war okay, denn heute würde jemand vorbeikommen, um ihn zu schminken.

Es klopfte.

»Herein«, sagte Albert und spürte, wie er zufrieden lächelte. Es war ein tolles Gefühl, jemanden in die eigene Garderobe bitten zu können.

Mr Relish trat ein. Sein asketischer Körper steckte in einem schlichten braunen Anzug. Er wirkte ein bisschen aus der Zeit gefallen und altmodisch, aber passte damit perfekt in dieses Theater.

»Bereit für deinen großen Auftritt, Albert?« Er rieb die Hände aneinander.

»Wie viele Karten haben wir verkauft?«, fragte der Zauberer.

»Lass dich überraschen«, erwiderte sein Geschäftspartner mit einem zufriedenen Grinsen. »Wir haben ja auch noch die Abendkasse.«

»Also nicht ausverkauft«, murmelte Albert.

»Das wäre auch ein Wunder gewesen. Wir müssen den Standort und deine Show erst etablieren. Die Zeiten, in denen die Leute blind in jede Zaubervorstellung laufen, sind schon lange vorbei.« Er zog die Augenbrauen zusammen. »Ich bin mir gar nicht sicher, ob es solche Zeiten überhaupt mal gab.«

»Alles klar«, erwiderte Albert. »Vielleicht sollten wir doch Werbung machen?«

Mr Relish schüttelte den Kopf. »Wir setzen auf die Mundpropaganda. Wenn der Vorhang nachher zugeht, werden viele zufriedene Gäste nach Hause gehen und ihrer Familie und Freunden davon erzählen, was sie hier gesehen haben. Die werden ebenfalls Shows besuchen, und die Sache wird zum Selbstläufer.«

Albert war sich da nicht ganz so sicher. Sie hatten viele verschiedene Angebote eingeholt: Plakatwerbung in Bussen, Anzeigen in der Zeitung, ein Werbespot im Radio und sogar Influencer, die die Show im Internet bewerben sollten. Das finanzielle Polster für solche Eskapaden wäre durchaus vorhanden. Von ihrem Gewinn der Jadefuchsjagd war immer noch ein Großteil übrig, aber Mr Relish saß auf dem Geld wie ein Drache auf seinem Schatz.

»Kann ich dir noch irgendwas abnehmen? Ansonsten findest du mich im Büro.« Der Geschäftsführer des Theaters war schon fast wieder aus der Tür verschwunden.

Albert überlegte einen Moment. »Wenn meine Eltern heute Abend die einzigen Gäste sind, werde ich heulend auf der Bühne zusammenbrechen«, sagte er geradeheraus. »Wie viele Tickets?«

Mr Relish schmunzelte. »Albert, die alleinige Tatsache, dass du jetzt deine eigene Show hast, sollte schon genügen. Es ist so viel mehr, als du dir je hättest erträumen dürfen. Es ist ein Privileg, und mit dem Geld, das auf der Bank liegt, können wir über viele Jahre Shows spielen, egal ob deine Eltern Tickets kaufen oder nicht. Aber wenn es dich beruhigt: Es sind mehr als zwei Tickets.«

»Danke.« Mehr als zwei Tickets. Im Kopf ging er durch, wer vielleicht noch ein Ticket gekauft hatte. Seine Ex-Freundin Patty möglicherweise. Sie hatten immer noch unregelmäßig Kontakt, und sie wusste von seinem neuen Job. Ein paar alte Schulfreunde vielleicht.

Matilda.

Er hatte sie eingeladen, aber nie eine Antwort erhalten. Das Ende der Fuchsjagd war jetzt über ein halbes Jahr her. Wenig Zeit, wenn man ein Theater eröffnete. Viel Zeit, um nichts voneinander zu hören. Hoffentlich ging es ihr gut.

Ein Gong ertönte. »Noch neunzig Minuten bis zum Showbeginn«, sprach eine mechanische Stimme, die vom Band abgespielt wurde. Neunzig Minuten noch. Das bedeutete, dass nun die Türen aufgingen und das Publikum hereingelassen wurde.

LESEPROBE

Die Angst, dass die Scheinwerfer nachher angingen und er auf leere Ränge sehen würde, überschattete all die Freude, die er verspüren sollte. Albert hatte sich seinen Traum erfüllt, konnte es jedoch nicht genießen. Die letzten Wochen waren hart gewesen, voller Proben, Termine und Gespräche. Er war nicht nur Zauberer, sondern auch Mitinhaber der ganzen Unternehmung. Zwar nahm ihm Mr Relish die wirklich anstrengenden Sachen ab, Behördenkram, Unterlagen für das Finanzamt, Personalfragen, aber Mr Relish war wichtig, dass Albert über alles Bescheid wusste und in alle Entscheidungen eingebunden war. Das hatte wenig Platz gelassen, um sich über all das zu freuen.

Hoffentlich würde er nach der Show endlich anfangen, das alles ein bisschen zu genießen.

Es klopfte.

»Herein.«

»Boss, hier ist eine junge Frau, sie macht Schminke«, hörte er Billys Brummbärstimme durch die Tür.

»Lass sie herein, sie müsste auf der Liste stehen.« Die Liste war ein Zettel, auf dem Namen von Personen standen, die in die Backstage durften.

»Ach ja, der Zettel«, murmelte Billy. »Sorry, vergessen.«

»Kein Problem«, erwiderte Albert mit der Geduld eines Vaters, der seinem Nachwuchs das Fahrradfahren beibrachte.

Wenige Augenblicke später ging die Tür auf, und eine junge Frau trat herein. Sie zog einen großen silbernen Koffer hinter sich her.

»Du bist der Patient?«, fragte sie und sah ihn an, als wäre er ein Gaul bei einer Auktion, den sie zu ersteigern in Erwägung zog.

Albert nickte.

»Dein erstes Mal?«

Nun zog Albert die Augenbrauen hoch. »Was?«

»Das erste Mal, dass du geschminkt wirst, meinte ich«, sagte die Frau und wuchtete den Koffer auf die Couch.

»Ach so, ja.« Albert sah sich im Spiegel an.

»Ich mach nicht viel. Nur ein bisschen Puder, damit du im Scheinwerferlicht nicht so glänzt. Bisschen was gegen die Augenringe. Ein paar Hautunreinheiten verstecken.«

»Super.« Hautunreinheiten? Er suchte im Spiegel nach Pickeln.

Die Frau hatte in kürzester Zeit die ganze Couch mit ihren Kosmetikartikeln in Beschlag genommen. Es roch unangenehm künstlich wie in einer Parfümerie, die Albert einmal besucht hatte, um ein Geschenk für Patty zu kaufen. Die Dämpfe und Gerüche dort hatten sich in kürzester Zeit einen Weg durch seine Nasenlöcher gesucht und ins Hirn gefressen.

Er ließ das Schminken über sich ergehen. Die Frau, die sich noch nicht mal vorgestellt hatte, sagte kein Wort. Der Pinsel kitzelte, als das Puder auf seinen Wangen verteilt wurde.

»Fertig«, erklärte die Frau und drehte den Stuhl so hin, dass sich Albert im Spiegel betrachten konnte. Er nickte, wie er es auch immer bei Friseuren tat, wenn sie ihm ihr Werk zeigten. Nie im Leben würde er in so einer Situation etwas anderes sagen als danke oder wunderbar.

»Wunderbar, danke.«

»Sehr gerne, dann bis nächste Woche«, sagte die Visagistin. Sie hatten die Show erst mal wöchentlich angesetzt, bis der Bedarf steigen und Potenzial für mehr Shows da wäre.

»Bis nächste Woche«, erwiderte Albert, und er sah noch

den silbernen Koffer in der Tür verschwinden, bevor sie sich schloss.

Endlich war er wieder alleine.

Die Ruhe umgab ihn wie elektrisch aufgeladene Luft. Nicht mehr lange und er würde auf der Bühne stehen. In diesem Fall war es sogar seine eigene Bühne.

»Noch sechzig Minuten bis zum Beginn der Show«, ertönte dieselbe mechanische Stimme.

Albert wurde schlecht. Er hatte nicht viel gegessen, seit Tagen fehlte ihm der Appetit. Aber seine Mutter hatte ihm eine Banane und eine Scheibe Toast aufgedrängt. »Du musst etwas essen, sonst klappst du auf der Bühne zusammen«, hatte sie gesagt, und Albert wusste, dass sie damit recht hatte.

Obwohl er es sich hätte leisten können, war er immer noch nicht ausgezogen. Stattdessen hatte er sein ganzes Geld in das Theaterprojekt gesteckt. Nervös trommelte er mit den Fingern auf dem Tisch rum und versuchte, sich nicht zu viel im Spiegel anzustarren. Die Stille war so unangenehm wie ein Kettensägenkreischen. Albert war bemüht, sich zu konzentrieren, aber seine Gedanken waren wie ein Hundewelpe, der gleichzeitig fressen, spielen und schlafen wollte. Unzählige Male hatte er seinen Auftritt geprobt, und gerade war alles wie weggeblasen.

Langsam wanderte sein Blick zu dem Zylinder, der an der Garderobe hing. Sein Freund würde für ein bisschen Zerstreuung sorgen. Albert lief hinüber und griff in das Hutinnere. Sofort fühlte er den flauschigen Pelz von Butterscotch, seinem Hamster, der so gar nicht nach einem weißen Karnickel aussah, aber dieselbe Funktion erfüllte. Das Tier lebte im Zylinder. Wie das möglich war, wusste Albert nicht. Er musste ihn nicht füttern und konnte ihn tagelang ignorieren. Wenn er ihn aber hervorholte, war er derselbe quietschvergnügte, sehr hungrige Hamster wie immer. Es war also kein gewöhnlicher Hamster, und Albert fragte sich, was ein Tierarzt herausfinden würde, wenn er das Fellknäuel genauer unter die Lupe nahm.

Butterscotch saß auf Alberts Hand und hatte die Nase emporgereckt. Sie zuckte hin und her.

»Nur ein paar alte Schokotaler«, erklärte Albert und zeigte auf die Schüssel. »Ich kann nicht riskieren, dass du dir jetzt, so kurz vor der Show, eine Lebensmittelvergiftung zuziehst. Die Dinger sind älter als der Mörtel in den Wänden.«

Butterscotch plusterte die Wangen auf und quiekte.

»Nein, erst nach der Show.« Sein Handy vibrierte in der Hosentasche, und Albert setzte den Hamster auf dem Tisch ab. Er kramte das Smartphone hervor, es war dasselbe alte Modell, das er sich mit dem von seinem Vater geliehenen Geld gekauft hatte. Er war noch nicht dazu gekommen, sich ein neues zu holen, und vor allem hatte er keine Lust, es neu einzurichten. Eine Nachricht ploppte auf. *Wir drücken dir die Daumen, Mum & Dad*. Ein Foto war angehängt, und Albert erkannte sofort, was darauf zu sehen war: die Bühne. Sie mussten in der ersten Reihe sitzen.

Albert antwortete nicht. Mehr als ein Danke hätte er sowieso nicht zusammenbekommen, und das konnte er ihnen auch nach seinem Auftritt ausrichten.

Sein Blick wanderte zum Tisch. »Wo bist du?«, zischte er. Das orangefarbene Fellknäuel war verschwunden, aber Albert suchte nicht lange. Butterscotch hing kopfüber in der Süßigkeitenschüssel. »Nach der Show.« Albert griff sich den Hamster, der mit seinen kleinen Pfoten einen in Goldpapier gewickelten Schokotaler umklammert hatte, und beförderte ihn wieder in den Zylinder. Er nahm Butterscotch die Schokolade weg und ließ den Taler in die Tasche seines Sakkos wandern. »Nach der Show, habe ich gesagt«, wiederholte Albert. Butterscotch quiekte beleidigt.

Albert wollte sich mit der Hand durchs Gesicht fahren, erinnerte sich aber im letzten Moment an die ganze Schminke. Er würde sie verschmieren, glaubte er zumindest. Die Finger brauchten eine andere Beschäftigung. Ein Deck Karten aus seinem Koffer brachte endlich die gesuchte Ablenkung. Wie an einer Schnur gezogen flogen sie von einer Hand in die andere. Dabei lief er im Raum auf und ab wie ein eingesperrter Löwe.

Er hätte heute Sport machen sollen.

»Noch dreißig Minuten bis zum Auftritt.«

Warum tat er sich das an? Er hätte weiter auf Kindergeburtstagen auftreten können, das Geld war jetzt eh egal. Wenn er sich nicht ganz doof anstellte, hätte er ausgesorgt gehabt. Manche Träume verwandeln sich in Albträume, und davor hatte Albert gerade Angst.

Wie es weitergeht, erfährst du im zweiten Band der Signs of Magic-Trilogie. Im Buchhandel erhältlich ab Juni 2022!

© 2022 Fischer Kinder- und Jugendbuch Verlag GmbH,
Hedderichstr. 114, D-60596 Frankfurt am Main

ISBN 978-3-7335-5025-7